UPANIṢADAS

Os doze textos fundamentais

TEXTOS CLÁSSICOS INDIANOS

UPANIṢADAS

Os doze textos fundamentais

TEXTOS CLÁSSICOS INDIANOS

Tradução, introdução e notas
ADRIANO APRIGLIANO
Doutor em Letras pela USP
com ênfase em Gramática Sânscrita
e Filosofia da Linguagem na Índia Antiga.
Professor de Língua e Literatura Sânscrita da FFLCH-USP.

mantra.

Grafia conforme o novo Acordo Ortográfico da Língua Portuguesa.

1ª edição, 1ª reimpressão 2021.

Editores: Jair Lot Vieira e Maíra Lot Vieira Micales
Coordenação editorial: Fernanda Godoy Tarcinalli
Tradução, introdução e notas: Adriano Aprigliano
Revisão: Lygia Roncel
Diagramação: Karina Tenório
Capa: Marcela Badolatto | Studio Mandragora

Dados Internacionais de Catalogação na Publicação (CIP)
(Câmara Brasileira do Livro, SP, Brasil)

Upaniṣadas: os doze textos fundamentais / tradução, introdução e notas Adriano Aprigliano. – 1. ed. – São Paulo: Mantra, 2020.

Título original: उपनिषद्:

"Textos clássicos indianos"

Bibliografia.

ISBN 978-85-68871-18-8

1. Budismo 2. Escrituras 3. Filosofia indiana 4. Hinduísmo 5. Jainismo 6. Upanishads 7. Upanishads – Comentários 8. Yoga – Filosofia I. Aprigliano, Adriano.

19-31871 CDD-299.93

Índice para catálogo sistemático:
1. Upanishads : Sabedoria : Hinduísmo : 299.93

Maria Alice Ferreira – Bibliotecária – CRB-8/7964

mantra

São Paulo: (11) 3107-7050 • Bauru: (14) 3234-4121
www.mantra.art.br • edipro@edipro.com.br
@editoraedipro @editoraedipro

Sumário

ABREVIATURAS 9

INTRODUÇÃO 11

1 Antes da história literária da Índia Antiga: a Civilização do Vale do Indo 12

2 Os inícios da história literária da Índia Antiga 13

3 Os Vedās 13

4 As classes em que se dividem os *āryās* 14

5 A exegese dos Vedās: Brāhmaṇa, Āraṇyaka e Upaniṣad 16

6 O sentido da palavra *upaniṣad* 17

7 Autoria e transmissão das Upaniṣadās 18

8 A periodização das Upaniṣadas 19

9 Sobre esta tradução 20

10 Nota da tradução: da transliteração e pluralização de palavras sânscritas neste livro 23

Bibliografia essencial 25

·· 1 ··

BṚHADĀRAṆYAKA UPANIṢAD

1 Primeira lição 29

2 Segunda lição 46

3 Terceira lição 58

4 Quarta lição 78

5 Quinta lição 97

6 Sexta lição 104

•• 2 ••

Chāndogya Upaniṣad

1 Primeira lição 123
2 Segunda lição 135
3 Terceira lição 146
4 Quarta lição 157
5 Quinta lição 169
6 Sexta lição 182
7 Sétima lição 192
8 Oitava lição 203

•• 3 ••

Taittirīya Upaniṣad

1 Seção da ciência dos sons 215
2 Seção do *brahman* 220
3 A seção de *Bhṛgu* 225

•• 4 ••

Aitareya Upaniṣad

1 Primeira lição 229
2 Segunda lição 232
3 Terceira lição 233

•• 5 ••

Kauṣītaki Upaniṣad

1 Primeira lição 235
2 Segunda lição 239
3 Terceira lição 246
4 Quarta lição 250

•• 6 ••

Kena Upaniṣad

1 Primeira seção 257
2 Segunda seção 258

3 Terceira seção ... 259
4 Quarta seção ... 260

·· 7 ··

Kaṭha Upaniṣad

1 Primeiro capítulo ... 263
2 Segundo capítulo ... 268
3 Terceiro capítulo ... 271
4 Quarto capítulo ... 274
5 Quinto capítulo ... 276
6 Sexto capítulo ... 278

·· 8 ··

Īśā Upaniṣad

Īśā Upaniṣad ... 283

·· 9 ··

Śvetāśvatara Upaniṣad

1 Primeiro capítulo ... 287
2 Segundo capítulo ... 289
3 Terceiro capítulo ... 291
4 Quarto capítulo ... 293
5 Quinto capítulo ... 295
6 Sexto capítulo ... 296

·· 10 ··

Muṇḍaka Upaniṣad

1 Primeiro *muṇḍaka* ... 299
2 Segundo *muṇḍaka* ... 302
3 Terceiro *muṇḍaka* ... 305

•• 11 ••

Praśna Upaniṣad

•• 12 ••

Māṇḍūkya Upaniṣad

Abreviaturas

BU	*Bṛhadāraṇyaka Upaniṣad*
ChU	*Chāndogya Upaniṣad*
TU	*Taittirīya Upaniṣad*
AU	*Aitareya Upaniṣad*
KsU	*Kauṣītaki Upaniṣad*
KeU	*Kena Upaniṣad*
KaU	*Kaṭha Upaniṣad*
IU	*Īśā Upaniṣad*
SU	*Śvetāśvatara Upaniṣad*
MuU	*Muṇḍaka Upaniṣad*
PU	*Praśna Upaniṣad*
MaU	*Māṇḍūkya Upaniṣad*

Introdução

Upaniṣad é o nome que recebe um conjunto de textos em sânscrito compostos, desde, aproximadamente, a metade do primeiro milênio a.C. até talvez o primeiro século da era cristã, no norte do subcontinente indiano, região que hoje corresponde *grosso modo* aos territórios do Paquistão e do norte da Índia.

A composição das mais antigas Upaniṣadas[1] marca a fase final do que se tem chamado Período Védico, que se estendeu da metade do segundo milênio até o quinto século a.C. Nesses textos surpreendemos a emergência de diversos conceitos e ideias nucleares das três tradições religiosas mais longevas e influentes surgidas no subcontinente indiano, a saber, o budismo, o jainismo e, especialmente, as inúmeras tradições religiosas que, apenas depois da segunda metade do século XIX, passaram a abrigar-se sob a denominação geral de hinduísmo.

A doutrina do renascimento, a lei do *karman*, as técnicas de libertação do ciclo de renascimentos, o ascetismo e a mortificação do corpo, a renúncia ao sexo, à riqueza e à família e muitos outros temas o leitor encontrará nas Upaniṣadas. Encontrará também coisas menos admiráveis, como a presença ubíqua do sistema de castas que vigora na Índia até os dias de hoje.

As 12 Upaniṣadas aqui traduzidas fornecem ainda parte substancial dos conceitos centrais – tais como *ātman* e *brahman*, *puruṣa* e *prakṛti* entre tantos outros – que serão retomados e reinterpretados – incorporados ou rejeitados – pelas diversas escolas filosóficas em formação na Índia dos primeiros séculos d.C.

Seja no âmbito de correntes religiosas, seja no de filosóficas, as Upaniṣadas tiveram, na Índia Antiga, e ainda têm, na Índia atual, imensa

1. Cf. nota ao fim desta introdução sobre os critérios de transliteração e pluralização de palavras sânscritas empregadas neste livro.

influência no debate geral de ideias. Para as correntes hinduístas, em especial, juntamente com outros textos como a *Bhagavadgītā*, têm elas cumprido desde há muito o papel de Escrituras centrais.

No que segue contarei de maneira sucinta a história literária da Índia Antiga até o surgimento das mais antigas Upaniṣadas, referindo-me, quando necessário, a aspectos socioeconônimos e culturais. Descreverei em seguida, brevemente, a cronologia e geografia das Upaniṣadas aqui traduzidas. Falarei também um pouco das características formais de minha tradução. Alfim incluo uma bibliografia essencial para dar pontos de apoio a quem quiser se aprofundar no estudo desses textos.

1 Antes da história literária da Índia Antiga: a Civilização do Vale do Indo

O noroeste do subcontinente indiano tem sido rota de passagem e ponto de convergência, ao longo da história, de povos incontáveis. É ali, *e.g.*, ao longo do curso do Rio Indo, que, no terceiro milênio a.C., florescerá a chamada Civilização do Vale do Indo, nos vastos centros urbanos de Harapa e Mohenjo-daro, cuja magnitude, revelada pela arqueologia desde as primeiras décadas do século XX, ainda é pouco conhecida do público leigo.

A Civilização do Vale do Indo tem seu período de existência de 2300 a 1600 a.C. aproximadamente. Nas ruínas de suas cidades e em todo material arqueológico ali escavado até hoje não se encontraram claros registros de documentação escrita. Decerto ao menos de nada que se possa ler com segurança, pois não há consenso entre os especialistas acerca do que poderiam "dizer" os famosos (e numerosíssimos) selos de argila encontrados nesses sítios, decorados com belos desenhos e sinais estranhos. Não se pode dar certeza nem mesmo de que representem uma língua natural e, por isso, nem aventar que língua seria essa.

A influência da Civilização do Vale do Indo no desenvolvimento posterior da cultura dessa região é motivo de ardidos debates, que não cabem nesta breve introdução. Seja como for, ela não parece ter tido influência decisiva nas estruturas socioeconômicas, religiosas e culturais dos povos que se estabeleceram posteriormente no entorno daquela civilização desparecida; também a estrutura urbana sofisticadíssima que haviam erigido ao longo de mais de um milênio não foi aproveitada nos tempos que sucederam ao seu declínio.

2 Os inícios da história literária da Índia Antiga

Só depois do declínio e desaparecimento da Civilização do Vale do Indo como elemento de coesão socioeconômica e cultural do noroeste indiano, por volta do século XVI a.C., é que, segundo a maioria dos arqueólogos, historiadores e linguistas, se iniciam nessa região os influxos migratórios de povos vindos do ocidente, que falavam sânscrito e a si mesmos denominavam *ārya* – palavra de que deriva o moderno termo *ariano*.

Destes sabemos muito mais do que daqueles, justamente porque a cultura que propagaram será um dos alicerces em que passará a assentar a história posterior do subcontinente indiano. A cultura dos antigos *āryās* pode ser ainda hoje conhecida especialmente por meio da literatura que compuseram. Parte substancial desses textos – todos eles em língua sânscrita –, foi transmitida, primeiro oralmente e só muito mais tarde também por escrito, até os nossos dias.

3 Os Vedās

A porção mais antiga dessa literatura são os chamados Vedās. *Strictō sensū*, o termo sânscrito *veda* – palavra que significa "saber" ou "conhecimento" – refere-se a cada uma das quatro coleções (s. *saṃhitā*, pl. *samhitās*) ou antologias de textos recolhidas e organizadas em diferentes períodos por membros da classe sacerdotal – os chamados *brāhmaṇās* –, que formava também o núcleo intelectual das comunidades *āryās* estabelecidas no noroeste (ocupando mais tarde também territórios mais a nordeste) do subcontinente indiano. São essas coleções as seguintes: *R̥gveda*, *Sāmaveda*, *Yajurveda* e – a mais tardia – o *Atharvaveda*.

O *R̥gveda* – ou *R̥gvedasaṃhitā*, i.e., a "Coleção do saber em versos" (s. *r̥c*, pl. *r̥cas*), considerada a mais antiga das quatro coleções, em virtude do estado de língua e forma de cultura que revela – reúne 1.028 poemas (s. *sūkta*, pl. *sūktāni*), em especial hinos, boa parte deles compostos por linhagens familiares de poetas e dirigidos a divindades do panteão que cultuavam os antigos *āryās*, tais como Indra, Agni, Mitra, Varuṇa, Soma, Sarasvatī etc. Apesar do teor religioso intrínseco do gênero do hino – tipo de poesia praticado em todo mundo indo-europeu –, debate-se acerca do fim primeiro dessas composições. Seja como for, com o passar do tempo, lá pela virada do segundo milênio a.C., quando o *R̥gveda* já constituía compilação fechada, será ele a coleção por excelência associada ao *hotr̥*, sacerdote que, nos rituais daqueles povos, dela toma passos para recitação em momentos determinados de cada rito.

O *Sāmaveda* – ou *Sāmavedasaṃhitā*, a "Coleção do saber em cantos (s. *sāman*, pl. *sāmāni*)" – é uma antologia de material litúrgico que servia de manual ao *udgātr̥*, ou sacerdote-cantor. Os textos que contém o *Sāmaveda* repetem em grande parte os poemas do *R̥gveda*; no entanto, nessa coleção, os passos se apresentam numa forma especial, pautada para canto – uma espécie de ladainha, que modifica a forma dos versos e, muitas vezes, desmembra mesmo as partes constituintes das palavras – e não para recitação, como os poemas da primeira coleção.

O *Yajurveda* – ou *Yajurvedasaṃhitā*, a "Coleção do saber em fórmulas (s. *yajus*, pl. *yajūṃṣi*)" – é também compilação de material litúrgico. *Yajus* é o nome que se dá às fórmulas enunciadas durante o rito pelo *adhvaryu*, sacerdote responsável por todas as ações ritualísticas, desde o preparo do espaço onde se realizavam os ritos, abater e retalhar os animais do sacrifício, preparar as bebidas e comidas rituais – tais como o *soma* e o *ghr̥ta*, a manteiga clarificada –, até deitar no fogo as oferendas aos deuses.

O *Atharvaveda* – "O Veda de Atharvan", nome de um sacerdote mítico que se tem por seu compositor – é coleção que todos os estudiosos dão como a mais tardia, e recolhe poemas, fórmulas litúrgicas mais complexas e outras mais simples (como encantamentos, simpatias e coisas do gênero), utilizadas em ritos de âmbito privado. Ou seja, não é apanágio das classes sacerdotais – *i.e.*, dos especialistas nos grandes rituais da comunidade, rituais públicos – mas compilação de que se podia utilizar o leigo em seus rituais privados.

4 As classes em que se dividem os *āryās*

Junto com esta descrição sumária dos textos mais antigos, faz-se necessário delinear as grandes linhas do contorno sociocultural dessas comunidades *āryās* que, a partir do século XV a.C., assentaram no noroeste do subcontinente indiano.

Trata-se de sociedade dividida em classes exclusivas, a que se pertence por hereditariedade sanguínea. As funções que descreveremos sumariamente a seguir são aquelas exercidas pelos membros homens adultos dessas classes.

Há entre eles uma classe sacerdotal, os *brāhmaṇās* (brâmanes). São os brâmanes os que têm a prerrogativa de realizar os rituais da comunidade e transmitir às novas gerações esse conhecimento, (conhecimento que, por sua vez, encerra uma visão de mundo).

Há uma classe governante – os chamados *kṣatriyās* – que tem a prerrogativa da ordem civil e militar. No período mais arcaico, o *kṣatriya* é o chefe de comunidades pequenas, vilas, ou de uma confederação de vilas; mais tarde, é o rei na cidade ou centro urbano maior que preside uma confederação de cidades e vilas menores.

É às expensas e no interesse desses chefes ou reis que os brâmanes realizavam os grandes rituais públicos que marcavam a vida da comunidade.

Contavam-se ainda entre os *āryās*, abaixo de brâmanes e *kṣatriyās*, os chamados *vaiśyās*, a classe dos produtores, especialmente camponeses, agricultores, criadores de rebanhos e comerciantes.

Afora essas três classes, os textos mais antigos mencionam ainda o *dasyu* ou *dāsa*, o servo. Na nomenclatura posterior, quando ficam bem estabelecidos os quatro estratos ou cores (s. *varṇa*, pl. *varṇās*)[2] dessa sociedade indiana antiga – divisões, como se vê, ao mesmo tempo funcionais e hierárquicas –, fala-se do *śūdra* (pl. *śūdrās*)em princípio o não *āryā*, membro da classe servil.

Entende-se hoje que o termo *śūdra* se referia a uma grande variedade de povos e comunidades não *āryās* que habitavam os lugares por onde passaram e onde se estabeleceram as ondas migratórias *āryās*.

Essa classificação sumária, no entanto, parece representar mais um estado ideal que real das coisas nesse período arcaico da fixação dessas comunidades no subcontinente indiano. A arqueologia e a antropologia tendem a relativizar a visão rígida que emana dos antigos textos e sugerem que os primeiros *āryās* devem ter assimilado em parte as estruturas sociais daqueles que subjugaram, incorporando parte das elites autóctones sob a denominação de *ārya*.

---

2. Essa estratificação é o que comumente chamamos pela palavra portuguesa *casta*, embora este termo, aplicado pelos portugueses à situação social da Índia do século XVI, inclua ainda todo o sistema complexo de subclassificações que os indianos chamam *jāti*.

5 A exegese dos Vedās: Brāhmaṇa, Āraṇyaka e Upaniṣad

A prática de grande variedade de rituais, que marcam a vida da comunidade e dos indivíduos, é, como se vê pela descrição das quatro coleções védicas, central para os *āryās*.

Desde provavelmente os primeiros séculos do primeiro milênio a.C. (IX/VIII a.C.), as coleções védicas já haviam passado a ser tesouro comum de diversas comunidades *āryās* espalhadas pelo noroeste e centro-norte da Índia. Eram transmitidas às gerações seguintes no seio de famílias de sacerdotes, os chamados "ramos" (s. *śākhā*, pl. *śākhās*), como os ramos de uma árvore.

Cada ramo se especializava na transmissão de uma só coleção. No âmbito de cada ramo, então, e no entorno de cada coleção, começa a emergir nos séculos seguintes (mais ou menos de VIII a V a.C.) uma literatura coletiva dedicada à exegese – *i.e.*, à explicação – do significado da liturgia, os textos chamados Brāhmaṇāni, Āraṇyakāni e Upaniṣadas.

Brāhmaṇa é o nome que recebe a categoria mais antiga desses comentários de exegese. Como se vê, trata-se do mesmo nome da classe sacerdotal que os compõe, no entanto empregado no gênero neutro. Algumas dessas obras chegaram aos nossos dias, sendo talvez a mais representativa o *Śatapaṭhabrāhmaṇa* – o "Brāhmaṇa de cem caminhos", assim chamado por se dividir em cem capítulos –, texto que pertence ao ramo Vājasaneyī, que se ocupava da transmissão do *Yajurveda*. Trata-se de um comentário linear das fórmulas ritualísticas arroladas no *Yajurveda*.

Āraṇyaka foi o nome reservado a porções desse vasto material exegético que, em princípio, tratassem de conteúdo esotérico – *i.e.*, do sentido secreto ou oculto de ações ou palavras do rito – e deveriam ser ensinadas nos ermos (*araṇya*), *i.e.*, fora das vilas, apenas à parte mais seleta do discipulado. O conteúdo dos Āraṇyakāni supérstites é, no entanto, muito variado, assemelhando-se por vezes ao das coleções védicas, bem como ao dos Brāhmaṇāni e Upaniṣadas.

Upaniṣad foi o nome dado também a porções esotéricas desse vasto material exegético. No geral, percebe-se que os mais antigos textos denominados upaniṣad, tais como a *Bṛhadāraṇyaka Upaniṣad* (esta, como se vê pelo nome, foi considerada tanto Āraṇyaka como Upaniṣad) e a *Chāndogya Upaniṣad*, têm especial predileção por temas cosmológicos e metafísicos associados ao rito. Porém, com o passar do tempo, as

Upaniṣadas vão se afastando cada vez mais do conteúdo ritualístico e fixando-se na investigação da natureza do ser humano e de suas correspondências com o mundo que o cerca.

Cada Upaniṣad – assim como cada Brāhmaṇa e Āraṇyaka – foi composta no âmbito de um ramo védico, sendo de início vinculada a um Brāhmaṇa específico e, por isso, patrimônio exclusivo de uma única escola bramânica. Só bem mais tarde, já no fim do período védico, como veremos a seguir, é que se tornarão patrimônio comum, primeiro do bramanismo e, mais tarde ainda, já depois dos primeiros séculos d.C., do mundo indiano letrado.

6 O sentido da palavra *upaniṣad*

Se o elemento essencial do rito é a ação correta (*karman*), a literatura exegética que se desenvolve em torno do ritual védico – nos Brāhmaṇāni, Āraṇyakāni e Upaniṣadas – interessa-se pelo conhecimento ou entendimento correto (*jñāna* ou *vijñāna*) do que subjaz a cada ação ritual. Essa é a fundação da especulação indiana, e o procedimento mais característico é justamente esse ato intelectual chamado *upaniṣad*.

Esta palavra – substantivo feminino em sânscrito – significa "colocar uma coisa ao lado da outra," *i.e.*, promover uma "correspondência", "conexão" ou "equivalência" entre duas coisas ou planos distintos.

Nas Upaniṣadas, a todo momento flagramos essa prática. Especialmente nas mais antigas, esses procedimentos de identificação conectam os elementos do rito ao mundo que nos cerca: o ritual corresponde a uma *imāgō mundī* ("imagem do mundo"), e o correto entendimento dele constitui uma forma de conhecimento do mundo.[3]

Essas conexões ou identidades – realizadas de variadas maneiras, mais ou menos atreladas ao ritual – são sempre entendidas como ocultas ou secretas, e em decorrência disso, a palavra *upaniṣad* ganha também a acepção de "doutrina secreta", e esse parece ser o caminho semântico que explica o nome geral que se deu a esses textos.

3. Cf. BU 1.1.1, as equivalências entre as partes do cavalo sacrifical – animal sacrificado no *aśvamedha* ("sacrifício do cavalo"), ritual védico central para a demonstração da soberania real – e o mundo que nos cerca junto com seus fenômenos naturais.

7 Autoria e transmissão das Upaniṣadas

É importante ainda salientar que todas essas obras são fruto de uma acumulação oral de ensinamentos oral ao longo de várias gerações. Não se pode encerrá-las pelo conceito moderno de autoria: são composições orais ao mesmo tempo coletivas e exclusivas, fruto dos debates entre os brâmanes especialistas do sacrifício, que selecionaram, compilaram e transmitiram àqueles que os sucederam material explicativo e especulativo sobre suas práticas rituais a fim de salvaguardar seu conhecimento e correta realização.

Esses debates também levaram os mesmos brâmanes a muitas vezes pôr em xeque suas práticas, estabelecendo, com o passar dos séculos, grande variedade de ideias não só sobre a necessidade de sua manutenção, mas também sobre a sua superação e mesmo a superação da visão de mundo que as sustentava como centro da vida humana.

Curiosamente toda essa diversidade de ideias acabou por ser preservada no seio mesmo da tradição ritualística. Nem se perdeu o ideal da ação ritual, da preservação da linhagem, da aquisição de riqueza e muitos outros ideais antigos presentes na cultura védica, como também não aquiesceu a busca por novas interpretações do homem, do mundo que o cerca e do seu destino enquanto nele e depois da morte.

Como já mencionei, marca-se o fim do período védico pela composição das Upaniṣadas. No entanto, isso decerto não significa dizer que algo acaba de uma hora para outra.

A partir do sétimo ou sexto século a.C., quando começam a ser compostas as Upaniṣadas, até os primeiros séculos d.C., toda essa literatura – Saṃhitās, Brāhmaṇāni, Āraṇyakāni e Upaniṣadas –, produzida até então por grupos culturalmente coesos, começa a ser compreendida como um único e vasto cânone: o Veda, *lātō sensū*, para além das particularidades de cada ramo.

A parte exegética dessa literatura, transmitida, como vimos, apenas no seio deste ou daquele ramo, torna-se cânone comum de todos os brâmanes. As Upaniṣadas, por seu turno, sendo gênero ainda mais independente, cujas reflexões transgrediam os limites da cultura ritualística, começarão mesmo a transcender os limites desse cânone.

É nesse contexto de pertença e ao mesmo tempo relativa independência do cânone védico que as Upaniṣadas – que fecham o cânone – serão chamadas Vedānta, *i.e.*, "O fim (*anta*) do Veda", ajuntando-se a essa imagem concreta a ideia de que constituem também a meta ou essência do Veda: do cânone e da visão de mundo que aí se encerra.

O período de estabelecimento desse cânone do vedismo confunde-se com o surgimento e a fixação dos cânones budista e jainista, também no norte do subcontinente indiano. A segunda metade do primeiro milênio a.C. é, como se vê, um dos momentos-chave de transformações sociais, econômicas e intelectuais na Índia Antiga.

8 A periodização das Upaniṣadas

O marco para as tentativas de periodização de praticamente todos os textos e eventos históricos da Índia Antiga antes da era cristã tem sido a data de morte do Buda. Geralmente aceite para 486 a.C., essa data tem sido constantemente discutida. Heinz Bechert (1982), *e.g.*, propõe adiantá-la cerca de cem anos, para entre 335 e 375 a.C. Quer se aceite esta ou aquela data, ainda assim o máximo a que se pode aspirar, no estado de nossos conhecimentos, é a uma periodização de contornos largos.

A *Bṛhadāraṇyaka* e a *Chāndogya* – os textos mais longos e essencialmente em prosa – são, por consenso, as Upaniṣadas mais antigas, remontando, na opinião da maioria dos estudiosos, ao período pré-búdico, os séculos VII e VI a.C.

A *Aitareya*, a *Taittirīya* e a *Kauṣītaki* – textos mais curtos também essencialmente em prosa – vêm em seguida, sendo colocadas nos séculos VI e V a.C., talvez anteriores, talvez já contemporâneas da vida do Buda.

A *Kena*, a *Kaṭha*, a *Īśā*, a *Śvetāśvatara* e a *Muṇḍaka* – textos essencialmente em verso – são alinhadas nessa ordem nos séculos que precedem a virada para a era cristã, *i.e.*, de IV a I a.C.

A *Praśna* e a *Māṇḍūkya*, enfim – as duas Upaniṣadas tardias em prosa – têm sido datadas do início da era cristã.

Quanto a localizar com maior precisão a geografia da composição das Upaniṣadas, trata-se de tarefa difícil. Michael Witzel (1987, 1989, 1997), ainda assim, identifica a região do centro-norte e parte do nordeste indiano, nas bacias dos rios Yamunā (moderno Jumna) e Ganges (Gaṅgā) – os territórios de Kuru-Pañcāla, Kosala-Videha e Kāśi, mencionados em parte dos textos –, como centro de atividade das comunidades de brâmanes responsáveis por sua composição.

Aqueles que já enveredaram alguma vez pela história literária indiana, decerto sabem que, além dos doze textos aqui traduzidos, há muitos outros textos que também recebem o nome de Upaniṣad. Com efeito, ao longo de todo o primeiro milênio d.C. e mesmo no segundo, até tempos bem recentes, diversas vertentes religiosas expuseram a suma de suas doutrinas em obras de pequena e média extensão a que deram o nome de *X-Upaniṣad*, *Y-Upaniṣad* etc., decerto em virtude da autoridade que emanava dos textos mais antigos, então considerados, pela teologia bramânica, obras reveladas.

A partir da segunda metade do primeiro milênio d.C., já um *corpus* bem mais vasto de Upaniṣadas se conhece. Independentes de seus Brāhmaṇāni, de seus ramos védicos, passam a ser recolhidas em coleções, digamos, próprias. O rol tradicional da compilação que circulava pelo norte da Índia é de 52 textos; o da que circulava pelo sul, de 108 textos. Contam-se, no entanto, hoje em dia, centenas de Upaniṣadas, produzidas talvez até o século XVI.

9 Sobre esta tradução

De meu conhecimento, esta é a primeira tradução das doze Upaniṣadas mais antigas para o português a partir do original sânscrito. Baseio-me no texto sânscrito tal como editado por Patrick Olivelle (*The Early Upaniṣads: Annotated Text and Translation.* Oxford: OUP, 1998). Esta edição constitui um marco importante nos estudos das Upaniṣadas, pois restabelece o chamado *textus receptus, i.e.*, o texto tal como recebido pela tradição manuscrita e pelo testemunho dos comentadores antigos – especialmente Śaṅkara (século VIII d.C.) –, corrigindo inúmeras alterações temerárias ou infundadas feitas por vários editores, especialmente na segunda metade do século XIX e no início do século XX.

Olivelle também traduziu o texto para o inglês, incorporando em suas soluções as descobertas das últimas décadas de estudo das Upaniṣadas. Recorri frequentemente a sua tradução e a seu vasto e erudito aparato de notas para tentar compreender e dar a minha sugestão para a tradução das passagens mais problemáticas. Também consultei, com menor frequência, as traduções francesas da *Bṛhadāraṇyaka Upaniṣad*, de Émile Senart (1967), da *Kauṣītaki Upaniṣad*, de Louis Renou (1948), e da *Śvetāśvatara Upaniṣad*, de Aliette Silburn (1948).

Como já mencionei anteriormente, há Upaniṣadas em prosa com passagens versificadas e Upaniṣadas em verso com trechos em prosa. As várias traduções das Upaniṣadas que se fizeram desde o século XIX têm atentado especialmente para o teor técnico e didático do gênero: de fato são lições de mestres para discípulos. Eu tentei não descurar desse princípio que subjaz ao gênero, esmerando-me, ainda – tanto na prosa como no verso –, pela qualidade estética da linguagem nos planos da sintaxe e da sonoridade.

A prosa das Upaniṣadas é concisa e nos parece seca, se comparada com o estilo da prosa literária em português. Trata-se de um estilo marcado por inúmeras construções formulares que ensejam paralelismos sintáticos e jogos de palavras. Esforcei-me por sugerir com a minha prosa em português essa concisão, esse laconismo – e por vezes mesmo dureza – da prosa arcaica desses textos, reproduzindo-lhes, *e.g.*, o estilo paratático sempre que possível.

Os jogos de palavras eram difíceis de representar sem perder a conexão sonora dos termos originais, de modo que os traduzi literalmente, indicando as correspondências sonoras pelos termos originais entre parênteses, como fez Olivelle.

No verso, vali-me de metrificação tradicional e rimas, tentando também seguir de perto os torneios sintáticos do sânscrito.

A língua sânscrita, diferentemente da língua portuguesa, tem por base rítmica a diferença de duração de consoantes e vogais – que podem ser longas ou breves – e o peso das sílabas – que podem ser leves (com vogal breve e sem fechamento consonantal) ou pesadas (com vogal longa e/ou fechamento consonantal) –, sendo estes também os princípios que sustentam os metros poéticos. As Upaniṣadas apresentam basicamente dois tipos estróficos, a *anuṣṭubh* (ou *śloka*), uma quadra de versos de oito sílabas, e a *triṣṭubh*, uma quadra de versos de onze sílabas.

Este é um exemplo de *anuṣṭubh*:

yathā vṛkṣo vanaspatis	|˘ ¯ ¯ ¯|˘ ¯ ˘ ¯||
tathaiva puruṣo 'mṛṣā;	|˘ ¯ ˘ ˘|˘ ¯ ˘ ¯||
tasya lomāni parṇāni	|¯ ˘ ¯ ¯|˘ ¯ ¯ ˘||
tvag asyotpāṭikā bahiḥ.	|˘ ¯ ¯ ¯|˘ ¯ ˘ ¯||
(BU 3.9.28)	

O sinal [˘] representa uma sílaba leve (*laghu*); [¯], uma sílaba pesada (*guru*); [|], a cesura que divide os dois hemistíquios (*ardhapāda*) da linha ou verso (*pāda*); [||], o fim do verso. Como se vê, a distribuição rítmica do primeiro hemistíquio é mais livre e a do segundo, mais rígida, com tendência ao padrão jâmbico (˘–). É justamente nesse final do verso que se sente melhor a cadência própria do ritmo.

Os versos da *anuṣṭubh*, verti-os em decassílabos quase sempre heroicos (1 2' 3 4 5 6' 7 8 9 10' 11):

> Qual árvore, senhora da floresta,
> tal rigorosamente é o homem:
> os pelos dele são as folhas dela;
> a pele dele, dela a casca fora;
> (BU 3.9.28)

Vejamos agora um exemplo de *triṣṭubh*:

yeyaṃ prete vicikitsā manuṣye	– – – – ˘ ˘ –	– ˘ – –
astīty eke nāyam astīti caike;	– – – – – ˘ –	– ˘ – –
etad vidyām anuśiṣṭas tvayāham	– – – – ˘ ˘ –	– ˘ – –
varāṇām eṣa varas tṛtīyaḥ.*	˘ – ˘ – – ˘ ˘	– ˘ – –

(KaU 1.20)

Assim como vimos no *anuṣṭubh* – e isso vale para todos os metros sânscritos do período védico –, é no final do verso que a cadência é mais rígida e marcante, de cadência crética (–˘–). Para esta estrofe, usei versos dodecassílabos, quase sempre com a seguinte acentuação: 1 2 3 4' 5 6 7 8' 9 10 11 12' (13):

> Há quanto ao homem que está morto esta questão:
> que existe dizem uns e outros dizem não.
> Eis o que quero eu saber por ti instruído.
> Este é o pedido, o terceiro dos pedidos.
> (KaU, 1.20)

Embora a métrica indiana não conheça a rima, entendi que, em nosso modelo métrico, elas seriam bem-vindas para realçar ainda mais a sonoridade do verso, de modo que usei de rimas assonantes, distribuídas nas quadras, no mais das vezes, em ABAB, AABB ou ABBA. As duas primeiras se podem ver nas estrofes supracitadas, a terceira, *e.g.*, em:

---

*. Prov. pronunciado *varāṇaām*.

Dela provém a quem o sol é lenha, o fogo;
da lua vem a chuva, as plantas que há na terra;
e o homem verte o sêmen dele na mulher:
é muita cria que se cria de pessoa.
(MuU 2.1.5)

que traduz a *triṣṭubh*:

tasmād agniḥ samidho yasya sūryaḥ
somāt parjanya oṣadhayaḥ pṛthivyām;[4]
pumān retaḥ siñcati yoṣitāyāṃ
bahvīḥ prajāḥ puruṣāt saṃprasūtāḥ.
(MuU 2.15)

O leitor também encontrará casos que desviam desses princípios todos.

10 Nota da tradução: Da transliteração e pluralização de palavras sânscritas neste livro

Para a transliteração das palavras sânscritas, sigo a prática acadêmica. Explico abaixo os sinais que não usamos na grafia do português bem como aqueles usados com outro valor na transliteração do sânscrito:

* o mácron [¯] indica que a vogal é longa: *ā ī ū*. Sua ausência indica que é breve, exceto no caso de *e* e *o*, que são sempre longas (e de timbre fechado), por isso prescindem da marcação.
* o ponto embaixo de uma consoante (*ṭ ḍ ṣ* etc.) indica uma articulação retroflexa, *i.e.*, com a ponta da língua levemente curvada para trás.
* o *ś* representa o mesmo som que o dígrafo "ch" na grafia do português.
* o *ṅ* representa uma nasal velar, que não distinguimos na grafia do português. Em sânscrito, sempre que houver um *n* diante de consoante velar, ele será grafado *ṅ*, como no nome Aṅgiras.

4. Conta doze sílabas. Entre *parjanya[ḥ]* e *osadhayaḥ* pode ser que houvesse duplo *saṃdhi* na pronúncia > *parjanyauṣadhayaḥ*. Há vários exemplos de duplo *saṃdhi* nas Upaniṣadas.

* *ṃ* representa um som nasal que se acomoda ao timbre da consoante seguinte. Antes de *y r l v ś ṣ* e *s*, ele causa nasalização da vogal que o precede.
* o *ḥ* em geral aparece em fim de palavra e indica, como o *h*, uma aspiração, só que derivada da modificação de um *s* ou *r*.
* *ṛ ṝ ḷ* são as chamadas soantes, *i.e.*, consoantes vocalizadas. *ṛ* soa parecido com o som final *-re* em palavras como *catre, abutre*, tal como pronunciadas em Portugal. *ḷ* soa parecido com a palavra *lã*, pronunciada de modo bem breve, sem a nasalidade, mas mantendo-se o timbre fechado do *a*.

Além dessas letras marcadas por sinais diacríticos ou acentos, o leitor deve atentar para as seguintes convenções:

* O *h* em dígrafos (*kh, ph, dh* etc.) indica que a pronúncia da consoante é aspirada. Apesar de isso parecer confuso, como termo técnico de fonética, aspiração não significa sorver o ar, mas expirá-lo. Isso quer dizer que, junto com a articulação da consoante, se emite uma expiração forte;
* *g* indica apenas o som oclusivo ("duro"): "ga, guê, guî";
* *c* e *j* indicam os sons africados "tch" e "dj";
* o *s* é sempre surdo, *i.e.*, nunca soa como "z";
* o *r* sempre soa próximo do *r* de "arara", nunca como o de "rato".

A gramática recomenda pluralizar as palavras estrangeiras de acordo com as regras da língua original – cf. *campus, campī*, do latim ou *lobby, lobbies*, do inglês, entre outros exemplos – e assim o fiz neste livro. Seguindo a prática mais comum entre os sanscritistas, usei como forma de singular aquilo que chamamos tema ou radical, para o plural, a forma do nominativo plural. As palavras sânscritas que aparecem pluralizadas neste livro são, em geral, nomes de obras e de deuses, *e.g.*: Veda (s.), Vedās (pl.); Rudra, Rudrās; Upaniṣad, Upaniṣadas; Marut, Marutas etc. No caso do nome dos deuses gêmeos Aśvinau, esta forma é um nominativo dual.

Com relação ao gênero das palavras, a regra é simples: se a palavra sânscrita é masculina ou neutra, usa-se em português o masculino; se feminina, o feminino: o Veda, o yoga (palavras masculinas em sânscrito), o *brahman* (palavra neutra), a Upaniṣad (palavra feminina).

Bibliografia essencial

ALLCHIN, F. R. *The Archaeology of early historic South Asia*: the emergence of cities and states. Nova York: Cambridge University Press, 1991.

BECHERT, H. The date of the Buddha reconsidered. *Indologica Taurinensia,* 1982. Disponível em: http://www.asiainstitutetorino.it/Indologica/. Acesso em: 2 nov. 2019.

BRERETON, J. Tat Tvam Asi in Context. *Zeitschrift der Deutschen Morgenlandischen Gesellschaft,* 136, 1982.

BṚHAD-ĀRAṆYAKA-UPANIṢAD. Tradução: Senart, E. Paris: Société d'Édition "Les Belles Lèttres", 1934; 1967.

COHEN, S. (org.). *The Upaniṣads*: a complete guide. Nova York: Routlegde, 2018.

EDGERTON, F. Sources of the philosophy of the Upanisads. *Journal of the American Oriental Society,* 36, 1917.

EDGERTON, F. The Upanisads: what do they seek, and why? *Journal of the American Oriental Society,* 49, 1929.

ERDOSY, G. *Urbanization in early historic India.* Oxford: BAR, 1988.

ERDOSY, G. (ed.). *The Indo-Aryans of Ancient South Asia*. Berlim: De Gruyter, 1995.

GONDA, J. *Vedic literature.* Wiesbaden: Harrassowitz, 1975.

KAUṢĪTAKI UPANIṢAD. Tradução: Renou, L. Paris: Adrien-Maisonneuve, 1948.

KUIPER, F. B. J. (ed.). *Ancient Indian Cosmogony: essays selected and introduced by John Irwin.* Nova Déli: Vikas Publishing House, 1983.

OLDENBERG, H. *The Doctrine of the Upaniṣads and the early Buddhism.* Tradução inglesa de Shridhar B. Shastri. Déli: Motilal Banarsidas, 1915; 1991.

OLIVELLE, P. *The Early Upaniṣads*: annotated text and translation. Nova York: Oxford University Press, 1998a.

OLIVELLE, P. Unfaithful transmitters: philological criticism and critical editions of the Upaniṣads. *Journal of Indian Philosophy,* 26.2, 1998b.

POSSEHL, G. L. *Ancient Cities of the Indus*. Durham, NC: Carolina Academic Press, 1979.

POSSEHL, G. L. *Harappan Civilization*: a contemporary perspective. Déli: Oxford University Press, 1982.

RENOU, L. Le Passage des Brāhmaṇa aux Upaniṣad. *Journal of the American Oriental Society*, 73, 1953.

RENOU, L; SILBURN, L. Sur la notion de "Brahman". *Journal Asiatique*, 7, 1949.

ŚVETAŚVATARA UPANIṢAD. Tradução: Silburn, A. Paris: Adrien-Maisonneuve, 1948.

THE RIGVEDA: The earliest religious poetry of India. Tradução: Jamison, S.; Brereton, J. Oxford: Oxford University Press, 2014.

WINTERNITZ, M. *A History of Indian Literature*. Tradução inglesa de S. Ketkar. Nova Déli: Oriental Books Reprint Corp., 1972.

WITZEL, M. Early Sanskritization: origins and development of the Kuru state. *In*: KÖLVER, B. (ed.). *Recht, Staat und Verwaltung im klassischen Indien*. München: R. Oldenbourg, 1997.

WITZEL, M. On the localization of Vedic texts and schools. *In*: POLLET, G. (ed.). *India and the Ancient World*: history, trade and culture before A.D. 650. Leuven: Department Oriëntalistiek, 1987. (Orientalia Lovaniensia Analecta, 25).

WITZEL, M. Tracing the Vedic dialects. *In*: CAILLAT, C. (ed.). *Dialectes das les littératures Indo-aryennes*. Paris: De Boccard, 1989. (Publications de L'Institut de Civilization Indienne, 55).

Dicionários:

No caso dos três primeiros dicionários elencados, utilizei essencialmente suas versões digitais implementadas pelo maravilhoso projeto Cologne Digital Sanskrit Dictionaries. Disponível em: http://www.sanskrit-lexicon.uni-koeln.de/. Acesso em: 2 nov. 2019.

APTE, V. S. *The practical Sanskrit-English dictionary, containing appendices on Sanskrit prosody and important literary & geographical names in the ancient history of India, for the use of schools and colleges*. Poona: Shiralkar, 1890.

BÖHTLINGK, O. *Sanskrit Wörterbuch, herausgegeben von der kaiserlichen Akademie der Wissenschaften, bearbeitet von Otto Böhtlingk und Rudolph Roth*. St-Petersburg: Eggers, 1855.

MONIER-WILLIAMS, M. *A Sanskrit-English dictionary: etymologically and philologically arranged with special reference to Cognate Indo-European languages.* Oxford: The Clarendon Press, 1899.

PUJOL, O. *Diccionari sànscrit-català.* Barcelona: Enciclopèdia Catalana, 2005.

Para língua portuguesa, uso sempre:

AZEVEDO, F. F. S. *Dicionário analógico da língua portuguesa*: ideias afins / thesaurus. 2. ed. Rio de Janeiro: Lexikon, 2010.

CALDAS AULETE. *Dicionário contemporâneo da língua portuguesa.* 2. ed. brasileira em 5 volumes. Rio de Janeiro: Delta, 1968.

FERNANDES. F. *Dicionário de regimes de substantivos e adjetivos.* 5. ed. Rio de Janeiro: Globo, 1955.

FERNANDES. F. *Dicionário de sinônimos e antônimos da língua portuguesa.* 5. ed. Rio de Janeiro: Globo, 1952.

FERNANDES. F. *Dicionário de verbos e regimes.* 12. ed. Rio de Janeiro: Globo, 1954.

ROCHA, C. A. M.; Rocha, C. E. P. M. *Dicionário de locuções e expressões da língua portuguesa.* Rio de Janeiro: Lexikon, 2011.

Também me foram muito úteis os seguintes dicionários e ferramentas digitais:

Sanskrit Heritage. Disponível em: http://sanskrit.inria.fr/. Acesso em: 2 nov. 2019.

Dicionário Priberam da Língua Portuguesa. Disponível em: https://dicionario.priberam.org/. Acesso em: 30 jul. 2021.

Dicionário de sinônimos. Disponível em: https://www.sinonimos.com.br/. Acesso em: 2 nov. 2019.

1

Bṛhadāraṇyaka Upaniṣad

1 Primeira lição

1.1 Primeiro *brāhmaṇa*

1.1.1 A cabeça do cavalo do sacrifício[5] é decerto a Aurora; o olho, o sol; o alento, o vento; a boca escancarada, o fogo de todos os homens. O corpo (*ātman*)[6] do cavalo do sacrifício é o ano; o dorso, o céu; o bojo, o espaço ao meio; a barriga, a terra; os ilhais, os quadrantes; as costelas, os quadrantes intermédios; os membros, as estações; as juntas, os meses e meios meses; as patas, os dias e noites; os ossos, as constelações; as carnes, as nuvens; a comida do estômago, as areias; os intestinos, os rios; o fígado e os pulmões, as montanhas; as crinas, as plantas e árvores. Sua metade anterior

5. Trata-se do animal sacrificado no *aśvamedha* ("sacrifício do cavalo"), sacrifício público (*śrauta*) para a afirmação da soberania de um chefe ou rei (*rājan*) que deseja expandir seus domínios. Traduzo aqui a breve descrição de Olivelle (1998: 19): "Seleciona-se um bom cavalo de grande velocidade e com marcas especiais, que é então solto para vagar livremente por um ano. Guardam-no as tropas do rei. A cada dia ao longo desse ano oferecem-se sacrifícios especiais na presença do rei, e os sacerdotes recitam histórias e lendas em ciclos de dez dias. Ao fim do ano, o cavalo é trazido de volta e sacrificado, e suas várias partes são cozidas e oferecidas em sacrifício, procedimento que dura 3 dias." O capítulo 13 do *Śatapaṭhabrāhmaṇa* trata exclusivamente desse sacrifício, a que chama "o rei dos sacrifícios" (*rājā vā eṣa yajñānām*, ŚB 13.2.2).

6. *Ātman* tem dois sentidos mais comuns nas Upaniṣadas, o corpo físico e o núcleo essencial do ser humano. Quando usada claramente com o sentido de corpo físico, traduzo por "corpo" e indico entre parênteses o termo original. No outro sentido, traduzi consistentemente por "o si", substantivação do pronome reflexivo. Ātman se usa ainda como mero pronome reflexivo. Neste caso, utilizei a forma exigida pelo contexto (me, te, se, nos etc.), também indicando o termo original entre parênteses.

é o levante, sua metade posterior o poente. Quando boceja, raia; quando treme, troveja; quando mija, chove. Sua fala (*vāc*)[7] é a fala mesma.

1.1.2 O dia decerto nasceu depois, para Magna[8] à frente do cavalo. O ventre dele está no mar oriental. A noite nasceu depois, para Magna atrás dele. O ventre dela está no mar ocidental. Ambos nasceram para Magnas à volta do cavalo. Tornando-se corcel, ele portou os deuses (*devās*); ginete, os Gandharvās;[9] montaria, os demônios;[10] cavalo, os homens. O mar é seu laço; o mar, o seu ventre.

1.2 Segundo *brāhmaṇa*

1.2.1 Aqui nada havia no início. Só pela morte isto era coberto, pela fome. Pois a morte é fome. A morte teve o pensamento: "Que eu ganhe um corpo (*ātman*)", e pôs-se a recitar. Ao que recitou, nasceram as águas: "De eu recitar (*arc*), fez-se a água (*ka*)". Essa é a natureza da recitação (*arka*). Água há decerto para quem sabe ser essa a natureza da recitação.

1.2.2 Recitação, portanto, é água. Então o que era a espuma das águas ajuntou-se e surgiu esta terra. Nela a morte cansou-se. Dela cansada, abrasada, o calor – sua seiva – tornou-se fogo.

1.2.3 O fogo dividiu-se em três, um terço sol, um terço vento.[11] Ele é ainda este alento dividido em três. Sua cabeça é o quadrante leste, e aquele lá e aquele outro[12] são seus antebraços. O outro extremo é o quadrante oeste, e aquele lá e aquele outro são suas coxas.[13] Os ilhais são o sul e o norte. O dorso é o céu; o bojo, o espaço ao meio; o peito é esta terra. Ele reside firme nestas águas. E onde quer que vá reside firme quem o sabe assim.

---

7. O termo *vāc* ("fala; voz; palavra") é consistentemente traduzido por "fala" neste livro.

8. *Mahiman* é o nome da taça que se usa no *aśvamedha* para beber o *soma*, bebida ritual de efeito embriagante ingerida pelo sacerdote e oferecida no fogo aos deuses.

9. Gandharvās (s. Gandharva), junto com os deuses (s. *deva*, pl. *devās*) e os pais ou ancestrais (s. *pitṛ*, pl. *pitaras*), são, na literatura védica, uma classe de seres celestiais. Costumam ser associados à bebida *soma* e ao gosto por mulheres, especialmente as Apsarasas, classe de ninfas celestiais.

10. *Asurās* (s. *asura*). São, no panteão védico, os inimigos dos deuses (*devās*), com quem travam luta, de que saem perdedores. Cf., a seguir, BU 1.3.

11. O terceiro terço permaneceu fogo.

12. Referem-se aos quadrantes intermediários nordeste e sudeste.

13. Referem-se aos quadrantes intermediários noroeste e sudoeste.

1.2.4 A morte desejou: "Que me nasça outro corpo (*ātman*)". Com a mente, a morte, que é a fome, teve coito com a fala. Então o sêmen que houve fez-se ano. Que antes disso não havia ano. A morte o carregou pelo tempo de um ano. Depois de tanto tempo o deu à luz. Nascido o ano, a morte já se punha a devorá-lo. Ele soltou "*bhaṇ*"! Isso é o que se fez fala.

1.2.5 A morte considerou: "Se o matar, farei menos alimento". Com esta fala, este corpo (*ātman*), a morte criou isso tudo que há, versos, fórmulas, cantos[14], metros, sacrifícios, gente, bichos. Tudo o que criava, punha-se a devorar. É "a que tudo devora (*ad*)", essa é a natureza de Aditi.[15] É devorador de tudo isso, isso tudo seu alimento, aquele que sabe ser essa a natureza de Aditi.

1.2.6 A morte desejou: "Sacrifique eu mais e com maior sacrifício". Cansou-se. Ardeu de ascese. Dela cansada, ardendo, o esplendor – seu vigor – partiu. O esplendor, seu vigor, são os alentos.[16] Quando os alentos partiram, o cadáver (*śarīra*) deu-se a inchar (*śva*). Em seu cadáver ainda estava a mente.

1.2.7 A morte desejou: "Que ele me sirva para sacrifício, porque por ele eu ganhe um corpo". Daí ele se fez cavalo (*aśva*). "Porque inchou (*aśvat*), serviu-me para sacrifício (*medhya*)", essa é a natureza do sacrifício do cavalo (*aśvamedha*). Sabe pois o sacrifício do cavalo só quem o sabe assim.

A morte acreditava que não se devia confiná-lo. Depois de um ano, imolou-o para si. Os demais bichos, ofereceu às divindades. Por isso imolam a vítima a Prajāpati[17] como se a todas as divindades.

Aquele que lá arde[18] é decerto o sacrifício do cavalo; o corpo dele é o ano. O fogo que cá arde é o fogo do rito (*arka*); o corpo dele são estes mundos. Eis que estes são dois, o fogo do rito e o sacrifício do cavalo. Mas isso é uma só

---

14. *Ṛc* (pl. *ṛcas*), *yajus* (pl. *yajūṃṣi*) e *sāman* (pl. *sāmāni*), respectivamente. Esses três termos, como já mencionado na Introdução, referem-se aos tipos de texto de que se compõem as três coleções védicas mais antigas, *Ṛgveda*, *Yajurveda* e *Sāmaveda*). Traduzo-os consistentemente por "verso", "fórmula" e "canto", indicando entre parênteses os termos originais de tempos em tempos, quando a passagem não os deixar suficientemente claros.

15. *I.e.*, a devoradora, Morte.

16. Cf. BU 1.3.1-1.3.6.

17. Senhor (*pati*) das criaturas (*prajā*). É o deus criador do panteão védico e upaniṣádico, pai dos deuses, demônios e de todas as criaturas.

18. *I.e.*, o sol.

divindade, morte tão somente. Afasta de si a morte – morte não o alcança, morte faz-se seu corpo, torna-se um entre essas divindades – [quem o sabe assim].

1.3 Terceiro *brāhmaṇa*

1.3.1 Os descendentes de Prajāpati são de dois gêneros, deuses e demônios. Ora, os deuses são menos, mais são os demônios. Nestes mundos eles porfiam. Os deuses disseram: "— Eia, sobrepujemos os demônios no sacrifício pelo canto alto[19]!".

1.3.2 Disseram à fala (*vāc*):[20]

"— Tu, canta-nos o canto alto"; "— Assim seja", e a fala cantou-lhes o canto alto. Cantou aos deuses o que há de útil na fala. O que fala de bom fica para si. Os demônios souberam: "Com ela de cantora (*udgātṛ*) hão por certo de sobrepujar-nos". Correram até ela e crivaram-na de mal (*pāpman*). O mal é isto, é o que se diz de desagradável. O demônio é esse mal.

1.3.3 Então disseram ao alento (*prāṇa*): "— Tu, canta-nos o canto alto"; "— Assim seja", e o alento cantou-lhes o canto alto. Cantou aos deuses o que há de útil no alento. O que cheira de bom fica para si. Os demônios souberam: "Com ele de cantor hão por certo de sobrepujar-nos". Correram até ele e crivaram-no de mal. O mal é isto, o que se cheira de desagradável. O demônio é esse mal.

1.3.4 Então disseram à vista (*cakṣus*): "— Tu, canta-nos o canto alto"; "— Assim seja", e a vista cantou-lhes o canto alto. Cantou aos deuses o que há de útil na vista. O que vê de bom fica para si. Os demônios souberam: "Com ela de cantora hão por certo de sobrepujar-nos". Correram até ela e crivaram-na de mal. O mal é isto, o que se vê de desagradável. O demônio é esse mal.

1.3.5 Então disseram ao ouvido (*śrotra*): "— Tu, canta-nos o canto alto"; "— Assim seja", e o ouvido cantou-lhes o canto alto. Cantou aos deuses o que há de útil no ouvido. O que ouve de bom fica para si. Os demônios souberam: "Com ele de cantor hão por certo de sobrepujar-nos". Correram

19. *Udgītha*. É o nome da porção central de uma loa ou hino de louvor (*stoma* ou *stotra*) que se canta no *agniṣṭoma*, o Ritual do Soma. Cantá-lo é o ofício do sacerdote-cantor, *udgātṛ*. O termo também se refere muitas vezes à sílaba OM. Esse termo tem papel central na *Chāndogya Upaniṣad*.

20. Cf. debates semelhantes sobre quem tem a superioridade entre as funções vitais se acham em BU 1.5.21; 6.1.1-14; ChU 5.1.6-5.2.2; KsU 2.13-14; 3.3; PU 2.1-4.

até ele e crivaram-no de mal. O mal é isto, é o que se ouve de desagradável. O demônio é esse mal.

1.3.6 Então disseram à mente (*manas*): "— Tu, canta-nos o canto alto"; "— Assim seja", e a mente cantou-lhes o canto alto. Cantou aos deuses o que há de útil na mente. O que pensa de bom fica para si. Os demônios souberam: "Com ela de cantora hão por certo de sobrepujar-nos". Correram até ela e crivaram-na de mal. O mal é isto, o que se pensa de desagradável. O demônio é esse mal.

E assim, pois, a estas divindades[21] afligiram de males. Assim crivaram-nas de mal.

1.3.7 Então os deuses disseram a este alento da boca (*āsanya prāṇa*): "— Tu, canta-nos o canto alto"; "— Assim seja", e este alento cantou-lhes o canto alto. Os demônios souberam: "Com ele de cantor hão por certo de sobrepujar-nos". Correram até ele e tentaram crivá-lo de mal. Como um punhado de lama se espedaça tirado contra uma rocha, assim eles por toda parte se espedaçaram e pereceram. Então prosperaram os deuses, caíram os demônios. Quem o sabe assim, prospera ele mesmo, cai o rival que o odeia.

1.3.8 Os deuses disseram: "— Mas onde foi aquele que se prestou a nós de tal maneira?"; "— Ele está na boca (*ayam āsye 'ntar*)". Trata-se de Ayāsya, o Āṅgirasa,[22] pois ele é a seiva dos membros.

1.3.9 Essa mesma divindade se chama Dūr, pois distante (*dūram*) é sua morte. Distante dele é a morte, de quem o sabe assim.

1.3.10 Essa mesma divindade afastou das demais divindades o mal da morte e o fez partir para os confins da terra. Assim apartou-as dos males. Por isso não se deve ir a outro povo nem aos confins da terra, a fim de que não se venha a deparar o mal da morte.

1.3.11 Essa mesma divindade, tendo das demais deidades afastado o mal da morte, então levou-as para além da morte.

---

21. *I.e.*, fala, alento, vista, ouvido e mente (*vāc, prāṇa, cakṣus, śrotra* e *manas*, respectivamente). Esses sentidos ou funções do corpo fazem parte da reflexão central das Upaniṣadas sobre o núcleo essencial da existência; são chamados em conjunto de "alentos" (*prāṇās*, cf. nota 16), "divindades" (*devatās*) e ações ou funções (*karmāṇi*, cf. BU 1.5.21).

22. Aqui este nome se refere ao alento da boca (*āsanya prāṇa*), por associação fonética entre Ayāsya e *āsya* ("boca"), e de *Āṅgirasa* com *aṅga* (membro, parte do corpo) e *rasa* (seiva), da expressão *aṅgānāṃ hi rasaḥ*, "pois ele é a seiva dos membros". Ayāsya Āṅgirasa é o nome de um *ṛṣi*, vidente ou sábio antigo, mencionado nas linhagens de transmissão desse texto, em BU 2.6.1 e 4.6.

1.3.12 A primeira que levou além foi a fala. Quando se libertou da morte, a fala fez-se fogo. Cá arde o fogo após passar além da morte.

1.3.13 Então levou além o alento. Quando se libertou da morte, o alento fez-se vento. Cá sopra o vento após passar além da morte.

1.3.14 Então levou além a vista. Quando se libertou da morte, a vista fez-se sol. Lá se abrasa o sol após passar além da morte.

1.3.15 Então levou além o ouvido. Quando se libertou da morte, o ouvido fez-se os quadrantes. Esses quadrantes passaram além da morte.

1.3.16 Então levou além a mente. Quando se libertou da morte, a mente fez-se lua. Lá brilha a lua após passar além da morte.

Assim também essa deidade o leva para além da morte àquele que o sabe assim.

1.3.17 Então o alento da boca cantou para si alimento,[23] pois qualquer alimento que se coma é só por ele comido, e cá firme ele reside.

1.3.18 Os demais deuses lhe falaram:

"— Isso tudo[24] é senão alimento; cantaste-o para ti; partilha ora conosco desse alimento". Disse-lhes: "— Reuni-vos ao meu redor"; "— Assim seja", e sentaram-se em torno dele. Por isso a comida que por meio do alento se come sacia os demais. Assim tem em torno de si os seus, torna-se seu protetor, o melhor entre os seus, seu guia, o comedor de alimento, soberano, aquele que o sabe assim. Mas quem entre os seus deseja tornar-se rival de quem o sabe assim, este há de faltar a seus dependentes. Já quem o segue e, seguindo-o, deseja suster seus dependentes, este não lhes faltará.

1.3.19 Esse alento é Ayāsya Āṅgirasa, pois ele é a seiva dos membros. O alento é decerto a seiva dos membros; o alento é sem dúvida a seiva dos membros. Por isso seca qualquer membro de que parta o alento, pois o alento é a seiva dos membros.

1.3.20 Mas ele é também Bṛhaspati. Ora, Bṛhatī é fala; ele é dela senhor (*pati*) e por isso Bṛhaspati.

---

23. *Ātmane 'nnādyam āgāyati.* O sentido é que obteve para si o alimento por meio do canto.

24. *Idaṃ sarvam.* A expressão é extremamente comum nas Upaniṣadas e em diversos textos sânscritos antigos; refere-se a tudo o que nos cerca, o mundo todo. Traduzi-a sempre literalmente por "isso tudo" ou "tudo isso".

1.3.21 Ele também é *brahmaṇaspati* (senhor de *brahman*). *Brahman* é, enfim, a fala. Ele é dela senhor e por isso *brahmaṇaspati*.[25]

1.3.22 O alento é também o canto (*sāman*). O canto é, enfim, fala; ele é ela (*sā*) e ele (*ama*), esta é a natureza do *sāman*. Ou porque é igual (*sama*) a uma formiga, igual a um mosquito, igual a um elefante, igual a estes três mundos, igual a isso tudo, por isso *sāman*. Obtém união com o *sāman* e sua mesma residência quem sabe assim a este *sāman*[26].

1.3.23 Ele também é o canto alto (*udgītha*). O alto (*ud*) é mesmo o alento. Pois pelo alento isso tudo para em pé. O cantar (*gīthā*) é, enfim, fala. *Ud* e *gīthā* fazem *udgītha* (canto alto).

1.3.24 Isso também Brahmadatta Caikitāneya disse enquanto bebia do rei:[27] "— Faça este rei que me caia a cabeça se Ayāsya Āṅgirasa cantou o canto alto com outra coisa, pois com fala e alento apenas ele cantou o canto alto".

1.3.25 Quem conhece a riqueza deste canto (*sāman*) decerto terá riqueza. Sua riqueza (*sva*) é o tom (*svara*). Por isso, prestes a oficiar, o oficiante quererá tom na fala. Com a fala dotada de tons há de fazer o seu ofício. Por isso, no sacrifício, desejam ver um que entoa tons, pois ele tem riqueza. Decerto terá riqueza aquele que sabe ser esta a riqueza do canto.

1.3.26 Quem conhece o ouro deste canto decerto terá ouro. Seu ouro (*suvarṇa*) é mesmo o tom (*svara*). Decerto terá ouro aquele que sabe ser este o ouro do canto.

1.3.27 Quem conhece o alicerce desse canto decerto virá a alicerçar-se. Seu alicerce (*pratiṣṭhā*) é mesmo a fala. Pois alicerçado na fala é que se canta o alento em canto. Já uns dizem: "— É o alimento [o alicerce do canto].".

1.3.28 Em seguida, a ascensão das loas purificadoras (*pavamānās*). O sacerdote de loas (*prastotṛ*) louva o canto (*sāman*). Enquanto este louva, deve o patrono do sacrifício (*yajamāna*)[28] recitar isto:

---

25. Este parágrafo e o anterior dão as caraterísticas essenciais dessa divindade: é o senhor da palavra e sacerdote dos deuses. *Brahman* no composto *brahmaṇaspati* refere-se à função sacerdotal, não ao conceito de essência absoluta da existência.

26. Quando são ubíquas as associações fonéticas, como neste passo, mantenho no corpo do texto o termo sânscrito.

27. Epíteto aplicado ao *soma*. Cf. nota 32.

28. Referência ao contexto do Ritual do Soma (*jyotiṣṭoma*). *Prastotṛ* é auxiliar do *udgātṛ*. Ele é responsável pelo canto de certas fórmulas de louvor (*stotra*) chamadas *pavamānās*

Do não ser ao ser conduz-me,
e do breu conduz-me à luz,
da morte a não morrer conduz-me.[29]

Quando disse "Do não ser ao ser conduz-me", o não ser é a morte, o ser, a imortalidade, então o que disse foi "da morte conduz-me à imortalidade", "faz-me imortal". Em "e do breu conduz-me à luz", o breu é a morte, a luz, a imortalidade, então o que disse foi "da morte conduz-me à imortalidade", "faz-me imortal". Em "da morte a não morrer conduz-me" nada há de obscuro.

Ademais ele pode cantar para si mais alimento usando as demais loas (*stotrāṇi*). Enquanto canta, deve portanto escolher por prêmio o que bem queira. O cantor (*udgātṛ*) que o sabe assim obtém pelo canto, para si ou para o patrono do sacrifício, o desejo que desejar. É isso o que é conquistar os mundos. Não teme ficar sem mundos quem sabe assim a este canto (*sāman*).

1.4 Quarto *brāhmaṇa*

1.4.1 Isto aqui[30] no início era um corpo (*ātman*) com forma de homem (*puruṣa-vidha*). Olhando ao redor ele via senão a si mesmo. Ele pronunciou: "Sou eu", e assim surgiu o nome "eu". Por isso mesmo hoje, quando chamado, um diz primeiro: "Sou eu", e só depois dá o outro nome que tenha. Ele se chama *puruṣa* (homem) porque antes (*pūrvam*) disso tudo incendiara (*auṣat*) os males todos. Quem o sabe assim incendeia quem tenta fazer-se à sua frente.

1.4.2 Ele temeu. Por isso quem está só teme. Mas refletiu: "Se há nada além de mim, por que temo?". Então esse seu medo desapareceu. Ora, porque haveria de temer, se o medo se tem de outro?

1.4.3 Ele decerto também não gozou. Por isso quem está só não goza. Ele desejou um segundo. Era do tamanho de fêmea e macho em abraço apertado. Ele talhou esse corpo em dois. Daí se fizeram marido e mulher. Por

("purificadoras"); *yajamāna*, ou patrono do rito, é aquele chefe ou rei mencionado na introdução, às expensas e no interesse do qual se realizavam os grandes rituais públicos como o *aśvamedha*, o *jyotiṣṭoma* e outros.

29. Trata-se do famoso *pavamāna-mantra*, recitado ainda hoje na Índia em inúmeras ocasiões desassociadas com o ritual em tela: *asato mā sad gamaya/ tamaso mā jyotir gamaya/ mṛtyor māmṛtaṃ gamaya.*

30. *Idam*. Assim como a expressão *idaṃ sarvam*, "isso tudo", *idam* refere-se a tudo que nos cerca, o mundo todo. Traduzo essa expressão consistentemente por "isso aqui".

isso mesmo disse Yājñavalkya:[31] "Somos ambos cada um uma metade.". Por isso este espaço é preenchido pela mulher. Ele uniu-se a ela. E nasceram os homens (*manuṣyās*).

1.4.4 "Ele, refletiu ela, gerando-me a mim de si, como se une a mim! Ora, hei de me esconder!" Ela fez-se vaca, ele touro, e uniu-se a ela de novo. E nasceram as vacas. Ela fez-se égua, ele garanhão; ela asna, ele asno, e uniu-se a ela de novo. E nasceram os de um só casco. Ela fez-se cabra, ele bode; ela ovelha, ele carneiro, e uniu-se a ela de novo. E nasceu o gado miúdo. E assim todo par que há até as formigas, a isso tudo ele criou.

1.4.5 Ele compreendeu: "Apenas eu sou a criação, pois eu criei a tudo isto.". E fez-se a criação. Nesta sua criação prospera quem o sabe assim.

1.4.6 Então esfregou assim e da sua boca, como duma vagina, criou o fogo usando as mãos. Por isso ambas, boca e mãos, não têm pelos por dentro, pois a vagina não tem pelos por dentro. "Sacrifica a este, sacrifica àquele", dizem, mas a criação de cada um desses deuses pertence a ele, pois ele é mesmo todos os deuses. E então tudo que é úmido ele criou do sêmen, que é o *soma*.[32] Eis a dimensão de tudo isso (*idaṃ sarvam*): o alimento e quem dele se alimenta. *Soma* é o alimento, o fogo, quem dele se alimenta. Essa é a supracriação (*atisr̥ṣṭi*) de *brahman*. Porque criou os deuses melhores e porque, sendo mortal, criou-os imortais, por isso supracriação. Nessa supracriação reside quem o sabe assim.

1.4.7 Isto aqui era então indistinto. Distinguia-se apenas por nome e figura (*nāmarūpe*), "ele tem esse nome, essa figura". Ainda hoje isto aqui se distingue apenas por nome e figura, "ele tem esse nome, essa figura".

Penetrando cá no corpo até as pontas das unhas, ele é como a navalha guardada na caixa, como a formiga no formigueiro. Não o veem, pois está incompleto: respirando recebe o nome de alento; falando, de fala; vendo, de vista; ouvindo, de ouvido; pensando, de mente. Esses são nomes de seus atos tão somente. Portanto aquele que o considera como sendo cada um

31. Autoridade do ritual no Śatapaṭhabrāhmaṇa; neste texto, mestre de doutrinas exotéricas e personagem central em BU 2.4 e 4.5.

32. "O suco da planta *soma*, que ainda não foi de todo identificada, ocupa lugar muito importante no sacrifício védico e a ele se dedica todo o livro nove do *R̥gveda*; tinha propriedades embriagantes e era muito apreciado pelos sacerdotes e pelos deuses; atribuem-se a ele toda sorte de virtudes e há uma tendência a identificá-lo com a ambrosia, o elixir da imortalidade" (Pujol, 2005: *s.v.*).

desses não o compreende, pois é incompleto em cada um deles. Deve-se considerá-lo como si (*ātman*) tão somente, pois nele todos aqueles se tornam um só. Essa é a trilha disso tudo, o si. Pois seguindo-o é que se conhece isso tudo. Assim como se acha [o gado] seguindo pegadas, encontra fama e glória quem o sabe assim.

1.4.8 Ele é o que há de mais profundo – mais caro que um filho, mais caro que a riqueza, mais caro que todo o resto –, o si. De quem afirma ser-lhe caro outro além do si, alguém poderia dizer: "Perderá quem lhe é caro", e decerto está sujeito a isso. Considere-se caro tão somente o si. Para quem considera caro tão somente o si, o que lhe é caro não é coisa que pereça.

1.4.9 Então disseram: "— Uma vez que os homens pensam que hão de se tornar o todo (*sarvam*) pelo conhecimento de *brahman*, que sabia esse *brahman* que o fez tornar-se o todo?".

1.4.10 Só *brahman* havia no início. Ele sabia só a si mesmo (*ātman*): "Sou *brahman*". Por isso tornou-se o todo. E, entre os deuses, quem quer que o percebeu tornou-se o todo. O mesmo entre os videntes (*r̥ṣayas*),[33] o mesmo entre os homens. Então, vendo isso, o vidente Vāmadeva entendeu: "Eu era Manu[34], era o sol (*sūrya*)". Dá-se o mesmo agora: quem sabe assim, "Sou *brahman*", torna-se o todo. Nem sequer os deuses podem impedi-lo, pois ele se torna o si desses deuses. Já aquele que adora outra deidade – "ele é um, eu outro" – não compreende. Como o gado para o homem, assim é o homem para os deuses. Assim como muito gado tem serventia ao homem, cada homem tem serventia aos deuses. Um único animal que é roubado desagrada, quanto mais se muitos. Por isso não lhes agrada aos deuses que os homens saibam disso.

1.4.11 Isto aqui no início era só *brahman*,[35] uno. Ele, sendo uno, ainda não se desdobrara. Então ele supracriou (*atisr̥j*) uma forma superior, o poder real (*kṣatra*), que são os poderes reais entre os deuses, Indra, Varuṇa, Soma, Rudra, Parjanya, Yama, Mr̥tyu e Īśāna.[36] Por isso nada há acima do poder

---

33. *R̥ṣayas* (s. *r̥ṣi*) são os sábios e poetas antigos, cujo rol e estatuto variam de texto para texto, de tempos em tempos. Os autores dos poemas do *R̥gveda* são também incluídos nesse rol, cf., *e.g.*, ChU 1.3.9.

34. Manu é o homem primordial, progenitor dos seres humanos.

35. *Brahman* neste passo refere-se em primeiro plano ao poder sacerdotal, associado aos brâmanes.

36. Indra é o principal deus do panteão védico, associado à chuva, sua arma é o relâmpago. Varuṇa é o deus associado à ordem cósmica e moral, e também às águas. Soma é a per-

real. Por isso o brâmane reverencia o *kṣatriya* de uma posição inferior na Consagração do Rei (*Rāja-sūya*)[37]. Apenas ao poder real ele concede essa honra. Ora, o ventre do poder real é *brahman*. Por isso, toda vez que o rei alcança supremacia, é a *brahman* (*i.e.*, ao poder sacerdotal) que depois da morte ele se recolhe, ao próprio ventre. E quem o fere, lesa o seu próprio ventre; torna-se pior por ter lesado um melhor.

1.4.12 Ele ainda não se desdobrara de todo. E criou o *vaiśya* (*viś*).[38] Esse são aquelas classes de deuses mencionadas em grupos, os Vasavas, os Rudrās, os Ādityās, os Viśvedevās e os Marutas.[39]

1.4.13 Ele ainda não se desdobrara de todo. E criou o *śūdra*,[40] Pūṣan. Esta terra é Pūṣan.[41] Pois esta terra nutre (*puṣ*) isso tudo, tudo que há.

1.4.14 Ele ainda não se desdobrara de todo. E supracriou uma forma superior, a lei (*dharma*). O poder real do poder real é a lei. Por isso nada há superior à lei. E então o menos poderoso demanda ao mais poderoso pela lei, assim como pelo rei. A lei é nada mais que a verdade (*satyam*). Por isso quem diz a verdade dizem que diz a lei, quem diz a lei dizem que diz a verdade. Um e outro são o mesmo.

1.4.15 Eis aí o poder sacerdotal, o poder real, o *vaiśya* e o *śūdra*. Entre os deuses o poder sacerdotal tornou-se apenas fogo, entre os homens tornou-se brâmane; tornou-se *kṣatriya* sob a forma do *kṣatriya*, tornou-se *śūdra*

---

sonificação da bebida ritual, associada à lua. Rudra é o deus da tempestade, mais tarde associado a Śiva. Parjanya é o deus das chuvas, associado à fertilidade; é o marido da Terra (Pṛthivī). Yama e Mṛtyu são dois nomes para a Morte; e Īśāna, lit. "Senhor", pode ser o epíteto de vários deuses; aqui parece referir-se a uma divindade independente de mitologia parca.

37. Ritual de coroação do rei.

38. A classe dos mercadores e produtores.

39. Vasavas (s. Vasu), Rudrās (s. Rudra) e Ādityās (s. Āditya) são os três principais grupos em que se dividem os deuses do panteão antigo. Os Vasavas são um grupo vago de divindades; diz-se que são oito. Os Rudrās são um grupo de onze deuses. Os Ādityās são os filhos de Aditi, tida por mãe dos deuses; contam oito nos textos mais antigos, entre os quais Mitra, Varuṇa e Indra. Os Viśvedevās, ou "Todos-os-deuses", são um grupo distinto dos três anteriores, de treze deuses. Os Marutas (s. Marut) são ainda outro grupo, que muitas vezes se confunde com o dos Rudras; associam-se aos feitos de Indra.

40. A classe servil.

41. Embora aqui associada à terra, Pūṣan é uma divindade comumente associada ao sol. Cf. IU 16.

sob a forma do *śūdra*. Por isso é no fogo que buscam um mundo (*loka*) entre os deuses, é no brâmane que buscam um mundo entre os homens. Pois *brahman* tornou-se essas duas formas.

Quem parte deste mundo sem ter visto o seu mundo, não lhe tem serventia este mundo, se desconhecido, assim como o Veda não enunciado ou o rito não realizado. Mesmo quando, sem o saber assim, aqui se realiza grande rito puro, depois da morte o rito decerto se dissipa. Considere-se tão somente o si seu mundo. Quem considera tão somente o si seu mundo, não se dissipa o seu rito, pois deste si somente é que ele cria o que bem queira.

1.4.16 Pois então este si é mesmo o mundo para todos os seres. Quando oferece, quando sacrifica, torna-se mundo então para os deuses. Quando recita, torna-se mundo então para os videntes. Quando liba aos pais[42] e deseja descendência, torna-se mundo então para os pais. Quando abriga os homens e dá-lhes de comer, torna-se mundo então para os homens. Quando consegue pasto e água para o gado, torna-se mundo então para o gado. Quando nas moradas dele se abrigam desde animais selvagens, passando por aves até formigas, torna-se mundo então para eles. Assim como alguém desejaria para seu mundo segurança, para quem sabe assim desejam todos os seres segurança. Isso é o que ficou conhecido depois de investigado.

1.4.17 Isto aqui no início era só o si, uno. Ele desejou: "Que eu tenha mulher e que eu então prolifere; que eu tenha riqueza e que eu então realize o rito". Essa é dimensão do desejo. Mesmo que o desejasse, ninguém conseguiria mais que isso. Por isso quem está só mesmo agora deseja: "Que eu tenha mulher e que eu então prolifere; que eu tenha riqueza e que eu então realize o rito". Julga-se incompleto enquanto não consegue cada uma dessas coisas. Já quanto à sua completude: a mente é seu si; a fala, sua mulher; o alento, sua prole; a vista, sua riqueza humana, pois encontra-a com a vista; o ouvido, sua riqueza celestial, pois escuta-a com o ouvido. Seu corpo (*ātman*) é seu rito, pois com o corpo realiza o rito. Este é o sacrifício quíntuplo: o animal é quíntuplo, o homem é quíntuplo, isso tudo é quíntuplo, quíntuplo é tudo que há. Isso tudo obtém quem sabe assim.

Assim termina o quarto *brāhmaṇa*.

---

42. *Pitaras* (s. *pitṛ*), *i.e.*, os ancestrais mortos.

1.5 Quinto *brāhmaṇa*

1.5.1 Há estes versos (*śloka*):[43]

Dos sete alimentos que engendrou
o pai com seu saber e seu calor,
um deles fez comum a toda a gente,
dois deles ele repartiu co'os deuses;

três deles ele fez só para si,
e aos animais cedeu-lhes um enfim.
Depende tudo pois desse alimento,
aquilo que alenta e o sem alento.

Por que é que os alimentos não se acabam,
se deles se alimentam incessantes?
Quem sabe que ele é inesgotável
o alimento vora com o semblante;
lá vai aos deuses ele misturado,
vivendo do alimento vigorante.

1.5.2 "Dos sete alimentos que engendrou/ o pai com seu saber e seu calor" – pois pelo saber e pelo calor o pai os engendrou. "Um deles fez comum a toda a gente" – trata-se do alimento comum que aqui se come. Aquele que o venera não se afasta do mal, pois ele é misturado. "Dois deles ele repartiu com os deuses" – o ofertado com fogo e o ofertado sem fogo. Por isso aos deuses se oferta com fogo e sem fogo. Dizem ainda que são os sacrifícios da lua nova e da lua cheia. Por isso não se deve sacrificar segundo o próprio desejo. "E aos animais cedeu-lhes um enfim" – este é o leite. Pois no início homens e bichos vivem de leite. Por isso a criança quando nasce, fazem-na lamber manteiga de início ou mamar no peito. Assim o filhote quando nasce, chamam-no *atr̥ṇāda* ("o que não come pasto"). "Depende tudo pois desse alimento,/ aquilo que alenta e o sem alento" – pois do leite isso tudo depende, o que alenta e o que é sem alento. Isso que dizem, que "quem oferecer oblações de leite o ano todo vence a morte repetida", não se deve entendê-lo dessa maneira. Quem sabe assim só no dia em que oferece é que vence a morte, pois todo o alimento ele concede aos deuses. "Por

43. Diferente de *r̥c*, que se refere especificamente a versos extraídos do *R̥gveda*, *śloka* é um termo geral para qualquer passagem em versos.

que é que os alimentos não se acabam,/ se deles se alimentam incessantes?" – o inesgotável é decerto pessoa (*puruṣa*)[44], pois ela engendra incessante esse alimento. "Quem sabe que ele é inesgotável" – o inesgotável é decerto pessoa, pois ela engendra esse alimento pelos ritos mui atentamente. Se não o fizesse, certo se esgotaria. "O alimento vora com o semblante" – semblante é boca, com a boca. "Lá vai aos deuses ele misturado/ vivendo do alimento vigorante" – trata-se de uma louvação.

1.5.3 "Três deles ele fez só para si" – a mente, a fala e o alento. Estes fez para si. Diz-se: "Estava com a mente noutro lugar e não vi, estava com a mente noutro lugar e não ouvi", pois com a mente se vê, com a mente se ouve. Desejo, decisão e dúvida, crença e descrença, constância e inconstância, vergonha, reflexão e medo, tudo isso é nada mais que mente. Por isso, mesmo tocados pelas costas, reconhecemos com a mente. Todo som que há é nada mais que fala. Pois aquele chega ao fim, esta não. Nosso alento que sai (*prāṇa*), o que entra (*apāna*), o que perpassa (*vyāna*), o que sobe (*udāna*), e o que liga (*samāna*), tudo isso é nada mais que alento (*prāṇa*). Disso é feito este si, feito de fala, feito de mente, feito de alento.

1.5.4 Os três mundos também são mente, fala e alento: este mundo é fala; o mundo intermédio, mente; aquele mundo lá em cima, alento.

1.5.5 Os três Vedās também são eles: o *R̥gveda* é fala; o *Yajurveda*, mente; o *Sāmaveda*, alento.

1.5.6 Deuses, pais e homens também são eles: os deuses são fala; os pais, mente; os homens, alento.

1.5.7 Pai, mãe e prole também são eles: o pai é mente; a mãe, fala; a prole, alento.

1.5.8 O que é conhecido, o que se busca conhecer e o desconhecido também são eles. Tudo o que é conhecido tem forma de fala, pois a fala é o que conhecemos. A fala nos ajuda tornando-se isso.

1.5.9 Tudo o que se busca conhecer tem forma de mente, pois a mente é o que buscamos conhecer. A mente nos ajuda tornando-se isso.

44. *Puruṣa*. Este termo, assim como *ātman*, reveste, em muitas passagens nas Upaniṣadas, o conceito de núcleo essencial do ser humano. Noutras aproxima-se mais de *brahman*, como essência absoluta de toda existência. Traduzo-o sistematicamente por "pessoa", salvo quando se refere à figura humana masculina.

1.5.10 Tudo o que é desconhecido tem forma de alento, pois o alento é o que desconhecemos. O alento nos ajuda tornando-se isso.

1.5.11 A terra é o corpo (*śarīra*) da fala. Este fogo é aqui sua forma luminosa. Portanto quão grande é a palavra, tão grande é a terra, tão grande é este fogo.

1.5.12 E o céu é o corpo da mente. Aquele sol é lá sua forma luminosa. Portanto quão grande é a mente, tão grande é o céu, tão grande é aquele sol. Esses dois tiveram coito, daí nasceu o alento, que é Indra. Ele não tem rival. Rival é um segundo. Não tem rival quem o sabe assim.

1.5.13 E as águas são o corpo do alento. Aquela lua é lá sua forma luminosa. Portanto quão grande é o alento, tão grandes são as águas, tão grande é aquela lua. Todos esses têm o mesmo tamanho, são todos infinitos. Aquele que os venera como infinitos ganha o mundo infinito.

1.5.14 Prajāpati é o ano, e tem dezesseis partes. Quinze partes são suas noites, sua décima sexta parte é imóvel. Com as noites ele aumenta e diminui. Na noite da lua nova ele entra com sua décima sexta parte em tudo que tem alento, depois renasce pela manhã. Por isso ao longo daquela noite ninguém deve interromper o alento do que tem alento, nem mesmo dum lagarto, por reverência a essa divindade.

1.5.15 O homem que sabe assim é o ano de dezesseis partes, é Prajāpati. Quinze partes são sua riqueza. Sua décima sexta parte é o corpo (*ātman*). Com a riqueza ele aumenta e diminui. Este corpo (*ātman*) é o cubo da roda. A riqueza o aro.[45] Por isso, mesmo se lhe tiram tudo, se ele sobrevive com o corpo, dizem que "[o ladrão] voltou só com o aro da roda".

1.5.16 Demais, três são os mundos tão somente: o mundo dos homens, o mundo dos pais e o mundo dos deuses. Este mundo dos homens só com um filho se conquista, não por outro rito; pelo rito, o mundo dos pais; pelo conhecimento (*vidyā*), o mundo dos deuses. O melhor dos mundos decerto é o mundo dos deuses. Por isso louvam o conhecimento.

1.5.17 Agora o rito de transmissão. Quando pensa que vai morrer, o pai diz ao filho: "— És o *brahman*, és o sacrifício, és o mundo". O filho responde: "— Sou o *brahman*, sou o sacrifício, sou o mundo". Tudo quanto foi estudado se reúne em *brahman*. Todos quais sejam os sacrifícios se reúnem em "sacrifício". Todos quais sejam os mundos se reúnem em "mundo". Tal é a

---

45. Cf. a mesma imagem em BU 1.5.15; ChU 7.15.1; KsU 3.8; SU 1.4; MuU 2.2.6; PU 2.6, 6.6.

extensão disso tudo. "— Tornando-se o todo, que meu filho me ajude a deixar este lugar." Por isso, o filho instruído dizem "que abre o mundo". Por isso o instruem. Quando o pai que o sabe assim deixa este mundo, com estes mesmos alentos ele entra no filho. Se algo foi por ele malfeito, o filho livra-o de tudo isso, por isso tem o nome de "filho" (*putra*).[46] Apenas com o filho o pai reside firme neste mundo.

Então estes deuses, os alentos imortais, entram nele.

1.5.18 Vinda da terra e do fogo, nele entra a fala divina. A fala divina é aquela que faz acontecer o que se fala.

1.5.19 Vinda do céu e do sol, nele entra a mente divina. A mente divina é aquela que faz não mais sofrer quem está feliz.

1.5.20 Vindo das águas e da lua, nele entra o alento divino. O alento divino é aquele que, movendo-se ou não se movendo, não oscila nem falha.

Quem sabe assim torna-se o si (*ātman*) de todos os seres. Ele se torna tal e qual esta divindade (*i.e.*, o alento). Tal como a esta divindade concedem agrados todos os seres, a quem sabe assim concedem agrados todos os seres. Já o que quer que sofram essas criaturas permanece consigo. Só o bom (*puṇyam*) vai a ele, que decerto o mal (*pāpam*) não há de ir aos deuses.

1.5.21 Agora o exame dos votos. Prajāpati criou as funções (vitais; *karman*). Criadas, porfiavam entre si: "— Só eu falarei", cravou a fala; "— E eu verei", replicou a vista; "— E eu ouvirei", o ouvido, e assim as demais funções segundo sua ação. Morte, feita cansaço, apanhou-as, apoderou-se delas. Apoderadas, aprisionou-as. Por isso a fala se cansa, a vista se cansa, o ouvido se cansa. Apenas o alento no meio (*madhyama prāṇa*) ela não apanhou. Elas resolveram conhecê-lo: "— É o melhor de nós aquele que, movendo-se ou não se movendo, não oscila nem falha. Eia, sejamos todos uma forma dele!". E tornaram-se todas uma forma dele. Assim, é por causa dele que são chamadas "alentos" (*prāṇās*). Decerto, a família é chamada pelo nome daquele membro da família que sabe assim. E quem porfia com quem sabe assim, vai definhando. E, definhando, ao fim morre. Isso no que tange ao corpo (*adhyātman*).

1.5.22 Agora no que tange aos deuses (*adhidaivatam*). "— Só eu incendiarei", cravou o fogo; "— E eu abrasarei", replicou o sol; "— E eu brilharei", a lua. E assim as demais divindades segundo sua divindade. Tal qual o alento do meio

46. Por associação com a raiz verbal *pū*, "purificar".

entre os alentos, assim é o vento entre as divindades, pois as demais divindades desaparecem, o vento não. Ele é a divindade que não se põe, o vento.

1.5.23 Há estes versos (*śloka*):

De onde o sol se levanta
e onde o sol vai se pôr;

Por certo é do alento que se levanta, e no alento se põe.

Fizeram lei disso os deuses:
tal hoje como amanhã.

Por certo o que decidiram então é o mesmo que fazem hoje. Por isso deve-se observar tão somente um voto: inspire e expire – "que de mim não se apodere o mal da morte". Se o observar, que o leve até o fim. Assim, ele ganha a união com essa divindade e habitar o mundo dela.

Assim termina o quinto *brāhmaṇa*.

1.6 Sexto *brāhmaṇa*

1.6.1 Este mundo é uma tríade, nome, figura e ato (*karman*). A fala é o *uktha*[47] entre os nomes, pois dela surgem (*uttisthanti*) todos os nomes. Entre eles, ela é o canto (*sāman*), pois é igual (*sama*) a todos os nomes. Entre eles, ela é *brahman*,[48] pois carrega (*bibharti*) todos os nomes.

1.6.2 Já a vista é o *uktha* entre as figuras, pois dela surgem todas as figuras. Entre elas, ela é o canto, pois é igual a todas as figuras. Entre elas, ela é *brahman*, pois carrega todas as figuras.

1.6.3 E o corpo é o *uktha* entre os atos, pois dele surgem todos os atos. Entre eles, ele é o canto, pois é igual a todos os atos. Entre eles, ele é *brahman*, pois carrega todos os atos.

Sendo tríade, isto é apenas um, o si (*ātman*); e o si, sendo um, é essa tríade. Esse é o imortal coberto pelo real. O imortal é o alento, o real, nome e figura. Por ambos este alento está coberto.

Assim termina o sexto *brāhmaṇa*.

Assim termina a primeira lição.

---

47. Nome que se dá ao verso do *Ṛgveda* (*ṛc*) recitado durante um sacrifício.

48. Provavelmente o termo aqui se refere à fórmula (*yajus*) do *Yajurveda*.

2 Segunda lição

2.1 Primeiro *brāhmaṇa*[49]

2.1.1 Dṛptabālāki era um Gārgya[50] versado nos Vedās. Ele disse a Ajātaśatru de Kāśi:[51] "— Vou dizer-te um *brahman*."[52].

Disse Ajātaśatru:

"— Por essa fala nós te daremos mil vacas e o povo há de correr gritando: '— É um Janaka,[53] um Janaka!'".

2.1.2 Disse o Gārgya:

"— A pessoa (*puruṣa*) lá no sol, a ela eu venero como *brahman*.".

Disse Ajātaśatru:

"— Não discutas comigo sobre isso. Como o mais excelente de todos os seres, o cabeça, o rei, só assim eu a venero. Aquele que assim a venera, como o mais excelente de todos os seres, torna-se o cabeça, o rei.".

2.1.3 Disse o Gārgya:

"— A pessoa lá na lua, a ela eu venero como *brahman*.".

Disse Ajātaśatru:

"— Não discutas comigo sobre isso. Como o grande rei de vestes brancas, Soma, só assim eu a venero. Aquele que assim a venera tem *soma* dia a dia espremido[54] e nunca se lhe míngua o alimento.".

2.1.4 Disse o Gārgya:

"— A pessoa lá no raio, a ela eu venero como *brahman*.".

---

49. KsU 4 contém diálogo semelhante entre os mesmos personagens.

50. Nome de célebre família de mestres ritualistas.

51. *I.e.*, rei de Kāśi, antigo nome de Vārāṇasī ou Benares.

52. *Brahman* neste contexto pode se referir ao mesmo tempo a uma formulação verdadeira bem como à realidade última.

53. Referência a Janaka, rei de Videha, personagem nas Lições 3, 4 e 5 deste texto. Dizer que alguém é um Janaka parece querer dizer que se trata de um grande rei. Janaka, portanto, representa neste passo figura célebre do passado para esses personagens. Cf. também KsU 4.1.

54. *Soma* é tanto o nome da planta de que se extrai a bebida por prensagem como o da bebida.

Disse Ajātaśatru:

"— Não discutas comigo sobre isso. Como o radiante, só assim eu a venero. Aquele que assim a venera torna-se radiante e radiante se torna sua prole.".

2.1.5 Disse o Gārgya:

"— A pessoa aqui no espaço, a ela eu venero como *brahman*.".

Disse Ajātaśatru:

"— Não discutas comigo sobre isso. Como o cheio, o que é sem desdobramento, só assim eu a venero. Aquele que assim a venera enche-se de filhos e rebanhos e sua prole não transborda deste mundo.".

2.1.6 Disse o Gārgya:

"— A pessoa aqui no vento, a ela eu venero como *brahman*.".

Disse Ajātaśatru:

"— Não discutas comigo sobre isso. Como Indra Vaikuṇṭha, dardo invencível, só assim eu a venero. Aquele que assim a venera torna-se vitorioso e invencível, vencedor de seus inimigos.".

2.1.7 Disse o Gārgya:

"— A pessoa aqui no fogo, a ela eu venero como *brahman*.".

Disse Ajātaśatru:

"— Não discutas comigo sobre isso. Como o avassalador, só assim eu a venero. Aquele que assim a venera torna-se mesmo avassalador e avassaladora se torna sua prole.".

2.1.8 Disse o Gārgya:

"— A pessoa aqui nas águas, a ela eu venero como *brahman*.".

Disse Ajātaśatru:

"— Não discutas comigo sobre isso. Como semelhança, só assim eu a venero. Aquele que assim a venera dele só se acerca o semelhante, não o dessemelhante, e a prole dele nasce semelhante.".

2.1.9 Disse o Gārgya:

"— A pessoa aqui no espelho, a ela eu venero como *brahman*.".

Disse Ajātaśatru:

"— Não discutas comigo sobre isso. Como o brilhante, só assim eu a venero. Aquele que assim a venera torna-se brilhante e brilhante se torna sua prole, e ele brilhará mais que todos que encontrar."

2.1.10 Disse o Gārgya:

"— O som que aqui segue ao que passa, a ele eu venero como *brahman*.".

Disse Ajātaśatru:

"— Não discutas comigo sobre isso. Como vida, só assim eu o venero. Aquele que assim o venera passa neste mundo toda a vida; o alento não o deixa antes do tempo.".

2.1.11 Disse o Gārgya:

"— A pessoa aqui nos quadrantes, a ela eu venero como *brahman*.".

Disse Ajātaśatru:

"— Não discutas comigo sobre isso. Como o companheiro inseparável, só assim eu a venero. Aquele que assim a venera tem um companheiro e nunca se separa de seu grupo.".

2.1.12 Disse o Gārgya:

"— A pessoa aqui feita de sombra, a ela eu venero como *brahman*.".

Disse Ajātaśatru:

"— Não discutas comigo sobre isso. Como morte, só assim eu a venero. Aquele que assim a venera passa neste mundo toda a vida; não se aproxima dele a morte antes do tempo.".

2.1.13 Disse o Gārgya:

"— A pessoa aqui no corpo, a ela eu venero como *brahman*.".

Disse Ajātaśatru:

"— Não discutas comigo sobre isso. Como dotada de corpo (*ātmanvī*), só assim eu a venero. Aquele que assim a venera torna-se dotado de corpo e dotada de corpo sua prole.".

Então o Gārgya silenciou.

2.1.14 Disse Ajātaśatru:

"— Isso é tudo?"

"— Sim, é tudo."

"— E com isso tudo ele não se fez conhecido...".

Disse o Gārgya:

"— Aceita-me como discípulo.".

2.1.15 Disse Ajātaśatru:

"— Não é natural que um brâmane venha como discípulo a um *kṣatriya* para que este lhe fale um *brahman*. Mas vou instruir-te.".

Tomando-o pela mão, levantou-se. Eles caminharam até um homem que dormia. Ajātaśatru chamou-o por estes nomes:

"— Grande rei de vestes brancas, ó Soma.".

Ele não se levantou. Tocando-lhe com a mão, despertou-o. Então ele se levantou.

2.1.16 Disse Ajātaśatru:

"— Quando ele estava aqui adormecido, a pessoa feita de entendimento (*vijñānamaya puruṣa*) onde estava, de onde veio?".

O Gārgya não soube dizê-lo.

2.1.17 Disse Ajātaśatru:

"— Quando ele estava aqui adormecido, a pessoa feita de entendimento, reunindo o seu entendimento ao entendimento de cada alento,[55] repousava no espaço dentro do coração. Quando ela os retém, então se diz que o homem dorme. Então fica retido o alento, retida a fala, retida a vista, retido o ouvido, retida a mente.".

2.1.18 Em sonho, aqueles mundos por onde vaga se tornam seus. Lá ele se vê como grande rei e grande brâmane, e se vê passar altos e baixos. Assim como um grande rei, retendo súditos, pode perambular pelo seu reino à vontade, este aqui, retendo os alentos, perambula à vontade no seu corpo (*śarīra*).

2.1.19 Já quando em sono sem sonho, quando de nada sabe – setenta e duas mil veias partem do coração ao pericárdio, chamadas *hitās* –, por elas ele desliza [para fora do coração] e repousa no pericárdio. Tal como o

55. *Prāṇās*. Aqui as funções vitais: alento, fala, vista, ouvido e mente. Cf. logo em seguida.

jovem, o grande rei ou o grande brâmane repousaria depois de alcançado o extremo alheamento do gozo, assim ele aí repousa.

2.1.20 Tal como a aranha solta o fio da teia, tal como minúsculas fagulhas rebentam do fogo, assim deste si todos os alentos, todos os mundos, todos os deuses, todos os seres (*bhūtāni*) rebentam. Seu nome secreto (*upaniṣad*) é "O real do real". O real são os alentos, o real dos alentos o si.

Assim termina o primeiro *brāhmaṇa*.

2.2 Segundo *brāhmaṇa*

2.2.1 Aquele que conhece a cria com seu posto e contraposto, com o pilar e a corda, expulsa os sete rivais que o odeiam. O alento do meio é essa cria. Este é seu posto, este, seu contraposto; o pilar é seu alento, a corda, o alimento.

2.2.2 A seu serviço estão os sete que não mínguam. Por meio daquelas linhas vermelhas do olho Rudra a ele subordina-se; a chuva, por meio das lágrimas do olho; o sol, por meio da pupila; o fogo, por meio do preto do olho; Indra, por meio do branco do olho; a terra, por meio dos cílios de baixo a ele subordina-se; o céu, pelos de cima. Não míngua o alimento de quem sabe assim.

2.2.3 Sobre isso há estes versos (*śloka*):

Há uma copa – boca embaixo, fundo arriba;
o variegado resplendor vai i contido;
videntes sete vão sentados na beirada
e mais a fala, oitava, vai unida a *brahman*.

"Há uma copa – boca embaixo, fundo arriba", esta é a cabeça, pois ela tem a boca para baixo e o fundo para cima. "O variegado resplendor vai i contido", o variegado resplendor é decerto o alento; o verso refere-se aos alentos. "Videntes sete vão sentados na beirada", os videntes são decerto os alentos, o verso refere-se aos alentos. "E mais a fala, oitava, vai unida a *brahman*", pois a fala, a oitava, se associa a *brahman*.

2.2.4 Gotama e Bharadvāja são estas duas [orelhas]: esta [a direita], Gotama, esta [a esquerda], Bharadvāja. Viśvāmitra e Jamadagni são estes dois [olhos]: este [o direito], Visvāmitra, este [o esquerdo], Jamadagni. Vasiṣṭha e Kaśyapa são estas duas [narinas]: esta [a direita], Vasiṣṭha, esta [a esquerda], Kaśyapa. Atri é a fala, pois com a fala se come o alimento. Atri é o mesmo que *atti* (ele come). É comedor de tudo, tudo é alimento para aquele que sabe assim.[56]

Assim termina o segundo *brāhmaṇa*.

2.3 Terceiro *brāhmaṇa*

2.3.1 Duas são as figuras de *brahman*, formada e informe, mortal e imortal, assente e móvel, Sat e Tyam.

2.3.2 Formada é o que é diferente do vento e do espaço intermédio. Ela é mortal, e assente, é Sat. O que aquece é a seiva dessa que é formada, mortal, assente, que é Sat. Pois esta é a seiva de Sat.

2.3.3 Já a informe é o vento e o espaço intermédio. Ela é imortal, e móvel, é Tyam. A pessoa no orbe [do sol] é a seiva dessa que é informe, imortal, móvel, que é Tyam. Pois esta é a seiva de Tyam.

Isto no que tange às divindades.

2.3.4 Agora no que tange ao corpo (*ātman*). Formada é o que é diferente do alento e do espaço dentro do corpo. Ela é mortal, assente, é Sat. A vista é a seiva dessa que é formada, mortal, assente, que é Sat. Pois esta é a seiva de Sat.

2.3.5 Informe é o alento e o espaço dentro do corpo. Ela é imortal, móvel, é Tyam. A pessoa no olho direito é a seiva dessa que é informe, imortal, móvel, que é Tyam. Pois esta é a seiva de Tyam.

2.3.6 Já a figura dessa pessoa é como um pano cor de açafrão, como alva lã, como o vaga-lume, como a chama do fogo, como a lótus branca, como um raio fulminante. Raia fulminante o fulgor daquele que sabe assim.

Agora a regra de substituição: "— Não e não!". Pois não há nada além desse "— Não!". E eis o nome dele: "O real do real.". O real são os alentos. Ele é o real deles.

Assim termina o terceiro *brāhmaṇa*.

---

56. Os nomes referem-se às sete estrelas da Ursa Maior identificadas aos chamados sete videntes ou sábios (*saptārṣayas*), cf. Mitchiner, J. E. *Traditions of the Seven Ṛṣis*. Déli: Motilal Banarsidass, 1982.

2.4 Quarto *brāhmaṇa*

2.4.1 "— Maitreyī," disse certa feita Yājñavalkya, "olha, logo partirei deste lugar. Anda, deixa-me fechar um acordo entre ti e Kātyāyanī."[57]

2.4.2 Disse-lhe Maitreyī:

"— Senhor, se a mim toda esta terra cheia de riquezas me pertencesse, com isso eu seria imortal?".

"— Não," disse Yājñavalkya, "tua vida seria como a dos que têm meios; imortalidade, no entanto, não se espera da riqueza."

2.4.3 Disse-lhe Maitreyī:

"— Que hei de fazer com o que não me faz imortal? Senhor, diz-me o que sabes".

2.4.4 Disse-lhe Yājñavalkya:

"— Oh, minha cara, vê, agora tu me dizes o que me é caro a mim! Vem, senta-te. Eu te explico. Enquanto explico, fica bem atenta!".

2.4.5 Ele disse:

"— Ora, vê, não se quer bem ao marido por amor ao marido, mas por amor a si (*ātman*) quer-se bem ao marido. Ora, vê, não se quer bem à mulher por amor à mulher, mas por amor a si quer-se bem à mulher. Ora, vê, não se quer bem aos filhos por amor aos filhos, mas por amor a si quer-se bem aos filhos. Ora, vê, não se quer bem à riqueza por amor à riqueza, mas por amor a si quer-se bem à riqueza. Ora, vê, não se quer bem ao poder sacerdotal (*brahman*) por amor ao poder sacerdotal, mas por amor a si quer-se bem ao poder sacerdotal. Ora, vê, não se quer bem ao poder real (*kṣatra*) por amor ao poder real, mas por amor a si quer-se bem ao poder real. Ora, vê, não se quer bem aos mundos por amor aos mundos, mas por amor a si quer-se bem aos mundos. Ora, vê, não se quer bem aos deuses por amor aos deuses, mas por amor a si quer-se bem aos deuses. Ora, vê, não se quer bem aos seres por amor aos seres, mas por amor a si quer-se bem aos seres. Ora, vê, não se quer bem ao todo por amor ao todo, mas por amor a si quer-se bem ao todo."

"Ora, vê, a si é que se deve ver, ouvir, pensar e atentar, Maitreyī. Ora, vê, é de ver a si, de ouvir a si, de pensar em si, de atentar a si que isso tudo se faz conhecido."

2.4.6 "Que o poder sacerdotal abandone quem sabe o poder sacerdotal noutro lugar que não em si. Que o poder real abandone quem sabe o poder

57. Maitreyī e Kātyāyanī são as duas mulheres de Yājñavalkya.

real noutro lugar que não em si. Que os mundos abandonem quem sabe os mundos noutro lugar que não em si. Que os deuses abandonem quem sabe os deuses noutro lugar que não em si. Que os seres abandonem quem sabe os seres noutro lugar que não em si. Que o todo abandone quem sabe o todo noutro lugar que não em si. Esse poder sacerdotal, esse poder real, esses mundos, esses deuses, esses seres, esse todo são nada mais que o si."

2.4.7 "Ele é assim: quando alguém bate um tambor, não se pode apreender os sons exteriores; apreende-se o som apreendendo-se o tambor ou quem bate o tambor."

2.4.8 "Ele é assim: quando alguém sopra uma concha, não se pode apreender os sons exteriores; apreende-se o som apreendendo-se a concha ou quem sopra a concha."

2.4.9 "Ele é assim: quando alguém toca uma *vīṇā*,[58] não se pode apreender os sons exteriores; apreende-se o som apreendendo-se a *vīṇā* ou quem toca a *vīṇā*."

2.4.10 "Ele é assim: como do fogo aceso de madeira úmida a fumaça se espalha, assim, ora, vê, é a exalação desse ser imenso, a saber, o *R̥gveda*, o *Yajurveda*, o *Sāmaveda*, o *Atharvāṅgirasa*,[59] histórias, antiguidades, ciências, ensinamentos secretos (*upaniṣadas*), versos, aforismos (*sūtrāṇi*), explicações e glosas. São todos esses exalações dele."

2.4.11 "Ele é assim: como o oceano é ponto de encontro (*ekāyana*) de todas as águas, assim a pele é ponto de encontro de todos os toques; assim as narinas são o ponto de encontro de todos os odores; assim a língua é o ponto de encontro de todos os sabores; assim a vista é o ponto de encontro de todas as figuras; assim o ouvido é ponto de encontro de todos os sons; assim a mente é o ponto de encontro de todos os pensamentos; assim o coração é o ponto de encontro de todas as ciências; assim as mãos são o ponto de encontro de todas as ações; assim as partes[60] são o ponto de encontro de todos os prazeres; assim o ânus é o ponto de encontro de todas as evacuações; assim os pés são o ponto de encontro de todos os caminhos; assim a fala é o ponto de encontro de todos os Vedās."

---

58. Instrumento de cordas, da família do sitar. Não se sabe ao certo a forma do instrumento antigo.

59. *I.e.*, o *Atharvaveda*.

60. *Upastha*. Os órgãos sexuais.

2.4.12 "Ele é assim: uma pedra de sal atirada na água nela se há de dissolver e não será possível apanhá-la de volta. No entanto, é salgado onde quer que se prove dela. Ora, vê, assim este ser imenso é contínuo, ilimitado, massa de entendimento; tendo surgido com estes seres, desaparece depois deles. Ora, vê, eu digo que não há consciência (*saṃjñā*) depois da morte." Assim disse Yājñavalkya.

2.4.13 Disse-lhe Maitreyī:

"— Ora, o senhor me confundiu deveras dizendo que não há consciência depois da morte!".

Ele disse:

"— Ora, vê, não disse nada confuso; este (*i.e.*, o nosso corpo) está apto a entender.

2.4.14 Quando há uma dualidade qualquer, um cheira o outro, um vê o outro, um ouve o outro, um saúda ao outro, um pensa no outro, um entende o outro. Quando, de um deles, o todo se torna o si, esse então cheiraria quem com quê, veria quem com quê, ouviria quem com quê, saudaria quem com quê, pensaria em quem com quê, entenderia quem com quê? Com que ele entenderia quem o faz entender isso tudo? Ora, vê, com que entenderia o inteligente?".

Assim termina o quarto *brāhmaṇa*.

2.5 Quinto *brāhmaṇa*

2.5.1 Esta terra é o mel de todos os seres; desta terra todos os seres são o mel. A pessoa radiante e imortal nesta terra e, no que tange ao corpo (*ātman*), a pessoa radiante e imortal que reside no corpo (*śārīra*) são ambas ele, são o si. Ele é o imortal, ele é *brahman*, ele é o todo.

2.5.2 Estas águas são o mel de todos os seres; destas águas todos os seres são o mel. A pessoa radiante e imortal nestas águas e, no que tange ao corpo, a pessoa radiante e imortal que reside no sêmen são ambas ele, são o si. Ele é o imortal, ele é *brahman*, ele é o todo.

2.5.3 Este fogo é o mel de todos os seres; deste fogo todos os seres são o mel. A pessoa radiante e imortal neste fogo e, no que tange ao corpo, a pessoa radiante e imortal que reside na fala são ambas ele, são o si. Ele é o imortal, ele é *brahman*, ele é o todo.

2.5.4 Este vento é o mel de todos os seres; deste vento todos os seres são o mel. A pessoa radiante e imortal neste vento e, no que tange ao corpo, a pessoa radiante e imortal que reside no alento são ambas ele, são o si. Ele é o imortal, ele é *brahman,* ele é o todo.

2.5.5 Este sol é o mel de todos os seres; deste sol todos os seres são o mel. A pessoa radiante e imortal neste sol e, no que tange ao corpo, a pessoa radiante e imortal que reside na vista são ambas ele, são o si. Ele é o imortal, ele é *brahman,* ele é o todo.

2.5.6 Estes quadrantes são o mel de todos os seres; destes quadrantes todos os seres são o mel. A pessoa radiante e imortal nestes quadrantes e, no que tange ao corpo, a pessoa radiante e imortal que reside no ouvido e no eco são ambas ele, são o si. Ele é o imortal, ele é *brahman,* ele é o todo.

2.5.7 Esta lua é o mel de todos os seres; desta lua todos os seres são o mel. A pessoa radiante e imortal nesta lua e, no que tange ao corpo, a pessoa radiante e imortal que reside na mente são ambas ele, são o si. Ele é o imortal, ele é *brahman,* ele é o todo.

2.5.8 Este raio é o mel de todos os seres; deste raio todos os seres são o mel. A pessoa radiante e imortal neste raio e, no que tange ao corpo, a pessoa radiante e imortal que reside na luz são ambas ele, são o si. Ele é o imortal, ele é *brahman,* ele é o todo.

2.5.9 Este trovão é o mel de todos os seres; deste trovão todos os seres são o mel. A pessoa radiante e imortal neste trovão e, no que tange ao corpo, a pessoa radiante e imortal que reside no som e no tom são ambas ele, são o si. Ele é o imortal, ele é *brahman,* ele é o todo.

2.5.10 Este espaço é o mel de todos os seres; deste espaço todos os seres são o mel. A pessoa radiante e imortal neste espaço e, no que tange ao corpo, a pessoa radiante e imortal que reside no espaço do coração são ambas ele, são o si. Ele é o imortal, ele é *brahman,* ele é o todo.

2.5.11 Esta lei (*dharma*) é o mel de todos os seres; desta lei todos os seres são o mel. A pessoa radiante e imortal nesta lei e, no que tange ao corpo, a pessoa radiante e imortal que segue a lei (*dhārma*) são ambas ele, são o si. Ele é o imortal, ele é *brahman,* ele é o todo.

2.5.12 Esta verdade (*satyam*) é o mel de todos os seres; desta verdade todos os seres são o mel. A pessoa radiante e imortal nesta verdade e, no que tange ao corpo, a pessoa radiante e imortal que diz a verdade (*sātyam*) são ambas ele, são o si. Ele é o imortal, ele é *brahman*, ele é o todo.

2.5.13 Esta humanidade é o mel de todos os seres; desta humanidade todos os seres são o mel. A pessoa radiante e imortal nesta humanidade e, no que tange ao corpo, a pessoa radiante e imortal que pertence à humanidade (*mānuṣa*) são ambas ele, são o si. Ele é o imortal, ele é *brahman*, ele é o todo.

2.5.14 Este si é o mel de todos os seres; deste si todos os seres são o mel. A pessoa radiante e imortal no si e a pessoa radiante e imortal, este corpo, são ambas ele, são o si. Ele é o imortal, ele é *brahman*, ele é o todo.

2.5.15 Este si é o senhor de todos os seres, o rei de todos os seres. Como todos os raios estão atados no cubo e no aro da roda, assim neste si estão atados todos os seres, todos os deuses, todos os mundos, todos os alentos, todos estes corpos (*ātman*).

2.5.16 Este é o mel de que Dadhyañc Ātharvaṇa falara aos dois Aśvinau.[61] Vendo isso, pronunciou o vidente:

O dom que tendes assombroso para o ganho,
tal qual a chuva o trovão, eu o desvelo:
Dadhyañc Ātharvaṇa comunicara o mel
com sua cabeça de cavalo a vós antanho.[62]

2.5.17 Este é o mel de que Dadhyañc Ātharvaṇa falara aos Aśvinau. Vendo isso, pronunciou o vidente:

Ó Aśvinau, cabeça equina depusestes
vós em Ātharvaṇa Dadhyañc, e o mel de Tvaṣṭṛ,
palavra dada, ele então já vos refere,
que tal segredo, exímios, vós deveis guardá-lo.[63]

2.5.18 Este é o mel de que Dadhyañc Ātharvaṇa falara aos Aśvinau. Vendo isso, pronunciou o vidente:

De dois pés fez fortalezas,
fortalezas fez de quatro;

---

61. Esses deuses, irmãos gêmeos, sãos os condutores da carruagem do sol (*sūrya, āditya*). "Trazem riquezas aos homens e afastam deles o infortúnio e a doença" (Monier-Williams, 1899, *s.v.*).

62. *Ṛgveda* 1.116.12-13.

63. *Ṛgveda* 1.117.22.

pessoa, pássaro tornado,
então entrou nas fortalezas.

Esta pessoa (*puruṣa*) é o residente da fortaleza (*puri-śaya*) em todas as fortalezas (*pūrṣu*). Não há nada que não seja pleno dela, nada que por ela não seja protegido.

2.5.19 Este é o mel de que Dadhyañc Ātharvaṇa falara aos Aśvinau. Vendo isso, pronunciou o vidente:

De cada uma das figuras a figura
ele assumiu para mostrar a sua figura:
vai por seus truques em figuras variegadas,
porquanto mil corcéis tem Indra aparelhados.[64]

Os corcéis são mesmo ele, os dez mil são ele, muitos e infinitos. Este *brahman* é sem antes nem depois nem dentro nem fora. *Brahman* é este si que experimenta tudo. Eis o ensinamento.

Assim termina o quinto *brāhmaṇa*.

2.6 Sexto *brāhmaṇa*

2.6.1 Agora, a linhagem. Pautimāṣya [recebeu] de Gaupavana; Gaupavana, de Pautimāṣya; Pautimāṣya, de Gaupavana; Gaupavana, de Kauśika; Kauśika, de Kauṇḍinya; Kauṇḍinya, de Śāṇḍilya; Śāṇḍilya, de Kauśika e Gautama; Gautama, [**2.6.2**] de Āgniveśya; Āgniveśya, de Śāṇḍilya e Ānabhimlāta; Ānabhimlāta, de Ānabhimlāta; Ānabhimlāta, de Gautama; Gautama, de Saitava e Pracīnayogya; Saitava e Pracīnayogya, de Pārāśarya; Pārāśarya, de Bhāradvāja; Bhāradvāja, de Bhāradvāja e Gautama; Gautama, de Bhāradvāja; Bhāradvāja, de Pārāśarya; Pārāśarya, de Vaijavāpāyana; Vaijavāpāyana, de Kauśikāyani; Kauśikāyani, [**2.6.3**] de Ghṛtakauśika; Ghṛtakauśika, de Pārāśaryāyaṇa; Pārāśaryāyaṇa, de Pārāśarya; Pārāśarya, de Jātūkarṇya; Jātūkarṇya, de Āsurāyaṇa e Yāska; Āsurāyaṇa, de Traivaṇi; Traivaṇi, de Aupajandhani; Aupajandhani, de Āsuri; Āsuri, de Bhāradvāja; Bhāradvāja, de Ātreya; Ātreya, de Māṇṭi; Māṇṭi, de Gautama; Gautama, de Gautama; Gautama, de Vātsya; Vātsya, de Śāṇḍilya; Śāṇḍilya, de Kauśorya Kāpya; Kauśorya Kāpya, de Kumārahārita; Kumārahārita, de Gālava; Gālava, de Vidarbhīkauṇḍinya; Vidarbhīkauṇḍinya, de Vatsanapād

64. *Ṛgveda* 6.47.18.

Bābhrava; Vatsanapād Bābhrava, de Panthāḥ Saubhara; Panthāḥ Saubhara, de Ayāsya Āṅgirasa; Ayāsya Āṅgirasa, de Ābhūti Tvāṣṭra; Ābhūti Tvāṣṭra, de Viśvarūpa Tvāṣṭra; Viśvarūpa Tvāṣṭra, dos Aśvins; os Aśvins, de Dadhyañc Ātharvaṇa; Dadhyañc Ātharvaṇa, de Atharvan Daiva; Atharvan Daiva, de Mṛtyu Prādhvaṃsana; Mṛtyu Prādhvaṃsana, de Pradhvaṃsana; Pradhvaṃsana, de Eka Ṛṣi; Eka Ṛṣi, de Vipracitti; Vipracitti, de Vyaṣṭi; Vyaṣṭi, de Sanāru; Sanāru, de Sanātana; Sanātana, de Sanaga; Sanaga, de Parameṣṭhin; Parameṣṭhin, de *brahman*.

Brahman é o que só por si existe.

Loas a *brahman*!

Assim termina o sexto *brāhmaṇa*.

Assim termina a segunda lição.

3 Terceira lição

3.1 Primeiro *brāhmaṇa*

3.1.1 Janaka de Videha[65] realizava um sacrifício de grandes benesses. Lá se reuniram os brâmanes de Kuru e Pañcāla. Janaka quis saber quem dos brâmanes era o mais versado. Então encurralou mil vacas. A cada chifre de cada uma delas ataram-se dez peças de ouro.

3.1.2 Disse a eles:

"— Veneráveis brâmanes, aquele de vós que for o melhor brâmane levará para si estas vacas."

Mas aqueles brâmanes não se atreveram. Então Yājñavalkya disse a seu discípulo:

"— Tu, meu caro Sāmaśravas, leva-mas!".

E ele foi buscá-las. Então os brâmanes agastaram-se:

"— Ora, é que se considera o melhor de nós?".

Janaka de Videha tinha um sacerdote *hotṛ* chamado Aśvala. Este perguntou: "— És mesmo o melhor de nós, Yājñavalkya?".

Aquele respondeu:

65. *I.e.*, rei de Videha.

"— Nós saudamos o melhor dos brâmanes! Mas ainda queremos as vacas.".
Então depois disso Aśvala decidiu interrogá-lo:

3.1.3 "— Yājñavalkya," ele disse, "quando isso tudo é alcançado pela morte, tudo, sujeito à morte, como o patrono do sacrifício se vê livre de encontrar a morte?".

"— Pelo *hotṛ*,[66] que é o fogo, é a fala. Pois o *hotṛ* do sacrifício é a fala. A fala é este fogo, é o *hotṛ*, é a libertação (*mukti*), libertação plena (*atimutkti*).".

3.1.4 "— Yājñavalkya," ele disse, "quando isso tudo é alcançado por dia e noite, tudo, sujeito a dia e noite, como o patrono do sacrifício se vê livre de dia e noite?"

"— Pelo *adhvaryu*,[67] que é a vista, é o sol. Pois o *adhvaryu* do sacrifício é a vista. A vista é lá o sol, é o *adhvaryu*, é a libertação, libertação plena."

3.1.5 "— Yājñavalkya," ele disse, "quando isso tudo é alcançado pelas metades anterior e posterior do mês lunar, tudo, sujeito às metades crescente e minguante da lua, como o patrono do sacrifício se vê livre das metades crescente e minguante da lua?"

"— Pelo sacerdote *udgātṛ*,[68] que é o vento, é o alento. Pois o *udgātṛ* do sacrifício é o alento. O alento é esse vento, é o *udgātṛ*, é a libertação, libertação plena."

3.1.6 "— Yājñavalkya," ele disse, "quando esse espaço ao meio é sem apoio, como o patrono do sacrifício ascende ao mundo celeste?"

"— Pelo sacerdote *brāhmaṇa*,[69] que é a mente, é a lua. Pois o *brāhmaṇa* do sacrifício é a mente, é a lua. A mente é lá a lua, é o *brāhmaṇa*, é a libertação, libertação plena."

Essas são as libertações plenas (*atimokṣās*). Agora as equivalências (*saṃpadas*).

3.1.7 "— Yājñavalkya," ele disse, "hoje este *hotṛ* fará uso de quantos versos (*ṛc*) no sacrifício?"

"— Três."

"— Quais são os três?"

---

66. Sacerdote que, no sacrifício védico, recita passos do *Ṛgveda*.

67. Sacerdote que, no sacrifício védico, executa as ações rituais acompanhando-as da recitação das fórmulas do *Yajurveda*.

68. Sacerdote que, no sacrifício védico, canta os cantos do *Sāmaveda*.

69. O termo aqui se refere ao sacerdote que participa dos sacrifícios fiscalizando as ações do *hotṛ*, do *udgātṛ* e do *adhvaryu* e de todos os sacerdotes auxiliares; a ele cabe corrigi-las e expiar os erros. É também chamado *brahman*, cf. 3.1.9.

"— O verso recitado antes e o durante o sacrifício; o terceiro é a loa."

"— Que ganha ele com eles?"

"— Tudo o que aqui sustenta a vida."

3.1.8 "— Yājñavalkya," ele disse, "quantas oferendas o *adhvaryu* oferecerá hoje no sacrifício?"

"— Três."

"— Quais são essas três?"

"— As oblações que se incendeiam, as oblações que transbordam e as oblações que jazem."

"— Que ganha ele com elas?"

"— Com as oblações que se incendeiam ganha o mundo dos deuses. Pois o mundo dos deuses é aceso. Com as oblações que transbordam ganha o mundo dos pais. Pois o mundo dos pais fica em cima. Com as oblações que jazem ganha o mundo dos homens. Pois o mundo dos homens jaz embaixo."

3.1.9 "— Yājñavalkya," ele disse, "com quantas divindades o sacerdote *brahman*, sentado a meridião, protegerá hoje o sacrifício?"

"— Uma."

"— Quem é ela?"

"— A mente. A mente é infinita, infinitos Todos-os-deuses. Infinito é o mundo que com ela ele ganha."

3.1.10 "— Yājñavalkya," ele disse, "quantos hinos de louvor o *udgātṛ* cantará hoje no sacrifício?"

"— Três."

"— Quais são os três?"

"— O hino recitado antes e o durante o sacrifício; o terceiro é a loa."

"— Que são eles no que tange ao corpo?"

"— O verso recitado antes é o alento que sai (*prāṇa*); o durante é o alento que entra (*apāna*); a loa é o alento que perpassa (*vyāna*)."

"— Que ganha ele com eles?"

"— Com o hino recitado antes ganha o mundo da terra; com o recitado durante, o mundo intermédio; com a loa, o mundo do céu."

Depois disso Aśvala silenciou.

Assim termina o primeiro *brāhmaṇa*.

3.2 Segundo *brāhmaṇa*

3.2.1 Então perguntou-lhe Jāratkārava Ārthabhāga:

"— Yājñavalkya," ele disse, "quantos são os apreensores (*grahās*), quantos, os supra-apreensores (*atigrahās*)?"

"— Oito são os apreensores; oito, os supra-apreensores."

3.2.2 "O alento que sai é um apreensor. Ele é apreendido pelo alento que entra, supra-apreensor. Pois pelo alento que entra se sentem os cheiros."

3.2.3 "A fala é um apreensor. Ela é apreendida pelo nome, supra-apreensor. Pois pela fala se dizem os nomes."

3.2.4 "A língua é um apreensor. Ela é apreendida pelo sabor, supra-apreensor. Pois pela língua se sabem os sabores."

3.2.5 "A vista é um apreensor. Ela é apreendida pela forma, supra-apreensora. Pois pela vista se veem as figuras."

3.2.6 "O ouvido é um apreensor. Ele é apreendido pelo som, supra-apreensor. Pois pelo ouvido se ouvem os sons."

3.2.7 "A mente é um apreensor. Ela é apreendida pelo desejo, supra-apreensor. Pois pela mente se desejam os desejos."

3.2.8 "As mãos são um apreensor. Elas são apreendidas pela ação, supra--apreensora. Pois pelas mãos se agem as ações."

3.2.9 "A pele é um apreensor. Ela é apreendida pelo tato, supra-apreensor. Pois pelo tato se experimentam os toques."

Esses são os oito apreensores e supra-apreensores.

3.2.10 "— Yājñavalkya," ele disse, "quando isso tudo é alimento da morte, qual a divindade cujo alimento é a morte?"

"— A morte é o fogo. Ele é alimento das águas. [Quem sabe assim,] vence a reiterada morte."

3.2.11 "— Yājñavalkya," ele disse, "quando o homem morre, vão-se dele os alentos ou não?"

"— Não," disse Yājñavalkya, "eles ficam ali reunidos; e ele incha, infla, [assim é que] o morto jaz inchado."

3.2.12 "— Yājñavalkya," ele disse, "quando o homem morre, o que não o abandona?"

"— O nome; infinito é o nome, infinitos Todos-os-deuses;[70] infinito é o mundo que ganha com ele."

3.2.13 "— Yājñavalkya," ele disse, "quando a fala desse homem morto vai ao fogo; o alento, ao vento; a vista, ao sol; a mente, à lua; o ouvido, aos quadrantes; o corpo, à terra; o si, ao espaço; os pelos, às plantas; os cabelos, às árvores; o sangue e o sêmen são depositados nas águas, onde está este homem?"

"— Toma minha mão, meu caro Ārtabhāga. Só nós dois devemos sabê-lo; não é coisa de falarmos em público."

E, tendo se retirado, conversaram. E de que falaram? Foi da ação (*karman*) que falaram. E que louvaram? Foi a ação que louvaram: tornamo-nos bons pela ação boa (*puṇya karman*), maus, pela ação má (*pāpa karman*).

Então Jāratkārava Ārthabhāga silenciou.

Assim termina o segundo *brāhmaṇa*.

3.3 Terceiro *brāhmaṇa*

3.3.1 Então perguntou-lhe Bhujyu Lāhyāyani:

"— Yājñavalkya," ele disse, "em Madras andarilhávamos como ascetas. Assim viemos à casa de Patañcala Kāpya. A filha dele andava tomada por um Gandharva. Perguntamos-lhe: '— Quem és?' Ele respondeu: '— Sudhanvan Āṅgirasa'. Interrogando-o acerca dos fins dos mundos, perguntamos-lhe onde andavam os Pārikṣitas.[71] Onde estão os Pārikṣitas é o que aqui te pergunto, Yājñavalkya: onde estão os Parikṣitas?".

3.3.2 Ele disse:

"— Decerto ele vos respondeu: eles lá foram onde vão os que realizam o sacrifício do cavalo."

"— Aonde vão os que realizam o sacrifício do cavalo?"

---

70. Viśvedevās, cf. nota 39.

71. Parece referir-se aos irmãos membros da família real mítica dos Kuravas.

"— Este mundo visível se estende por trinta e dois dias de viagem na carruagem do sol; a terra o cerca por todos os lados, duas vezes mais larga; o mar a cerca por todos os lados, duas vezes mais largo. Delgado como a lâmina duma navalha, como a asa dum mosquito, há um espaço ao meio. Indra, tornando-se pássaro, entregou os Pārikṣitas ao vento. O vento, tendo-os posto em si, levou-os lá onde ficam os que realizam o sacrifício do cavalo. O que aquele Gandharva louvou assim foi o vento. Por isso, o individual (*vyaṣṭi*) é vento, o geral (*samaṣṭi*) é vento. Afasta a reiterada morte quem sabe assim."

Então Bhujyu Lāhyayani silenciou.

Assim termina o terceiro *brāhmaṇa*

3.4 Quarto *brāhmaṇa*

3.4.1 Então perguntou-lhe Uṣasta Cākrāyaṇa:

"— Yājñavalkya," ele disse, "o *brahman* que se dá a ver e não se esconde da vista, o si que está dentro de tudo, explica-me."

"— O si dentro de tudo é o teu si."

"— Mas qual é, Yājñavalkya, o que está dentro de tudo?"

3.4.2 "— Aquele que expira pelo alento que sai é teu si que está dentro de tudo; aquele que inspira pelo alento que entra é teu si que está dentro de tudo; aquele que respira perpassando é teu si que está dentro de tudo; aquele que respira subindo é teu si que está dentro de tudo. Este que está dentro de tudo é teu si."

3.4.3 Disse Uṣasta Cākrāyaṇa:

"— Ora, tu o expuseste tal como se se dissesse 'Isto é um boi, isto um cavalo'. O *brahman* que se dá a ver e não se esconde da vista, o si que está dentro de tudo, explica-me!".

"— O si dentro de tudo é o teu si."

"— Mas qual é, Yājñavalkya, o que está dentro de tudo?"

"— Tu não podes ver quem vê o ver; não podes ouvir quem ouve o ouvir; não podes pensar quem pensa o pensar; não podes perceber quem percebe o perceber. Este é o teu si que está dentro de tudo. Afora ele, é só dor (*ārtam*)."

Então Uṣasta Cākrāyaṇa silenciou.

Assim termina o quarto *brāhmaṇa*.

3.5 Quinto *brāhmaṇa*

3.5.1 Então perguntou-lhe Kaloha Kauṣītakeya:

"— Yājñavalkya, o *brahman* que se dá a ver e não se esconde da vista, o si que está dentro de tudo, explica-me."

"— O si dentro de tudo é o teu si."

"— Mas qual é, Yājñavalkya, o que está dentro de tudo?"

"— É o que está além de fome e sede, tristeza e ilusão, velhice e morte. Sabendo que este é o si, os brâmanes, abandonando o desejo de filhos, o desejo de riquezas, o desejo de mundos, então aderem à vida de mendicante. Desejo de filhos é desejo de riquezas, desejo de riquezas é desejo de mundos. Pois ambos são apenas desejos. Por isso o brâmane, deixando de ser erudito (*paṇḍita*), deve viver como criança. Deixando de ser criança e erudito, é então sábio (*muni*); deixando de ser não-sábio ou sábio, é brâmane (*brāhmaṇa*). O brâmane, como quem quer que viva, é só brâmane. Afora isso, é só dor."

Então Kaloha Kauṣītakeya silenciou.

Assim termina o quinto *brāhmaṇa*.

3.6 Sexto *brāhmaṇa*

3.6.1 Então perguntou-lhe Gārgī Vācaknavī:

"— Yājñavalkya," ela disse, "se a trama e a urdidura disso tudo é nas águas, a trama e urdidura das águas onde ficam?".

"— No vento, Gārgī."

"— E a trama e o urdidura do vento onde ficam?"

"— Nos mundos intermédios, Gārgī."

"— E a trama e urdidura dos mundos intermédios onde ficam?"

"— Nos mundos dos Gandharvās, Gārgī."

"— E a trama e urdidura dos mundos dos Gandharvās onde ficam?"

"— Nos mundos do sol, Gārgī."

"— E a trama e urdidura dos mundos do sol onde ficam?"

"— Nos mundos da lua, Gārgī."

"— E a trama e urdidura dos mundos da lua onde ficam?"

"— Nos mundos das estrelas, Gārgī."

"— E a trama e urdidura dos mundos das estrelas onde ficam?"

"— Nos mundos dos deuses, Gārgī."

"— E a trama e urdidura dos mundos dos deuses onde ficam?"

"— Nos mundos de Indra, Gārgī."

"— E a trama e urdidura dos mundos de Indra onde ficam?"

"— Nos mundos de Prajāpati, Gārgī."

"— E a trama e urdidura dos mundos de Prajāpati onde ficam?"

"— Nos mundos de *brahman*, Gārgī."

"— E a trama e urdidura dos mundos de *brahman* onde ficam?"

Então ele disse:

"— Gārgī, não perguntes mais, que não te caia a cabeça. Perguntas demais dessa deidade de quem não se deve perguntar demais. Portanto, Gārgī, não perguntes mais.".

Então Gārgī Vācaknavī silenciou.

Assim termina o sexto *brāhmaṇa*.

3.7 Sétimo *brāhmaṇa*

3.7.1 Então perguntou-lhe Uddālaka Āruṇi:

"— Yājñavalkya," ele disse, "nós morávamos em casa de Patañcala Kāpya estudando o sacrifício. A mulher dele andava tomada de um Gandharva. Perguntamos-lhe: '— Quem és?'. Ele respondeu: '— Kabandha Ātharvaṇa.' Ele disse a Patañcala Kāpya e aos lá versados no sacrifício: '— Tu conheces, ó Kāpya, o fio que ata este mundo, o outro mundo e todos os seres?'. E Patañcala Kāpya respondeu: '— Não, senhor, não o conheço'. E ele disse a Patañcala Kāpya e aos lá versados no sacrifício: '— Tu conheces, ó Kāpya, aquele controlador interno (*antaryāmin*) que de dentro controla este mundo, o outro mundo e todos os seres?' E Patañcala Kāpya respondeu: '— Não, senhor, não o conheço.'. E ele disse a Patañcala Kāpya e aos lá versados no sacrifício: '— Ó Kāpya, aquele que conhece esse fio e esse controlador interno conhece *brahman*, conhece os mundos, conhece os deuses, conhece o Veda, conhece os seres, conhece o si, conhece tudo.' Eis o que lhes disse. Eu o conheço. Tu, Yājñavalkya, se, sem conheceres esse fio nem o controlador interno, levares as vacas dos brâmanes, cair-te-á a cabeça.".

"— Pois eu conheço, Gautama, tanto esse fio como esse controlador interno."

"— Ora, qualquer um diz 'conheço, conheço'. Diz como os conheces!"

3.7.2 E ele disse:

"— Esse fio, Gautama, é o vento; por esse fio de vento, Gautama, este mundo, o outro mundo e todos os esses seres vão atados. Por isso mesmo, Gautama, do homem quando morto dizem que seus membros se desataram, pois por esse fio de vento, Gautama, vão atados."

"— Isso mesmo, Yājñavalkya. Agora fala do controlador interno."

3.7.3 "— Aquele que está na terra, diferente da terra, que a terra não conhece, de quem a terra é o corpo, que de dentro controla a terra, este é o si, o controlador interno, o imortal."

3.7.4 "Aquele que está nas águas, diferente das águas, que as águas não conhecem, de quem as águas são o corpo, que de dentro controla as águas, este é o si, o controlador interno, o imortal."

3.7.5 "Aquele que está no fogo, diferente do fogo, que o fogo não conhece, de quem o fogo é o corpo, que de dentro controla o fogo, este é o si, o controlador interno, o imortal."

3.7.6 "Aquele que está na região intermédia, diferente da região intermédia, que a região intermédia não conhece, de quem a região intermédia é o corpo, que de dentro controla a região intermédia, este é o si, o controlador interno, o imortal."

3.7.7 "Aquele que está no vento, diferente do vento, que o vento não conhece, de quem o vento é o corpo, que de dentro controla o vento, este é o si, o controlador interno, o imortal."

3.7.8 "Aquele que está no céu, diferente do céu, que o céu não conhece, de quem o céu é o corpo, que de dentro controla o céu, este é o si, o controlador interno, o imortal."

3.7.9 "Aquele que está no sol, diferente do sol, que o sol não conhece, de quem o sol é o corpo, que de dentro controla o sol, este é o si, o controlador interno, o imortal."

3.7.10 "Aquele que está nos quadrantes, diferente dos quadrantes, que os quadrantes não conhecem, de quem os quadrantes são o corpo, que de dentro controla os quadrantes, este é o si, o controlador interno, o imortal."

3.7.11 "Aquele que está na lua e nas estrelas, diferente da lua e das estrelas, que a lua e as estrelas não conhecem, de quem a lua e as estrelas são o corpo, que de dentro controla a lua e as estrelas, este é o si, o controlador interno, o imortal."

3.7.12 "Aquele que está no espaço, diferente do espaço, que o espaço não conhece, de quem o espaço é o corpo, que de dentro controla o espaço, este é o si, o controlador interno, o imortal."

3.7.13 "Aquele que está na escuridão, diferente da escuridão, que a escuridão não conhece, de quem a escuridão é o corpo, que de dentro controla a escuridão, este é o si, o controlador interno, o imortal."

3.7.14 "Aquele que está na luz, diferente da luz, que a luz não conhece, de quem a luz é o corpo, que de dentro controla a luz, este é o si, o controlador interno, o imortal.".

Isso no que tange à esfera celeste.

3.7.15 Agora, no que tange aos seres:

"Aquele que está em todos os seres, diferente de todos os seres, que todos os seres não conhecem, de quem todos os seres são o corpo, que de dentro controla todos os seres, este é o si, o controlador interno, o imortal.".

Isso no que tange aos seres.

3.7.16 Agora no que tange ao corpo (*ātman*):

"Aquele que está no alento, diferente do alento, que o alento não conhece, de quem o alento é o corpo, que de dentro controla o alento, este é o si, o controlador interno, o imortal."

3.7.17 "Aquele que está na fala, diferente da fala, que a fala não conhece, de quem a fala é o corpo, que de dentro controla a fala, este é o si, o controlador interno, o imortal."

3.7.18 "Aquele que está na vista, diferente da vista, que a vista não conhece, de quem a vista é o corpo, que de dentro controla a vista, este é o si, o controlador interno, o imortal."

3.7.19 "Aquele que está no ouvido, diferente do ouvido, que o ouvido não conhece, de quem o ouvido é o corpo, que de dentro controla o ouvido, este é o si, o controlador interno, o imortal."

3.7.20 "Aquele que está na mente, diferente da mente, que a mente não conhece, de quem a mente é o corpo, que de dentro controla a mente, este é o si, o controlador interno, o imortal."

3.7.21 "Aquele que está na pele, diferente da pele, que a pele não conhece, de quem a pele é o corpo, que de dentro controla a pele, este é o si, o controlador interno, o imortal."

3.7.22 "Aquele que está no entendimento (*vijñāna*), diferente do entendimento, que o entendimento não conhece, de que o entendimento é o corpo, que de dentro controla o entendimento, este é o si, o controlador interno, o imortal."

3.7.23 "Aquele que está no sêmen, diferente do sêmen, que o sêmen não conhece, de quem o sêmen é o corpo, que de dentro controla o sêmen, este é o si, o controlador interno, o imortal."

"É quem vê sem ser visto, quem ouve sem ser ouvido, quem pensa sem ser pensado, quem entende sem ser entendido. Não há outro que vê nem outro que ouve nem outro que pensa nem outro que entende. Este é o si, o controlador interno, o imortal. Além dele, é só dor.".

Então Uddālaka Āruṇi silenciou.

Assim termina o sétimo *brāhmaṇa*.

3.8 Oitavo *brāhmaṇa*

3.8.1 Então disse [Gārgī] Vācaknavī:

"— Veneráveis brâmanes, quero fazer-lhe duas perguntas. Se ele me responder, decerto nenhum de vós há de vencê-lo na disputa sobre *brahman* (*brahmodya*)."

"— Pergunta, Gārgī.".

3.8.2 Ela disse:

"— Yājñavalkya, tal como o terrível guerreiro de Kāśi ou Videha, que retesa o arco distenso, toma na mão duas flechas afiadas e vem desafiar o inimigo, com duas perguntas venho eu desafiar-te. Responde-me."

"— Pergunta, Gārgī.".

3.8.3 Ela disse:

"— As coisas, Yājñavalkya, acima do céu, debaixo da terra, entre o céu e a terra; aquilo que chamam passado, presente e futuro, disso o que é a trama e urdidura?".

3.8.4 Ele disse:

"— As coisas, Gārgī, acima do céu, debaixo da terra, entre o céu e a terra; aquilo que chamam passado, presente e futuro, o espaço é disso a trama e urdidura.".

3.8.5 Ela disse:

"— Louvado seja, Yājñavalkya, que mo explicaste. Atenta agora para a segunda pergunta."

"— Pergunta, Gargi.".

3.8.6 Ela disse:

"— As coisas, Yājñavalkya, acima do céu, debaixo da terra, entre o céu e a terra; aquilo que chamam passado, presente e futuro, disso o que é a trama e urdidura?".

3.8.7 Ele disse:

"— As coisas, Gārgī, acima do céu, debaixo da terra, entre o céu e a terra; aquilo que chamam passado, presente e futuro, o espaço é disso a trama e urdidura.".

"— E o espaço, dele o que é a trama e a urdidura?".

3.8.8 Ele disse:

"— Isso, Gārgī, é o imperecível (*akṣaram*), que os brâmanes descrevem não grosso nem fino, não curto nem comprido, sem sangue nem gordura, sem sombra nem escuridão, sem vento nem espaço, sem laços, sem gosto nem cheiro, sem vista nem ouvido, sem fala nem mente, sem calor nem alento nem boca, sem tamanho, sem dentro nem fora. Nada come nem nada o come."

3.8.9 "É, sim, por ordem desse imperecível, Gārgī, que sol e lua ficam separados. É, sim, por ordem desse imperecível, Gārgī, que céu e terra ficam separados. É, sim, por ordem desse imperecível, Gārgī, que segundos e horas, dias e noites, meios-meses e meses, estações e anos ficam separados. É, sim, por ordem desse imperecível, Gārgī, que uns rios correm a leste desde as montanhas nevadas, outros a oeste, cada qual em seu quadrante. É, sim, por ordem desse imperecível, Gārgī, que os homens louvam quem lhes doa, que os deuses são dependentes do patrono do sacrifício, que os ancestrais dependem da oferenda com a concha."

3.8.10 "Quem oferenda, Gārgī, sem conhecer esse imperecível, e sacrifica e pratica ascese, tudo isso se lhe acaba. Quem deixa este mundo, Gārgī, sem conhecer esse imperecível é miserável. Já quem deixa este mundo conhecendo esse imperecível, ele é brâmane."

3.8.11 "Esse imperecível, Gārgī, é quem vê sem ser visto, quem ouve sem ser ouvido, quem pensa sem ser pensado, quem entende sem ser entendido. Não há outro que vê nem outro que ouve nem outro que pensa nem outro que entende. É esse imperecível, Gārgī, a trama e urdidura do espaço.".

3.8.12 Ela disse:

"— Veneráveis brâmanes, deveis considerar grande cousa que vos livreis desse homem somente com saudá-lo. Decerto nenhum de vós há de vencê-lo na disputa sobre *brahman*.".

Então Vācaknavī silenciou.

Assim termina o oitavo *brāhmaṇa*.

3.9 Nono *brāhmaṇa*

3.9.1 Então perguntou-lhe Vidagdha Śākalya:

"— Quantos são os deuses, Yājñavalkya?".

Ele respondeu com o rol de invocação (*nivid*):

"— Tantos quantos são mencionados no rol de invocação. Sendo assim, são três e três centos, três e três mil.".

"— Sim," ele disse, "mas quantos mesmo são os deuses, Yājñavalkya?"

"— Trinta e três."

"— Sim," ele disse, "mas quantos mesmo são os deuses, Yājñavalkya?"

"— Seis."

"— Sim," ele disse, "mas quantos mesmo são os deuses, Yājñavalkya?"

"— Três."

"— Sim," ele disse, "mas quantos mesmo são os deuses, Yājñavalkya?"

"— Dois."

"— Sim," ele disse, "mas quantos mesmo são os deuses, Yājñavalkya?"

"— Um e meio."

"— Sim," ele disse, "mas quantos mesmo são os deuses, Yājñavalkya?"

"— Um."

"— Sim," ele disse, "e quais são esses três e três centos e esses três e três mil?".

3.9.2 Ele disse:

"— Esses são apenas os poderes deles. Os deuses são mesmo trinta e três.".

"— E quais são esses trinta e três?"

"— Os oito Vasavas, os onze Rudrās, os doze Ādityās, esses são trinta e um; mais Indra e Prajāpati perfazem os trinta e três."[72]

3.9.3 "— Quem são os Vasavas?"

"— Os Vasavas são fogo e terra, vento e região intermédia, sol e céu, lua e estrelas. Neles toda esta riqueza (*vasu*) está depositada, por isso Vasavas".

3.9.4 "— Quem são os Rudrās?"

"— Esses são os dez alentos no homem,[73] o décimo primeiro é o si. Quando deixam este corpo mortal, fazem chorar (*rodaya*). Porque fazem chorar, por isso Rudrās."

3.9.5 "— Quem são os Ādityās?"

---

72. Cf. notas 36 e 39.

73. Provavelmente se trata dos cinco alentos propriamente ditos (*prāṇa, apāna, udāna, vyāna* e *samāna*) mais os alentos como sentidos ou funções vitais, *i.e.*, alento, fala, vista, ouvido e mente (*prāṇa, vāc, cakṣus, śrotra* e *manas*), cf. BU 1.5.17.

"— Os Ādityās são os doze meses do ano. Pois eles passam levando (*ādadānā yanti*) isso tudo. Porque passam levando isso tudo, por isso Ādityās."

3.9.6 "— Quem é Indra; quem é Prajāpati?"

"— Indra é o trovão; Prajāpati, o sacrifício."

"— Que é o trovão?"

"— É o relâmpago."

"— Que é o sacrifício?"

"— São os animais."

3.9.7 "— Quem são os seis?"

"— Os seis são fogo e terra, vento e região intermédia, sol e céu, lua e estrelas. Pois esses seis são isso tudo."

3.9.8 "— Quem são os três deuses?"

"— São estes três mundos. Pois neles estão todos esses deuses."

"— Quem são os dois deuses?"

"— São alimento e alento."

"— Quem é o um e meio?"

"— Esse que purifica."

3.9.9 "— Uns dizem que esse que purifica é apenas um. Então por que 'um e meio'?"

"— Porque nele isso tudo aumenta (*adhyardh*), por isso 'um e meio' (*adhyardha*)."

"— Quem é o deus único?"

"— Alento; a ele chamam *brahman* e Tyad."

3.9.10 "— Aquela que mora na terra, seu mundo é o fogo, sua luz é a mente –, quem vier a conhecer essa pessoa, meta de todo si, pois ele há de ser um conhecedor, Yājñavalkya."

"— Pois eu conheço essa pessoa, meta de todo si, de quem falas. Ela é tão somente essa pessoa corpórea. Diz, Śākalya, quem é a divindade dela?"

"— O imortal", ele disse.

3.9.11 "— Aquela que mora no desejo, seu mundo é o coração, sua luz é a mente, quem vier a conhecer essa pessoa, meta de todo si, pois ele há de ser um conhecedor, Yājñavalkya."

"— Pois eu conheço essa pessoa, meta de todo si, de quem falas. Ela é tão somente essa pessoa plena de desejo. Diz, Śākalya, quem é a adivindade dela?"

"— A mulher", ele disse.

3.9.12 "— Aquela que mora nas figuras, seu mundo é a vista, sua luz é a mente – quem vier a conhecer essa pessoa, meta de todo si, pois ele há de ser um conhecedor, Yājñavalkya."

"— Pois eu conheço essa pessoa, meta de todo si, de quem falas. Ela é tão somente a pessoa lá no sol. Diz, Śākalya, quem é a divindade dela?"

"— A verdade", ele disse.

3.9.13 "— Aquela que mora no espaço, seu mundo é o ouvido, sua luz é a mente – quem vier a conhecer essa pessoa, meta de todo si, pois ele há de ser um conhecedor, Yājñavalkya."

"— Pois eu conheço essa pessoa, meta de todo si, de quem falas. Ela é tão somente essa pessoa feita da audição e do eco. Diz, Śākalya, quem é a divindade dela?"

"— Os quadrantes", ele disse.

3.9.14 "— Aquela que mora a escuridão, seu mundo é o coração, sua luz é a mente – quem vier a conhecer essa pessoa, meta de todo si, pois ele há de ser um conhecedor, Yājñavalkya."

"— Pois eu conheço essa pessoa, meta de todo si, de quem falas. Ela é tão somente essa pessoa feita de sombra. Diz, Śākalya, quem é a divindade dela?"

"— A morte", ele disse.

3.9.15 "— Aquela que mora nas figuras, seu mundo é a vista, sua luz é a mente – quem vier a conhecer essa pessoa, meta de todo si, pois ele há de ser um conhecedor, Yājñavalkya."

"— Pois eu conheço essa pessoa, meta de todo si, de quem falas. Ela é tão somente a pessoa aqui no espelho. Diz, Śākalya, quem é a divindade dela?"

"— A vida", ele disse.

3.9.16 "— Aquela que mora nas águas, seu mundo é o coração, sua luz é a mente – quem vier a conhecer essa pessoa, meta de todo si, pois ele há de ser um conhecedor, Yājñavalkya."

"— Pois eu conheço essa pessoa, meta de todo si, de quem falas. Ela é tão somente a pessoa aqui nas águas. Diz, Śākalya, quem é a divindade dela?"

"— Varuṇa", ele disse.

3.9.17 "— Aquela que mora no sêmen, seu mundo é o coração, sua luz é a mente – quem vier a conhecer essa pessoa, meta de todo si, pois ele há de ser um conhecedor, Yājñavalkya."

"— Pois eu conheço essa pessoa, meta de todo si, de quem falas. Ela é tão somente a pessoa aqui nos filhos. Diz, Śākalya, quem é a divindade dela?"

"— Prajāpati", ele disse.

3.9.18 "— Śākalya," disse Yājñavalkya, "parece que esses brâmanes te usaram de atiçador de brasa..."

3.9.19 "— Yājñavalkya," disse Śākalya, "que formulação de verdade (*brahman*) conheces que lograste sobrepujar na disputa os brâmanes de Kuru e Pañcāla?"

"— Conheço os quadrantes, com seus deuses e fundações."

"— Já que conheces os quadrantes, com seus deuses e fundações, [**3.9.20**] quem tens por divindade do quadrante leste?"

"— O sol."

"— E o sol em que se funda?"

"— Na vista."

"— E em que se funda a vista?"

"— Nas figuras, pois com a vista vemos as figuras."

"— E em que se fundam as figuras?"

"— No coração," ele disse, "pois com o coração conhecemos as figuras. Portanto, no coração é que se fundam as figuras."

"— E assim é, Yājñavalkya."

3.9.21 "— Quem tens por divindade do quadrante sul?"

"— Yama."

"— E Yama em que se funda?"

"— No sacrifício."

"— E em que se funda o sacrifício?"

"— Nas benesses (*dakṣiṇā*)."

"— E em que se fundam as benesses?"

"— Na crença, pois, quando cremos, damos benesses. Portanto na crença se fundam as benesses."

"— E em que se funda a crença (*śraddhā*)?"

"— No coração," ele disse, "pois, com o coração conhecemos a crença. Portanto, no coração é que se funda a crença."

"— E assim é, Yājñavalkya."

3.9.22 "— Quem tens por divindade do quadrante oeste?"

"— Varuṇa."

"— E Varuṇa em que se funda?"

"— Nas águas."

"— E em que se fundam as águas?"

"— No sêmen."

"— E em que se funda o sêmen?"

"— No coração. Por isso mesmo, um filho que se parece conosco, dizem-no tirado ao coração, medido ao coração. Portanto no coração é que se funda o sêmen."

"— E assim é, Yājñavalkya."

3.9.23 "— Quem tens por divindade do quadrante norte?"

"— Lua."

"— E a lua em que se funda?"

"— Na consagração (*dikṣā*)."

"— E em que se funda a consagração?"

"— Na verdade. Por isso mesmo, ao consagrado dizem 'Diz a verdade!'. Portanto, na verdade é que se funda a consagração."

"— E em que se funda a verdade?"

"— No coração," ele disse, "pois com o coração conhecemos a verdade. Portanto, no coração é que se funda a verdade."

"— E assim é, Yājñavalkya."

3.9.24 "— Quem tens por divindade do quadrante fixo (*i.e.*, o zênite)?"

"— Fogo."

"— E o fogo em que se funda?"

"— Na fala."

"— E em que se funda a fala?"

"— No coração."

"— E em que se funda o coração?"

3.9.25 "— Ora, energúmeno!," disse Yājñavalkya, "onde pensarias que se funda senão em nós? Se não estivesse em nós, cães decerto o comeriam, aves o rapinariam!"

3.9.26 "— E em que vos fundais tu e teu si?"

"— No alento que sai (*prāṇa*)."

"— E em que se funda o alento que sai?"

"— No alento que entra (*apāna*)."

"— E em que se funda o alento que entra?"

"— No alento que perpassa (*vyāna*)."

"— E em que se funda o alento que perpassa?"

"— No alento que sobe (*udāna*)."

"— E em que se funda o alento que sobe?"

"— No alento que liga (*samāna*). O si é este 'não e não!': inapreensível, pois não se apreende; inquebrantável, pois não se quebra; livre de vínculos, pois a nada adere; desatado, mas não oscila nem falha. Estas são as oitos moradas, estes, os oitos mundos, estes, os oito deuses, estas, as oito pessoas. Pergunto-te agora daquela pessoa que conhece a conexão secreta (*upaniṣad*), que leva, traz e passa além dessas pessoas. Se não me falares dela, vai te cair a cabeça!".

Śākalya não soube o que dizer e caiu-lhe então a cabeça. E então ladrões roubaram seus ossos, tomando-os por outra coisa.

3.9.27 Então disse Yajñavalkya:

"— Veneráveis brâmanes, se um de vós o quiser, pergunte-me; ou vós todos perguntai-me; ou eu perguntarei a um de vós, se o quiser, ou perguntarei a todos vós.".

Mas aqueles brâmanes não se atreveram.

3.9.28 Então perguntou-lhes por meio destes versos (*ślokās*):

Qual árvore, senhora da floresta,
tal rigorosamente é o homem:
os pelos dele são as folhas dela;
a pele dele, dela a casca fora;

Da pele dele mana o rubro sangue,
da pele dela, por seu turno, seiva;
daquela ele, quando a ferem, mana;
a seiva desta mana, se a golpeiam.

As carnes dele dela são o alburno,
os nervos dele, as fibras, isso é certo;
os ossos dele, dentro dela o cerne,
e à dela se compara sua medula;

Quando é ceifada a árvore, de novo
desde a raiz recresce renovada;
quando é da morte o mortal ceifado,
de que raiz recresce ele de novo?

Vós não me respondais que é do sêmen,
que se origina no homem vivo ainda:
qual árvore crescendo da semente,
direito e sem que o homem morra vinga.

Desde a raiz já quando a desraigam,
a árvore não nascerá de novo;
quando é da morte o mortal ceifado,
de que raiz recresce ele de novo?

Nascido uma vez, não mais renasce,
pois quem de novo poderá gerá-lo?

Entendimento, gozo, *brahman*, dom
que doa o doador e o sumo bom,
pertencem a quem isso firme sabe.

Assim termina o nono *brāhmaṇa*.

Assim termina a terceira lição.

4 Quarta lição

4.1 Primeiro *brāhmaṇa*

4.1.1 Certa feita, Janaka de Videha ocupava seu assento. Dele então aproximou-se Yājñavalkya. Perguntou-lhe o rei:

"— Yājñavalkya, por que vieste? Atrás de vacas ou de questões sutis (*aṇvanta*)?"

"— De ambas, majestade", respondeu. "Ouçamos o que te disseram."

"— Disse-me Jitvan Śailini que *brahman* é a fala."

"— Śailini te disse isso, que *brahman* é a fala, tal como alguém diria que tem mãe, pai ou mestre. Decerto pensou: 'Que possuiria aquele que não fala?'. Mas te disse em que se funda e onde assenta *brahman*?"

"— Não me disse."

"— Esse *brahman* aí tem uma perna só, majestade!"

"— Tu então fala-nos dele, Yājñavalkya."

"— *Brahman* se funda na fala e assenta no espaço; deve-se venerá-lo como conhecimento (*prajñā*)."

"— Em que consiste o conhecimento, Yājñavalkya?"

"— Na mesma fala, majestade", ele disse. "É pela fala que se conhece o nexo (*bandhu*). O *Ṛgveda*, o *Yajurveda*, o *Sāmaveda*, o *Atharvāṅgirasa*, as histórias, antiguidades, ciências, ensinamentos secretos (*upaniṣadas*), versos, aforismos (*sūtrāṇi*), explicações e glosas; o sacrifício e a oferenda, a comida e a bebida, este mundo e outro mundo, e todos os seres, majestade, é pela fala que se conhece tudo isso. É, pois, fala, majestade, o supremo *brahman*. Aquele que o venera sabendo-o assim, a fala não o abandona e todos os seres se ajuntam em torno dele; e enfim, tornado deus, vai juntar-se aos deuses."

"— Dar-te-ei mil vacas, mais touros e elefantes!", disse Janaka de Videha.

Disse então Yājñavalkya:

"— Meu pai acreditava que não se devia aceitar presentes antes de concluído o ensinamento.

4.1.2 Ouçamos o que te disseram."

"— Disse-me Udaṅga Śaulbāyana que *brahman* é o alento."

"— Śaulbāyana te disse isso, que *brahman* é o alento, tal como alguém diria que tem mãe, pai ou mestre. Decerto pensou: 'Que possuiria aquele que não respira?'. Mas te disse em que se funda e onde assenta *brahman*?"

"— Não me disse."

"— Esse *brahman* aí tem uma perna só, majestade!"

"— Tu então fala-nos dele, Yājñavalkya."

"— *Brahman* se funda no alento e assenta no espaço; deve-se venerá-lo como o caro (*priyam*)."

"— Em que consiste o caro, Yājñavalkya?"

"— No mesmo alento, majestade", ele disse. "É por amor do alento, majestade, que se oficia para quem não se deve oficiar, aceitam-se presentes de quem não se deve aceitar. Também é por amor do alento que se tem medo de ser morto quando se viaja a algum lugar. É pois alento, majestade, o supremo *brahman*. Aquele que o venera sabendo-o assim, o alento não o abandona e todos os seres se ajuntam em torno dele; e, enfim, tornado deus, vai juntar-se aos deuses."

"— Dar-te-ei mil vacas, mais touros e elefantes!", disse Janaka de Videha.

Disse então Yājñavalkya:

"— Meu pai acreditava que não se devia aceitar presentes antes de concluído o ensinamento.

4.1.3 Ouçamos o que te disseram."

"— Disse-me Barku Vārṣṇa que *brahman* é a vista."

"— Vārṣna te disse isso, que *brahman* é a vista, tal como alguém diria que tem mãe, pai ou mestre. Decerto pensou: 'Que possuiria aquele que não vê?'. Mas te disse em que se funda e onde assenta *brahman*?"

"— Não me disse."

"— Esse *brahman* aí tem uma perna só, majestade!"

"— Tu então fala-nos dele, Yājñavalkya."

"— *Brahman* se funda na vista e assenta no espaço; deve-se venerá-lo como verdade (*satyam*)."

"— Em que consiste a verdade, Yājñavalkya?"

"— Na mesma vista, majestade", ele disse. "Perguntam a alguém que está vendo com a vista: '— Viste?' ele responde: '— Vi', e fica sendo verdade. É pois vista, majestade, o supremo *brahman*. Aquele que o venera sabendo-o assim, a vista não o abandona e todos os seres se ajuntam em torno dele; e enfim, tornado deus, vai juntar-se aos deuses."

"— Dar-te-ei mil vacas, mais touros e elefantes!", disse Janaka de Videha.

Disse então Yājñavalkya:

"— Meu pai acreditava que não se devia aceitar presentes antes de concluído o ensinamento.

4.1.4 Ouçamos o que te disseram."

"— Disse-me Gardabhīvipīta Bhāradvāja que *brahman* é o ouvido."

"— Bhāradvāja te disse isso, que *brahman* é o ouvido, tal como alguém diria que tem mãe, pai ou mestre. Decerto pensou: 'Que possuiria aquele que não ouve?'. Mas te disse em que se funda e onde assenta *brahman*?"

"— Não me disse."

"— Esse *brahman* aí tem uma perna só, majestade!"

"— Tu então fala-nos dele, Yājñavalkya."

"— *Brahman* se funda no ouvido e assenta no espaço; deve-se venerá-lo como o sem-fim (*ananta*)."

"— Em que consiste o sem-fim, Yājñavalkya?"

"— Nos quadrantes, majestade", ele disse. "Por isso é que a qualquer quadrante que se vá não se chega ao fim. Pois os quadrantes não têm fim. São os quadrantes, majestade, o ouvido. É pois ouvido, majestade, o supremo *brahman*. Aquele que o venera sabendo-o assim, o ouvido não o abandona e todos os seres se ajuntam em torno dele; e enfim, tornado deus, vai juntar-se aos deuses."

"— Dar-te-ei mil vacas, mais touros e elefantes!", disse Janaka de Videha.

Disse então Yājñavalkya:

"— Meu pai acreditava que não se devia aceitar presentes antes de concluído o ensinamento.

4.1.5 Ouçamos o que te disseram."

"— Disse-me Satyakāma Jābāla que *brahman* é a mente."

"— Jābāla te disse isso, que *brahman* é a mente, tal como alguém diria que tem mãe, pai ou mestre. Decerto pensou: 'Que possuiria aquele que não tem mente?'. Mas te disse em que se funda e onde assenta *brahman*?"

"— Não me disse."

"— Esse *brahman* aí tem uma perna só, majestade!"

"— Tu então fala-nos dele, Yājñavalkya."

"— *Brahman* se funda na mente e assenta no espaço; deve-se venerá-lo como gozo (*ānanda*)."

"— Em que consiste o gozo, Yājñavalkya?"

"— Na mesma mente, majestade", ele disse. "Pela mente é que se toma uma mulher, nela se gera um filho semelhante, isso é gozo. É pois mente, majestade, o supremo *brahman*. Aquele que o venera sabendo-o assim, a mente não o abandona e todos os seres se ajuntam em torno dele; e enfim, tornado deus, vai juntar-se aos deuses."

"— Dar-te-ei mil vacas, mais touros e elefantes!", disse Janaka de Videha.

Disse então Yājñavalkya:

"— Meu pai acreditava que não se devia aceitar presentes antes de concluído o ensinamento.

4.1.6 Ouçamos o que te disseram."

"— Disse-me Vidagdha Śākalya que *brahman* é o coração."

"— Jābāla te disse isso, que *brahman* é o coração, tal como alguém diria que tem mãe, pai ou mestre. Decerto pensou: 'Que possuiria aquele que não tem coração?'. Mas te disse em que se funda e onde assenta *brahman*?"

"— Não me disse."

"— Esse *brahman* aí tem uma perna só, majestade!"

"— Tu então fala-nos dele, Yājñavalkya."

"— *Brahman* se funda no coração e assenta no espaço; deve-se venerá-lo como estabilidade (*sthiti*)."

"— Em que consiste a estabilidade, Yājñavalkya?"

"— No mesmo coração, majestade", ele disse. "No coração, majestade, fundam-se todos os seres. No coração, majestade, assentam todos os seres. Pois no coração, majestade, acham-se assentes todos os seres. Pois é o coração, majestade, o supremo *brahman*. Aquele que o venera sabendo-o assim, o coração não o abandona e todos os seres se ajuntam em torno dele; e enfim, tornado deus, vai juntar-se aos deuses."

"— Dar-te-ei mil vacas, mais touros e elefantes!", disse Janaka de Videha.

Disse então Yājñavalkya:

"— Meu pai acreditava que não se devia aceitar presentes antes de concluído o ensinamento.".

Assim termina o primeiro *brāhmaṇa*.

4.2 Segundo *brāhmaṇa*

4.2.1 Janaka de Videha então desapeou de seu assento e disse:

"— Eu te saúdo, Yājñavalkya. Ensina-me.".

Disse-lhe Yājñavalkya:

"— Assim como, para perfazer um longo caminho, um rei tem que se munir de carro ou barco, da mesma maneira estás tu munido desses ensinamentos secretos. Assim, sendo tão eminente, opulento, tendo estudado o Veda, escutado os ensinamentos secretos, para onde irás quando deixares este mundo?".

"— Para onde irei, venerável, isso eu não sei."

"— Pois então eu te direi para onde irás."

"— Diz, venerável!"

4.2.2 "— O nome desta pessoa (*puruṣa*) aqui no olho direito é Indha. Mesmo sendo Indha, chamam-no Indra às esconsas. Pois os deuses são amantes do esconso e detestam o que é patente.

4.2.3 Já isto aqui no olho esquerdo que parece uma pessoa, ele tem por mulher Virāj. O ponto de encontro de ambos é o espaço dentro do coração;

e a comida de ambos é essa bola vermelha dentro do coração; e as roupas de ambos são essa espécie de malha dentro do coração; e essa via por onde caminham são as veias que sobem do coração. Como um fio de cabelo dividido mil vezes, assim finas são essas veias chamadas *hitās* que se acham dentro do coração. Através delas flui a seiva. Por isso, essa pessoa, mais até do que o si corpóreo (*śārīra ātman*), parece nutrir-se de fino alimento."

4.2.4 "Os alentos (*i.e.*, funções vitais) à frente dessa pessoa são o quadrante oriental; seus alentos à direita, o quadrante sul; seus alentos de trás, o quadrante ocidental; seus alentos à esquerda, o quadrante norte; seus alentos acima, o zênite; seus alentos abaixo, o nadir; juntos todos os alentos são todos os quadrantes."

"O si é este 'não e não!': inapreensível, pois não se apreende; inquebrantável, pois não se quebra; livre de vínculos, pois a nada adere; desatado, mas não oscila nem falha. Tu, Janaka, passaste além do medo", disse Yājñavalkya.

Disse-lhe Janaka de Videha:

"— Haja de passar além do medo também aquele que a ir além do medo nos ensina. Eu te saúdo! Cá estamos os de Videha e eu mesmo [a teu serviço].".

Fim do segundo *brāhmaṇa.*

4.3 Terceiro *brāhmaṇa*

4.3.1 Certa feita, Yājñavalkya veio ter com Janaka de Videha. Havia pensado: "Não lhe direi". Mas, depois que Janaka de Videha e Yājñavalkya conversaram sobre o Sacrifício do Fogo (*agnihotra*), Yājñavalkya concedeu-lhe um prêmio. Janaka escolheu interrogá-lo à vontade, e lhe foi concedido. Foi então o rei o primeiro a perguntar:

4.3.2 "— Yājñavalkya, que luz aqui ilumina a pessoa (*puruṣa*)?".

"— A luz do sol, majestade", respondeu. "Com a luz do sol apenas é que ela se senta, se movimenta, faz seu trabalho e retorna."

"— Assim é, Yājñavalkya.

4.3.3 Mas, quando o sol se põe, Yājñavalkya, que luz aqui ilumina a pessoa?"

"— A lua torna-se sua luz, pois com a luz da lua apenas é que ela se senta, se movimenta, faz seu trabalho e retorna."

"— Assim é, Yājñavalkya.

4.3.4 Mas, quando o sol se põe, Yājñavalkya, e se põe a lua, que luz aqui ilumina a pessoa?"

"— O fogo torna-se sua luz, pois com a luz do fogo apenas é que ela se senta, se movimenta, faz seu trabalho e retorna."

"— Assim é, Yājñavalkya.

4.3.5 Mas, quando o sol se põe, Yājñavalkya, e se põe a lua, e se apaga o fogo, que luz aqui ilumina a pessoa?"

"— A fala torna-se sua luz, pois com a luz da fala apenas é que ela se senta, se movimenta, faz seu trabalho e retorna. Por isso mesmo, um rei, quando não distingue nem sua própria mão, entra no lugar de onde escuta uma fala".

"— Assim é, Yājñavalkya.

4.3.6 Mas, quando o sol se põe, Yājñavalkya, e se põe a lua e se apaga o fogo e a fala cessa, que luz aqui ilumina a pessoa?"

"— O si torna-se sua luz, pois com a luz do si apenas é que ela se senta, se movimenta, faz seu trabalho e retorna."

4.3.7 "Que si é esse?"

"— É essa pessoa, a feita de entendimento (*vijñānamaya*) entre os alentos, a luz de dentro do coração; sendo ela comum a ambos, trafega pelos dois mundos, ora meditando, ora agitando-se, pois, quando em sono, ela transcende este mundo, essas figuras da morte."

4.3.8 "Essa pessoa, ao nascer, ao tomar um corpo, associa-se a males; ascendendo, ao morrer, dos males livra-se."

4.3.9 "Essa pessoa tem apenas dois lugares, este e o outro mundo. Um terceiro, onde se encontram, é o lugar do sonho. Quando se acha neste lugar onde se encontram, ela os vê a ambos, a este e ao outro mundo. Esse lugar é como uma passagem para o outro mundo; ao passar por essa passagem, ela vê a ambos, males e gozos. Quando sonha, ela toma para si a mole (*mātrā*) deste mundo inteiro e, destruindo-a e construindo-a, sonha por meio de seu próprio brilho, de sua própria luz. Nesse lugar, essa pessoa se torna a luz de si mesma."

4.3.10 "Lá não há carruagens nem atrelagens nem ruas. Então ela cria as carruagens e atrelagens e ruas. Lá não há gozos, prazeres nem deleites (*ānandās, mudas, pramudas*). Então ela cria os gozos e prazeres e deleites. Lá não há tanques nem lagos nem rios. Então ela cria os tanques e lagos e rios. Pois ela é criadora."

4.3.11 "Sobre isso há estes versos (*ślokās*):

O que é corpóreo pelo sono sojugado
desperta observa, adormecidos os sentidos;
e ao seu lugar já torna, apanhado o brilho,
essa pessoa d'ouro, cisne solitário.

4.3.12 No ninho lá embaixo o alento monta guarda,
e o imortal ora andarilha além do ninho;
esse imortal por onde queira lá palmilha,
essa pessoa d'ouro, cisne solitário.

4.3.13 Vagando em sono para baixo e para cima,
o deus figuras para si já muitas cria;
e com mulheres ora ri-se deleitoso
e vendo vai também por vezes uns pavores.

4.3.14 O bosque de prazer seu todos veem,
mas ela mesma é vista por ninguém.

"Por isso dizem que não se deve despertar alguém de súbito. É difícil curar aquele a quem ela não retornou. Dizem ainda que esse [lugar do sonho] dela é o mesmo lugar de quando está desperta. Pois aquelas coisas que vemos despertos vemos também quando dormimos. É aí que essa pessoa se torna a luz de si mesma."

"— Eu aqui a ti, venerável, dou-te portanto as cem vacas. Mas, para que eu te dispense, diz-me mais do que isso."

4.3.15 "— Essa pessoa, depois de nessa mansidão deleitar-se e vagar, depois de ver o bom e o mau, pelo mesmo caminho e pela mesma passagem volta correndo ao domínio do sonho. O que quer que lá tenha visto não a segue de volta. A essa pessoa nada adere."

"— Assim é, Yājñavalkya. Eu aqui a ti, venerável, dou-te portanto as cem vacas. Mas, para que eu te dispense, diz-me mais do que isso."

4.3.16 "— Essa pessoa, depois de nesse sonho deleitar-se e vagar, depois de ver o bom e o mau, pelo mesmo caminho e pela mesma passagem volta correndo ao domínio desperto. O que quer que lá tenha visto não a segue de volta. A essa pessoa nada adere."

"— Assim é, Yājñavalkya. Eu aqui a ti, venerável, dou-te portanto as cem vacas. Mas, para que eu te dispense, diz-me mais do que isso."

4.3.17 "— Essa pessoa, depois de nesse domínio desperto deleitar-se e vagar, depois de ver o bom e o mau, pelo mesmo caminho e pela mesma passagem torna correndo ao domínio do sonho."

4.3.18 "É como um grande peixe que passa de uma margem a outra, da mais próxima à mais distante: assim é que essa pessoa passa de um domínio a outro, do domínio do sonho ao domínio desperto."

4.3.19 "É como o falcão ou a águia que, cansados de voejar no céu, recolhem as asas e regressam ao ninho: assim é que essa pessoa corre para aquele domínio onde, adormecida, não deseja nenhum desejo, não vê nenhum sonho."

4.3.20 "Ela possui essas veias chamadas *hitās,* tão finas quanto um fio de cabelo partido mil vezes, cheias de branco, azul, amarelo, verde e vermelho. Então, quando parecem matá-la, derrotá-la, quando um elefante parece persegui-la, ou ela, cair num buraco, esse pavor que vê quando desperta, ela o figura em sonho por insciência. Mas quando, como um deus, como um rei, ela pensa: 'Só eu sou isso, sou tudo', este é seu mundo supremo."

4.3.21 "Essa é sua figura (*rūpa*) além do desejo, livre de mal e sem medo. É como o homem que, abraçado à mulher amada, não sabe de mais nada, nem de fora nem de dentro: assim é que essa pessoa, abraçada pelo si de entendimento, não sabe de mais nada, nem de fora nem de dentro."

"Essa é sua figura que esgotou os desejos, que é de si mesma o desejo e sem desejos, distante da tristeza."

4.3.22 "Aí pai não é pai, mãe não é mãe, os mundos não são mundos, os deuses não são deuses, os Vedās são não Vedās. Aí ladrão não é ladrão, aborcionista não é aborcionista, *cāṇḍāla* não é *cāṇḍāla, paulkasa* não é *paulkasa, śramaṇa* não é *śramaṇa*[74], asceta não é asceta. Nem mal nem bem o seguem, pois então ela passou além de todas as dores do coração."

4.3.23 "Se nada vê, é vendo que não o vê, pois quem vê não perde o ver, que é indestrutível. É que não há uma segunda coisa diferente dela, separada dela, que ela veja."

4.3.24 "Se nada cheira, é cheirando que não o cheira, pois quem cheira não perde o cheirar, que é indestrutível. É que não há uma segunda coisa diferente dela, separada dela, que ela cheire."

---

74. *Cāṇḍāla* é o que não pertence a nenhum *varṇa* ou casta, o pária; *paulkasa* é o filho de pai *śūdra* e mãe *kṣatriya; śramaṇa* é o religioso mendicante.

4.3.25 "Se nada saboreia, é saboreando que nada saboreia, pois quem saboreia não perde o saborear, que é indestrutível. É que não há uma segunda coisa diferente dela, separada dela, que ela saboreie."

4.3.26 "Se nada fala, é falando que nada fala, pois quem fala não perde o falar, que é indestrutível. É que não há uma segunda coisa diferente dela, separada dela, com que ela fale."

4.3.27 "Se nada ouve, é ouvindo que nada ouve, pois quem ouve não perde o ouvir, que é indestrutível. É que não há uma segunda coisa diferente dela, separada dela, que ela ouça."

4.3.28 "Se nada pensa, é pensando que nada pensa, pois quem pensa não perde o pensar, que é indestrutível. É que não há uma segunda coisa diferente dela, separada dela, em que ela pense."

4.3.29 "Se nada toca, é tocando que nada toca, pois quem toca não perde o tocar, que é indestrutível. É que não há uma segunda coisa diferente dela, separada dela, que ela toque."

4.3.30 "Se nada entende, é entendendo que nada entende, pois quem entende não perde o entender, que é indestrutível. É que não há uma segunda coisa diferente dela, separada dela, que ela entenda."

4.3.31 "Quando há outra coisa, então pode um ver o outro, pode um cheirar o outro, pode um saborear o outro, pode um falar com o outro, pode um ouvir o outro, pode um pensar no outro, pode um entender o outro."

4.3.32 "Mar uno, observador solitário ele se torna; este é o mundo de *brahman*, majestade", assim ensinou-lhe Yājñavalkya. "Esta é sua meta suprema, esta é sua aquisição suprema, este é seu mundo supremo, este é o gozo supremo! Os demais seres vivem só duma parcela deste gozo."

4.3.33 "Aquele que entre os homens é afortunado e rico, regente entre os demais, em plena posse dos prazeres mundanos, isto é o gozo supremo dos homens. Mas cem vezes o gozo dos homens é gozo dos antepassados que ganharam seu mundo. E cem vezes o gozo dos antepassados que ganharam seu mundo é o gozo do mundo dos Gandharvās. E cem vezes o gozo do mundo dos Gandharvās é o gozo dos deuses por rito – aqueles que pelo rito se tornaram deuses. Cem vezes o gozo dos deuses por rito é o gozo dos deuses de nascença, e também do que é versado no Veda, não é malicioso ou impudico. Cem vezes o gozo dos deuses de nascença é o gozo do mundo de Prajāpati, e também do que é versado no Veda, não é malicioso ou impudico. Cem vezes o gozo do mundo de Prajāpati é o gozo do mundo de *brahman*, e também do que é versado no Veda, não é malicioso ou impudico. Este é por certo o gozo supremo. Este é o mundo de *brahman*, majestade", disse Yājñavalkya.

"— Eu aqui a ti, venerável, dou-te portanto as cem vacas. Mas, para que eu te dispense, diz-me mais do que isso."

Nesse momento, Yājñavalkya teve medo: "O rei é arguto... tirou-me todas as minhas defesas (*anta*).".

4.3.34 "— Essa pessoa, depois de nesse domínio do sonho deleitar-se e vagar, depois de ver o bom e o mau, pelo mesmo caminho e pela mesma passagem volta correndo ao domínio desperto."

4.3.35 "É como uma carroça bem carregada que vai rangendo: assim é que o si corpóreo vai indo, montado pelo si de entendimento, quando está pelos seus últimos suspiros."

4.3.36 "Quando definha pela idade ou quando definha por doença, é como a manga, o figo ou o fruto da *pippala*[75] que se solta do caule: assim é que essa pessoa, desligando-se destes membros, pelo mesmo caminho e pela mesma passagem torna correndo à vida (*prāṇa*)."

4.3.37 "Assim como notáveis, juízes e cavaleiros fazem arranjos com comes, bebes e alojamento para receber o rei que regressa, dizendo '— Ele está vindo, está chegando!', da mesma maneira todos os seres (*i.e.*, os alentos como funções vitais) fazem arranjos para receber quem assim sabe, dizendo: '— *Brahman* está vindo, *brahman* está chegando!'."

4.3.38 "Assim como notáveis, juízes e cavaleiros acorrem ao rei quando está de partida, da mesma maneira, todos os alentos acorrem ao si na hora final."

Assim termina o terceiro *brāhmaṇa*.

4.4 Quarto *brāhmaṇa*

4.4.1 "Quando este si, enfraquecendo, fica inconsciente, então os alentos acorrem para junto dele. Capturando essas partículas de luz, ele desce de

75. *Ficus religiosa*. Tem em português os nomes de figueira-dos-pagodes e árvore-de-buda.

volta ao coração. Quando essa pessoa da vista se vira, o si perde a capacidade de ver as figuras.

4.4.2 Dizem: '— Tornou-se um, não vê mais!'. Dizem: '— Tornou-se um, não cheira mais!'. Dizem: '— Tornou-se um, não saboreia mais!'. Dizem: '— Tornou--se um, não fala mais!'. Dizem: '— Tornou-se um, não ouve mais!'. Dizem: '— Tornou-se um, não pensa mais!'. Dizem: '— Tornou-se um, não toca mais!'. Dizem: '— Tornou-se um, não entende mais!'. Então a ponta do coração acende. E com esse lume ele sai pelo olho, pela cabeça e pelas demais partes do corpo. No que ele vai partindo, o alento, partindo, segue-o. No que vai partindo o alento, os alentos todos, partindo, seguem-no. Ele fica dotado de entendimento; desce de volta a mero entendimento. Ciência e ação (*vidyā-karmaṇī*) apoderam-se dele, bem como o conhecimento do passado."

4.4.3 "Assim como a lagarta quando chega à ponta da grama se arrasta tomando novo apoio, da mesma maneira o si, quando descarta o corpo, arrasta-se liberando a insciência."

4.4.4 "Assim como a tecelã, removendo uma parte de tecedura, tece outra figura mais nova e mais bela, da mesma maneira o si, quando descarta esse corpo, liberando a insciência, faz para si uma nova figura mais nova e mais bela, de um antepassado, de um Gandharva, de um deus, de Prajāpati ou de *brahman* ou de algum outro ser."

4.4.5 "Esse si é por certo *brahman,* o si que é feito de entendimento, feito de mente, feito de alento, feito de vista, feito de terra, feito de água, feito de vento, feito de espaço, feito de luz e de ausência de luz, feito de desejo e de ausência de desejo, feito de ira e de ausência de ira, feito de lei e de ausência de lei – feito de tudo. Por isso se diz que é feito disso, feito daquilo. Seremos tal como agimos, tal como procedemos. Quem faz o bem será bom; quem faz o mal será mau. Somos bons pela boa ação, maus pela má ação. Dizem, com efeito: '— Feita tão só de desejo é essa pessoa.'. Conforme deseja, decide; conforme decide, age; conforme age, alcança."

4.4.6 "Sobre isso há estes versos (*śloka*):

O apegado vai co'a ação até aonde
o corpo e a mente dele se lhe apegam.

Tendo essa ação aqui levado a cabo,
ação qualquer que faça, ele regressa
daquele a este mundo para a ação.

Assim é com aquele que deseja. Já o que não deseja – que é sem desejos, livre de desejos, que só o si deseja – dele não se ausentam seus alentos. Sendo *brahman*, é a *brahman* que vai."

4.4.7 "Sobre isso há estes versos (*śloka*):

A todos os desejos quando expulsa,
os quais no coração refugiavam-se,
então, mortal, se torna ele imortal:
alcança *brahman* ora neste mundo.

Como a pele da cobra que jaz morta junto a um formigueiro, assim jaz este corpo. Já este alento sem corpo, imortal, é senão *brahman*, senão luz."

"— Eu aqui a ti, venerável, dou-te portanto as cem vacas", disse Janaka de Videha.

4.4.8 "— Sobre isso há estes versos (*ślokās*):

Há um caminho diminuto, extenso e antigo,
o qual tangeu a mim, por mim foi descoberto;
por ele o sábio que do Veda sabe ingressa,
já deste mundo desatado, no divino.

4.4.9 Dizem que há nele branco, anil e amarelo,
vermelho e verde; esse caminho descoberto
por *brahman* foi decerto; e vai por ele aquele
que sabe *brahman*, faz o bem, o reluzente.

4.4.10 Em cega escuridão de trevas entram
os quais o não saber assaz adoram,
em trevas inda como que maiores,
os quais tem no saber o seu deleite.[76]

4.4.11 'Infelizes' os mundos são chamados
que são por cegas trevas envolvidos;
é para lá que vão depois que partem
aqueles nem cientes nem sabidos.[77]

4.4.12 Mas se entender o si desta maneira,
em dizendo: '— Eu sou ele!', a pessoa,

---

76. Cf. IU 9.

77. Semelhante a IU 3.

querendo o quê ou por amor de quem,
havia de ocupar-se com o corpo?

4.4.13 Aquele em cujo corpo denso o si
foi encontrado e logo conhecido,
de tudo é criador, pois cria tudo,
que dele é o mundo e ele, o mundo.

4.4.14 Enquanto cá estamos inda o conhecemos;
tua ruína é grande, se o não conheces;
aqueles tornam-se imortais quando o conhecem,
já os demais, só os espera sofrimento.

4.4.15 Desde o momento que divisa claramente,
divisa como deus a este si,
– senhor que é do passado e do porvir –,
não dele quererá mais esconder-se.

4.4.16 Aquele baixo o qual o ano gira
e, com o ano, giram os seus dias,
veneram-no destarte as divindades,
por luz das luzes, sempiterna vida.

4.4.17 As classes que há de cinco mais o espaço
em quem assentam, esse tão somente
o si eu considero – eu sábio sendo
e imortal – e *brahman* imortal.

4.4.18 Aqueles que conhecem
o alento do alento,
a vista da vista,
o ouvido do ouvido
e a mente da mente,
percebem *brahman*, o antigo, o primeiro.

4.4.19 Com a mente contemplá-lo só se deve;
não há aqui qualquer diversidade;
de morte para morte ele prossegue
que vê aqui qualquer diversidade.

4.4.20 Que seja contemplado singular
a este incomensurável firme;

sem máculas, está além do espaço,
é não nascido, o si, imane, firme.

4.4.21 A ele firme tendo compreendido,
empregue para si o saber o brâmane;
palavras não vá muitas ponderando,
pois que isso à fala é causa de fadiga.".

4.4.22 "Este si imenso, não nascido, é na verdade esse que entre os alentos é feito de entendimento. É o que jaz no espaço dentro do coração, de tudo amo, de tudo dono, de tudo regente; ele não é mais pela ação correta nem menos pela incorreta. Ele é o senhor de tudo, é o regente dos seres, é o guardião dos seres! Ele é a barragem que divide os mundos a fim de que não se misturem. É ele quem os brâmanes buscam conhecer pela recitação do Veda, pelo sacrifício, pela doação, pela ascese e pelo jejum. É conhecendo a ele que um se torna sábio. É anelando tê-lo por mundo que os ascetas levam vida ascética."

"Foi sabendo isso decerto que os sábios de antanho não desejaram progênie: 'De que nos servirá progênie, se são nossos este si e este mundo?'. E abstendo-se do desejo de filhos e do desejo de riquezas e do desejo de mundo, eles levaram vida de mendicante. Pois o desejo de filhos é nada mais que o desejo de riquezas; e o desejo de riquezas, nada mais que desejo de mundos. São ambos desejos."

"O si é este 'não e não': inapreensível, pois não se apreende; inquebrantável, pois não se quebra; livre de vínculos, pois a nada adere; desatado, mas não oscila nem falha. Jamais lhe passam estes dois pensamentos: 'Por isso fiz o bem; por isso fiz o mal.'. Ele é que passa por eles. Não lhe ardem o que fez nem o que não tenha feito."

4.4.23 Disso falava o verso (*ṛc*):

Ele é a grandeza que é do brâmane, perene;
não cresce pelo agir nem diminui;
seus passos haja quem conheça e, ao conhecê-lo,
nem pela má ação se não polui.[78]

Por isso quem sabe assim se torna apaziguado, plácido, pacato, paciente e bem composto e vê tão só em si o si; vê tudo como o si. Não lhe passa o mal;

78. Não se acha no *Ṛgveda*.

é ele que passa todo mal. Não lhe arde o mal; é ele que faz arder a todo mal. Torna-se um brâmane sem mal, sem mácula, sem dúvida. Ele é o mundo de *brahman*, majestade, e fui eu quem te fiz alcançá-lo", disse Yājñavalkya.

"— Eis que aqui, ó venerável, o povo de Videha e mais a mim eu vos entrego como escravos."

4.4.24 Este é o si imenso, não nascido, comedor de alimento, doador de riquezas. Decerto encontra riqueza quem sabe assim.

4.4.25 Este é o si imenso, não nascido, que não envelhece nem morre, imortal e sem medo, *brahman*. Decerto é *brahman* sem medo. E torna-se *brahman* sem medo quem sabe assim.

Assim termina o quarto *brāhmaṇa*.

4.5 Quinto *brāhmaṇa*[79]

4.5.1 Pois então, Yājñavalkya tinha duas mulheres, Maitreyī e Kātyāyanī. Entre elas, Maitreyī era alguém que debatia *brahman*. Já Kātyāyanī possuía apenas um entendimento de mulher. Então Yājñavalkya, que preparava para si outro modo de vida,

[**4.5.2**] disse:

"— Maitreyī, logo partirei deste lugar. Anda, deixa-me fechar um acordo entre ti e Kātyāyanī."

4.5.3 Disse-lhe Maitreyī:

"— Se minha, meu senhor, fosse esta terra cheia de riquezas, com isso eu seria ou não imortal?".

"— Não," disse Yājñavalkya, "tua vida seria como a dos que têm meios. Imortalidade, no entanto, não se espera da riqueza."

4.5.4 Disse-lhe Maitreyī:

"— Que hei de fazer com o que não me faz imortal? Senhor, diz-me o que sabes.".

4.5.5 Disse-lhe Yājñavalkya:

"— Já me és cara, senhora, e inda cresce meu apreço a ti! Vem, senhora, que te explico. Enquanto explico, fica bem atenta!".

---

79. Repete em grande parte BU 2.4.1.

4.5.6 Ele disse:

"— Ora, vê, não se quer bem ao marido por amor ao marido, mas por amor a si (*ātman*) quer-se bem ao marido. Ora, vê, não se quer bem à mulher por amor à mulher, mas por amor a si quer-se bem à mulher. Ora, vê, não se quer bem aos filhos por amor aos filhos, mas por amor a si quer-se bem aos filhos. Ora, vê, não se quer bem à riqueza por amor à riqueza, mas por amor a si quer-se bem à riqueza. Ora, vê, não se quer bem aos rebanhos por amor aos rebanhos, mas por amor a si quer-se bem aos rebanhos.[80] Ora, vê, não se quer bem ao poder sacerdotal (*brahman*) por amor ao poder sacerdotal, mas por amor a si quer-se bem ao poder sacerdotal. Ora, vê, não se quer bem ao poder real (*kṣatra*) por amor ao poder real, mas por amor a si quer-se bem ao poder real. Ora, vê, não se quer bem aos mundos por amor aos mundos, mas por amor a si quer-se bem aos mundos. Ora, vê, não se quer bem aos deuses por amor aos deuses, mas por amor a si quer-se bem aos deuses. Ora, vê, não se quer bem aos Vedās por amor aos Vedās, mas por amor a si quer-se bem aos Vedās.[81] Ora, vê, não se quer bem aos seres por amor aos seres, mas por amor a si quer-se bem aos seres. Ora, vê, não se quer bem ao todo por amor ao todo, mas por amor a si quer-se bem ao todo. Ora, vê, a si é que se deve ver, ouvir, pensar e atentar, Maitreyī. Ora, vê, quando se vê a si, se ouve a si, se pensa em si e se atenta a si é que isso tudo se faz conhecido."[82].

4.5.7 "Que o poder sacerdotal abandone quem sabe o poder sacerdotal noutro lugar que não em si. Que o poder real abandone quem sabe o poder real noutro lugar que não em si. Que os mundos abandonem quem sabe os mundos noutro lugar que não em si. Que os deuses abandonem quem sabe os deuses noutro lugar que não em si. Que os seres abandonem quem sabe os seres noutro lugar que não em si. Que o todo abandone quem sabe o todo noutro lugar que não em si. Esse poder sacerdotal, esse poder real, esses mundos, esses deuses, esses seres, esse todo são nada mais que o si."

4.5.8 "Ele é assim: quando alguém bate um tambor, não se pode apreender os sons exteriores; apreende-se o som apreendendo-se o tambor ou quem bate o tambor."

80. Não em BU 2.4.5.

81. Não em BU 2.4.5.

82. Diferente em BU 2.4.5.

4.5.9 "Ele é assim: quando alguém sopra uma concha, não se pode apreender os sons exteriores; apreende-se o som apreendendo-se a concha ou quem sopra a concha."

4.5.10 "Ele é assim: quando alguém toca uma *vīṇā*, não se pode apreender os sons exteriores; apreende-se o som apreendendo-se a *vīṇā* ou quem toca a *vīṇā*."

4.5.11 "Ele é assim: como do fogo aceso de madeira úmida a fumaça se espalha, assim, ora, vê, é a exalação desse ser imenso, a saber, o *Ṛgveda*, o *Yajurveda*, o *Sāmaveda*, o *Atharvāṅgirasa*, histórias, antiguidades, ciências, ensinamentos secretos (*upaniṣadas*), versos, aforismos (*sūtrāṇi*), explicações e glosas, [os sacrifícios e a oferenda de comida e bebida, o mundo e o outro mundo e todos os seres.][83] São todos esses exalações dele."

4.5.12 "Ele é assim: como o oceano é ponto de encontro de todas as águas, assim a pele é ponto de encontro de todos os toques; assim as narinas são o ponto de encontro de todos os odores; assim a língua é o ponto de encontro de todos os sabores; assim a vista é o ponto de encontro de todas as formas; assim o ouvido é ponto de encontro de todos os sons; assim a mente é o ponto de encontro de todos os pensamentos; assim o coração é o ponto de encontro de todas as ciências; assim as mãos são o ponto de encontro de todas as ações; assim as partes são o ponto de encontro de todos os prazeres; assim o ânus é o ponto de encontro de todas as evacuações; assim os pés são o ponto de encontro de todos os caminhos; assim a fala é ponto de encontro de todos os Vedās."

4.5.13 "Ele é assim: [o puro sal (*saindhava-ghana*) não tem interior nem exterior, é todo uma massa de sabor (*rasa-ghana*) apenas. Ora, vê, assim este si não tem interior nem exterior, é todo uma massa de entendimento (*prajāna-ghana*) apenas].[84] Tendo surgido com esses seres, desaparece depois deles. Ora, vê, eu digo que não há consciência (*saṃjñā*) depois da morte."

Assim disse Yājñavalkya.

4.5.14 Disse-lhe Maitreyī:

"— Ora, o senhor causou-me grande confusão! Isso eu decerto não compreendo!".

---

83. [ ] Não em BU 2.4.10.

84. [ ] Diferente em BU 2.4.12

Ele disse:

"— Ora, vê, não disse nada confuso; este si é imperecível e de natureza indestrutível."

4.5.15 "Quando há uma dualidade qualquer, um cheira o outro, um vê o outro, um saboreia o outro, um saúda o outro, um ouve o outro, um pensa no outro, um toca no outro, um entende o outro.[85] Quando, de um deles, o todo se torna o si, esse então, veria quem com quê, cheiraria quem com quê, saborearia quem com quê, saudaria quem com quê, ouviria quem com quê, pensaria em quem com quê, tocaria quem com quê, entenderia quem com quê? Com que ele entenderia quem o faz entender isso tudo?"

"O si é este 'não e não': inapreensível, pois não se apreende; inquebrantável, pois não se quebra; livre de vínculos, pois a nada adere; desatado, mas não oscila nem falha."

"Ora, vê, com que se pode entender o inteligente? Pois, Maitreyī, ora tens para ti minha instrução. Ora, eis aí toda a imortalidade." E, isto tendo dito, partiu.

Assim termina o quinto *brāhmaṇa*.

4.6 Sexto *brāhmaṇa*

4.6.1 Agora, a linhagem. Pautimāṣya [recebeu] de Gaupavana; Gaupavana, de Pautimāṣya; Pautimāṣya, de Gaupavana; Gaupavana, de Kauśika; Kauśika, de Kauṇḍinya; Kauṇḍinya, de Śāṇḍilya; Śāṇḍilya, de Kauśika e Gautama; Gautama, [**4.6.2**] de Āgniveśya; Āgniveśya, de Gārgya; Gārgya de Gārgya; Gārgya de Gautama; Gautama, de Saitava; Saitava de Pārāśaryāyaṇa; Pārāśaryāyaṇa, de Gārgyāyaṇa; Gārgyāyaṇa, de Uddālakāyana; Uddālakāyana, de Jābālāyana; Jābālāyana, de Mādhyandināyana; Mādhyandināyana, de Saukarāyaṇa; Saukarāyaṇa, de Kāṣāyaṇa; Kāṣāyaṇa, de Sāyakāyana; Sāyakāyana, de Kauśikāyani; Kauśikāyani, [**4.6.3**] de Ghr̥takauśika; Ghr̥takauśika, de Pārāśaryāyaṇa; Pārāśaryāyaṇa, de Pārāśarya; Pārāśarya, de Jātūkarṇya; Jātūkarṇya, de Āsurāyaṇa e Yāska; Āsurāyaṇa, de Traivaṇi; Traivaṇi, de Aupajandhani; Aupajandhani, de Āsuri; Āsuri, de Bhāradvāja; Bhāradvāja, de Ātreya; Ātreya, de Māṇṭi; Māṇṭi, de Gautama; Gautama, de Gautama; Gautama, de Vātsya; Vātsya, de Śāṇḍilya; Śāṇḍilya, de Kauśorya Kāpya; Kauśorya Kāpya, de Kumārahārita; Kumārahārita, de

85. Diferenças em relação à BU 2.4.13.

Gālava; Gālava, de Vidarbhīkauṇḍinya; Vidarbhīkauṇḍinya, de Vatsanapād Bābhrava; Vatsanapād Bābhrava, de Panthāḥ Saubhara; Panthāḥ Saubhara, de Ayāsya Āṅgirasa; Ayāsya Āṅgirasa, de Ābhūti Tvāṣṭra; Ābhūti Tvāṣṭra, de Viśvarūpa Tvāṣṭra; Viśvarūpa Tvāṣṭra, dos Aśvins; os Aśvins, de Dadhyañc Ātharvaṇa; Dadhyañc Ātharvaṇa, de Atharvan Daiva; Atharvan Daiva, de Mṛtyu Prādhvaṃsana; Mṛtyu Prādhvaṃsana, de Pradhvaṃsana; Pradhvaṃsana, de Eka Ṛṣi; Eka Ṛṣi, de Vipracitti; Vipracitti, de Vyaṣṭi; Vyaṣṭi, de Sanāru; Sanāru, de Sanātana; Sanātana, de Sanaga; Sanaga, de Parameṣṭhin; Parameṣṭhin, de *brahman*.

Brahman é o que só por si existe.

Loas a *brahman*!

Assim termina o sexto *brāhmaṇa*.

Assim termina a quarta lição.

5 Quinta lição

5.1 Primeiro *brāhmaṇa*

O lá é pleno, o cá também é pleno;
do pleno é que o pleno se origina;
do pleno em o pleno removendo,
o pleno permanece pleno ainda.[86]

5.1.1 OM. "*Brahman* é o espaço; o antigo é o espaço; o espaço é de vento." Isso dizia o filho de Kauravyāyaṇī. Isto é o Veda, os brâmanes o sabem. Por ele eu conheço o que é para conhecer.

Assim termina o primeiro *brāhmaṇa*.

5.2 Segundo *brāhmaṇa*

5.2.1 As três descendências de Prajāpati – deuses, homens e demônios – viviam com seu pai Prajāpati a estudar o Veda. Terminado o período de estudo, os deuses disseram: "— Senhor, fala conosco.".

86. Trata-se de famoso mantra recitado ainda hoje na Índia em diversas ocasiões: *pūrṇam adaḥ pūrṇam idaṃ pūrṇāt pūrṇam udacyate/ pūrṇasya pūrṇam ādāya pūrṇam evāvaśiṣyate //*.

Ele pronunciou esta sílaba:

"— *Da*!" e disse: "— Compreendestes?".

E eles responderam:

"— Compreendemos. Tu disseste: 'Domai-vos (*dāmyata*)!'".

"— Sim," ele disse, "compreendestes."

5.2.2 Então os homens lhe disseram:

"— Senhor, fala conosco."

Ele pronunciou esta sílaba:

"— *Da*!" e disse: "— Compreendestes?"

E eles responderam:

"— Compreendemos. Tu disseste: 'Dai (*datta*)!'".

"— Sim," ele disse, "compreendestes."

5.2.3 Então os demônios lhe disseram:

"— Senhor, fala conosco."

Ele pronunciou esta sílaba:

"— *Da*!" e disse: "— Compreendestes?"

E eles responderam:

"— Compreendemos. Tu disseste: 'Apiedai-vos (*dayadhvam*)!'"

"— Sim," ele disse, "compreendestes."

É isso que essa fala divina, o trovão, repete: "*Da Da Da*!": Domai-vos, Dai, Apiedai-vos. Essa é a tríade que se deve praticar: domínio, doação e piedade.

Assim termina o segundo *brāhmaṇa*.

5.3 Terceiro *brāhmaṇa*

5.3.1 *Hṛdayam* (o coração) é Prajāpati; é *brahman*; é o todo. Tem três sílabas *hṛdayam*. Uma sílaba é *hṛ*: trazem [oferendas; *abhi-hṛ*] os seus e os outros a quem sabe assim. Uma sílaba é *da*: dão [presentes; *dā*] os seus e os outros a quem sabe assim. Uma sílaba é *yam*: vai (*i*) para o mundo celeste quem sabe assim.

Assim termina o terceiro *brāhmaṇa*.

5.4 Quarto *brāhmaṇa*

Aquilo é aquilo, e aquilo era isto, o real (*satyam*). "*Brahman* é o real" – aquele que conhece este grande ser (*yakṣa*) que nasceu primeiro conquista estes mundos. "*Brahman* é o real" – acaso é vencido alguma vez esse que conhece assim este grande ser que nasceu primeiro? Pois *brahman* é nada mais que o real.

Assim termina o quarto *brāhmaṇa.*

5.5 Quinto *brāhmaṇa*

5.5.1 No início isto aqui eram só as águas. Essas águas criaram o real; o real, *brahman*; *brahman*, Prajāpati; Prajāpati, os deuses. Esses deuses veneravam apenas o real (*satyam*). Tem três sílabas *sat[i]yam.* Uma sílaba é *sa*; uma sílaba é *ti*; uma sílaba é *yam*. A primeira e a última sílaba são o real (*satyam*), a do meio, o irreal (*anr̥tam*). O irreal, de ambos os lados cercado pelo real, torna-se coisa real (*satya-bhūya*). O irreal não fere quem sabe assim.

5.5.2 Pois então, este real é lá o sol. Aquela pessoa naquele orbe e esta pessoa aqui no olho direito, ambas assentam uma na outra. Pelos raios aquela assenta nesta, pelos alentos esta assenta naquela. Quando está a ponto de partir, o homem vê aquele orbe todo puro. Os raios não vêm a seu encontro.

5.5.3 Aquela pessoa naquele orbe, sua cabeça é *bhūr* (terra). Uma é a cabeça, uma é a sílaba. Seus braços são *bhuvas* (o espaço ao meio). Dois são os braços, duas, as sílabas. Seu pé é *svar* (*s[u]var*; céu). Dois são os pés, duas as sílabas. Seu nome secreto (*upaniṣad*) é *ahar* (dia). Abate e abandona o mal quem sabe assim.

5.5.4 Aquela pessoa neste olho direito, sua cabeça é *bhūr* (terra). Uma é a cabeça, uma é a sílaba. Seus braços são *bhuvas* (o espaço ao meio). Dois são os braços, duas, as sílabas. Seu pé é *svar* (*s[u]var*; céu). Dois são os pés, duas as sílabas. Seu nome secreto (*upaniṣad*) é *aham* (eu). Abate e abandona o mal quem sabe assim.

Assim termina o quinto *brāhmaṇa.*

5.6 Sexto *brāhmaṇa*

5.6.1 Esta pessoa é feita de mente, existe como luz; dentro do coração é como grão de arroz ou de trigo; de tudo amo, de tudo dono, a tudo isto rege, tudo que há.

Assim termina o sexto *brāhmaṇa.*

5.7 Sétimo *brāhmaṇa*

5.7.1 "*Brahman* é o raio", dizem. "Raio" (*vidyut*) vem de "cortar" (*vi-dā*). Corta-se (*vidyati*) do mal quem sabe assim. Pois *brahman* é nada mais que o raio.

Assim termina o sétimo *brāhmaṇa.*

5.8 Oitavo *brāhmaṇa*

5.8.1 Deve-se venerar a fala como vaca. Ela tem quatro tetas, Svāhā, Vaṣaṭ, Hanta e Svadhā. De duas de suas tetas vivem os deuses, Svāhā e Vaṣaṭ; de Hanta vivem os homens; de Svadhā, os ancestrais. O touro dela é o alento, o vitelo, a mente.

Assim termina o oitavo *brāhmaṇa.*

5.9 Nono *brāhmaṇa*

5.9.1 O fogo de todos os homens é este fogo que se acha dentro da pessoa, por meio do qual ela digere a comida que come. O ruído desse fogo é o que se ouve quando se tapam as orelhas. Aquele que está prestes a partir não escuta esse ruído.

Assim termina o nono *brāhmaṇa.*

5.10 Décimo *brāhmaṇa*

5.10.1 Quando se vai deste mundo, a pessoa chega ao vento. Para ela o vento ali abre um buraco do tamanho duma roda de carroça. Através dele ela sobe e chega ao sol. Para ela o sol abre um buraco do tamanho de um grande tambor (*lambara*). Através dele ela sobe e chega à lua. Para ela a lua abre um buraco do tamanho de um tambor pequeno (*dundubhi*). Através dele ela sobe e chega a um mundo sem tristeza e sem frio. Aí ela vive sempiternos anos.

Assim termina o décimo *brāhmaṇa.*

5.11 Décimo primeiro *brāhmaṇa*

5.11.1 Decerto é a suprema ascese arder doente. Conquista o mundo supremo quem sabe assim. Decerto é a suprema ascese ser levado morto para um ermo. Conquista o mundo supremo quem sabe assim. Decerto é a suprema ascese ser depositado morto no fogo. Conquista o mundo supremo quem sabe assim.

Assim termina o décimo primeiro *brāhmaṇa.*

5.12 Décimo segundo *brāhmaṇa*

5.12.1 "*Brahman* é o alimento", dizem uns. Mas não é assim. A comida apodrece sem alento. "*Brahman* é o alento", dizem uns. Mas não é assim. O alento se extingue sem o alimento. Essas duas divindades só tornando-se unas é que atingem a supremacia.

Sobre isso disse Prātr̥da a seu pai:

"— Que bem eu poderia fazer a quem o sabe; que mal eu poderia lhe fazer?".

Ele disse, movendo a mão:

"— Não, Prātr̥da! Quem é que atinge supremacia unindo-se com esses dois?".

Respondeu-lhe:

"— *Vi*, pois o *vi* é o alimento. E no alimento todos esses seres residem. E *ram*, pois *ram* é o alento. E no alento todos esses seres se regozijam. Nele todos os seres residem, nele regozijam-se todos os seres, naquele que o sabe assim.".

Assim termina o décimo segundo *brāhmaṇa.*

5.13 Décimo terceiro *brāhmaṇa*

5.13.1 *Uktha*. O *uktha* é decerto alento. Pois o alento a tudo ergue (*utthāpaya*). Dele ergue-se (*utthā*) o filho varão que conhece o *uktha*, e com o *uktha* ele conquista conjunção e o mesmo mundo, aquele que o sabe assim.

5.13.2 Fórmula (*yajus*). A fórmula é decerto alento. Pois no alento unem-se (*yuj*) todos os seres. Unem-se todos os seres pela supremacia dele, e com a fórmula ele conquista conjunção e o mesmo mundo, aquele que o sabe assim.

5.13.3 Canto (*sāman*). O canto é decerto alento. Pois no alento estão reunidos (*samyañc*) todos os seres. Estão reunidos todos os seres pela supremacia dele, e com o canto ele conquista conjunção e o mesmo mundo, aquele que o sabe assim.

5.13.4 Poder real (*kṣatra*). O *kṣatra* é decerto o alento. Pois o alento protege-o (*trai*) da ferida (*kṣaṇitu*). Obtém *kṣatra* que não precisa de proteção (*atra*), e com o *kṣatra* ele conquista conjunção e o mesmo mundo, aquele que o sabe assim.

Assim termina o décimo terceiro *brāhmaṇa.*

5.14 Décimo quarto *brāhmaṇa*

5.14.1 Em *bhūmi* (terra), *antarikṣa* (região intermédia) e *dyau* (céu; *d[i]yau*) há oito sílabas. O primeiro pé (verso) da Gāyatrī[87] é de oito sílabas. Esse pé é o mesmo que aquilo. Obtém tudo quanto há nos três mundos aquele que sabe assim a esse pé da Gāyatrī.

5.14.2 Em *ṛcas* (versos do *Ṛgveda*) *yajūṃṣi* (fórmulas do *Yajurveda*) e *sāmāni* (cantos do *Sāmaveda*) há oito sílabas.[88] O segundo pé da Gāyatrī é de oito sílabas. Esse pé é o mesmo que aquilo. Obtém quanto abarca a Tripla Ciência (*i.e.*, o Veda) aquele que sabe assim a esse pé da Gāyatrī.

5.14.3 Em *prāṇa* (o alento que entra), *apāna* (o alento que sai) e *vyāna* (o alento que perpassa; *v[i]yāna*) há oito sílabas. O terceiro pé da Gāyatrī é de oito sílabas. Esse pé é o mesmo que aquilo. Obtém tudo quanto vive aquele que sabe assim a esse pé da Gāyatrī.

Então há apenas esse quarto (*turīya*) pé conspícuo (*darśata*) da Gāyatrī, que arde além do céu. *Turīya* (quarto) é o mesmo que *caturtha*. "Verso conspícuo", pois [o sol] é bem visível (*dadṛśa iva*). "Além do céu", pois ele arde muito acima do céu inteiro. Assim arde de esplendor e glória aquele que sabe assim a esse pé da Gāyatrī.

5.14.4 A Gāyatrī assenta nesse quarto pé conspícuo além do céu. Esse pé, por seu turno, assenta na verdade. A verdade é vista. A verdade é decerto vista, por isso se dois vierem discutindo "eu vi; não, eu ouvi", aquele que disser "eu vi", é a este que damos fé. A verdade, por sua vez, assenta na força. Força é alento, assenta no alento. Por isso dizem que a força é mais

87. *Gāyatrī* é um metro da poesia védica. Trata-se de uma estrofe de três versos de oito sílabas. A mais famosa estrofe neste metro é a estrofe Sāvitrī (cf. BU 6.3.6), que também recebe o nome de Gāyatrī.

88. Cito as formas em sânscrito no nominativo plural, como no texto original, pois só assim se percebe que juntas perfazem oito sílabas.

poderosa que a verdade. É assim que a Gāyatrī assenta no que pertence ao corpo (*ātman*). É ela que protege nossos bens. Por que protege (*tatre*) os bens (*gaya*), por isso é chamada Gāyatrī. Ela é o mesmo que a Sāvitrī que recitam. Ela protege os alentos daquele a quem recitam a Sāvitrī.

5.14.5 Essa Sāvitrī, uns recitam-na como *anuṣṭubh*,[89] dizendo: "— O *anuṣṭubh* é fala, e nós o recitamos como fala.". Mas não se deve fazer assim. Deve-se recitar a Sāvitrī apenas como Gāyatrī. Mesmo se aquele que o sabe recebe um grande dom, isso não se compara a sequer um verso da Gāyatrī.

5.14.6 Aquele que recebesse esses três mundos plenos obteria o primeiro pé dela. Aquele que recebesse quanto abarca a Tripla Ciência obteria o segundo pé dela. Aquele que recebesse tudo quanto vive obteria o terceiro pé dela. Então há apenas esse quarto pé conspícuo da Gāyatrī, que arde além do céu e que ninguém pode obter. Pois de onde se receberia tamanho [dom]?

5.14.7 Assim é a adoração da Gāyatrī:

Gāyatrī, tu tens um pé, dois pés, três pés e quatro pés.
E pés não tens pois tu não pisas.
Saudação ao quarto pé conspícuo além do céu!

[Esse que venera a Gāyatrī] pode dizer a quem odeia: "— Que fulano não obtenha isso" ou "— Que esse desejo de fulano não se realize" e decerto não se realizará o desejo daquele a quem dirige assim sua adoração.

5.14.8 Sobre isso Janaka de Videha disse a Buḍila Aśvatarāśvi:

"— Não dizias tu que sabias a Gāyatrī? Então como andas carregando fardo feito um elefante?".

Ele respondeu:

"— É que eu não conhecia a boca dela, majestade.".

A boca dela é puro fogo. Mesmo se se põe muita coisa no fogo, ele queima com tudo. Assim, quem a sabe assim, mesmo se faz mal deveras, ele devora tudo e surge limpo, puro, sem velhice nem morte.

Assim termina o décimo quarto *brāhmaṇa*.

---

89. *Anuṣṭubh* é uma estrofe de quatro versos de oito sílabas.

5.15 Décimo quinto *brāhmaṇa*

5.15.1 Por fina folha d'ouro feita apenas
a face está coberta da verdade.
Descobre-a tu, ó Pūṣan, que a veja,
àquele que por lei tem a verdade.

5.15.2 Ó Pūṣan, só vidente, Yama, Sol!
Ó tu que de Prajāpati és progênie!
Teus raios distribui e a luz reúne!
Tua forma mais graciosa, eu a vejo;
esse homem que aí está eu sou.

5.15.3 O vento, que é alento, é imortal,
já este corpo acaba só em cinzas.
OM!
Tu lembres-te do feito, ó juízo!
Tu lembres-te do feito, ó juízo!

5.15.4 Ó Fogo, deus que sabes todas as veredas,
a nós conduz por boa via às riquezas;
de nós afasta o pecado que extravia,
que ofertaremos nós louvor em demasia.[90]

Assim termina o décimo quinto *brāhmaṇa.*

Assim termina a quinta lição.

6 Sexta lição

6.1 Primeiro *brāhmaṇa*

6.1.1 Aquele que conhece o maior e o melhor torna-se o maior e melhor entre os seus. O maior e o melhor são alento. Torna-se o maior e o melhor entre os seus e ainda entre os quais ele assim o deseja aquele que o sabe assim.

6.1.2 Aquele que conhece a mais excelente torna-se o mais excelente entre os seus. A mais excelente é fala. Torna-se o mais excelente entre os seus e ainda entre os quais ele assim o deseja aquele que a sabe assim.

90. Serão os versos 15 a 18 da IU.

6.1.3 Aquele que conhece o chão firme firma-se no plano e firma-se no acidentado. Chão firme é vista. Pois pela vista firmamo-nos no plano e no acidentado. Firma-se no plano e firma-se no acidentado aquele que a sabe assim.

6.1.4 Aquele que conhece a correspondência (*saṃpad*), para ele realiza-se (*saṃpadyate*) tudo o que deseja. A correspondência é ouvido. Pois no ouvido convergem (*abhisaṃpanna*) todos os Vedās. Realiza-se tudo o que deseja para aquele que o sabe assim.

6.1.5 Aquele que conhece o refúgio torna-se o refúgio dos seus e refúgio do povo. O refúgio é mente. Torna-se o refúgio dos seus e o refúgio do povo aquele que a sabe assim.

6.1.6 Aquele que conhece a fecundidade é fecundo em progênie e rebanhos. A fecundidade é sêmen. É fecundo em progênie e em rebanhos aquele que o sabe assim.

6.1.7 Certa feita, esses alentos,[91] discutindo sobre quem era o melhor, vieram a *brahman*. Assim lhe disseram:

"— Quem de nós é o mais excelente?".

Assim respondeu-lhes:

"— O mais excelente de vós é aquele por cuja partida se considera que este corpo piora.".

6.1.8 Então a fala partiu. Voltando depois de um ano ausente, perguntou-lhes:

"— Como pudestes viver sem mim?".

Responderam-lhe:

"— Tal como os mudos sem falar com a fala, mas respirando com o alento, vendo com a vista, ouvindo com o ouvido, compreendendo com a mente e fecundando com o sêmen, assim temos vivido.".

E entrou a fala.

6.1.9 Então a vista partiu. Voltando depois de um ano ausente, perguntou-lhes:

"— Como pudestes viver sem mim?".

Responderam-lhe:

91. *I.e.*, as funções vitais.

"— Tal como os cegos sem ver com a vista, mas respirando com o alento, falando com a fala, ouvindo com o ouvido, compreendendo com a mente e fecundando com o sêmen, assim temos vivido.".

E entrou a vista.

6.1.10 Então o ouvido partiu. Voltando depois de um ano ausente, perguntou-lhes:

"— Como pudestes viver sem mim?".

Responderam-lhe:

"— Tal como os surdos sem ouvir com o ouvido, mas respirando com o alento, falando com a fala, vendo com a vista, compreendendo com a mente e fecundando com o sêmen, assim temos vivido.".

E entrou o ouvido.

6.1.11 Então a mente partiu. Voltando depois de um ano ausente, perguntou-lhes:

"— Como pudestes viver sem mim?".

Responderam-lhe:

"— Tal como os tolos sem compreender com a mente, mas respirando com o alento, falando com a fala, vendo com a vista e fecundando com o sêmen, assim temos vivido".

E entrou a mente.

6.1.12 Então o sêmen partiu. Voltando depois de um ano ausente, perguntou-lhes:

"— Como pudestes viver sem mim?".

Responderam-lhe:

"— Tal como os impotentes sem fecundar com o sêmen, mas respirando com o alento, falando com a fala, vendo com a vista e compreendendo com a mente, assim temos vivido.".

E entrou o sêmen.

6.1.13 Então, assim como o grande corcel do Indo desraiga e leva consigo as estacas onde se prendem seus grilhões, o alento ao partir já ia desraigando os alentos, quando lhe disseram:

"— Senhor, não partas! Não podemos viver sem ti.".

"— Haveis de me pagar tributo por isso."

"— Assim seja."

6.1.14 Disse a fala:

"— Sou a mais excelente assim como tu serás o mais excelente.".

"— Sou o chão firme assim como tu serás o chão firme", disse a vista.

"— Sou a correspondência assim como tu serás a correspondência", disse o ouvido.

"— Sou o refúgio assim como tu serás o refúgio", disse a mente.

"— Sou a fecundidade assim como tu serás a fecundidade", disse o sêmen.

Perguntou então o alento:

"— Qual será meu alimento e minha roupa?".

"— Tudo o que há, desde cães até vermes, insetos e moscas são teu alimento, e as águas, tua roupa."

Nada do que comeu lhe será alimento impróprio, nada do que aceitou lhe será alimento impróprio àquele que sabe que o alimento é do alento (*etad anasya annam*). Os versados que sabem disso tomam um gole d'água antes de comer e outro gole d'água depois de ter comido, pois pensam que assim deixam o alimento (*annam*) não nu (*anagnam*).

Assim termina o primeiro *brāhmaṇa.*

6.2 Segundo *brāhmaṇa*

6.2.1 Śvetaketu, filho de Āruṇi, certa feita veio à assembleia de Pañcāla. Então aproximou-se de Jaivali Pravāhaṇa, em torno de quem se ajuntavam seus servos. Mirando-o, este lhe disse:

"— Menino.".

Atento, diz-lhe:

"— Senhor.".

"— Ensinou-te teu pai?"

"— Sim", respondeu.

6.2.2 — Sabes como as criaturas, quando morrem, seguem diferentes caminhos?

"— Não", respondeu.

"— Sabes como retornam a este mundo?"

"— Não", respondeu.

"— Sabes como aquele mundo lá arriba não fica cheio com quantos vão morrendo uns depois dos outros?"

"— Não", respondeu.

"— Conheces a oferenda por cuja oferta a água torna-se voz humana, levanta-se e fala?"

"— Não", respondeu.

"— Conheces o acesso ao caminho que leva aos deuses ou aos ancestrais, *i.e.*, aquilo que, ao fazê-lo, tomamos o caminho dos deuses ou dos ancestrais? Pois não ouviste a palavra do vidente?"

"Têm duas rotas os mortais, assim ouvi,
a que é aos deuses e a que vai aos ancestrais;
por essas duas atravessa tudo isto,
o que entre a terra mãe se move e o céu que é pai."

"— Eu não sei nenhuma das respostas", respondeu.

6.2.3 Então Jaivali convidou-o para ficar. Sem consideração pelo convite, o menino fugiu. Voltou para junto do pai e lhe disse:

"— Pois foi essa a instrução que o senhor nos deu?".

"— Como assim, meu menino arguto?"

"— Aquele arremedo de príncipe (*rājanya-bandhu*) me fez cinco perguntas e eu não soube responder a nenhuma delas!"

"— Quais foram as perguntas?"

"— Foram estas", e arrolou os temas.

6.2.4 Disse-lhe o pai:

"— Tu me conheces bem, filho, para saberes que te passei tudo o que sei. Vem, voltemos e lá nós viveremos como estudantes.".

"— Irá apenas o senhor."

Gautama foi então à residência de Pravāhaṇa Jaivali. Jaivali ofereceu-lhe um assento e mandou buscar-lhe água, tratando-o como se deve ao hóspede. E então lhe disse:

"— Concederemos um desejo ao venerável Gautama.".

6.2.5 Disse Gautama:

"— Já que me prometes um desejo, diz a mim o que disseste a meu filho.".

6.2.6 Ele respondeu:

"— Aquele, Gautama, era desejo da esfera dos divinos. Pede um da esfera dos homens.".

6.2.7 Disse Gautama:

"— Decerto sabes que possuo ouro, vacas, cavalos, servas, panos e roupas. Não sejas avaro em me dar mais do que isso, em me dar o infinito, o ilimitado.".

"— Deves apresentar teu pedido da maneira apropriada, Gautama."

"— Venho a ti como discípulo."

Com essas palavras apenas os antigos se apresentavam como discípulos. E Gautama lá residiu por ter-se apresentado dessarte.

6.2.8 Disse-lhe Jaivali:

"— O fato de que esse conhecimento não antes residiu num brâmane não faça que tu ou teus avós nos causem mal. No entanto, eu o direi a ti. Pois quem pode recusar-te quando falas dessa maneira?".

6.2.9 "O mundo de lá é um fogo (*agni*), Gautama. Sua lenha é o sol; sua fumaça, os raios; sua chama, o dia; suas brasas, os quadrantes e suas centelhas, os quadrantes intermédios. É neste fogo que os deuses oferecem fé. Dessa oferenda nasce o rei Soma."

6.2.10 "Uma nuvem de chuva (*parjanya*) é um fogo (*agni*), Gautama. Sua lenha é o ano; sua fumaça, as nuvens carregadas; sua chama, o raio; suas brasas, o trovão e suas centelhas, o granizo. É nesse fogo que os deuses oferecem o rei Soma. Dessa oferenda nasce a chuva."

6.2.11 "O mundo aqui embaixo é um fogo (*agni*), Gautama. Sua lenha é a terra; sua fumaça, o fogo; sua chama, a noite; suas brasas, a lua e suas centelhas, as estrelas. É nesse fogo que os deuses oferecem a chuva. Dessa oferenda nasce o alimento."

6.2.12 "O homem é um fogo (*agni*), Gautama. Sua lenha é a boca escancarada; sua fumaça, o alento; sua chama, a fala; suas brasas, a vista e suas centelhas, o ouvido. É nesse fogo que os deuses oferecem o alimento. Dessa oferenda nasce o sêmen."

6.2.13 "A mulher é um fogo (*agni*), Gautama. Sua lenha é a vulva (*upastha*), sua fumaça, os pelos; sua chama, a vagina; suas brasas é quando a penetram e suas centelhas, o gozo. É nesse fogo que os deuses oferecem o sêmen. Dessa oferenda nasce o homem."

"Ele vive o quanto vive, e então, quando morre [**6.2.14**], oferecem-no ao fogo. Desse fogo o próprio fogo é o fogo, a lenha é a lenha, a fumaça é a fumaça, a chama é a chama, as brasas são as brasas e as centelhas são as centelhas. É nesse fogo que os deuses oferecem o homem. Dessa oferenda nasce o homem de cor fulgurante."

6.2.15 "Os que o sabem assim mais aqueles que nos ermos (*araṇyāni*) veneram a verdade como fé entram na chama; da chama, no dia; do dia, na metade crescente da lua; da metade crescente da lua, nos seis meses em que o sol vai a norte; dos meses, no mundo dos deuses; do mundo dos deuses, no sol e do sol, na região dos raios. Uma pessoa feita de mente vem às regiões dos raios e os conduz aos mundos de *brahman*. Nesses mundos de *brahman*, eles vivem excelsas distâncias. Não mais retornam."

6.2.16 "Já aqueles que conquistam os mundos pelo sacrifício, pela doação e pela ascese entram na fumaça; da fumaça entram na noite; da noite, na metade minguante da lua; da metade minguante da lua, nos seis meses em que a lua vai a sul; dos meses, no mundo dos ancestrais; do mundo dos ancestrais, na lua. Chegando à lua, tornam-se alimento. Ali, os deuses, conforme vão dizendo ao rei Soma: '— Cresce! Míngua!', assim é que os comem. Quando isso passa, eles então entram ali no espaço e do espaço, no vento; do vento, na chuva e da chuva, na terra. Chegando à terra, tornam-se alimento. E são de novo oferecidos no fogo do homem e então nascem no fogo da mulher. Subindo de novo aos mundos, repetem o mesmo ciclo. Porém aqueles que não conhecem esses dois caminhos tornam-se vermes, insetos e tudo aquilo que pica."

Assim termina o segundo *brāhmaṇa*.

6.3 Terceiro *brāhmaṇa*

6.3.1 Aquele que desejar desta maneira: "Que eu obtenha grandeza", num dia auspicioso da metade crescente da lua, depois observar por doze dias os ritos preparatórios (*upasad*), deve recolher num tabuleiro [de madeira] de *udumbara* ou numa travessa de metal todo tipo de ervas e de frutos, varrer e aspergir o entorno do fogo, acendê-lo espalhando em torno dele a grama sacrifical, preparar conforme o procedimento a manteiga clarificada e, misturando-a sob o amparo duma constelação masculina, oferecê-la assim:

Os deuses quantos são em ti, ó Jātavedas,
que tudo estorvam quanto o homem mais deseja,
porção a todos ofereço, que os desejos
me satisfaçam todos, eles satisfeitos!
Svāhā![92]
Aquela que a estorvar ali reside
e pensa: "Pois que sou dispositora!"
a ti eu, tu que és conciliadora,
com rios de manteiga eu sacrifico!
Svāhā!

6.3.2 "Ao maior, *svāhā*! Ao melhor, *svāhā*!", e faz uma libação de manteiga no fogo e derrama o restante na mistura, [como quem diz]: "Ao alento, *svāhā*!".

"Ao mais excelente, *svāhā*!", e faz uma libação de manteiga no fogo e derrama o restante na mistura, [como quem diz]: "À fala, *svāhā*!".

"Ao chão firme, *svāhā*!", e faz uma libação de manteiga no fogo e derrama o restante na mistura, [como quem diz]: "À vista, *svāhā*!".

"À correspondência, *svāhā*!", e faz uma libação de manteiga no fogo e derrama o restante na mistura, [como quem diz]: "Ao ouvido, *svāhā*!".

"Ao refúgio, *svāhā*!", e faz uma libação de manteiga no fogo e derrama o restante na mistura, [como quem diz]: "À mente, *svāhā*!".

"À fecundidade, *svāhā*!", e faz uma libação de manteiga no fogo e derrama o restante na mistura, [como quem diz]: "Ao sêmen, *svāhā*!".

E assim faz uma libação de manteiga no fogo e derrama o restante na mistura.

---

92. Exclamação de bênção pronunciada ao se fazer em oferendas.

6.3.3 "Ao fogo, *svāhā!*", e faz uma libação de manteiga no fogo e derrama o restante na mistura.

"Ao Soma, *svāhā!*", e faz uma libação de manteiga no fogo e derrama o restante na mistura.

"Terra, *svāhā!*", e faz uma libação de manteiga no fogo e derrama o restante na mistura. "Região intermédia, *svāhā!*", e faz uma libação de manteiga no fogo e derrama o restante na mistura.

"Céu, *svāhā!*", e faz uma libação de manteiga no fogo e derrama o restante na mistura. "Terra, região intermédia, céu, *svāhā!*", e faz uma libação de manteiga no fogo e derrama o restante na mistura.

"Ao poder sacerdotal (*brahman*), *svāhā!*", e faz uma libação de manteiga no fogo e derrama o restante na mistura.

"Ao poder real (*kṣatra*), *svāhā!*", e faz uma libação de manteiga no fogo e derrama o restante na mistura.

"Ao que foi, *svāhā!*", e faz uma libação de manteiga no fogo e derrama o restante na mistura.

"Ao que será, *svāhā!*", e faz uma libação de manteiga no fogo e derrama o restante na mistura.

"A tudo (*viśvam*), *svāhā!*", e faz uma libação de manteiga no fogo e derrama o restante na mistura.

"Ao todo (*sarvam*), *svāhā!*", e faz uma libação de manteiga no fogo e derrama o restante na mistura.

"A Prajāpati, *svāhā!*", e faz uma libação de manteiga no fogo e derrama o restante na mistura.

6.3.4 Então ele toca a mistura, dizendo: "— És tremulante! És cintilante! És plena! És constante! És o único ponto de encontro! És o *hiṃ* já cantado; és o *hiṃ* sendo cantado. És o canto alto (*udgītha*) já cantado; és o canto alto sendo cantado. És o chamado [do *agnīdh*];[93] és a resposta [do *adhvaryu*]. És o que fica aceso no molhado. És permeante; és circundante. És alimento; és luz. És o fim; és o coletor.".

93. Nome do sacerdote responsável, no rito védico, pelo acendimento do fogo.

6.3.5 E então ergue a mistura, dizendo: "— *āmaṃ si āmaṃ hi te mahi*![94] Pois ele é rei, dono regente! Que me faça rei, dono e regente!".

6.3.6 E então toma dela um gole, dizendo:

De Savitṛ, no seu excelso brilho,...
Mel os ventos ao que é pio,
mel os rios lhe distilam;
Mel a nós as plantas façam!
Terra, *svāhā*!

no brilho desse deus nós refletimos,...
Noite e auroras sejam mel;
vastidão de mel, a terra;
Mel nos seja o céu, o pai!
Região intermédia, *svāha*!

a fim de que ele as preces nos anime.
Seja a árvore melíflua,
Seja o sol a nós melífluo,
e melífluas, as vacas.
Céu, *svāhā*!

Então ele repete a Sāvitrī[95] inteira e todas as estrofes do mel, e diz: "— Possa eu tornar-me isso tudo, terra, região intermédia e céu! *Svāhā*!". Por fim toma um gole d'água, lava as mãos e deita-se atrás do fogo com a cabeça voltada para leste. De manhã, adora o sol, dizendo: "— Tu és o único lótus entre os quadrantes, possa eu tornar-me o único lótus entre os homens!". E retornando tal como viera, sentando-se atrás do fogo, ele recita em voz baixa sua linhagem.

6.3.7 Uddālaka Āruṇī, tendo dito o mesmo a seu discípulo Vājasaneya Yājñavalkya, então disse: "— Mesmo que alguém a vertesse num tronco seco, nasceriam galhos e brotariam folhas.".

---

94. Frase obscura. Tanto Senart quando Olivelle acreditam tratar-se de jogo de palavras fundado mais na simbologia do som que do sentido. Senart não traduz, mas Olivelle propõe a seguinte versão: "*You are power; your power is in me.*" (1998: 153).

95. Os três versos em itálico acima constituem a estrofe Sāvitrī, em honra do deus Savitṛ, divindade solar às vezes identificada com Sūrya, sol: *tat savitur vareṇ[i]yam/ dhiyo devasya dhīmahi/ bhargo yo naḥ pracodayāt //*. Estes versos são usados como mantra ainda hoje na Índia em diversas ocasiões.

6.3.8 Vājasaneya Yājñavālkya, tendo dito o mesmo a seu discípulo Madhuka Paiṅgya, então disse: "— Mesmo que alguém a vertesse num tronco seco, nasceriam galhos e brotariam folhas.".

6.3.9 Madhuka Paiṅgya, tendo dito o mesmo a seu discípulo Cūla Bhagavitti, então disse: "— Mesmo que alguém a vertesse num tronco seco, nasceriam galhos e brotariam folhas.".

6.3.10 Cūla Bhagavitti, tendo dito o mesmo a seu discípulo Jānaki Āyasthūṇa, então disse: "— Mesmo que alguém a vertesse num tronco seco, nasceriam galhos e brotariam folhas.".

6.3.11 Jānaki Āyasthūṇa, tendo dito o mesmo a seu discípulo Satyakāma Jābāli, então disse: "— Mesmo que alguém a vertesse num tronco seco, nasceriam galhos e brotariam folhas.".

6.3.12 Satyakāma Jābāla, tendo dito o mesmo aos seus discípulos, então disse: "— Mesmo que alguém a vertesse num tronco seco, nasceriam galhos e brotariam folhas.".

Isso não se deve dizer senão a um filho ou um discípulo.

6.3.13 Há quatro coisas feitas [de madeira] de *udumbara.*[96] A colher de *udumbara,* a cocha de *udumbara,* o combustível de *udumbara* e os dois paus de mexer feitos de *udumbara.* Dez são os grãos de uso doméstico: arroz, cevada, sésamo e feijão, painço, trigo, lentilha, ervilha e feijão miúdo, fava. Depois de moídos, ele verte sobre eles coalhada, mel e manteiga clarificada, e então oferece uma oblação de manteiga clarificada.

Assim termina o terceiro *brāhmaṇa.*

6.4 Quarto *brāhmaṇa*

6.4.1 Dos seres que há aqui a seiva é a terra; da terra, as águas; das águas, as plantas; das plantas, as flores; das flores, os frutos; dos frutos, o homem; do homem, o sêmen.

---

96. *Ficus racemosa* ou *glomerata Roxb.*

6.4.2 Prajāpati então pensou: "Anda, vamos arrumar um assento para ele[97]!". Ele então criou a mulher. Depois de criá-la, venerou-a nas partes[98]. Por isso deve-se venerar a mulher nas partes. Prajāpati estendeu de si a saliente pedra de Soma e com ela verteu na mulher.

6.4.3 As partes da mulher são o chão do sacrifício (*vedi*);[99] os pelos, a grama sacrifical; os grandes lábios, a prensa do Soma; os pequenos lábios estão no meio das chamas. Quão grande é o mundo que obtém pelo Sacrifício do Soma o patrono do sacrifício, tão grande é o mundo que obtém aquele que, sabendo assim, procede a essa veneração nas partes; ele se apropria do mérito das mulheres. Já a mulher, ela se apropria do mérito daquele que procede a essa veneração nas partes sem o saber.

6.4.4 Foi sabendo disso, decerto, que Uddālaka Āruṇi e, sabendo disso, decerto, que Nāka Maudgalya e, sabendo disso, decerto, que Kumārahārita disseram: "— Muitos mortais deixam este mundo destituídos de virilidade e mérito, pois que procedem à veneração nas partes sem saber disso.".

Muito ou pouco, o sêmen do homem jorra quando dorme ou está desperto.

6.4.5 Ele deve tocá-lo em dizendo esta fórmula:

Este meu sêmen que jorrou na terra hoje,
que mesmo às plantas escorreu, e mesmo n'água,
aqui recebo-o de volta. Que de novo

me volte o ardor, minha paixão, virilidade,
Tomem de novo o fogo e os fogos[100] seus lugares.

E então, apanhando-o com o anelar e o polegar, deve esfregá-lo no meio do peito ou das sobrancelhas.

---

97. *I.e.*, o sêmen.

98. *Adha[s] upās*. A expressão significa "ter relação sexual". Olivelle (1998: 530) entende que significa "venerar por baixo", "as a man prostrates himself before a woman in having intercourse with her!". Preferi seguir acepção possível dos dicionários e tomar o advérbio *adhas* (embaixo, por baixo, debaixo) como lugar da veneração.

99. Altar. Trata-se de escavação rasa no chão – espécie de retângulo de lados côncavos, comparado à cintura duma mulher –, que se cobre de grama *kuśa*, onde se depositam os instrumentos rituais.

100. *Dhiṣṇya*. Montículos de terra na plataforma do sacrifício onde se depositam os fogos, exceto o fogo da oferenda.

6.4.6 Caso se veja refletido na água, deve recitar esta fórmula: "Que em mim residam ardor, virilidade, fama, riqueza e mérito!".

Auspiciosa entre as mulheres é decerto essa que trocou as roupas maculadas da menstruação. Por isso essa mulher, resplandecente depois de trocadas as roupas maculadas da menstruação, é a ela que [o homem] convida [para a relação sexual].

6.4.7 Caso ela não lhe conceda o seu desejo, ele deve suborná-la. Caso ela ainda não lhe conceda o desejo, ele deve bater nela com uma vara ou com as mãos e dominá-la, dizendo: "Com minha virilidade e esplendor tomo de ti teu esplendor.". E ela decerto perderá o esplendor.

6.4.8 Já se ela lho conceder, ele dirá: "Com minha virilidade e esplendor deposito em ti o esplendor.". E decerto ambos ganharão esplendor.

6.4.9 Se ele quiser que ela o ame, deve penetrá-la com o membro e – juntando boca com boca, ao que lhe sova as partes – recitar em voz baixa:

É do meu corpo que te crias, dele todo;
e do meu coração tu nasces: do meu corpo
tu és a seiva! Ora ensandece-a por mim,
como se dardo envenenado a atingira!

6.4.10 E se quiser que ela não engravide, deve penetrá-la e, juntando boca com boca, soprar, logo inalando, e dizer: "Com minha virilidade e meu sêmen, meu sêmen ora te tomo de volta.". E ela ficará sem o sêmen.

6.4.11 Mas se quiser que ela engravide, deve penetrá-la e, juntando boca com boca, inalar, logo soprando, e dizer: "Com minha virilidade e meu sêmen, meu sêmen ora te entrego.". E ela ficará grávida.

6.4.12 Se a mulher desse homem tiver um amante que ele odeia, ele deve acender um fogo num vaso cru, estender uma camada de caniços na direção contrária do habitual e oferecer no fogo esses caniços ao contrário, untados de manteiga clarificada, recitando:

No meu fogo ofertaste! Eu de ti tomo teu alento que entra e o alento que sai!
No meu fogo ofertaste! Eu de ti tomo teus filhos e rebanhos!
No meu fogo ofertaste! Eu de ti tomo teus sacrifícios e boas ações!
No meu fogo ofertaste! Eu de ti tomo tuas esperanças e expectações.

E decerto partirá deste mundo despojado de sua virilidade e de suas boas ações aquele a quem um brâmane que sabe assim amaldiçoa. Por isso, não se deve jamais buscar seduzir a mulher de um brâmane que assim sabe e dele tornar-se seu inimigo.

6.4.13 Ademais, se ele encontrar sua mulher menstruando, por três dias ela deve ficar sem beber em copo de metal, sem usar roupas lavadas nem deve tocá-la homem ou mulher de casta baixa. Passadas as três noites, depois que ela se banhar, ele a mande debulhar arroz.

6.4.14 Se seu desejo for que "Me nasça um filho claro, aprenda um Veda e viva por toda a sua vida", mande-a cozinhar arroz com leite e eles dois o comam com manteiga clarificada. E eles estarão aptos a gerá-lo.

6.4.15 Se seu desejo for que "Me nasça um filho moreno de olhos castanhos, aprenda dois Vedās e viva por toda a sua vida", mande-a cozinhar arroz com coalhada e eles dois o comam com manteiga clarifica. E eles estarão aptos a gerá-lo.

6.4.16 Se seu desejo for que "Me nasça um filho escuro de olhos avermelhados, aprenda três Vedās e viva por toda a sua vida", mande-a cozinhar arroz com água e eles dois o comam com manteiga clarificada. E eles estarão aptos a gerá-lo.

6.4.17 Se seu desejo for que "Me nasça uma filha culta e que viva ela por toda a sua vida", mande-a cozinhar arroz com sementes de sésamo e eles dois o comam com manteiga clarificada. E eles estarão aptos a gerá-la.

6.4.18 Se seu desejo enfim for que "Me nasça um filho culto, celebrado, que diz o que queremos ouvir quando nos sentamos às assembleias, aprenda todos os Vedās e viva por toda a sua vida", mande-a cozinhar arroz com carne e eles o comam com manteiga clarificada. E estarão aptos a gerá-lo. A carne pode ser de novilho ou de boi.[101]

6.4.19 Então, pela manhã, preparada a manteiga clarificada à maneira do cozimento da panela de arroz de leite,[102] ele oferta uma porção da panela, dizendo: "fogo, *svāhā*! Ao assentimento, *svāhā*! Ao deus Savitṛ, fiel na procriação, *svāhā*!". Depois da oferenda, ele recolhe o que resta e come. Tendo

101. *Aukṣeṇa vārṣabhena vā*. Sigo a tradução de Olivelle (1998: 159).

102. *Sthālī-pāka-āvṛtau*, usada no sacrifício.

comido, oferece [o que sobra] à companheira. Depois de lavar as mãos, ele enche uma panela d'água e asperge a companheira três vezes, dizendo:

Anda-te daqui, Viśvāvasu,
Vai desejar outra tão jovem!
Esta mulher cá está com seu marido![103]

6.4.20 Então ele a estreita e diz:

Eu sou *ama*, tu, *sā* – tu és *sā*, eu sou *ama*;
eu sou *sāman*, tu, *r̥c* – eu sou céu, tu és terra;
abracemo-nos, vem, nosso sêmen deitemos,
para um filho varão, para ganho...[104]

6.4.21 E ele, então, afasta-lhe as coxas, dizendo "Queirais afastar-vos, céu e terra". E a penetra com o membro e, juntando boca com boca, sova-a três vezes na direção dos cabelos, dizendo:

Que prepare o ventre Viṣṇu;
molde lá as formas Tvaṣṭr̥;
extravase então Prajapāti;
deite em ti o feto Dhātr̥;

Deita o feto, Sinīvālī,
Deita o feto, ó longas tranças;
Deitai vós, ó deuses Aśvins,[105]
vós de lótus em guirlandas.[106]

6.4.22 Essas brocas feitas d'ouro,
de que os Aśvins tiram fogo;
eu o invoco por teu feto,
para parto no mês décimo;[107]
Tem por feto o fogo, a terra;

---

103. *R̥gveda* 10.85.22 com variantes.
104. *Taittirīybrāhmaṇa* 3.7.1.9 com variantes.
105. Plural aportuguesado *metrī causā*.
106. Das divindades mencionadas nestas duas estrofes, Tvaṣṭr̥, Prajāpati ("Senhor das criaturas"), Dhātr̥ ("Criador") são frequentemente associados à criação. A deusa Sinīvālī é uma deusa de mitologia parca, associada à fecundidade. Viṣṇu no período védico aparece ainda como divindade secundária no panteão.
107. As três estrofes são de *R̥gveda* 10.184.1-3.

tem por feto a chuva, o céu;
os quadrantes têm o vento,
– feto assim em ti eu deito,
ó Fulana![108]

6.4.23 Quando ela estiver para parir, ele asperge-a com água, dizendo:

Como o vento alvoroça
a lagoa lá de lótus,
tal se mova em ti o feto,
saia fora co'a placenta.

O curral é obra d'Indra,
co'o ferrolho e sua cerca;
ora deita-o fora, Indra,
com o feto e a placenta.[109]

6.4.24 Assim que nasce o menino, o pai acende o fogo, põe-no no colo, enche um copo de metal de coalhada e manteiga e oferta uma porção da mistura, dizendo:

Que possa eu mil vezes neste filho
crescer, em minha casa prosperando.
Não rache o devir sua linhagem,
linhagem rica em prole e em rebanhos.

Svāhā!

Os alentos em mim oferto em ti com minha mente.

Svāhā!

Se em algo eu sobrepujei ao rito
ou nalgo eu faltei e ele, o fogo,
o sábio, o reparador de ritos,
nos faça dele rito e oferta bons.

Svāhā!

6.4.25 E, então, achegando-se à orelha direita do menino, diz três vezes: "Fala, fala!". Então mistura coalhada, mel e manteiga clarificada e dá-lhe de comer sem colocá-la na boca, dizendo: "A terra ponho em ti! A região

108. A ser completado com o nome da mulher.

109. As duas estrofes são de *Ṛgveda* 5.78.7-8.

intermédia ponho em ti! O céu ponho em ti! A terra, a região intermédia, o céu, tudo ponho em ti!".

6.4.26 E então lhe dá seu nome, dizendo: "És o Veda!". Este será seu nome secreto.

6.4.27 E entrega-o à mãe e lhe dá o seio dela, dizendo:

Este teu seio abundante, refrescante,
que distribui riqueza, encontra bens, dá dons,
tu nutres pelo qual a teus apreços todos,
Sarasvatī, dê-lo aqui a que ele mame.

6.4.28 Então ele se dirige à mãe:

És Ilā de Mitra e Varuṇa;[110]
heroína, tu geraste
um herói. De heróis sê mãe,
tu de heróis que nos fez pai!

Falam dessa criança assim: "Muito bem, superaste teu pai. Muito bem, superaste teu avô. Muito bem, o sumo auge da prosperidade e da fama e a eminência em *brahman* alcançou aquele filho que nasce de brâmane que sabe assim.".

Assim termina o quarto *brāhmaṇa*.

6.5 Quinto *brāhmaṇa*

6.5.1 Agora linhagem: o filho de Pautimāṣī [recebeu] do filho de Kātyāyanī; o filho de Kātyāyanī, do de Gautamī; o filho de Gautamī, do de Bhāradvājī; o filho de Bhāradvājī, do de Pārāśarī; o filho de Pārāśarī, do de Aupasvastī; o filho de Aupasvastī, do de Pārāśarī; o filho de Pārāśarī, do de Kātyāyanī; o filho de Kātyāyanī, do de Kauṣikī; o filho de Kauṣikī, do de Ālambī e do de Vaiyāghrapadī; o filho de Vaiyāghrapadī, do de Kāṇvī e do de Kāpī; o filho de Kāpī [**6.5.2**], do de Ātreyī; o filho de Ātreyī, do de Gautamī; o filho de Gautamī, do de Bhāradvājī; o filho de Bhāradvājī, do de Pārāśarī; o filho de Pārāśarī, do de Vātsī; o filho de Vātsī, do de Pārāśarī; o filho de Pārāśarī, do de Vārkāruṇī; o filho de Vārkāruṇī, do de Vārkāruṇī; o

110. Ilā (também Iḷā e Iḍā), filha de Mitra e Varuṇa, mãe do rei mítico Purūravas, provavelmente o herói a quem se refere o verso.

filho de Vārkāruṇī, do de Ārtabhāgī; o filho de Ārtabhāgī, do de Śauṅgī; o filho de Śauṅgī, do de Sāṃkṛtī; o filho de Sāṃkṛtī, do de Ālambāyanī; o filho de Ālambāyanī, do de Ālambī; o filho de Ālambī, do de Jāyantī; o filho de Jāyantī, do de Māṇḍūkāyanī; o filho de Māṇḍūkāyanī, do de Māṇḍūkī; o filho de Māṇḍūkī, do de Śāṇḍalī; o filho de Śāṇḍalī, do de Rāthītarī; o filho de Rāthītarī, do de Bhālukī; o filho de Bhālukī, do de Krauñcikī; o filho de Krauñcikī, do de Vaidabhṛtī; o filho de Vaidabhṛtī, do de Kārśakeyī; o filho de Kārśakeyī, do de Prācīnayogī; o filho de Prācīnayogī, do de Sāṃjīvī; o filho de Sāṃjīvī, do de Āsuravāsin, filho Prāśnī; o filho de Prāśnī, de Āsurāyaṇa; Āsurāyaṇa, de Āsuri; Āsuri, [**6.5.3**] de Yājñavalkya; Yājñavalkya, de Uddālaka; Uddālaka, de Aruṇa; Aruṇa, de Upaveśi; Upaveśi, de Kuśri; Kuśri, de Vājaśravas; Vājaśravas, de Jihvāvat Bādhyoga; Jihvāvat Bādhyoga, de Asita Vārṣagaṇa; Asita Vārṣagaṇa, de Harita Kaśyapa; Harita Kaśyapa, de Śilpa Kaśyapa; Śilpa Kaśyapa, de Kaśyapa Naidhruvi; Kaśyapa Naidhruvi, de Vāc (fala); Vāc, de Ambhiṇī; Ambhiṇī, de Āditya (sol).

Essas fórmulas brancas do *Yajurveda* que vêm desde o sol foram proclamadas por Vājasaneya Yājñavalkya.

6.5.4 A linhagem é a mesma até o filho de Sāṃjīvī.

O filho de Sāṃjīvī, de Māṇḍūkāyani; Māṇḍūkāyani, de Māṇḍavya; Māṇḍavya, de Kautsa; Kautsa, de Māhitthi; Māhitthi, de Vāmakakṣāyaṇa; Vāmakakṣayaṇa, de Śāṇḍilya; Śāṇḍilya, de Vātsya; Vātsya, de Kuśri; Kuśri, de Yājñavacas Rājastambāyana; Yājñavacas Rājastambāyana, de Tura Kāvaṣeya; Tura Kāvaṣeya, de Prajāpati; Prajāpati, de *brahman*.

Brahman existe por si, saudação a *brahman*!

Assim termina o quinto *brāhmaṇa*.

Assim termina a sexta lição.

Assim termina a *Bṛhādāraṇyaka Upaniṣad*.

••2••

Chāndogya Upaniṣad

1 Primeira lição

1.1 Primeira seção

1.1.1 OM – deve-se venerar o canto alto (*udgītha*)[111] como sendo esta sílaba, pois com OM começa-se a cantar o canto alto. Eis outra explicação para ela:

1.1.2 Dos seres aqui a seiva é a terra; da terra a seiva são as águas; das águas a seiva são as plantas; das plantas a seiva é o homem; do homem a seiva é a fala (*vāc*); da fala a seiva é o verso (*ṛc*); do verso a seiva é o canto (*sāman*) e a seiva do canto é o canto alto.

1.1.3 Ele, o canto alto, é das seivas a mais seiva, a seiva última, mais excelsa, a oitava.

1.1.4 Mas que é mesmo o verso? Que é mesmo o canto? Que é mesmo o canto alto? Sobre isso se tem considerado.

1.1.5 O verso é decerto a fala; o canto, o alento; o canto alto, esta sílaba OM. Fala e alento, verso e canto são um par em coito (*mithunam*).

1.1.6 Esse par em coito se une na sílaba OM. Quando um par se reúne em coito, um satisfaz o desejo do outro.

1.1.7 Assim torna-se alguém que satisfaz seus desejos aquele que, sabendo assim, venera o canto alto como sendo essa sílaba.

1.1.8 Essa é, com efeito, uma sílaba de assentimento (*anujñā*). Pois quando se assente a algo, diz-se "OM". Isso, o assentimento, é nada mais que realização (*samṛddhi*). Assim torna-se alguém que realiza seus desejos aquele que, sabendo assim, venera o canto alto como sendo essa sílaba.

---

111. Cf. nota 19.

1.1.9 É por meio dessa sílaba que o triplo Veda prossegue: [o *adhvaryu*] diz "OM" e lança o seu chamado; [o *hotṛ*] diz "OM" e faz a sua invocação; [o *udgātṛ*] diz "OM" e começa o seu canto. [Isso fazem] a fim de honrar a essa sílaba pela grandeza que tem, pela seiva que é.

1.1.10 É por meio dessa sílaba que fazem ambos [seus ritos], aquele que conhece o Veda como aquele que não o conhece. Mas conhecimento e ignorância são coisas diferentes. Só aquilo que é feito com conhecimento, com fé, com a ciência das conexões secretas (*upaniṣad*) será deveras forte.

Assim termina a primeira seção.

1.2 Segunda seção

1.2.1 Quando os deuses e os demônios, ambos filhos de Prajāpati, formaram suas fileiras para a luta, os deuses lançaram mão do canto alto: "Com ele nós os sobrepujaremos", pensavam.

1.2.2 Assim eles veneraram o canto alto como sendo o alento das narinas. E então os demônios perfuraram-no com o mal. Por isso com ele se cheira tanto o bom como o mau cheiro, pois foi perfurado com o mal.

1.2.3 Então eles veneraram o canto alto como sendo a fala. Mas os demônios perfuraram-na com o mal. Por isso com ela se diz tanto a verdade como a mentira, pois foi perfurada com o mal.

1.2.4 Então eles veneraram o canto alto como sendo a vista. Mas os demônios perfuraram-na com o mal. Por isso com ela se vê tanto o que agrada como o que não agrada à vista, pois foi perfurada com o mal.

1.2.5 Então eles veneraram o canto alto como sendo o ouvido. Mas os demônios perfuraram-no com o mal. Por isso com ele se ouve tanto o que agrada como o que não agrada ao ouvido, pois foi perfurado com o mal.

1.2.6 Então eles veneraram o canto alto como sendo a mente. Mas os demônios perfuraram-na com o mal. Por isso com ela se imagina tanto o que é bom de imaginar como o que não é, pois foi perfurada com o mal.

1.2.7 Então eles veneraram o canto alto como sendo este alento aqui na boca. Mas os demônios, lançando-se contra ele, espedaçaram-se como um punhado de lama se espedaça tirado contra um alvo de rocha[112].

---

112. Cf. BU 1.3.7.

1.2.8 Como um punhado de lama se espedaça tirado contra um alvo de rocha, assim decerto se espedaçará aquele que deseja o mal a quem sabe assim e que o tem por inimigo. Pois este é um alvo de rocha.

1.2.9 Com esse alento não se percebe cheiro bom ou mau, pois ele é livre de males. Por isso, com o que comemos e bebemos animamos os demais alentos[113]. E quando alfim não mais o encontramos, partimos. Com efeito, temos a boca toda escancarada no fim.

1.2.10 Aṅgiras venerou o canto alto como sendo esse alento. Pensam mesmo que Aṅgiras é esse alento, *i.e.*, a seiva de todos os membros do corpo. Então Bṛhaspati venerou o canto alto como sendo esse alento. Pensam mesmo que Bṛhaspati é esse alento, pois fala (*vāc*) é a grande (*bṛhatī*) e ele é o senhor (*pati*) da fala.

1.2.11 Então Ayāsya venerou o canto alto como sendo esse alento. Pensam mesmo que Ayāsya é esse alento, porque ele avança (*ayate*) da boca (*āsya*).[114]

1.2.12 Então conheceu a esse alento Baka Dālbhya. Ele se tornou o *udgātṛ* do povo de Naimiṣa. E trazia-lhes pelo canto seus desejos.

1.2.13 Torna-se alguém que traz os desejos pelo canto aquele que, sabendo assim, venera o canto alto como sendo essa sílaba.

Isso no que tange ao corpo (*ātman*).

Assim termina a segunda seção.

1.3 Terceira seção

1.3.1 Agora no que tange aos deuses. Deve-se venerar o canto alto como sendo aquele que arde lá em cima.[115] Ao alçar-se (*udyan*), ele canta o canto alto (*udgītha*) para as criaturas. Ao alçar-se, repele a escuridão e o medo. Torna-se alguém que repele a escuridão e o medo aquele que sabe assim.

1.3.2 Este alento aqui e aquele lá em cima são o mesmo. Este é quente, aquele é quente. Chamam a este som (*svara*), chamam àquele brilhante

---

113. *I.e.*, as funções vitais.

114. Cf. BU 1.3.8.

115. *I.e.*, o sol.

(*svara*) e seu reflexo (*pratyāsvara*). Por isso deve-se venerar o canto alto como sendo este aqui e aquele lá.

1.3.3 Então deve-se venerar o canto alto apenas como o alento que perpassa (*vyāna*). Quando se expira, é alento que sai (*prāṇa*); quando se inspira, o alento que entra (*apāna*). O alento que perpassa é o ponto de encontro do alento que sai e do que entra. O alento que perpassa é o mesmo que a fala. Por isso, quando não se está nem expirando nem inspirando é que se enuncia a fala.

1.3.4 O que é a fala é o verso. Por isso, quando não se está nem expirando nem inspirando é que se enuncia o verso. O que é o verso é o canto. Por isso, quando não se está nem expirando nem inspirando é que se canta o canto. O que é o canto é o canto alto. Por isso, quando não se está nem expirando nem inspirando é que se canta o canto alto.

1.3.5 Ademais, aqueles atos outros que requerem força, como acender o fogo, correr uma corrida, retesar firme um arco, é quando não se está nem expirando nem inspirando que são feitos. Por essa razão, deve-se venerar o canto alto como sendo apenas o alento que perpassa.

1.3.6 Demais, deve-se venerar as sílabas do *udgītha* (canto alto), *ud*, *gī* e *tha*. *Ud* é o alento puro e simples, pois pelo alento nos levantamos (*ud-sthā*). *Gī* é a fala, pois as falas são chamadas *giras*.[116] *Tha* é o alimento, pois no alimento assenta (*sthā*) isso tudo.

1.3.7 *Ud* é ainda o céu; *gī*, a região intermédia; *tha*, a terra. *Ud* é ainda o sol; *gī*, o vento; *tha*, o fogo. *Ud* é o *Sāmaveda*; *gī*, o *Yajurveda*; *tha*, o *Ṛgveda*. Para ele a fala ordenha leite, que é próprio o leite da fala, e se torna dono e doador de alimento aquele que, sabendo-as assim, venera as sílabas de *udgītha*, *ud*, *gī* e *tha*.

1.3.8 Agora a realização dos desejos. Deve o homem venerar como guaridas o que segue. Deve recorrer ao canto (*sāman*) com o qual esteja prestes a cantar um elogio.

1.3.9 Deve recorrer ao verso (*ṛc*) em cujas palavras esteja prestes a cantar o elogio, ao vidente (*ṛṣi*) que o compôs e à divindade que esteja prestes a cantar o elogio.

1.3.10 Deve recorrer ao metro (*chandas*)[117] com o qual esteja prestes a cantar o elogio. Deve recorrer ao arranjo do elogio (*stoma*) que esteja prestes a cantar.

---

116. Vozes ou palavras.

117. Trata-se do metro poético.

1.3.11 Deve recorrer à direção a que esteja prestes a dirigir o canto.

1.3.12 Enfim, buscando em si guarida, deve cantar o elogio, concentrando-se detidamente no desejo. O resultado será decerto que se lhe há de realizar o seu desejo de quando cantou o elogio.

Assim termina a terceira seção.

1.4 Quarta seção

1.4.1 OM – deve-se venerar o canto alto como sendo esta sílaba, pois com OM começa-se a cantar o canto alto. Eis outra explicação para ela:

1.4.2 Estando a temer a morte, os deuses entraram no Triplo Saber[118]. Eles o cobriram (*chad*) de metros. De o terem coberto de metros, eis por que o metro se chama metro (*chandas*).

1.4.3 Mas a morte, assim como se entrevê um peixe na água, entreviu-os lá, no verso, no canto e na fórmula. Ao se dar conta disso, eles saíram do verso, do canto e da fórmula e entraram no próprio som.

1.4.4 De fato, quando se termina um verso, faz-se o som OM; da mesma maneira quando o canto e a fórmula. E essa sílaba, imortal e sem medo, é esse som. Ao entrar nela, os deuses se tornaram imortais e sem medo.

Assim termina a quarta seção.

1.5 Quinta seção

1.5.1 Assim pois o canto alto é o *praṇava*;[119] o *praṇava*, o canto alto. O sol lá é o canto alto, e é o *praṇava*, pois ele se move fazendo "OM".

1.5.2 E isto é o que Kauṣītaki disse a seu filho: "— Só ao sol eu cantei louvores, por isso tu és meu único filho. Volta-te para os raios dele e terás muitos".

Isso no que tange aos deuses.

1.5.3 Agora no que tange ao corpo (*ātman*). Deve-se venerar o canto alto como sendo o alento na boca, pois ele se move fazendo "OM".

118. *I.e.*, os três Vedās.

119. Nome da sílaba OM.

1.5.4 E isto é o que Kauṣītaki disse a seu filho: "— Só ao alento na boca eu cantei louvores, por isso tu és meu único filho. Canta tu teus louvores aos alentos em conjunto, pensando: 'Eu terei muitos'".

1.5.5 Pois então o que é o canto alto é o *praṇava*; o que é o *praṇava*, o canto alto. Assim que, do seu assento, o *hotṛ* recompõe o canto alto mal cantado.

Assim termina a quinta seção.

1.6 Sexta seção

1.6.1 O verso é esta terra; o canto, o fogo: o canto é aplicado ao verso. Por isso canta-se o canto aplicado ao verso. *Sā* é esta terra, *ama* é o fogo: isto é o canto (*sāman*).

1.6.2 O verso é ainda a região intermédia; o canto, o vento: o canto é aplicado ao verso. Por isso canta-se o canto aplicado ao verso. *Sā* é a região intermédia, *ama* é o vento: isto é o canto (*sāman*).

1.6.3 O verso é, ainda, o céu; o canto, o sol: o canto é aplicado ao verso. Por isso canta-se o canto aplicado ao *verso*. *Sā* é o céu, *ama* é o sol: isto é o canto (*sāman*).

1.6.4 O verso são, ainda, as estrelas; o canto, a lua: o canto é aplicado ao verso. Por isso, canta-se o canto aplicado ao verso. *Sā* são as estrelas, *ama* é a lua: isto é o canto (*sāman*).

1.6.5 Então o verso é o branco do sol, o seu brilho. E o canto é o escuro, o muito preto: o canto é aplicado ao verso. Por isso canta-se o canto aplicado ao verso.

1.6.6 Então *Sā* é o branco do sol, o seu brilho; e *ama* é o escuro, o muito preto: isto é o canto (*sāman*). Então, a pessoa dourada que se vê no sol, de barbas e cabelos de ouro, toda ela é de ouro, até a ponta das unhas.

1.6.7 Os olhos dela são como flores de lótus. Seu nome é *ud*: ela se alçou (*udita*) sobre todos os males. Alça-se sobre todos os males aquele que sabe assim.

1.6.8 Os cantos dela são o verso e o canto. Por isso ela é o canto alto (*udgītha*). E, uma vez que canta o canto alto, é, portanto, o *udgātṛ*. Ela é quem domina também os mundos além de lá bem como os desejos dos deuses.

Isso no que tange aos deuses.

Assim termina a sexta seção.

1.7 Sétima seção

1.7.1 Agora no que tange ao corpo (*ātman*).

O verso (*ṛc*) é a fala; o canto (*sāman*), o alento: o canto é aplicado ao verso. Por isso canta-se o canto aplicado ao verso. *Sā* é a fala, *ama* é o alento: isto é o canto (*sāman*).

1.7.2 O verso é ainda a vista; o canto, o corpo (*ātman*): o canto é aplicado ao verso. Por isso canta-se o canto aplicado ao verso. *Sā* é a vista, *ama* é o corpo: isto é o canto (*sāman*).

1.7.3 O verso é ainda o ouvido; o canto, a mente: o canto é aplicado ao verso. Por isso canta-se o canto aplicado ao verso. *Sā* é o ouvido, *ama* é a mente: isto é o canto (*sāman*).

1.7.4 Então o verso é o branco do olho, o seu brilho. E o canto é o escuro, o muito preto: o canto é aplicado ao verso. Por isso canta-se o canto aplicado ao verso. Então, *Sā* é o branco do olho, o seu brilho. E *ama* é o escuro, o muito preto: isto é o canto (*sāman*).

1.7.5 Então a pessoa que se vê no olho, ela é o verso, ela é o canto, ela é o *uktha*, ela é a fórmula, ela é *brahman*. Esta pessoa aqui[120] tem a mesma figura que aquela pessoa lá[121], tem os mesmos dois cantos que ela tem e o mesmo nome que ela tem.

1.7.6 É ela quem domina (*īṣṭe*) também os mundos além de lá, bem como os desejos dos deuses. Os que cantam acompanhados da *vīṇā* cantam a ela, por isso obtêm riqueza.

1.7.7 E aquele que, sabendo assim, canta o canto canta ambas. Por meio daquela lá (no sol) ele obtém os mundos além de lá, bem como os desejos dos deuses; e por meio desta cá (no olho), obtém os mundos aquém do sol, bem como os desejos dos homens. E por isso o *udgātṛ* que sabe assim deve dizer:

1.7.8 "— Que desejo eu te devo obter pelo canto?". Pois domina o cantar por desejos aquele que canta o canto sabendo assim.

Assim termina a sétima seção.

---

120. *I.e.*, no olho.

121. *I.e.*, no sol.

1.8 Oitava seção

1.8.1 Três homens havia que eram versados no canto alto, Śilaka Śālāvatya, Caikitānaya Dālbhya e Pravāhaṇa Jaivali. Eles disseram uns aos outros:

"— Somos versados no canto alto. Vamos, travemos conversa sobre ele!".

1.8.2 "— Travemos!"

E sentaram-se juntos.

Pravāhaṇa Jaivali começa:

"— Senhores, falai primeiro vós. Enquanto os brâmanes falais, eu ouvirei o que dizeis".

1.8.3 Então Śilaka Śālāvatya disse a Caikitānaya Dālbhya:

"— Então, perguntarei a ti.".

"— Pergunta", o outro disse.

1.8.4 "— Qual é o rumo do canto?"

"— O som", respondeu.

"— Qual o rumo do som?"

"— O alento", respondeu.

"— Qual o rumo do alento?"

"— O alimento", respondeu.

"— Qual o rumo do alimento?"

"— As águas", respondeu.

1.8.5 "— Qual o rumo das águas?"

"— O mundo lá em cima", respondeu.

"— Qual o rumo do mundo lá em cima?"

"— Não se deve ir além do mundo celeste", respondeu. "Nós sustamos (*samāsthā*) o canto no mundo celeste, pois o canto (*sāman*) tem por *saṃstāva*[122] o mundo celeste."

---

122. "Lugar onde se situam os sacerdotes que cantam os hinos de louvor durante a celebração de um sacrifício" (Pujol, 2005, *s.v.*).

1.8.6 Então Śilaka Śālāvatya disse a Caikitānaya Dālbhya:

"— Por certo não tem firme assento teu canto, Dālbhya. Se neste momento alguém te dissesse: 'Tua cabeça cairá!', havia de te cair a cabeça.".

1.8.7 "— Muito bem. Então que eu o saiba pelo senhor."

"— Saberás", ajuntou.

"— Qual o rumo daquele mundo?"

"— Este mundo", respondeu.

"— Qual o rumo deste mundo?"

"— Não se deve ir além do mundo que é o firme assento", respondeu. "Nós sustamos o canto no mundo que é o firme assento, pois o canto (*sāman*) tem por *saṃstāva* este firme assento."

1.8.8 Então Pravāhaṇa Jaivali disse:

"— Por certo que teu canto é finito, Śālāvatya. Se neste momento alguém te dissesse: 'Tua cabeça cairá!', havia de te cair a cabeça".

1.8.9 "— Muito bem. Então que eu o saiba pelo senhor."

"— Saberás", ajuntou.

Assim termina a oitava seção.

1.9 Nona seção

1.9.1 "— Qual o rumo deste mundo?"

"— O espaço", respondeu. "Pois todos esses seres nascem do espaço e se põem no espaço. Pois o espaço apenas é mais velho que eles: o espaço é seu último destino.

1.9.2 Este é o mais vasto canto alto, é sem limites. A ele pertence o mais vasto e conquista os mais vastos mundos aquele que venera o mais vasto canto alto sabendo-o assim."

1.9.3 Então Atidhanvan Śaunaka, tendo exposto isso a Udaraśāṇḍilya, disse:

"— Enquanto aqueles dentre teus descendentes conhecerem esse canto alto, mais vasta lhes será a vida neste mundo [**1.9.4**], bem como o mundo naquele outro mundo.".

Aquele que o venerar sabendo assim, mais vasta lhe será a vida naquele outro mundo,[123] bem como o mundo naquele outro mundo.

Assim termina a nona seção.

1.10 Décima seção

1.10.1 Quando o país de Kuru foi arrasado por uma chuva de granizo,[124] lá vivia com Āṭiki, sua mulher, certo Uṣasti Cākrāyaṇa, um miserável na vila dum abastado.

1.10.2 Certa feita, ele veio ao abastado esmolar-lhe o mingau que comia. Aquele lhe disse:

"— Não tenho mais, só me serviram este tanto.".

1.10.3 "— Então me dá um pouco desse."

E ele lhe deu um pouco e disse:

"— Toma esta bebida.".

Uṣasti ajuntou:

"— Tua bebida me seria como sobra."

1.10.4 "— E essa comida não é também sobra?"

Ele replicou:

"— Eu não viveria se não a comesse. Beber é opção.".

1.10.5 Então, depois de comer, o que sobrou ele trouxe para sua mulher. Mas ela antes já tinha conseguido de esmola bastante comida e então apanhou aquela e guardou-a.

1.10.6 Ao se levantar de manhã, Uṣasti disse:

"— Se eu tivesse alguma comida poderia ganhar algum dinheiro. Aquele rei ali está se aprontando para o sacrifício. Ele bem que poderia me escolher para executar todas as funções do sacrifício...".

---

123. O texto diz *amuṣmiṃl loke* (naquele [outro] mundo), mas o paralelismo da explicação exigiria *asmiṃl loke* (neste mundo). Olivelle, com efeito, corrige para "in this world", sem indicá-lo nas notas.

124. *Maṭacī*. Os dicionários de Monier Williams, Böthling & Roth e Pujol dão apenas o sentido de granizo, saraiva. Olivelle emprega *locusts* (gafanhotos), mas não indica de onde extraiu tal sentido.

1.10.7 Então sua mulher lhe disse:

"— Mas, senhor, ainda temos do mingau".

Ele comeu um pouco e lá chegou ao sacrifício com a coisa já em andamento.

1.10.8 Sentou-se junto dos *udgātāras*[125] que, ali no cercado deles, estavam já para começar o canto. Uṣasti falou ao prastotṛ:

1.10.9 "— Prastotṛ,[126] se tu cantares o louvor introdutório sem saber a divindade associada ao louvor, vai te cair a cabeça!".

E disse o mesmo ao *udgātṛ*:

"— *Udgātṛ*, se tu cantares o canto alto sem saber a divindade associada ao louvor, vai te cair a cabeça!".

E disse o mesmo ao *pratihartṛ*:

"— *Pratihartṛ*, se tu cantares o contracanto sem saber a divindade associada ao louvor, vai te cair a cabeça!".

E eles então desistiram de cantar e se sentaram em silêncio.

Assim termina a décima seção.

1.11 Décima primeira seção

1.11.1 Então lhe disse o patrono do sacrifício:

"— Quero muito saber quem é o senhor.".

"— Sou Uṣasti Cākrāyaṇa", respondeu.

1.11.2 Aquele lhe disse:

"— É o senhor quem andei procurando para estas funções sacrificais. Foi porque não o encontrei que acabei escolhendo outros. [**1.11.3**] Mas agora será só o senhor a me cumprir todas as funções sacrificais.".

"— Muito bem. Mas estes mesmos [sacerdotes] antes autorizados devem cantar o louvor. Só que o dinheiro que darias a eles tu o darás a mim."

"— Que seja", respondeu o patrono do sacrifício.

---

125. Plural de *udgātṛ*.

126. *Prastotṛ* e *pratihartṛ* são sacerdotes auxiliares do *udgātṛ*, aquele que nos sacrifícios canta passos do *Sāmaveda*.

1.11.4 Então sentou-se junto a ele o *prastotr̥* e lhe disse:

"— O senhor me disse '*Prastotr̥*, se tu cantares o louvor introdutório (*prastāva*) sem saber a divindade associada ao louvor, vai te cair a cabeça!'. Pois então que divindade é essa?".

1.11.5 "— É o alento", respondeu. "Todos esses seres por certo se reúnem em torno do alento e em direção ao alento juntos se elevam. Essa é a divindade associada ao louvor introdutório. Se tivesses cantado o louvor introdutório sem a saber, havia de cair, como te disse, tua cabeça".

1.11.6 Então sentou-se junto a ele o *udgātr̥* e lhe disse:

"— O senhor me disse: '*Udgātr̥*, se tu cantares o canto alto (*udgītha*) sem saber a divindade associada ao louvor, vai te cair a cabeça!'. Pois então que divindade é essa?".

1.11.7 "— É o sol", respondeu. "Todos esses seres por certo cantam para o sol quando ele está lá em cima. Essa é a divindade associada ao canto alto. Se tivesses cantado o canto alto sem a saber, havia de cair, como te disse, tua cabeça."

1.11.8 Então sentou-se junto a ele o *pratihartr̥* e lhe disse:

"— O senhor me disse '*Pratihartr̥*, se tu cantares o contracanto (*pratihāra*) sem saber a divindade associada ao louvor, vai te cair a cabeça!'. Pois então que divindade é essa?".

1.11.9 "— É o alimento", respondeu. "Todos esses seres, por certo é só consumindo (*pratiharamāṇa*) o alimento que vivem. Essa é a divindade associada ao contracanto. Se tivesses cantado o contracanto sem a saber, havia de cair, como te disse, tua cabeça."

Assim termina a décima primeira seção.

1.12 Décima segunda seção

1.12.1 Agora o canto alto dos cães. Certa feita, Baka Dālbhya – talvez tenha sido Glāva Maitreya – partira para recitar o Veda [**1.12.2**] e apareceu-lhe um cachorro branco. Então outros cães se ajuntaram àquele e disseram a Dālbhya:

"— Senhor, arruma-nos comida com teu canto, pois estamos famintos.".

1.12.3 Ele lhes disse:

"— Vinde encontrar-me amanhã de manhã neste mesmo lugar", e Baka Dālbhya – talvez tenha sido Glāva Maitreya – ficou ali esperando.

1.12.4 Então os cães serpearam tal como serpeiam em fila[127] [os sacerdotes] para cantar o [hino] *bahiṣpavamāna*.[128] Eles se sentaram e fizeram: "*huṃ*",[129] e cantaram: "OM! Comamos! OM! Bebamos! Os deuses, Varuṇa, Prajāpati, Savitṛ cá tragam alimento! Senhor do alimento, traz cá o alimento, trá-lo, OM!".

Assim termina a décima segunda seção.

1.13 Décima terceira seção

1.13.1 O bramido *hā u* é este mundo; *hā i* é o vento; *atha* é a lua; *iha* é o corpo (*ātman*); *ī* é o fogo; [**1.13.2**] *ū* é o sol; *e* é a invocação; *au ho i* é Todos-os-deuses; *hiṃ* é Prajāpati; o som é o alento; *yā* é o alimento; e *virāj* é a fala.

1.13.3 O décimo terceiro bramido, o som de acompanhamento *huṃ*, queda inexplicado.

1.13.4 Para ele a fala ordenha leite, que é o próprio leite da fala, e ele se torna dono e doador de alimento, aquele que sabe essa correspondência secreta (*upaniṣad*) dos cantos.

Assim termina a décima terceira seção.

Assim termina a primeira lição.

2 Segunda lição

2.1 Primeira seção

2.1.1 Pois bem, é bom venerar o canto (*sāman*) por completo. De fato, o que é bom (*sādhu*) dizem que é fartura (*sāman*)[130]; o que não é bom (*asādhu*), dizem que é falta (*asāman*).

---

127. Cada um vai com as mãos nos ombros do que vai à frente.

128. Loa ou hino de louvor (*stoma, stotra*) cantado fora (*bahis*) do altar (*vedi*, cf. nota 99) durante a libação matinal (Monier-Williams, 1899: *s.v.*).

129. "Exclamação ritual que enceta o *prastāva*" (Pujol 2005: *s.v.*).

130. Palavra homófona à que significa "canto".

2.1.2 Ademais, dizem "Aproximou-se dele com gentileza (*sāman*)",[131] para dizer "Aproximou-se dele por bem (*sādhu*)"; e "Aproximou-se dele sem gentileza", para dizer: "Aproximou-se dele por mal (*asādhu*)".

2.1.3 E ainda dizem "Sim, temos fartura (*sāman*)!", quando a coisa vai bem (*sādhu bhavati*), para dizer "Sim, vamos bem"; e "Não, temos falta", para dizer "Não, não vamos bem".

2.1.4 Aquele que venera o canto (*sāman*) como algo bom (*sādhu*), sabendo-o assim, pode esperar que lhe venham e aconteçam coisas boas.

Assim termina a primeira seção.

2.2 Segunda seção

2.2.1 Nos mundos, deve-se venerar o canto de cinco partes. O bramido *hiṃ*[132] é a terra; o louvor introdutório (*prastāva*), o fogo; o canto alto (*udgītha*), a região intermédia; o contracanto (*pratihāra*), o sol e o canto de conclusão (*nidhana*), o céu. Assim, em ordem ascendente.

2.2.2 Então, na ordem inversa: o *hiṃ* é o céu; o louvor introdutório, o sol; o canto alto, a região intermédia; o contracanto, o fogo e o canto de conclusão, a terra.

2.2.3 Tornam-se-lhe favoráveis os mundos, na ordem ascendente ou na inversa, àquele que venera nos mundos o canto de cinco partes sabendo-o assim.

Assim termina a segunda seção.

2.3 Terceira seção

2.3.1 Na chuva deve-se venerar o canto de cinco partes. O bramido *hiṃ* é o vento que precede; o louvor introdutório é quando a nuvem se forma; o canto alto, quando chove; quando raia e troveja é o contracanto e, quando a chuva para, o canto de conclusão.

2.3.2 Chove-lhe e faz chover aquele que venera na chuva o canto de cinco partes sabendo-o assim.

Assim termina a terceira seção.

---

131. *Idem.*

132. *Hiṃkāra*. "Exclamação sacrifical que marca o início do *sāman* e é repetida três vezes pelo *hotṛ*" (Pujol, 2005, *s.v. him*).

2.4 Quarta seção

2.4.1 Em todas as águas deve-se venerar o canto de cinco partes. O bramido *hiṃ* é quando as nuvens se acumulam; o louvor introdutório, quando chove; o canto alto são as águas que correm para leste; as águas que correm para oeste são o contracanto e o mar, o canto de conclusão.

2.4.2 Não morre na água e há de ter muita água aquele que venera em todas as águas o canto de cinco partes sabendo-o assim.

Assim termina a quarta seção.

2.5 Quinta seção

2.5.1 Nas estações deve-se venerar o canto de cinco partes. O bramido *hiṃ* é a primavera; o louvor introdutório, o verão; o canto alto, a estação das chuvas; o outono é o contracanto e o canto de conclusão, o inverno.

2.5.2 Tornam-se-lhe favoráveis as estações e viverá muitos verões àquele que venera nas estações o canto de cinco partes sabendo-o assim.

Assim termina a quinta seção.

2.6 Sexta seção

2.6.1 Nos animais deve-se venerar o canto de cinco partes. O bramido *hiṃ* são as cabras; o louvor introdutório, as ovelhas; o canto alto, as vacas; os cavalos são o contracanto e o canto de conclusão, o homem.

2.6.2 Terá animais e será dono de animais aquele que venera nos animais o canto de cinco partes sabendo-o assim.

Assim termina a sexta seção.

2.7 Sétima seção

2.7.1 Nos alentos deve-se venerar o mais vasto canto de cinco partes. O bramido *hiṃ* é o alento; o louvor introdutório, a fala; o canto alto, a vista; o ouvido é o contracanto e o canto de conclusão, a mente. Esses são decerto os mais vastos.

2.7.2 Terá o mais vasto e conquistará os mais vastos mundos aquele que venera nos alentos o mais vasto canto de cinco partes sabendo-o assim.

Isso no que tange ao canto de cinco partes.

Assim termina a sétima seção.

2.8 Oitava seção

2.8.1 Agora do canto de sete partes.

Na fala deve-se venerar o canto de sete partes. Qualquer *huṃ* da fala é o bramido *hiṃ*; o louvor introdutório (*prastāva*) é todo *pra*; todo *ā*, a abertura (*ādi*); [**2.8.2**] o canto alto (*udgītha*) é todo *ud*; o contracanto (*pratihāra*), todo *prati*; o encerramento (*upadrava*) é todo *upa* e todo *ni*, o canto de conclusão (*nidhana*).

2.8.3 Para ele a fala ordenha leite, que é o próprio leite da fala, e ele se torna dono e doador de alimento, aquele que venera na fala o canto de sete partes sabendo-o assim.

Assim termina a oitava seção.

2.9 Nona seção

2.9.1 Pois bem, deve-se venerar o canto de sete partes como o sol lá em cima. É porque é sempre o mesmo (*sama*) que é canto (*sāman*). É o mesmo para cada um, quando um e outro dizem "— Ele está virado pra mim; — E também pra mim".

2.9.2 Deve-se saber que todos os seres aqui estão ligados a ele.

Antes de nascer, o sol é o bramido *hiṃ*, e os animais estão ligados a ele. Por isso eles fazem *hiṃ*, pois partilham do bramido *hiṃ* desse canto.

2.9.3 Daí, ao primeiro raiar, o sol é louvor introdutório, e os homens estão ligados a ele. Por isso eles desejam louvor (*prastuti*), desejam aplauso (*praśaṃsā*), pois partilham do louvor introdutório (*prastāva*) desse canto.

2.9.4 Daí, na hora de ajuntar as vacas para ordenha, o sol é a abertura, e as aves estão ligadas a ela. Por isso elas voam pela região intermédia sustentando-se (*ādāya*) sem qualquer apoio, pois partilham da abertura (*ādi*) desse canto.

2.9.5 Daí, justo ao meio dia, o sol é o canto alto, e os deuses estão ligados a ele. Por isso, eles são os melhores entre os filhos de Prajāpati, pois partilham do canto alto desse canto.

2.9.6 Daí, depois do meio-dia e antes do meio da tarde, o sol é o contracanto, e os embriões estão ligados a ele. Por isso eles estão presos (*pratihṛta*) e não escorregam, pois partilham do contracanto (*pratihāra*) desse canto.

2.9.7 Daí, depois do meio da tarde e antes de se pôr, o sol é o encerramento, e os animais selvagens estão ligados a ele. Por isso, quando veem o homem, correm (*upadravanti*) para uma toca para se esconder, pois partilham do encerramento (*upadrava*) desse canto.

2.9.8 Enfim, ao que começa a se pôr, o sol é o canto de conclusão, e os ancestrais estão ligados a ele. Por isso ele os deposita (*nidadhati*), pois partilham do canto de conclusão (*nidhana*) desse canto.

Assim pois se deve venerar o canto de sete partes como o sol lá em cima.

Assim termina a nona seção.

2.10 Décima seção

2.10.1 Pois bem, deve-se venerar o canto de sete partes em sua própria medida e como sendo além da morte. Em *Hiṃ-kā-ra* (o bramido *hiṃ*), há três sílabas; em *pra-stā-va* (o louvor introdutório), há três sílabas. Assim são o mesmo.

2.10.2 Em *ā-di* (a abertura), há duas sílabas; em *pra-ti-hā-ra* (o contracanto), há quatro sílabas. Leva uma sílaba daqui para ali e serão o mesmo.

2.10.3 Em *ud-gī-tha* (o canto alto), há três sílabas; em *u-pa-dra-va* (o encerramento), quatro sílabas. Como três e três, serão o mesmo. Sobra uma sílaba (*a-kṣa-ra*) que, por sua vez, tem três sílabas. Assim são o mesmo.

2.10.4 Em *ni-dhā-na* (o canto de conclusão), há três sílabas. Ele também é o mesmo. Assim, há aqui vinte e duas sílabas.

2.10.5 Com vinte e uma, alcança-se o sol; o sol é decerto o vigésimo primeiro desde aqui. Com o vigésimo segundo, conquista-se para além do sol. Essa é a abóbada celeste. Lá não há dor.

2.10.6 Conquistará o sol e para além da conquista do sol aquele que, sabendo-o assim, venera o canto de sete partes em sua própria medida e como sendo além da morte.

Assim termina a décima seção.

2.11 Décima primeira seção

2.11.1 O bramido *hiṃ* é a mente; o louvor introdutório, a fala; o canto alto, a vista; o contracanto é o ouvido e o canto de conclusão, o alento. Este é o canto *gāyatra* urdido nos alentos.

2.11.2 Aquele que assim conhece este canto *gāyatra* urdido nos alentos torna-se alentado (*prāṇin*); vive toda a vida e vive longamente; torna-se grande pela prole e pelos rebanhos e grande pela fama. E que tenha a mente grande. Essa é a regra.

Assim termina a décima primeira seção.

2.12 Décima segunda seção

2.12.1 Quando se esfregam [as brocas de acender o fogo] é o bramido *hiṃ*; o louvor introdutório é quando sobe a fumaça; o canto alto, quando a chama pega; o contracanto é quando as brasas surgem e o canto de conclusão, quando a chama amansa. Quando a chama cessa é o canto de conclusão. Este é o canto *rathantara* urdido no fogo.

2.12.2 Aquele que assim conhece este canto *rathantara* urdido no fogo torna-se o comedor de alimento com o brilho de *brahman*; vive toda a vida e vive longamente; torna-se grande pela prole e pelos rebanhos, grande pela fama. E que não tome goles d'água contra o fogo nem cuspa contra o fogo. Essa é a regra.

Assim termina a décima segunda seção.

2.13 Décima terceira seção

2.13.1 Quando chama é o bramido *hiṃ*; o louvor introdutório, quando pergunta; o canto alto, quando deita com a mulher; o contracanto é quando deita contra a mulher e o canto de conclusão, quando acaba (*kālaṃ gacchati*). Quando termina (*parāṃ gacchati*)[133] é o canto de conclusão. Este é o canto *vāmadevya* urdido no coito (*mithuna*).

2.13.2 Aquele que assim conhece este canto *vāmadevya* urdido no coito torna-se o parceiro de coito (*mithunin*); renasce a cada coito; vive toda a vida e vive longamente; torna-se grande pela prole e pelos rebanhos, grande pela fama. E que não se abstenha de nenhuma mulher. Essa é a regra.

Assim termina a décima terceira seção.

133. As expressões são figuradas para ejacular e recolher-se depois do coito.

2.14 Décima quarta seção

2.14.1 O sol nascendo é o bramido *hiṃ*; o louvor introdutório, o sol nascido; o canto alto, o meio-dia; o contracanto é a tarde e o canto de conclusão, quando se põe. Este é o canto *bṛhat* urdido no sol.

2.14.2 Aquele que assim conhece este canto *bṛhat* urdido no sol torna-se o resplandecente comedor de alimento; renasce a cada coito; vive toda a vida e vive longamente; torna-se grande pela prole e pelos rebanhos, grande pela fama. E que não censure [o sol] quando queima. Essa é a regra.

Assim termina a décima quarta seção.

2.15 Décima quinta seção

2.15.1 Quando as nuvens se acumulam é o bramido *hiṃ*; o louvor introdutório, quando a nuvem de chuva se forma; o canto alto, quando chove; quando raia e troveja é o contracanto e o canto de conclusão, quando a chuva para. Este é o canto *vairūpa* urdido na chuva.

2.15.2 Aquele que assim conhece este canto *vairūpa* urdido na chuva encerra em seu curral rebanho variegado e belo; vive toda a vida e vive longamente; torna-se grande pela prole e pelos rebanhos, grande pela fama. E que não censure [a chuva] quando chove. Essa é a regra.

Assim termina a décima quinta seção.

2.16 Décima sexta seção

2.16.1 O bramido *hiṃ* é a primavera; o louvor introdutório, o verão; o canto alto, a estação das chuvas; o outono é o contracanto e o canto de conclusão, o inverno. Este é o canto *vairāja* urdido nas estações.

2.16.2 Aquele que assim conhece este canto *vairāja* urdido nas estações rebrilha (*virāj*) pela prole, pelo rebanho e pelo brilho de *brahman*; vive toda a vida e vive longamente; torna-se grande pela prole e pelos rebanhos, grande pela fama. E que não censure as estações. Essa é a regra.

Assim termina a décima sexta seção.

2.17 Décima sétima seção

2.17.1 O bramido *hiṃ* é a terra; o louvor introdutório, a região intermédia; o canto alto, o céu; os quadrantes são o contracanto e o canto de conclusão, o mar. Estes são os cantos *śakvaryas* urdidos nos mundos.

2.17.2 Aquele que assim conhece estes cantos *śakvaryas* urdidos nos mundos torna-se o dono do mundo (*lokin*); vive toda a vida e vive longamente; torna-se grande pela prole e pelos rebanhos, grande pela fama. E que não censure os mundos. Essa é a regra.

Assim termina a décima sétima seção.

2.18 Décima oitava seção

2.18.1 O bramido *hiṃ* são as cabras; o louvor introdutório, as aves; o canto alto, as vacas; os cavalos são o contracanto e o canto de conclusão, o homem. Estes são os cantos *revatyas* urdidos nos animais.

2.18.2 Aquele que assim conhece estes cantos *revatyas* urdidos nos animais torna-se o dono de animais (*paśumān*); vive toda a vida e vive longamente; torna-se grande pela prole e pelos rebanhos, grande pela fama. E que não censure os animais. Essa é a regra.

Assim termina a décima oitava seção.

2.19 Décima nona seção

2.19.1 O bramido *hiṃ* são os pelos; o louvor introdutório, a pele; o canto alto, a carne; os ossos são o contracanto e o canto de conclusão, o tutano (*majjā*[134]). Este é o canto *yajñāyajñīya* (*yajñāyajñīya sāman*) urdido nas partes do corpo (*aṅga*).

2.19.2 Aquele que assim conhece este canto *yajñāyajñīya* urdido nas partes do corpo torna-se o dono das partes (*aṅgin*); não capenga (*vihurch*) em nenhuma das partes; vive toda a vida e vive longamente; torna-se grande pela prole e pelos rebanhos, grande pela fama. E que não coma tutano (*majjan*) por um ano. Essa é a regra.

Assim termina a décima nona seção.

---

134. Tutano ou medula.

2.20 Vigésima seção

2.20.1 O bramido *hiṃ* é o fogo; o louvor introdutório, o vento; o canto alto, o sol; as estrelas são o contracanto e o canto de conclusão, a lua. Este é o canto *rājana* urdido nas divindades.

2.20.2 Aquele que assim conhece este canto *rājana* urdido nas divindades ascende ao mesmo mundo dessas divindades e à igualdade e união com elas; vive toda a vida e vive longamente; torna-se grande pela prole e pelos rebanhos, grande pela fama. E que não censure os brâmanes. Essa é a regra.

Assim termina a vigésima seção.

2.21 Vigésima primeira seção

2.21.1 O bramido *hiṃ* é o Triplo Saber; o louvor introdutório, estes três mundos; o canto alto, o fogo, o vento e o sol; as estrelas, aves e as partículas de luz (*marīcayas*) são o contracanto e o canto de conclusão, as cobras, Gandharvās e os ancestrais. Este é o canto urdido no todo.

2.21.2 Aquele que assim conhece este canto urdido no todo torna-se o todo.

[**2.21.3**] Sobre isso há estes versos:

Melhor e nem maior do que esses grupos
de três em cinco formas não há nada.
O todo quem o sabe é quem o sabe;
quadrantes todos trazem-lhe tributos.

2.21.4 Deve-se venerar o canto pensando "Eu sou o todo". Essa é a regra, essa é a regra.

Assim termina a vigésima primeira seção.

2.22 Vigésima segunda seção

2.22.1 Escolho o cantar rosnado do canto, como de bicho, este é o canto alto do fogo; seu cantar indistinto é o canto alto de Prajāpati; o bem articulado, o do *soma*; o doce e brando, o do vento; o brando e forte, o de Indra; o que soa como garça é o de Bṛhaspati e o cantar dissonante do canto, o canto alto de Varuṇa. Devemos servir-nos de todos esses; só se deve evitar o de Varuṇa.

2.22.2 Para lograr pelo canto, deve-se cantar pensando: "Possa eu pelo canto lograr aos deuses imortalidade.". E deve-se cantar louvores cuidadoso com a mente nessas coisas: "Possa eu pelo canto lograr aos ancestrais oferendas; aos homens, o que esperam; aos animais, pasto e água; ao patrono do sacrifício, o mundo celeste e a mim (*ātman*), alimento.".

2.22.3 As vogais todas são corpos (*ātman*) de Indra; as sibilantes todas, corpos de Prajāpati; as oclusivas todas, corpos da Morte. Se alguém o reprochar na pronúncia das vogais, diga-lhe: "— Estou sob o abrigo de Indra e ele te contradirá.".

2.22.4 Daí, se alguém o reprochar na pronúncia das sibilantes, diga-lhe: "— Estou sob o abrigo de Prajāpati, e ele te esmagará.". Enfim, se alguém o reprochar na pronúncia das oclusivas, diga-lhe: "— Estou sob o abrigo da Morte, e ela te queimará.".

2.22.5 As vogais todas deve-se pronunciar com som e com força, pensando: "Possa eu dar força a Indra!". As sibilantes todas deve-se pronunciar desimpedidas, sem gastá-las nem exagerá-las, pensando: "Possa eu render-me (*ātman*) a Prajāpati!". As consoantes todas deve-se pronunciar uma a uma, sem que se encontrem, pensando: "Possa eu salvar-me (*ātman*) da Morte!".

Assim termina a vigésima segunda seção.

2.23 Vigésima terceira seção

2.23.1 Três são aqueles cujo tronco é a lei (*dharma*). O primeiro é (quem tem) o sacrifício, a recitação do Veda e a doação. O segundo é (quem tem) austeridade (*tapas*). O terceiro é o discípulo celibatário que vive na casa do mestre – o que se estabelece permanentemente na casa do mestre. Todos esses ganham mundos puros. O que dura em *brahman* tem a imortalidade.

2.23.2 Prajāpati chocou os mundos. Deles chocados eclodiu o Triplo Saber. Prajāpati chocou-o. Dele chocado eclodiram estas sílabas, *bhūr, bhuvas, svar*.[135]

2.23.3 Prajāpati chocou-as. Delas chocadas eclodiu a sílaba OM. E assim como todas as folhas vão perfuradas por um pino, da mesma maneira toda fala é perfurada pela sílaba OM. Tudo isso é tão somente a sílaba OM, tão somente a sílaba OM.

Assim termina a vigésima terceira seção.

---

135. Terra, região intermédia e céu, respectivamente.

2.24 Vigésima quarta seção

2.24.1 Os que enunciam *brahman*[136] questionam: "Já que a prensagem matinal (do *soma*) pertence aos Vasavas, a prensagem do meio-dia aos Rudrās e a terceira prensagem aos Ādityās e a Todos-os-deuses,[137] [**2.24.2**] onde então fica o mundo do patrono do sacrifício?". Sem o saber, como poderá realizá-los? Assim, só quem o sabe é que deve realizá-los.

2.24.3 Antes do começo da recitação da passagem matinal do Veda, o patrono senta-se voltado para o norte atrás do fogo do dono da casa (*gārhaspatya*)[138] e canta o canto dos Vasavas:

2.24.4 Abre a porta do mundo!
Que nós te vejamos ganhar soberania.

2.24.5 Daí faz a oferenda, dizendo: "— Saudação ao fogo que habita na terra, habita no mundo. Para mim, o patrono, acha-me o mundo, esse mundo do patrono. Eu irei [**2.24.6**], eu o patrono, para lá depois da vida, *svāhā*![139] Tira o ferrolho!". Assim dizendo, levanta-se.

Os Vasavas presenteiam-lhe com a prensagem matinal.

2.24.7 Antes do começo da prensagem do meio-dia, o patrono senta-se voltado para o norte atrás do fogo *āgnidhrīya* e canta o canto dos Rudrās:

2.24.8 Abre a porta do mundo!
Que nós te vejamos ganhar vasta soberania.

2.24.9 Daí faz a oferenda, dizendo: "— Saudação ao vento que habita na região intermédia, habita no mundo. Para mim, o patrono, acha-me o mundo, esse mundo do patrono. Eu irei [**2.24.10**], eu o patrono, para lá depois da vida, *svāhā!* Tira o ferrolho!". Assim dizendo, levanta-se.

Os Rudrās presenteiam-lhe com a prensagem do meio-dia.

---

136. Talvez com o sentido de uma "formulação de verdade".

137. Cf. nota 39.

138. Na arena onde se realiza o sacrifício védico acendem-se três fogos, o do dono da casa (*gārhaspatya*), a oeste, o da oferenda (*āhavanīya*), a leste, e o fogo meridional (*dakṣiṇāgni* ou *anvāhāryapacana*), a sul. O fogo *āgnīdhrīya* mencionado a seguir é "associado ao sacerdote Āgnīdhra, assistente do sacerdote responsável pelos fogos sacrificais. Este fogo é mantido em seu lugar especial à sombra, no lado norte, parte dentro e parte fora da arena do sacrifício" (Olivelle, 1998: 542).

139. Cf. nota 92.

2.24.11 Antes do começo da terceira prensagem, o patrono senta-se voltado para o norte atrás do fogo da oferenda (*āhavanīya*) e canta o canto dos Ādityās e de Todos-os-deuses:

2.24.12 Abre a porta do mundo!
Que nós te vejamos ganhar plena soberania.

Este é o dos Ādityās. Agora os de Todos-os-deuses:

2.24.13 Abre a porta do mundo!
Que nós te vejamos ganhar absoluta soberania.

2.24.14 Daí faz a oferenda, dizendo: "Saudação ao vento, aos Ādityās e a Todos-os-deuses que habitam no céu, habitam no mundo. Para mim, o patrono, achai-me o mundo, [**2.24.15**] esse mundo do patrono. Eu irei, eu o patrono, para lá depois da vida, *svāhā!* Tirai o ferrolho!". Assim dizendo, levanta-se.

2.24.16 Os Ādityās e Todos-os-deuses presenteiam-lhe com a terceira prensagem. Sabe a medida do sacrifício quem sabe assim, quem sabe assim.

Assim termina a vigésima quarta seção.

Assim termina a segunda lição.

3 Terceira lição

3.1 Primeira seção

3.1.1 O mel dos deuses é aquele sol lá em cima. O céu é para ele a trave de apoio; a região intermédia, a colmeia; as partículas de luz são as larvas.

3.1.2 Os raios do sol a leste são os favos orientais da colmeia; as abelhas, os versos (*ṛc*); a flor é o *Ṛgveda*, que ainda são as águas imortais. Esses versos [**3.1.3**] chocaram o *Ṛgveda*. Dele chocado nasceram fama, esplendor, pujança, viço e a seiva do alimento. Então isso tudo escorreu para o sol e se instalou em torno do sol. É isso que dá ao sol sua figura vermelha.

Assim termina a primeira seção.

3.2 Segunda seção

3.2.1 Os raios do sol a sul são os favos meridionais da colmeia; as abelhas, as fórmulas (*yajus*); a flor é o *Yajurveda*, que ainda são as águas imortais.

3.2.2 Essas fórmulas chocaram o Yajurveda. Dele chocado nasceram fama, esplendor, pujança, viço e a seiva do alimento. Então isso tudo escorreu para o sol e se instalou em torno do sol. É isso o que dá ao sol sua figura branca.

Assim termina a segunda seção.

3.3 Terceira seção

3.3.1 Os raios do sol a oeste são os favos ocidentais da colmeia; as abelhas, os cantos (*sāman*); a flor é o *Sāmaveda*, que ainda são as águas imortais.

3.3.2 Esses cantos chocaram o *Sāmaveda*. Dele chocado nasceram fama, esplendor, pujança, viço e a seiva do alimento. Então isso tudo escorreu para o sol e se instalou em torno do sol. É isso que dá ao sol sua figura preta.

Assim termina a terceira seção.

3.4 Quarta seção

3.4.1 Os raios do sol a norte são os favos setentrionais da colmeia; as abelhas, o *Atharvāṅgirasa*; a flor são as Histórias (*itihāsās*) e as Antiguidades (*purāṇāni*), que são ainda as águas imortais.[140]

3.4.2 O *Atharvāṅgirasa* chocou as Histórias e as Antiguidades. Delas chocadas nasceram fama, esplendor, pujança, viço e a seiva do alimento. Então isso tudo escorreu para o sol e se instalou em torno do sol. É isso que dá ao sol sua figura muito preta.

Assim termina a quarta seção.

3.5 Quinta seção

3.5.1 Os raios do sol acima são os favos superiores da colmeia; as abelhas, as regras de substituição secretas (*guhyādeśās*); a flor é a formulação de verdade (*brahman*), que são ainda as águas imortais.

3.5.2 Essas regras de substituição secretas chocaram a formulação de verdade. Dela chocada nasceram fama, esplendor, pujança, viço e a seiva do alimento. Então isso tudo escorreu para o sol e se instalou em torno do sol. Isso é que parece um tremor no meio do sol.

---

140. Cf. BU 2.4.10 e ChU 7.1.2.

3.5.3 Elas (as regras secretas de substituição) são a seiva das seivas. Pois os Vedās são seivas, e dos Vedās são elas as seivas. Elas são os néctares dos néctares. Pois os Vedās são néctares, e dos Vedās são elas os néctares.

Assim termina a quinta seção.

3.6 Sexta seção

3.6.1 Pois bem, o primeiro néctar: os Vasavas vivem dele usando de boca o fogo. Os deuses na verdade nem comem nem bebem. Só de ver esse néctar se saciam.

3.6.2 Eles entram naquela figura (vermelha) e daquela figura eles assomam.

3.6.3 Aquele que conhece esse néctar torna-se um dos Vasavas e, com boca de fogo, só de ver esse néctar se sacia. Ele entra naquela figura (vermelha) e daquela figura ele assoma.

3.6.4 E enquanto o sol nascer a leste e se puser a oeste, ele gozará de soberania e supremacia entre os Vasavas.

Assim termina a sexta seção.

3.7 Sétima seção

3.7.1 Quanto ao segundo néctar, os Rudrās vivem dele usando de boca Indra. Os deuses na verdade não comem nem bebem. Só de ver esse néctar se saciam.

3.7.2 Eles entram naquela figura (branca) e daquela figura eles assomam.

3.7.3 Aquele que conhece esse néctar torna-se um dos Rudrās e, com boca de Indra, só de ver esse néctar se sacia. Ele entra naquela figura (vermelha) e daquela figura ele assoma.

3.7.4 E enquanto o sol nascer a sul e se puser a norte – o dobro de quantas vezes nasce a leste e se põe a oeste –, ele gozará de soberania e supremacia entre os Rudrās.

Assim termina a sétima seção.

3.8 Oitava seção

3.8.1 Quanto ao terceiro néctar, os Ādityās vivem dele usando de boca Varuṇa. Os deuses na verdade não comem nem bebem. Só de ver esse néctar se saciam.

3.8.2 Eles entram naquela figura (preta) e daquela figura eles assomam.

3.8.3 Aquele que conhece esse néctar torna-se um dos Ādityās e, com boca de Varuṇa, só de ver esse néctar se sacia. Ele entra naquela figura (preta) e daquela figura ele assoma.

3.8.4 E enquanto o sol nascer a oeste e se puser a leste – o dobro de quantas vezes nasce a sul e se põe a norte –, ele gozará de soberania e supremacia entre os Ādityās.

Assim termina a oitava seção.

3.9 Nona seção

3.9.1 Quanto ao quarto néctar, os Marutas vivem dele usando de boca o *soma*. Os deuses na verdade não comem nem bebem. Só de ver esse néctar se saciam.

3.9.2 Eles entram naquela figura (muito preta) e daquela figura eles assomam.

3.9.3 Aquele que conhece esse néctar torna-se um dos Marutas e, com boca de *soma*, só de ver esse néctar se sacia. Ele entra naquela figura (muito preta) e daquela figura ele assoma.

3.9.4 E enquanto o sol nascer a norte e se puser a sul – o dobro de quantas vezes nasce a oeste e se põe a leste –, ele gozará de soberania e supremacia entre os Marutas.

Assim termina a nona seção.

3.10 Décima seção

3.10.1 Quanto ao quinto néctar, os Sādhyās[141] vivem dele usando de boca *brahman*. Os deuses na verdade não comem nem bebem. Só de ver esse néctar se saciam.

3.10.2 Eles entram naquela figura (tremulante) e daquela figura eles assomam.

3.10.3 Aquele que conhece esse néctar torna-se um dos Sādhyās e, com boca de *brahman*, só de ver esse néctar se sacia. Ele entra naquela figura (tremulante) e daquela figura ele assoma.

141. Grupo mal definido de seres celestiais que ocupam a esfera acima da dos deuses.

3.10.4 E enquanto o sol nascer no zênite e se puser no nadir – o dobro de quantas vezes nasce a norte e se põe a sul –, ele gozará de soberania e supremacia entre os Sādhyās.

Assim termina a décima seção.

3.11 Décima primeira seção

3.11.1 Então, alçando-se no zênite, o sol não nascerá nem se porá, mas ficará lá meio sozinho. Sobre isso há estes versos (*śloka*):

3.11.2 Nem lá se pôs decerto nem jamais
nasceu; não seja eu por tal verdade,
ó deuses, desprovido cá do *brahman*.

3.11.3 O sol não se põe nem nasce, será sempre dia para aquele sabe assim este ensinamento secreto que é formulação de verdade (*brahmopaniṣad*).

3.11.4 Esse *brahman* foi aquele que Brahmā proferiu a Prajāpati; Prajāpati, a Manu; Manu, à sua prole; foi aquele *brahman* que a Uddālaka Āruṇi, o filho mais velho, proferiu seu pai.

3.11.5 É o mesmo *brahman* que a seu filho mais velho deve transmitir o pai, ou a um discípulo digno, [**3.11.6**] e a mais ninguém, mesmo se lhe der esta terra cercada de águas e cheia de riquezas, pois este *brahman* é mais do que isso, mais do que isso!

Assim termina a décima primeira seção.

3.12 Décima segunda seção

3.12.1 A Gāyatrī é tudo isto que existe, seja o que for. A Gāyatrī é fala, pois a fala a tudo o que existe canta (*gāyati*) e protege (*trāyate*).

3.12.2 A Gāyatrī, ela é nada mais e exatamente o mesmo que esta terra. Pois nela tudo isto que existe assenta, e não a ultrapassa.

3.12.3 A terra, ela é nada mais e exatamente o mesmo que este corpo aqui no homem. Pois nele os alentos todos assentam, e não o ultrapassam.

3.12.4 Este corpo aqui no homem, ele é nada mais e exatamente o mesmo que este coração aqui dentro do homem. Pois nele os alentos todos assentam, e não o ultrapassam.

3.12.5 Esta é a Gāyatrī de quatro quartos e seis tipos. Disto fala este dístico do *Ṛgveda*:

3.12.6 Tão grande é a magnitude dela:
maior que isso ainda é a pessoa;
um quarto dela são os seres todos;
três quartos dela, o imortal no céu.[142]

3.12.7 O *brahman*, é nada mais e exatamente o mesmo que esse espaço fora do homem. O espaço fora do homem, [**3.12.8**] ele é nada mais e exatamente o mesmo que este espaço dentro do homem. O espaço dentro do homem, [**3.12.9**] ele é nada mais e exatamente o mesmo que este espaço dentro do coração. É isso o pleno, o inabalável. Alcança glória plena e inabalável quem sabe assim.

Assim termina a décima segunda seção.

3.13 Décima terceira seção

3.13.1 Este nosso coração tem cinco aberturas para os deuses. A abertura oriental, ela é o alento que sai (*prāṇa*), é o olho, é o sol. E isso se deve venerar como sendo o esplendor e a seiva do alimento. Torna-se esplendoroso e comedor de alimento quem sabe assim.

3.13.2 A abertura meridional, por sua vez, é o alento que perpassa (*vyāna*), é o ouvido, é a lua. E isso se deve venerar como sendo glória e fama. Torna-se glorioso e famoso quem sabe assim.

3.13.3 A abertura ocidental, por sua vez, é o alento que entra (*apāna*), é a fala, é o fogo. E isso se deve venerar como sendo o esplendor de *brahman* e a seiva do alimento. Torna-se esplendoroso em *brahman* e comedor de alimento quem sabe assim.

3.13.4 A abertura setentrional, por sua vez, é o alento que liga (*samāna*), é a mente, é a chuva. E isso se deve venerar como sendo renome e beleza. Torna-se renomado e belo quem sabe assim.

3.13.5 A abertura do zênite, por sua vez, é o alento que sobe, é o vento, é o espaço. E isso se deve venerar como sendo vigor e poder. Torna-se vigoroso e poderoso quem sabe assim.

---

142. *Ṛgveda* 10.90.3 com variantes.

3.13.6 São esses os cinco homens de *brahman*, os porteiros do mundo celeste. Nasce um herói na família desse que assim conhece esses cinco homens de *brahman*, os porteiros do mundo celeste. Alcança o mundo celeste esse que assim conhece esses cinco homens de *brahman*, os porteiros do mundo celeste.

3.13.7 Já além daqui, a luz que brilha do céu nas costas de tudo, nas costas de todos, nos mundos superiores entre os supremos, ela é nada mais e exatamente o mesmo que esta luz dentro do homem. A visão dela [**3.13.8**] é quando se sente, tocando o corpo, o seu calor. A audição dela é quando, tapando os ouvidos, escutamos o que parece um barulho, um ruído, como de chama queimando. E isso se deve venerar como sendo algo visto e ouvido. Grato à vista e aos ouvidos se torna quem sabe assim, quem sabe assim!

Assim termina a décima terceira seção.

3.14 Décima quarta seção

3.14.1 *Brahman* é na verdade tudo isto; em paz, deve-se venerá-lo como *jalān*.[143] O homem é feito de desígnios. Com qual desígnio esteja o homem neste mundo, é com este mesmo desígnio que daqui parte. Que ele realize seu desígnio:

"Feito de mente, corpo de alento, luminosa figura, seu si é o espaço, tem todos os atos, todos os desejos, todos os odores e todos os sabores, a tudo isso encerra, não fala nem zela – [**3.14.2**] este meu si dentro do coração é menor que um grão de arroz, de trigo, de mostarda, de painço ou mileto; este meu si dentro do coração é maior que a terra, maior que a região intermédia, maior que o céu, maior que estes mundos!".

3.14.3 "Tem todos os atos, todos os desejos, todos os odores e todos os sabores, a tudo isso encerra, não fala nem por nada zela – [**3.14.4**] este meu si dentro do coração é *brahman*: é isso o que se tornará ao partir daqui. Não duvida quem tem esse desígnio."

Assim disse outrora Śāṇḍilya.

Assim termina a décima quarta seção.

---

143. Trata-se de *hapax legomenon*. *Jalān* (ou *tajjalān*, se se toma a forma do pronome *tad* como parte da expressão) é termo aparentemente sem sentido lexical ou ao menos para o qual nenhum comentador deu ainda boa solução.

3.15 Décima quinta seção

3.15.1 Este baú que a intermédia região
de cavidade tem, de fundo tem a terra,
não envelhece. Os quadrantes são seus cantos;
a abertura em cima dele é o céu.
Este baú é continente de divícias.
Neste baú é que repousa tudo isso.

3.15.2 O quadrante oriental dele se chama Ofertadora (*juhū*); o meridional se chama Conquistadora (*sahamānā*); o ocidental se chama Rainha (*rājñī*); o setentrional se chama Próspera (*saṃbhūtā*). O rebento delas é o vento. Aquele que sabe assim ao vento como filho dos quadrantes, não chora a perda de um filho.

Eu sou um que sabe assim ao vento como filho dos quadrantes. Que eu não chore a perda de um filho.

3.15.3 Refugio-me no baú sem dano com este, esse e aquele.
Refugio-me no alento com este, esse e aquele.
Refugio-me em *bhūr* com este, esse e aquele.
Refugio-me em *bhuvas* com este, esse e aquele.
Refugio-me em *svar* com este, esse e aquele.

3.15.4 Quando disse "Refugio-me no alento", sendo o alento tudo o que existe, seja o que for, foi nisso que me refugiei.

3.15.5 Quando disse "Refugio-me em *bhūr*", o que disse foi "Refugio-me na terra; refugio-me na região intermédia; refugio-me no céu".

3.15.6 Quando disse "Refugio-me em *bhuvas*", o que disse foi "Refugio-me no fogo; refugio-me no vento; refugio-me no sol".

3.15.7 Quando disse "Refugio-me em *svar*", o que disse foi "refugio-me no *Ṛgveda*; refugio-me no *Yajurveda*; refugio-me no *Sāmaveda*".

Assim termina a décima quinta seção.

3.16 Décima sexta seção

3.16.1 Pois bem, o sacrifício é um homem. Seus vinte e quatro primeiros anos são a prensagem matinal do *soma*. A Gāyatrī tem vinte e quatro sílabas. Assim, a prensagem matinal se faz com a Gāyatrī. A isso então se conectam os Vasavas. E os Vasavas são os alentos. Pois são eles que asseguram isso tudo.

3.16.2 Se alguém for afligido de doença nessa idade, deve dizer: "Ó alentos, Vasavas, esta minha prensagem matinal que prossiga até a prensagem do meio-dia! Que eu, o sacrifício, não desapareça no meio dos alentos, os Vasavas!" e vai levantar-se e estará livre da doença.

3.16.3 Daí, seus quarenta e quatro anos seguintes são a prensagem do meio--dia do *soma*. O *triṣṭubh* tem quarenta e quatro sílabas.[144] Assim, a prensagem do meio-dia se faz com o *triṣṭubh*. A isso, então, se conectam os Rudrās. E os Rudrās são os alentos. Pois são eles que fazem chorar a isso tudo.

3.16.4 Se alguém for afligido de doença nessa idade, deve dizer: "Ó alentos, Rudrās, esta minha prensagem do meio-dia que prossiga até a terceira prensagem! Que eu, o sacrifício, não desapareça no meio dos alentos, os Rudrās!" e vai levantar-se e estará livre da doença.

3.16.5 Enfim, seus quarenta e oito anos seguintes são a terceira prensagem do *soma*. A *jagatī* tem quarenta e oito sílabas.[145] Assim a terceira prensagem se faz com a *jagatī*. A isso, então, se conectam os Ādityās. E os Ādityās são os alentos. Pois são eles que recuperam isso tudo.

3.16.6 Se alguém for afligido de doença nessa idade, deve dizer: "Ó alentos, Ādityās, esta minha terceira prensagem que prossiga até o fim de minha vida! Que eu, o sacrifício, não desapareça no meio dos alentos, os Ādityās!" e vai levantar-se e estará livre da doença.

3.16.7 Foi sabendo disso que outrora disse Mahidāsa Aitareya: "Por que me afliges com isso, se disso não morrerei?". E ele viveu os cento e dezesseis anos. Viverá os cento e dezesseis anos quem sabe assim.

Assim termina a décima sexta seção.

3.17 Décima sétima seção

3.17.1 Quando tem fome, quando tem sede, quando não tem deleites, esta é a consagração ritual do homem.

---

144. Metro poético. Estrofe de quatro versos de onze sílabas, cf. Introdução, item "9. Sobre esta tradução".

145. Metro poético. Estrofe de quatro versos de doze sílabas.

3.17.2 Já quando come, bebe e se deleita, está realizando os ritos preparatórios (*upasadās*).

3.17.3 Então, quando ri, come e ama, está cantando os cantos e recitando os louvores.

3.17.4 Enfim, sua austeridade, doação, retidão, não violência e veracidade, essas são suas benesses rituais (*dakṣiṇās*).

3.17.5 Por isso dizem: "Prensará (o *soma*)! Prensou (o *soma*)!". Isso é, de fato, seu nascer de novo; a ablução depois do rito é só a morte.

3.17.6 Foi isso que disse Ghora Āṅgirasa, depois de falar a Kṛṣṇa, filho de Devakī – ele então se havia livrado da sede do desejo, e estava pela hora da morte: "Devemos nos refugiar nestas três coisas: 'És o imperecível! És o inabalável (*acyuta*)! És o afiado pelo alento!'".

Sobre isso há estes dois versos do *Ṛgveda*:

3.17.7 (...) [Então veem a luz da manhã]
da semente primeva,
[a luz que brilha de além do céu.][146]

Além da escuridão a luz suprema
mirando, vendo o mais excelso céu,
àquele que é dos deuses deus – o sol,
a luz suprema – a ele fomos nós.[147]

Assim termina a décima sétima seção.

3.18 Décima oitava seção

3.18.1 Deve-se venerar assim "*brahman* é a mente", no que tange ao corpo (*ātman*). Já no que tange às coisas celestes, "*brahman* é o espaço". Assim, em ambos ocorre substituição, no corpo e no espaço celeste.

3.18.2 Este é o *brahman* de quatro pernas: uma perna é a fala; uma perna, o alento; uma perna, a vista; um quarto, o ouvido. Isso no que tange ao corpo. Já no que tange às coisas celestes, uma perna é o fogo; uma perna, o vento;

146. *Ṛgveda* 8.6.30.

147. *Ṛgveda* 1.50.10 (= *Sāmaveda* 1.2.10).

uma perna, o sol; uma perna, os quadrantes. Assim em ambos ocorre substituição, no corpo e no espaço celeste.

3.18.3 Uma das pernas de *brahman* é a fala. Tendo o fogo por luz, ela brilha e arde. Brilha e arde pelo renome, pela glória e pelo esplendor de *brahman* aquele que sabe assim.

3.18.4 Outra perna de *brahman* é o alento. Tendo o vento por luz, ela brilha e arde. Brilha e arde pelo renome, pela glória e pelo esplendor de *brahman* aquele que sabe assim.

3.18.5 Outra perna de *brahman* é a vista. Tendo o sol por luz, ela brilha e arde. Brilha e arde pelo renome, glória e pelo esplendor de *brahman* aquele que sabe assim.

3.18.6 Outra perna de *brahman* é o ouvido. Tendo os quadrantes por luz, ela brilha e arde. Brilha e arde pelo renome, glória e pelo esplendor de *brahman* aquele que sabe assim.

Assim termina a décima oitava seção.

3.19 Décima nona seção

3.19.1 A regra de substituição é "*brahman* é o sol". Eis outra explicação para ela: No início havia tão só o inexistente. Isso era o existente. E ele ocorreu e virou um ovo. Então o ovo jazeu pelo período de um ano. E então cindiu-se. As duas metades da casca do ovo se tornaram prata e ouro.

3.19.2 A metade prata é esta terra; a metade ouro, o céu lá em cima; a membrana externa são as montanhas; a membrana interna, as nuvens e a névoa; as veias são os rios; o líquido que há ali, o mar.

3.19.3 Aquilo que nasceu é o sol. Ao que nascia, elevaram-se clamores e uivos bem como os seres todos e todos os desejos. Por isso, a cada nascer do sol e a cada pôr do sol, elevam-se clamores e uivos bem como os seres todos e todos os desejos.

3.19.4 Aquele que venera aquele "*brahman* é o sol" sabendo-o assim pode esperar que bons clamores o alcancem e o rejubilem.

Assim termina a décima nona seção.

Assim termina a terceira lição.

4 Quarta lição

4.1 Primeira seção

4.1.1 Jānaśruti Pautrāyaṇa era homem de fé nos deuses, generoso, doador de muito alimento cozido. Ele havia construído abrigos em toda parte, pensando "Em toda parte comerão do meu alimento!".

4.1.2 Então certa noite passaram voando uns gansos. E um ganso assim se dirigiu a outro ganso:

"— Olha, Bhallākṣa, atenta, Bhallākṣa, uma luz como a de Jānaśruti Pautrāyaṇa se estendeu pelo céu. Tu não a toques, se não quiseres queimar-te."

4.1.3 A esse o outro respondeu:

"— Sendo quem é, como falas dele como se fosse Raikva, o coletor?".

"— Aquele lá, como que é feito Raikva, o coletor?"

4.1.4 "— Assim como os lances baixos (do dado) vão todos para o lance vencedor, da mesma maneira, tudo de bom que as criaturas fazem vai para ele. Digo o mesmo de quem sabe o que Raikva sabe."

4.1.5 Jānaśruti Pautrāyaṇa acabou escutando aquilo. Ao levantar-se de manhã, disse ao seu camareiro:

"— Veja, homem, [o que ouvi dizer aos cisnes:]
'— Como falas dele como se fosse Raikva, o coletor?'
'— Aquele lá, como que é feito Raikva, o coletor?'
'— Assim como os lances baixos (do dado) vão todos para o lance vencedor, da mesma maneira, tudo de bom que as criaturas fazem vai para ele. Digo o mesmo de quem sabe o que Raikva sabe'.

4.1.6 O camareiro, depois de procurá-lo, retornou dizendo:

"— Não o encontrei.".

Disse-lhe Jānaśruti:

"— Homem, busca lá onde se acham os não brâmanes.".

Ele então se achegou de um homem que coçava suas feridas debaixo de uma carroça:

"— O senhor é Raikva, o coletor?".

Aquele assentiu:

"— Sim, sou eu".

E o camareiro retornou dizendo:

"— Encontrei".

Assim termina a primeira seção.

4.2 Segunda seção

4.2.1 E então Jānaśruti Pautrāyaṇa apanhou seiscentas vacas, um colar de ouro e um carro puxado por mula e regressou. Dirigiu-se a Raikva:

"— Raikva, eis aqui seiscentas vacas, um colar de ouro e um carro puxado por mula. Ensina-me, senhor, que divindade é essa que veneras.".

A ele o outro respondeu:

"— Passa, homem, fica tu com tuas vacas, *śūdra*!".

Então, de novo Jānaśruti Pautrāyaṇa, tendo apanhado as mil vacas, o colar de ouro, o carro puxado por mula e sua filha, regressou. E se dirigiu a Raikva:

"— Raikva, eis aqui mil vacas, um colar de ouro, um carro puxado por mula, e minha filha para tua mulher, eis aqui a vila em que tu vives. Ensina-me, senhor.".

4.2.2 Levantando o rosto dela, ele disse:

"— Leva essas coisas, *śūdra*! Só com esse rosto tu já me terias feito falar!".

Essas vilas no Mahāvr̥ṣa são chamadas Raikva-parṇa, onde Jānaśruti viveu com Raikva. Isto foi o que Raikva lhe disse:

Assim termina a segunda seção.

4.3 Terceira seção

4.3.1 "— O coletor é decerto o vento. Quando o fogo se apaga, ele entra no vento. Quando o sol se põe, ele entra no vento. Quando a lua míngua, ela entra no vento.

4.3.2 Quando as águas secam, elas entram no vento. Pois o vento coleta todas essas coisas.".

Isso no que tange às coisas celestes.

4.3.3 Agora no que tange ao corpo.

"O coletor é decerto o alento. Quando o homem dorme, a fala entra no alento, a vista entra no alento, o ouvido entra no alento, a mente entra no alento, pois o alento coleta todas essas coisas."

4.3.4 "São estes os dois coletores: o vento entre os deuses, o alento entre os alentos (funções vitais)."

4.3.5 "Certa feita, quando se servia a ceia a Śaunaka Kāpeya e Abhipratārin Kākṣasena, um estudante do Veda veio esmolar comida. Eles, porém, não lhe deram a esmola.

4.3.6 Então ele disse:

'Um deus somente a quatro mui potentes
vorou, guardião do mundo – quem é ele?
não o divisam, ó Kāpeya, os mortais,
embora muita parte habite, Abhipratārin.
Não lhe foi dado o alimento
a quem de fato ele pertence!'.

4.3.7 Então Saunaka Kapeya, refletindo, respondeu:

'É o si dos deuses, genitor das criaturas,
é o vorador de dentes d'ouro não inculto;
sua grandeza é grande, dizem, quando come
a não comida, e é não comido enquanto come.'

É assim, estudante, que nós o veneramos. Dai a ele a comida."

4.3.8 E então lhe deram.

Estes cinco (lances) e aqueles cinco, que somam dez, são o lance mais alto (do dado). Por isso, em todos os quadrantes, o lance de dez é o alimento. Ele é (o metro) Virāj,[148] comedor de alimento. Virāj abocanha tudo isto.

Abocanha tudo isto e se torna comedor de alimento aquele que sabe assim, que sabe assim.

Assim termina a terceira seção.

---

148. Metro poético. Estrofe de versos de dez sílabas. Interessa aqui o número de sílabas do verso, não da estrofe como um todo.

4.4 Quarta seção

4.4.1 Satyakāma Jābāla certa feita dirigiu-se a sua mãe, Jabālā:

"— Quero me tornar estudante do Veda. Qual é a minha linhagem?".

Ela lhe respondeu:

"— Não sei, querido, qual a tua linhagem. Eu te tive na juventude, quando era serva e rodava muito. De modo que não sei qual é a tua linhagem. Mas o meu nome é Jabālā e o teu nome é Satyakāma. Diz então apenas que tu é Satyakāma Jābāla".[149]

4.4.2 E ele então foi ter com Hāridrumata Gautama e lhe disse:

"— Queria viver como estudante sob o seu teto.".

Aquele perguntou:

"— Qual é a tua linhagem, meu jovem?".

Disse Satyakāma: "Não sei, senhor, qual a minha linhagem. Perguntei a minha mãe e ela me disse 'Eu te tive na juventude, quando eu era serva e rodava muito. De modo que não sei qual é a tua linhagem. Mas o meu nome é Jabālā e o teu nome é Satyakāma'. De modo que eu sou Satyakāma Jābāla, senhor.".

4.4.3 Aquele lhe disse:

"— Quem não é brâmane não saberia falar dessa maneira! Anda, meu rapaz, vai buscar lenha. Eu vou iniciá-lo. Tu não te extraviaste da verdade.".

Depois de iniciá-lo, separou quatrocentas vacas entre as magras e fracas e disse:

"— Filho, toma conta delas.".

Ele se pôs a conduzi-las e disse:

"— Não retornarei com menos de mil!".

Ele ficou fora por muitos anos. Quando elas chegaram a mil...

Assim termina a quarta seção.

4.5 Quinta seção

4.5.1 O touro chamou-o:

"— Satyakāma!".

149. Filho de Jabālā.

"— Pois não, senhor", disse aquele, dando ouvidos.

"— Nós chegamos a mil, meu rapaz. Leva-nos de volta à casa do mestre, [**4.5.2**] que eu te digo um quarto de *brahman*."

"— Diz-me, senhor!"

E ele então lhe falou:

"— Uma décima sexta parte é o quadrante oriental; uma décima sexta parte, o quadrante ocidental; uma décima sexta parte, o quadrante meridional; uma décima sexta parte, o quadrante setentrional. Este quarto de quatro décimas sextas partes, meu rapaz, é o quarto de *brahman* chamado o Vultuoso.".

4.5.3 "Aquele que, sabendo-o assim, venera o quarto de quatro décimas sextas partes de *brahman* como sendo o Vultuoso, vultuoso neste mundo ele se torna; conquista mundos vultuosos aquele que, sabendo-o assim, venera o quarto de quatro décimas sextas partes de *brahman* como sendo o Vultuoso."

Assim termina a quinta seção.

4.6 Sexta seção

4.6.1 [O touro concluiu, dizendo:]

"— O fogo te dirá o outro quarto.".

Na manhã seguinte, tocou as vacas. Lá onde elas estavam ao cair da tarde, acendeu o fogo e, depois de recolher as vacas e alimentar às chamas com lenha, sentou-se atrás do fogo voltado para leste.

4.6.2 O fogo então se dirigiu a ele:

"— Satyakāma!".

"— Pois não, senhor", disse aquele, dando ouvidos.

4.6.3 "— Eu te direi um quarto de *brahman*, meu jovem."

"— Diz-me, senhor!"

E ele então lhe falou:

"— Uma décima sexta parte é a terra; uma décima sexta parte, a região intermédia; uma décima sexta parte, o céu; uma décima sexta parte, o mar.

Este quarto de quatro décimas sextas partes, meu rapaz, é o quarto de *brahman* chamado o Ilimitado.".

4.6.4 "Aquele que, sabendo-o assim, venera o quarto de quatro décimas sextas partes de *brahman* como sendo o Ilimitado, ilimitado neste mundo ele se torna; conquista mundos ilimitados aquele que, sabendo-o assim, venera o quarto de quatro décimas sextas partes de *brahman* como sendo o Ilimitado."

Assim termina a sexta seção.

4.7 Sétima seção

4.7.1 [O fogo conclui, dizendo:]

"— Um ganso te dirá o outro quarto.".

Na manhã seguinte, tocou as vacas. Lá onde elas estavam ao cair da tarde acendeu o fogo e, depois de recolher as vacas e alimentar às chamas com lenha, sentou-se atrás do fogo voltado para leste.

4.7.2 Um ganso então pousou e se dirigiu a ele:

"— Satyakāma!".

"— Pois não, senhor", disse aquele, dando ouvidos.

4.7.3 "— Eu te direi um quarto de *brahman*, meu jovem."

"— Diz-me, senhor!"

E ele então lhe falou:

"— Uma décima sexta parte é o fogo; uma décima sexta parte, o sol; uma décima sexta parte, a lua; uma décima sexta parte, o raio. Este quarto de quatro décimas sextas partes, meu rapaz, é o quarto de *brahman* chamado o Luminoso.".

4.7.4 "Aquele que, sabendo-o assim, venera o quarto de quatro décimas sextas partes de *brahman* como sendo o Luminoso, luminoso neste mundo ele se torna; conquista mundos ilimitados aquele que, sabendo-o assim, venera o quarto de quatro décimas sextas partes de *brahman* como sendo o Luminoso."

Assim termina a sétima seção.

4.8 Oitava seção

4.8.1 [O ganso conclui, dizendo:]

"— Um mergulhão te dirá o outro quarto.".

Na manhã seguinte, tocou as vacas. Lá onde elas estavam ao cair da tarde acendeu o fogo e, depois de recolher as vacas e alimentar às chamas com lenha, sentou-se atrás do fogo voltado para leste.

4.8.2 Um mergulhão então pousou e se dirigiu a ele:

"— Satyakāma!".

"— Pois não, senhor", disse aquele, dando ouvidos.

4.8.3 "— Eu te direi um quarto de *brahman*, meu jovem."

"— Diz-me, senhor!"

E ele então lhe falou:

"— Uma décima sexta parte é o alento; uma décima sexta parte, a vista; uma décima sexta parte, o ouvido; uma décima sexta parte, a mente. Este quarto de quatro décimas sextas partes, meu rapaz, é o quarto de *brahman* chamado o Residente."

4.8.4 "Aquele que, sabendo-o assim, venera o quarto de quatro décimas sextas partes de *brahman* como sendo o Residente, residente neste mundo ele se torna; conquista mundos por residência aquele que, sabendo-o assim, venera o quarto de quatro décimas sextas partes de *brahman* como sendo o Residente."

Assim termina a oitava seção.

4.9 Nona seção

4.9.1 Então ele chegou à casa do mestre. E o mestre se dirigiu a ele:

"— Satyakāma!".

"— Pois não, senhor", disse, dando-lhe ouvidos.

4.9.2 "— Estás brilhando como quem conhece a *brahman*, meu rapaz! Quem é que te ensinou?"

"— Outros que não homens", reconheceu aquele. "Mas o senhor mesmo eu queria que me ensinasse, [**4.9.3**] pois ouvi de gente como o senhor que apenas o saber aprendido de um mestre nos conduz ao melhor caminho."

E então ele lhe falou e do que disse nada se dissipou, nada se dissipou.

Assim termina a nona seção.

4.10 Décima seção

4.10.1 Mais tarde, Upakosala Kāmalāyana veio morar como estudante do Veda sob o teto de Satyakāma Jābāla. Por doze anos serviu o fogo do mestre. Este, havendo dispensado os demais estudantes residentes, no entanto não o dispensou somente àquele.

4.10.2 Disse sua mulher a Satyakāma:

"— O estudante praticou as austeridades e tem servido bem o fogo. Ensina-o, pois, antes que os fogos te obriguem a fazê-lo.".

Mas Satyakama partiu sem o ensinar.

4.10.3 Upakosala ficou tão aturdido que passou a não comer. A mulher do mestre então lhe disse:

"— Come, estudante. Por que não estás comendo?".

Ele respondeu:

"— Há neste homem aqui esses muitos desejos e diversos. Eu estou repleto de tormentos. Não comerei.".

4.10.4 Então os fogos conversaram entre si: "— O estudante praticou austeridades e tem servido bem a nós. Ora, pois então ensinemo-lo!". E lhe falaram:

"— *Brahman* é alento, *brahman* é gozo (*ka*), *brahman* é espaço (*kha*).".

4.10.5 Ele então disse:

"— Eu sei que *brahman* é alento, mas não sabia que era gozo e espaço.".

Eles lhe falaram:

"— Gozo (*ka*) é o mesmo que espaço (*kha*); espaço, o mesmo que gozo.".

E lhe falaram do alento e então do espaço (*ākāśa*).

Assim termina a décima seção.

4.11 Décima primeira seção

4.11.1 Daí o fogo do dono da casa (*gārhaspatya*) ensinou-lhe:

"— Terra, fogo, alimento e sol – sou eu aquela pessoa que se vê no sol, ela sou eu.".

4.11.2 "Aquele que a venera sabendo-a assim livra-se da má ação; torna-se possessor de mundos; vive toda a vida e vive longamente; não desaparecem seus descendentes. Havemos de servir-lhe neste mundo e naquele outro mundo àquele que a venera sabendo-a assim."

Assim termina a décima primeira seção.

4.12 Décima segunda seção

4.12.1 Daí o fogo meridional (*anvāhāryapacana*) ensinou-lhe:

"— Águas, quadrantes, estrelas, lua – sou eu aquela pessoa que se vê na lua, ela sou eu.".

4.12.2 "Aquele que a venera sabendo-a assim livra-se da má ação; torna-se possessor de mundos; vive toda a vida e vive longamente; não desaparecem seus descendentes. Havemos de servir-lhe neste mundo e naquele outro mundo àquele que a venera sabendo-a assim."

Assim termina a décima segunda seção.

4.13 Décima terceira seção

4.13.1 Enfim o fogo da oferenda (*āhavanīya*) ensinou-lhe:

"— Alento, espaço, céu, raio – sou eu aquela pessoa que se vê no raio, ela sou eu.".

4.13.2 "Aquele que a venera sabendo-a assim livra-se da má ação; torna-se possessor de mundos; vive toda a vida e vive longamente; não desaparecem seus descendentes. Havemos de servir-lhe neste mundo e naquele outro mundo àquele que a venera sabendo-a assim."

Assim termina a décima terceira seção.

4.14 Décima quarta seção

4.14.1 Então lhe disseram:

"— Upakosala, agora tens, meu rapaz, o conhecimento de nós e o conhecimento do si. Teu mestre te dirá o rumo (*gati*)", e então chamou-o o mestre:

"— Upakosala!".

4.14.2 "— Pois não, senhor", disse, dando-lhe ouvidos.

"— Estás brilhando como quem conhece a *brahman,* meu rapaz! Quem é que te ensinou?"

"— Quem poderia ter me ensinado, senhor?", disse, como que negando. "Eles agora aqui são semelhantes, sendo diferentes", disse, referindo-se aos fogos.

"— Que é que te falaram, meu jovem?"

"— Isto", reconheceu.

"— Dos mundos, foi disso que te falaram, meu rapaz. Mas o que eu vou falar a ti é sobre isto: assim como a água não adere à pétala do lótus, da mesma maneira a má ação não adere a quem o sabe."

"— Fala-me disso, senhor!"

E ele lhe falou.

Assim termina a décima quarta seção.

4.15 Décima quinta seção

4.15.1 "— Essa pessoa que se vê aqui no olho é o si", disse-lhe. "Ela é o imortal, o sem medo, ela é *brahman*. Portanto, mesmo se nesse olho espirram manteiga ou água, escorre tudo pelos cantos."

4.15.2 "Chamam-na *saṃyadvāma* (aquela que reúne o aprazível), pois vêm ao encontro dela todas as coisas aprazíveis. Todas as coisas aprazíveis vêm ao encontro daquele que sabe assim."

4.15.3 "Ela é também *vāmanī,* pois leva consigo (*nī*) todas as coisas aprazíveis (*vāmāni*). Todas as coisas aprazíveis leva consigo aquele que sabe assim."

4.15.4 "Ela é ademais *bhamanī* (brilhante), pois brilha (*bhā*) em todos os mundos. Em todos os mundos brilha aquele que sabe assim."

4.15.5 "Pois bem, quando realizam ou não uma cremação para essa pessoa, gente como ela entra na chama; da chama, no dia; do dia, na metade minguante da lua; da metade minguante da lua, nos seis meses quando a lua vai a norte; dos meses, no ano; do ano no sol; do sol, na lua; da lua, no raio. Então uma pessoa que não é humana os conduz a *brahman.* Esse é caminho aos deuses, o caminho a *brahman.* Aqueles que caminharam por ele não regressam a esta condição humana (*mānava āvarta*)."

Assim termina a décima quinta seção.

4.16 Décima sexta seção

4.16.1 Este vento aqui que purifica, isso é o sacrifício (*yajña*), pois indo ele purifica tudo isto. Uma vez que indo (*yat*) purifica (*punāti*) tudo isto, por isso é o sacrifício.[150] Suas trilhas são a mente e a fala.

4.16.2 Uma delas o sacerdote *brahman* constrói com a mente; a outra, constroem-na o *hotṛ*, o *adhvaryu* e o *udgātṛ* com a fala.

Iniciada a recitação da passagem matinal do Veda, se o sacerdote *brahman* a interrompe e começa a falar antes do verso final, [**4.16.3**] ele constrói apenas uma trilha e a outra é abandonada. Assim como malogra ao caminhar quem tem uma só perna e, ao ser puxado, o carro de uma só roda, malogra da mesma maneira o sacrifício desse *brahman*. Malogra enfim o patrono do rito depois de um sacrifício malogrado. Piora, tendo sacrificado.

4.16.4 Agora, se, iniciada a recitação da passagem matinal do Veda, o sacerdote *brahman* não a interrompe nem começa a falar antes do verso final, ele constrói ambas as trilhas – a outra não é abandonada.

4.16.5 Assim como caminha firme quem tem as duas pernas e roda firme o carro com ambas as rodas, fica firme da mesma maneira o sacrifício desse *brahman*. Fica firme enfim o patrono do rito depois de um sacrifício firme. E tendo sacrificado, melhora.

Assim termina a décima sexta seção.

4.17 Décima sétima seção

4.17.1 Prajāpati chocou os mundos. Deles chocados, extraiu as seivas: da terra, o fogo; da região intermédia, o vento; do céu, o sol.

4.17.2 Então ele chocou essas três divindades. Delas chocadas extraiu as seivas: do fogo, os versos do *Ṛgveda*; do vento, as fórmulas do *Yajurveda*; do sol, os cantos do *Sāmaveda*.

---

150. A associação de som é: *yat+nā* (de *punāti*) > *yadna* > *yajña*. O grupo *jñ* é pronunciado por muitos falantes de sânscrito hoje em dia como *dnya* – *yajña* soando *yadnya* –, o que parece ser tradição antiquíssima de pronúncia.

4.17.3 Então ele chocou esse Triplo Saber. Dele chocado extraiu as seivas. Dos versos do *R̥gveda*, a palavra *bhūr*; das fórmulas do *Yajurveda*, *bhuvas*; dos cantos do *Sāmaveda*, *svar*.

4.17.4 Daí, se (o sacrifício) malograr por causa dos versos (*r̥cas*), ele (o sacerdote *brahman*) deve oferecer no fogo do Dono casa, dizendo: *bhūḥ svāhā*! Assim, pela seiva dos mesmos versos, pela força deles, ele emenda o mal que os versos causaram ao sacrifício.

4.17.5 Daí, se (o sacrifício) malograr por causa das fórmulas (*yajūṃṣi*), ele deve oferecer no fogo meridional, dizendo: *bhuvaḥ svāhā*! Assim, pela seiva das fórmulas, pela força delas, ele emenda o mal que as fórmulas causaram ao sacrifício.

4.17.6 Daí, se (o sacrifício) malograr por causa dos cantos (*sāmāni*), ele deve oferecer no fogo da oferenda, dizendo: *svaḥ svāhā*! Assim, pela seiva dos cantos, pela força deles, ele emenda o mal que os cantos causaram ao sacrifício.

4.17.7 Assim como se deve emendar o ouro com sal, a prata com ouro, estanho com prata, chumbo com estanho, cobre com chumbo, madeira com cobre e couro com madeira, [**4.17.8**] da mesma maneira, pela força desses mundos, dessas divindades e desse Triplo Saber ele emenda o mal causado ao sacrifício. O sacrifício tem remédio (*bhesajakr̥ta*) quando quem sabe assim é (o sacerdote) o *brahman*.

4.17.9 O sacrifício se inclina para o norte quando quem sabe assim é o *brahman*. Esta estrofe é sobre o *brahman* que sabe assim:

4.17.10 Onde quer que ele se volte,
lá um homem segue; *brahman*
é só entre os sacerdotes
que – égua – aos Kuravas ampara.

O sacerdote *brahman* que sabe assim guarda o sacrifício, o patrono e todos os demais sacerdotes. Por isso deve-se fazer seu *brahman* a quem sabe assim, não a quem não sabe, não a quem não sabe.

Assim termina a décima sétima seção.

Assim termina a quarta lição.

5 Quinta lição

5.1 Primeira seção

5.1.1 Aquele[151] que conhece o maior e o melhor torna-se o maior e o melhor. O maior e o melhor são o alento.

5.1.2 Aquele que conhece a mais excelente torna-se o mais excelente entre os seus. A mais excelente é a fala.

5.1.3 Aquele que conhece o firme assento firma-se neste e naquele outro mundo. O firme assento é a vista.

5.1.4 Aquele que conhece a correspondência (*saṃpad*), seus desejos se realizam (*saṃpadyate*), divinos e humanos. A correspondência é o ouvido.

5.1.5 Aquele que conhece o refúgio torna-se o refúgio dos seus. O refúgio é a mente.

5.1.6 Certa feita, os alentos[152] discutiam sobre quem era o melhor: "Sou eu o melhor!", um dizia, e o outro, "Sou eu o melhor!".

5.1.7 Vieram ter com seu pai, Prajāpati, e lhe disseram:

"— Senhor, quem de nós é o melhor?".

Aquele respondeu-lhes:

"— O melhor de vós é aquele por cuja partida o corpo parece em pior estado.".

5.1.8 Então a voz partiu. Voltando depois de um ano ausente, perguntou-lhes:

"— Como pudestes viver sem mim?".

Responderam-lhe:

"— Tal como os mudos sem falar, mas respirando com o alento, vendo com a vista, ouvindo com o ouvido e compreendendo com a mente, assim temos vivido.".

E entrou a fala.

5.1.9 Então a vista partiu. Voltando depois de um ano ausente, perguntou-lhes:

"— Como pudestes viver sem mim?".

151. Repete muito de BU 6.1.

152. *I.e.*, funções vitais.

Responderam-lhe:

"— Tal como os cegos sem ver, mas respirando com o alento, falando com a fala, ouvindo com o ouvido e compreendendo com a mente, assim temos vivido.".

E entrou a vista.

5.1.10 Então o ouvido partiu. Voltando depois de um ano ausente, perguntou-lhes:

"— Como pudestes viver sem mim?".

Responderam-lhe:

"— Tal como os surdos sem ouvir, mas respirando com o alento, falando com a fala, vendo com a vista e compreendendo com a mente, assim temos vivido.".

E entrou o ouvido.

5.1.11 Então a mente partiu. Voltando depois de um ano ausente, perguntou-lhes:

"— Como pudestes viver sem mim?".

Responderam-lhe:

"— Tal como os tolos sem compreender, mas respirando com o alento, falando com a fala e vendo com a vista, assim temos vivido.".

E entrou a mente.

5.1.12 Então, assim como o bom corcel desraigaria consigo as estacas onde se prendem seus grilhões, o alento, querendo sair, já ia desraigando os demais alentos, quando eles o rodearam e lhe disseram:

"— Senhor, fica! Tu és o melhor de nós! Não partas!".

5.1.13 Então lhe disse a fala:

"— Sou a mais excelente assim como tu serás o mais excelente".

Daí lhe disse a vista:

"— Sou o chão firme assim como tu serás o chão firme.".

5.1.14 Daí lhe disse o ouvido:

"— Sou a correspondência assim como tu serás a correspondência.".

Daí lhe disse a mente:

"— Sou o refúgio assim como tu serás o refúgio.".

5.1.15 Com efeito, não chamam a esses "falas", "vistas", "ouvidos" ou "mentes", chamam-nos "alentos" (*prāṇās*), pois apenas o alento se torna tudo isso.

Assim termina o primeiro *brāhmaṇa*.

Assim termina a primeira seção.

5.2 Segunda seção

5.2.1 Perguntou[153] então o alento:

"— Qual será meu alimento?".

"— Tudo o que há, desde cães até aves", responderam.

Esse é o alimento (*anna*) que há no alento (*ana*). Seu nome visível é *ana*. Para quem o sabe assim nada há que não lhe sirva de alimento.

5.2.2 Então perguntou:

"— Qual será minha roupa?".

"— Água", responderam.

É por isso que, preparando-se para comer, cerca-se (a comida) com água, antes e depois. Está, pois, habituado a receber roupa, não fica nu (*anagna*) [quem o sabe assim].

5.2.3 Então Satyakāma Jābāla, tendo dito isso a Gośruti Vaiyāghrapadya, disse:

"— Mesmo se alguém dissesse isso a um tronco seco, lhe nasceriam galhos e lhes brotariam folhas.".

5.2.4 Agora, se quiser obter grandeza, depois de realizar a consagração ritual na noite de lua nova, o homem deve preparar uma mistura de todas as plantas com coalhada e mel na noite de lua cheia.

Deve oferecer no fogo uma libação de manteiga, dizendo: "Ao maior, ao melhor, *svāhā!*" e derramar na mistura o restante.

5.2.5 Deve oferecer no fogo uma libação de manteiga, dizendo: "Ao mais excelente, *svāhā!*," e derramar o restante na mistura. Deve oferecer no fogo uma libação de manteiga, dizendo: "Ao chão firme, *svāhā!*", e derramar o restante na mistura. Deve oferecer no fogo uma libação de manteiga, dizendo:

153. Repete muito de BU 6.1.17.

"À correspondência, *svāhā!*", e derramar o restante na mistura. Deve oferecer no fogo uma libação de manteiga, dizendo: "Ao refúgio, *svāhā!*", e derramar o restante na mistura.

5.2.6 Então, esgueirando-se, ele recua e, apanhando um pouco da mistura na concha das mãos, recita em voz baixa: "*Āmaṃ si āmaṃ hi te mahi*![154] Pois ele é o maior e o melhor, o rei e o regente! Que me faça o maior e o melhor, o rei e o regente! Que eu me torne tudo isso!".

5.2.7 E então, a cada verso (do *Ṛgveda*), bebe dela um gole, dizendo:

Este (alimento) de Savitṛ escolhemos...

E bebe um gole.

nós, o alimento do deus,...

E bebe um gole.

o melhor, maior criador de tudo...

E bebe um gole.

No tura[155] *desse generoso nós refletimos.*

E toma tudo.

Então, depois de lavar a taça ou o cálice, ele se senta detrás do fogo numa pele ou no chão, silencioso e sem relutar. Se vir uma mulher, saberá que o rito se cumpriu.

Sobre isso há estes versos:

5.2.8 No decorrer dos ritos por desejos,
se nos seus sonhos vir uma mulher,
então que se cumpriram considere
os ritos na visão que em sonho teve.

Assim termina a segunda seção.

---

154. Cf. nota 94.

155. Termo obscuro. Olivelle (1998: 233) traduz: "*Bhaga's rich bounty* (tura) *we create for ourselves*" (*turam bhagasya dhīmahi*). Os versos são uma variação da estrofe Sāvitrī, cf. notas 87, 95 e ChU 6.3.6.

5.3 Terceira seção

5.3.1 Certa feita, Śvetaketu Āruṇeya veio à assembleia de Pañcāla. Então Pravāha Jaivali perguntou-lhe:

"— Meu jovem, teu pai te ensinou?".

"— Ensinou-me sim, senhor."

5.3.2 "— Sabes para onde as criaturas (*prajās*) vão depois que morrem?"

"— Não, senhor."

"— Sabes como depois regressam?"

"— Não, senhor."

"— Conheces as veredas do caminho que leva aos deuses e do que leva aos antepassados?"

"— Não, senhor."

5.3.3 "— Sabes como aquele outro mundo não fica de todo cheio?"

"— Não, senhor."

"— Sabes como a água, na quinta invocação, ganha voz humana (*puruṣa-vacas*)?"

"— Decerto não, senhor."

5.3.4 "— Então, por que disseste que foste ensinado? Ora, quem não sabe essas coisas, como pode dizer que foi ensinado?"

Agravado, o jovem retornou para junto do pai e lhe disse:

"— Ora, o senhor me disse que havia me ensinado, sem ter de fato me ensinado!

5.3.5 Aquele arremedo de rei me fez cinco perguntas e eu não consegui responder a nenhuma sequer!"

Seu pai então lhe disse:

"— Filho, essas perguntas de que me falas, também eu não sei a resposta a sequer uma delas. Se soubesse, como te não diria?".

5.3.6 Gautama então veio ter com o rei. Quando chegou, o rei prestou-lhe honras. Na manhã seguinte, Gautama levantou-se e foi à assembleia. Disse-lhe o rei:

"— Venerável Gautama, escolhe um prêmio da riqueza humana.".

Gautama respondeu:

"— Fica com tua riqueza humana, majestade. Diz a mim aquilo que disseste a meu menino.".

O rei ficou constrangido [**5.3.7**] e ordenou-lhe que ficasse por mais um tempo. Alfim, lhe disse:

"— Assim como tu me relataste, Gautama, antes de ti, este saber jamais chegara a brâmanes. Por isso, em todos os mundos, o governo cabe apenas à realeza (*kṣatra*).".

E então falou-lhe:...

Assim termina a terceira seção.

5.4 Quarta seção

5.4.1 "— O mundo lá em cima, Gautama, é um fogo. O sol é sua lenha; os raios, sua fumaça; o dia é a chama; a lua, suas brasas e as estrelas, as fagulhas.

5.4.2 Nesse fogo os deuses depositam a fé por oferenda, e dessa oferenda surge o rei Soma.".

Assim termina a quarta seção.

5.5 Quinta seção

5.5.1 "— A nuvem de chuva, Gautama, é um fogo. O vento é sua lenha; a nuvem carregada, sua fumaça; o raio é a chama; o trovão, suas brasas e o granizo, as fagulhas.

5.5.2 Nesse fogo os deuses depositam o rei Soma por oferenda, e dessa oferenda surge a chuva."

Assim termina a quinta seção.

5.6 Sexta seção

5.6.1 "— A terra, Gautama, é um fogo. O ano é sua lenha; o espaço, sua fumaça; a noite é a chama; os quadrantes, suas brasas e os quadrantes inferiores, as fagulhas.

5.6.2 Nesse fogo os deuses depositam a chuva por oferenda, e dessa oferenda surge o alimento."

Assim termina a sexta seção.

5.7 Sétima seção

5.7.1 "— O homem, Gautama, é um fogo. A fala é sua lenha; o alento, sua fumaça; a língua é a chama; a vista, suas brasas e o ouvido, as fagulhas.

5.7.2 Nesse fogo os deuses depositam o alimento por oferenda, e dessa oferenda surge o sêmen."

Assim termina a sétima seção.

5.8 Oitava seção

5.8.1 "— A mulher, Gautama, é um fogo. As partes (*upastha*) são sua lenha; quando é chamada para perto, sua fumaça; a vagina (*yoni*) é sua chama; quando a penetra, isso são as brasas dela e o gozo, as fagulhas.

5.8.2 Nesse fogo os deuses depositam o sêmen por oferenda, e dessa oferenda surge o feto."

Assim termina a oitava seção.

5.9 Nona seção

5.9.1 "— Assim se diz que 'Na quinta oferenda, a água ganha voz humana'. Envolvido pela placenta, o feto reside ali dentro por dez ou nove meses até nascer.

5.9.2 Nascido, ele vive seu tempo de vida e, quando parte, chegada sua hora, levam-no ao mesmo fogo de onde veio, de onde surgiu."

Assim termina a nona seção.

5.10 Décima seção

5.10.1 "— Pois bem, os que sabem disso, e aqueles que nos ermos veneram assim: '— Austeridade é fé', eles entram na chama; da chama no dia; do dia na metade crescente da lua; da metade crescente da lua, nos seis meses quando a lua vai a norte; [**5.10.2**] dos meses, no ano; do ano, no sol; do sol, na lua e da lua, no raio. Então, uma pessoa que não é humana os conduz a *brahman*. Esse é o caminho aos deuses."

5.10.3 "— Já aqueles que nas vilas veneram assim: '— Doação são sacrifícios e benesses', esses entram na fumaça; da fumaça, na noite; da noite, na metade minguante da lua; da metade minguante da lua, nos seis meses quando a lua vai a sul. Os meses não alcançam o ano.

5.10.4 Então dos meses eles entram no mundo dos antepassados e do mundo dos antepassados, na lua. Ela é o rei Soma, o alimento dos deuses, e os deuses o comem.

5.10.5 Eles ficam ali enquanto houver resíduo e então regressam pelo mesmo caminho por que vieram para o espaço e do espaço, ao vento. O vento, depois de formar-se faz-se fumaça; a fumaça, depois de formar-se, faz-se nuvem de trovão; [**5.10.6**] a nuvem de trovão, depois de formar-se, faz-se nuvem de chuva e a nuvem de chuva, depois de formar-se, chove. Eles então aí nascem como arroz e trigo, plantas e árvores, sésamo e feijões, donde é mui difícil sair. Todo aquele que se alimenta do alimento, que verte o sêmen, disso faz-se de novo."

5.10.7 "— Pois então, aqueles que aqui têm conduta aprazível, é de esperar que entrem em ventre aprazível, ventre brâmane, ventre *kṣatriya* ou ventre *vaiśya*. Já aqueles que aqui têm conduta imunda, é de esperar que entrem em ventre imundo, ventre de cão, ventre de porco ou ventre de *caṇḍāla*."

5.10.8 "— Então, há aqueles que não tomam nenhum desses dois caminhos e se tornam esses seres diminutos que vão regressando repetidas vezes: 'Nasce! Morre!'. Este é o terceiro estado. Por isso o mundo lá em cima não fica de todo cheio. Devemos guardar-nos disto:

5.10.9 'Quem rouba ouro, bebe álcool, quem fornica
com a mulher do mestre, o matador de brâmane,
os quatro caem mais quem se lhes associa.'."

5.10.10 "Então, aquele que sabe assim esses cinco fogos não se mancha com o mal mesmo que junte com que tais. Torna-se puro e limpo e alcança mundo bom quem sabe assim, quem sabe assim."

Assim termina a décima seção.

5.11 Décima primeira seção

5.11.1 Prācīnaśāla Aupamanyava, Satyayajña Pauluṣi, Indradyumna Bhāllaveya, Jana Śārkarākṣya e Buḍila Āśvatarāśvi, homens de vastas posses e vasta cultura, reuniram-se e entraram a examinar profundamente as seguintes questões: "Que é o nosso si, que é *brahman*?".

5.11.2 Eles então chegaram a uma conclusão:

"— Senhores, Uddālaka Āruṇi é quem aqui tem estudado este si de todos os homens. Pois então vamos ter com ele.".

E foram ter com ele.

5.11.3 Uddālaka, por seu turno, chegara à seguinte conclusão: "— Prestes a me interrogar estão esses senhores de vastas posses e vasta cultura. Mas não lhes poderei responder por de todo. Devo, pois sim, indicar-lhes outro que o faça.".

5.11.4 E então lhes disse:

"— Senhores, Aśvapati Kaikeya é quem aqui tem estudado o si de todos os homens. Pois então vamos ter com ele!".

E foram ter com ele.

5.11.5 Quando chegaram, aquele fez que a cada um se lhe prestasse as devidas honras. Então, levantando-se na manhã seguinte, disse-lhes:

"Cá no meu reino nem ladrão nem avarento
não há, nem bêbedo, sem fogo ou apedeuta,
nem impudico ou impudica há nenhures.".[156]

"— Senhores, estou para realizar um sacrifício. Os senhores, por favor, ficai mais um pouco, que lhes darei o mesmo prêmio que darei ao sacerdote".

5.11.6 Eles lhe disseram:

"— Um homem deve falar só daquele assunto sobre o qual se tem debruçado. É este si de todos os homens só o que tu tens estudado. Fala-nos então dele!".

5.11.7 Ele então lhes disse:

"— Amanhã de manhã respondo à vossa pergunta.".

Eles então regressaram na manhã seguinte com lenha em mãos. Isso foi o que lhes disse, sem iniciá-los:...

Assim termina a décima primeira seção.

5.12 Décima segunda seção

5.12.1 "— Aupamanyava, que é que tu veneras como si?".

"— O céu, majestade."

---

156. Verso que ocorre em *Mahābhārata* 12.78.8.

"— O que veneras como si é este si de tanto brilho, que é de todos os homens. Por isso, o *soma* em tua família se vê bem prensado e continuamente.

5.12.2 Tu comes o alimento e vês o que te apraz. Come o alimento, vê o que lhe apraz e surge o esplendor de *brahman* na família daquele que venera só a este si que é de todos os homens. Mas isso," ele disse, "é a cabeça do si. Tua cabeça cairia se não tivesses vindo a mim."

Assim termina a décima segunda seção.

5.13 Décima terceira seção

5.13.1 Então perguntou a Satyayajña Pauluṣi:

"— Prācīnayogya, que é que tu veneras como si?".

"— O sol, majestade."

"— O que veneras como si é este variegado si, que é de todos os homens. Por isso em tua família se vê tanta coisa variegada: [**5.13.2**] pulseira d'ouro, carro de mula, serva, colar d'ouro. Tu comes o alimento e vês o que te apraz. Come o alimento, vê o que lhe apraz e surge o esplendor de *brahman* na família daquele que venera só a este si que é de todos os homens. Mas isso," ele disse, "é o olho do si. Ficarias cego se não tivesses vindo a mim."

Assim termina a décima terceira seção.

5.14 Décima quarta seção

5.14.1 Então perguntou a Indradyumna Bhāllaveya:

"— Vaiyāghrapadya, que é que tu veneras como si?".

"— O vento, majestade."

"— O que veneras como si é este si de diversas vias, que é de todos os homens. Por isso vêm a ti tributos diversos e várias filas de carros te seguem.

5.14.2 Tu comes o alimento e vês o que te apraz. Come o alimento, vê o que lhe apraz e surge o esplendor de *brahman* na família daquele que venera só a este si que é de todos os homens. Mas isso," ele disse, "é o alento do si. O alento te deixaria se não tivesses vindo a mim."

Assim termina a décima quarta seção.

5.15 Décima quinta seção

5.15.1 Então perguntou a Jana Śārkarākṣya:

"— Śārkarākṣya, que é que tu veneras como si?".

"— O espaço, majestade."

"— O que veneras como si é este si amplo, que é de todos os homens. Por isso és tu amplo de progênie e de riqueza.

5.15.2 Tu comes o alimento e vês o que te apraz. Come o alimento, vê o que lhe apraz e surge o esplendor de *brahman* na família daquele que venera só a este si que é de todos os homens. Mas isso," ele disse, "é o torso do si. Teu torso se espedaçaria se não tivesses vindo a mim."

Assim termina a décima quinta seção.

5.16 Décima sexta seção

5.16.1 Então perguntou a Buḍila Āśvatarāśvi:

"— Vaiyāghrapadya, que é que tu veneras como si?".

"— As águas, majestade."

"— O que veneras como si é este si, a riqueza, que é de todos os homens. Por isso, és tu rico e próspero.

5.16.2 Tu comes o alimento e vês o que te apraz. Come o alimento, vê o que lhe apraz e surge o esplendor de *brahman* na família daquele que venera só a este si que é de todos os homens. Mas isso," ele disse, "é a bexiga do si. Tua bexiga se romperia se não tivesses vindo a mim."

Assim termina a décima sexta seção.

5.17 Décima sétima seção

5.17.1 Então perguntou a Uddālaka Āruṇi:

"— Gautama, que é que tu veneras como si?".

"— A terra, majestade."

"— O que veneras como si é este si, o firme assento, que é de todos os homens. Por isso tens tu firme assento por tua progênie e teus rebanhos.

5.17.2 Tu comes o alimento e vês o que te apraz. Come o alimento, vê o que lhe apraz e surge o esplendor de *brahman* na família daquele que venera só a este si que é de todos os homens. Mas isso," ele disse, "são os pés do si. Teus pés definhariam se não tivesses vindo a mim."

Assim termina a décima sétima seção.

5.18 Décima oitava seção

5.18.1 E então lhes disse:

"— Vós outros, conhecendo este si, que é de todos os homens, como que distintamente, comeis o alimento. No entanto, aquele que venera a este si, que é de todos os homens, como tendo a medida dum palmo e passando toda medida come o alimento em todos os mundos, em todos os seres, em todos os sis."

5.18.2 "— Deste si, que é de todos os homens, o de tanto brilho é a cabeça, o variegado, a vista; o de diversas vias, o alento; o amplo, o torso; a riqueza, a bexiga; a terra, os pés; o buxo, o chão do sacrifício (*vedi*);[157] o exterior, os pelos; o fogo do dono da casa (*gārhapatya*), o coração; o fogo meridional (*anvāhāryapacana*) é a mente e o fogo da oferenda (*āhavanīya*), a boca."

Assim termina a décima oitava seção.

5.19 Décima nona seção

5.19.1 "— O primeiro bocado de comida que se receber deve-se oferecer em sacrifício. E a primeira oferenda que se fizer seja feita dizendo-se: '— Ao alento que sai (*prāṇa*), *svāhā*!'. Assim o alento que sai se sacia. E quando o alento que sai se sacia, sacia-se a vista; quando a vista se sacia, sacia-se o sol; quando o sol se sacia, sacia-se o céu; quando o céu se sacia, sacia-se tudo aquilo que o céu e o sol presidem. Saciado isso tudo, saciamo-nos de progênie, rebanhos, de alimento, de glória e do esplendor de *brahman*."

Assim termina a décima nona seção.

5.20 Vigésima seção

5.20.1 "— Então a segunda oferenda que se fizer seja feita dizendo-se: '— Ao alento que perpassa (*vyāna*), *svāhā*!'. Assim o alento que perpassa se sacia. E quando o alento que perpassa se sacia, sacia-se o ouvido;

---

157. Cf. nota 99.

quando o ouvido se sacia, sacia-se a lua; quando a lua se sacia, saciam-se os quadrantes; quando os quadrantes se saciam, sacia-se tudo aquilo que os quadrantes e a lua presidem. Saciado isso tudo, saciamo-nos de progênie, rebanhos, de alimento, de glória e do esplendor de *brahman*."

Assim termina a vigésima seção.

5.21 Vigésima primeira seção

5.21.1 "— Então a terceira oferenda que se fizer seja feita dizendo-se: '— Ao alento que entra (*apāna*), *svāhā*!'. Assim o alento que entra se sacia. E quando o alento que entra se sacia, sacia-se a fala; quando a fala se sacia, sacia-se o fogo; quando o fogo se sacia, sacia-se a terra; quando a terra se sacia, sacia-se tudo aquilo que a terra e o fogo presidem. Saciado isso tudo, saciamo-nos de progênie, rebanhos, de alimento, de glória e do esplendor de *brahman*."

Assim termina a vigésima primeira seção.

5.22 Vigésima segunda seção

5.22.1 "— Então a quarta oferenda que se fizer seja feita dizendo-se: '— Ao alento que liga (*samāna*), *svāha*!'. Assim o alento que liga se sacia. E quando o alento que liga se sacia, sacia-se a mente; quando a mente se sacia, sacia-se a nuvem de chuva; quando a nuvem de chuva se sacia, sacia-se o raio; quando o raio se sacia, sacia-se tudo aquilo que a nuvem de chuva e o raio presidem. Saciado isso tudo, saciamo-nos de progênie, rebanhos, de alimento, de glória e do esplendor de *brahman*."

Assim termina a vigésima segunda seção.

5.23 Vigésima terceira seção

5.23.1 "— Então a terceira oferenda que se fizer seja feita dizendo-se: '— Ao alento que sobe (*udāna*), *svāhā*!'. Assim o alento que sobe se sacia.

5.23.2 E quando o alento que sobe se sacia, sacia-se o vento; quando o vento se sacia, sacia-se o espaço; quando o espaço se sacia, sacia-se tudo aquilo que o vento e o espaço presidem. Saciado isso tudo, saciamo-nos de progênie, rebanhos, de alimento, de glória e do esplendor de *brahman*."

Assim termina a vigésima terceira seção.

5.24 Vigésima quarta seção

5.24.1 "— Se se oferta a oblação ao fogo[158] sem saber disso, seria como ofertar nas cinzas deitando fora as brasas.

5.24.2 Já aquele que oferta o ritual do fogo sabendo disso tem sua oferenda em todos os mundos, em todos os seres, em todos os sis."

5.24.3 "— Assim como uma ponta de caniço metida no fogo se consome, da mesma maneira consomem-se os males daquele que oferta o ritual do fogo sabendo-o assim. Por isso, quem sabe assim, mesmo que dê a um *caṇḍāla* restos de comida, faz uma oferenda no seu si, que é de todos os homens."

Sobre isso há estes versos:

5.24.4 'Assim como as crianças se reúnem
em torno de sua mãe quando têm fome,
também os seres todos se reúnem
em torno desse ritual do fogo.'

Assim termina a vigésima quarta seção.

Assim termina a quinta lição.

6 Sexta lição

6.1 Primeira seção

6.1.1 Śvetaketu era filho de Āruṇi. Certa feita seu pai lhe disse:

"— Śvetaketu, anda, vai viver como estudante do Veda. Filho meu não é dessa sorte de arremedo de brâmane sem estudo.".

6.1.2 Ele então entrou como discípulo aos 12 anos e aos 24 anos, depois de ter estudado todos os Vedās, retornou afetado, arrogante, achando-se culto. Seu pai então lhe disse:

"— Śvetaketu, pois eis que estás de volta afetado, arrogante e achando-se culto! Perguntaste por certo da regra de substituição que faz ouvir o que se não ouviu, pensar o que se não pensou e entender o que se não entendeu.".

"— Que regra é essa, senhor?"

158. *Agnihotra*. Ritual doméstico em que se derrama leite de vaca no fogo, realizado duas vezes ao dia, ao amanhecer e ao anoitecer (Pujol, 2005: *s.v.*).

6.1.3 "— Meu rapaz, assim como por um punhado de barro se poderia entender tudo que é de barro, o que muda é obra da fala, é nome, o real é só o barro; [**6.1.4**] assim como por um adorno de cobre se poderia entender tudo que é de cobre, o que muda é obra da fala, é nome, o real é só o cobre; [**6.1.5**] assim como por um cortador de unhas se poderia conhecer tudo que é de ferro, o que muda é obra da fala, é nome, o real é só o ferro; [**6.1.6**] assim é essa regra de substituição, meu rapaz."

6.1.7 "— Decerto aqueles senhores não sabiam disso. Pois, se soubessem, como não me diriam? Assim, me fale dela o senhor."

"— Falarei, filho", disse-lhe o pai.

Assim termina a primeira seção.

6.2 Segunda seção

6.2.1 "— No início, filho, isto aqui era só um existente, uno e sem segundo. Uns dizem que no início isto era só um inexistente, uno e sem segundo. Por isso dizem que do inexistente nasce o existente.

6.2.2 Mas como poderia ser assim, meu filho, disse o pai; como pode o existente nascer do inexistente? Não, no início isto aqui era decerto um existente."

6.2.3 "E ele teve o desejo: 'Que eu me faça muitos, que prolifere!'. E ele gerou calor. Então o calor teve o desejo: 'Que eu me faça muitos, que prolifere!' E ele gerou as águas. Por isso, sempre que esquenta, o homem sua, daí que do calor nascem as águas."

6.2.4 "As águas então tiveram o desejo: 'Que nos façamos muitas, proliferemos!'. E elas geraram o alimento. Por isso, sempre que chove, há muito alimento. Daí que das águas nasce o alimento."

Assim termina a segunda seção.

6.3 Terceira seção

6.3.1 "— Dos seres cá na terra há apenas três origens: nascem de ovo, nascem de gente viva ou nascem de broto."

6.3.2 "Então aquela mesma divindade teve o desejo: 'Eia, ei de diferençar nome e figura, entrando com este si vivo nessas três divindades! [**6.3.3**] Hei de fazer tripla a cada uma delas!'. Então aquela mesma divindade, depois de entrar apenas com este si vivo naquelas três divindades, diferençou nome e figura e [**6.3.4**] fez tripla a cada uma delas.

Aprende comigo, filho, como cada uma dessas três divindades se fez tripla."

Assim termina a terceira seção.

6.4 Quarta seção

6.4.1 "— A figura vermelha do fogo é a figura do calor; a branca, a figura das águas; a preta, do alimento. Sumiu do fogo o caráter do fogo: o que muda é obra da fala, um nome; o real são apenas as três figuras."

6.4.2 "A figura vermelha do sol é a figura do calor; a branca, a figura das águas; a preta, do alimento. Sumiu do sol o caráter do sol: o que muda é obra da fala, um nome; o real são apenas as três figuras."

6.4.3 "A figura vermelha da lua é a figura do calor; a branca, a figura das águas; a preta, do alimento. Sumiu da lua o caráter da lua: o que muda é obra da fala, um nome; o real são apenas as três figuras."

6.4.4 "A figura vermelha do raio é a figura do calor; a branca, a figura das águas; a preta, do alimento. Sumiu do raio o caráter do raio: o que muda é obra da fala, um nome; o real são apenas as três figuras."

6.4.5 "Era decerto sabendo disso que disseram aqueles homens d'antanho, de vastas posses e vasta cultura: '— Não há hoje ninguém que nos possa falar do que já não ouvimos, pensamos e entendemos.'. Pois eles adquiriam seu conhecimento daqueles três.

6.4.6 Quando havia algo meio que vermelho, sabiam que aquela era a figura do calor; quando havia algo meio que branco, sabiam que aquela era a figura das águas; quando havia algo meio que preto, sabiam que aquela era a figura do alimento; [**6.4.7**] e quando havia algo como que indistinto, sabiam que aquela era a combinação daquelas três divindades.

Aprende comigo, filho, como essas três divindades, quando entram no homem, se torna cada uma delas tripla."

Assim termina a quarta seção.

6.5 Quinta seção

6.5.1 "— O alimento que se come se divide de três maneiras: a porção mais densa se torna excremento; a média se torna carne; a mais fina, mente."

6.5.2 "A água que se bebe se divide de três maneiras: a porção mais densa se torna urina; a média se torna sangue; a mais fina, alento."

6.5.3 "O calor que se come se divide de três maneiras: a porção mais densa se torna osso; a média se torna medula; a mais fina, fala."

6.5.4 "Pois feita de alimento, filho, é mente; feito de água, o alento; feito de calor, a fala."

"— O senhor me ensine mais!"

"— Assim o farei", disse o pai.

Assim termina a quinta seção.

6.6 Sexta seção

6.6.1 "— Quando se bate a coalhada, a parte fina sobe e vira manteiga.

6.6.2 Da mesma maneira, filho, quando se come o alimento, a parte fina sobe e vira mente.

6.6.3 Quando se bebe a água, filho, a parte fina sobe e vira alento.

6.6.4 Quando se come o calor, filho, a parte fina sobe e vira fala.

6.6.5 Pois, feita de alimento, filho, é a mente; feito de água, o alento; feita de calor é a fala."

"— O senhor me ensine mais!"

"— Assim o farei", disse o pai.

Assim termina a sexta seção.

6.7 Sétima seção

6.7.1 "— O homem, meu filho, tem dezesseis partes. Não comas por quinze dias. Bebe água à vontade. Feito de água, o alento não se interrompe quando se bebe."

6.7.2 E ele então não comeu por quinze dias. E então voltou para junto do pai e disse:

"— Que recito, senhor?".

Aquele lhe respondeu:

"— Os versos (*ṛas*), meu filho, as fórmulas (*yajūṃṣi*) e os cantos (*sāmāni*).".

Śvetaketu respondeu:

"— Eles não me ocorrem agora, senhor."

6.7.3 Disse-lhe então seu pai:

"— Filho, assim como de um grande fogo que se acenda pode restar uma única brasa do tamanho de um vaga-lume, e com ela, logo, não se poderia queimar muita coisa, da mesma maneira, de tuas dezesseis partes, pode ser que reste uma só, e com ela, então, tu não te lembras dos Vedās. Vai comer, e então vem cá aprender comigo.".

6.7.4 Ele foi comer e então regressou para junto do pai. E então respondeu a ele tudo o que lhe perguntou.

6.7.5 E seu pai então lhe disse:

"— Filho, assim como de um grande fogo que se acenda se pode, ajuntando-se grama, reacender uma única brasa do tamanho de um vaga-lume, e com ela, logo, se poderia queimar muita coisa, [**6.7.6**] da mesma maneira, de tuas dezesseis partes, restou uma só, mas foi queimada junto com o alimento, e com ela, então, tu te lembras dos Vedās. Pois a mente, filho, é feita de alimento; o alento, feito de água, e a fala, feita de calor.".

Isso foi o que apreendeu com ele.

Assim termina a sétima seção.

6.8 Oitava seção

6.8.1 Uddālaka Āruṇi disse a Śvetaketu, seu filho:

"— Aprende comigo, meu rapaz, a natureza do sono. Quando se diz 'O homem dorme', filho, é que ele então está unido com o existente. Ele está ingresso em si mesmo. Por isso dizem que *svapiti* (dorme), porque está *svam apītaḥ* (ingresso em si mesmo).".

6.8.2 "Assim com um pássaro atado por um fio, voando para lá e para cá sem achar refúgio noutra parte, vem pousar aí justo onde fora atado, da mesma maneira, filho, a mente dele, voando para lá e para cá sem achar refúgio noutra parte, vem pousar justo no alento. Pois a mente está atada ao alento."

6.8.3 "Aprende comigo, filho, da fome e da sede. Quando se diz 'O homem tem fome', é que a água, filho, leva (*nayanti*) o que se comeu. Assim como há o *go-nāya* (pastor de gado), *aśva-nāya* (pastor de cavalos), *puruṣa-nāya* (condutor de homens, príncipe), da mesma maneira chamam a água *aśanāyā* (fome).[159]

Aqui, filho, tens que entender que isso é como o broto que brota: não poderá não ter raiz.

6.8.4 E onde estaria a raiz dele senão no alimento? Assim, meu jovem, olha para a água como sendo a raiz que tem por broto o alimento; olha para o calor como a raiz que tem por broto a água; olha para o existente como a raiz que tem por broto o calor. Têm o existente por raiz, meu rapaz, todas essas criaturas; têm por refúgio o existente e no existente firme assento."

6.8.5 "Então, quando se diz 'O homem tem sede', é que o calor leva (*nayate*) o que se bebeu. Assim como há o *go-nāya* (pastor de gado), *aśva-nāya* (pastor de cavalos), *puruṣa-nāya* (condutor de homens, príncipe), da mesma maneira chamam o calor *udanyā* (sede).[160]

Aqui, filho, tens que entender que isso é como o broto que brota: não poderá não ter raiz.

6.8.6 E onde estaria a raiz dele senão na água? Assim, meu jovem, olha para o calor como sendo a raiz que tem por broto a água; olha para o existente como a raiz que tem por broto o calor. Têm o existente por raiz, meu rapaz, todas essas criaturas; têm por refúgio o existente e no existente firme assento.

Como essas três divindades, entrando no homem, se torna cada uma tripla, isso, meu, rapaz já te expus antes.

A fala do homem, quando ele morre, entra na mente, a mente no alento, o alento no calor e o calor na maior das três divindades.

6.8.7 E essa coisa mais diminuta, tudo isso é feito dela; ela é o real, ela é o si: tal tu és (*tat tvam asi*), Śvetaketu."

---

159. Jogo de palavra com *aśanā-nāya*, "condutora de fome".

160. Jogo de palavra com *uda-nāya*, "que leva a sede".

"— Ensina-me mais, senhor!"

"— Assim o farei", disse o pai.

Assim termina a oitava seção.

6.9 Nona seção

6.9.1 "— É tal como as abelhas preparam o mel, filho: trazendo néctares de diversas árvores, elas os reduzem a néctar, a uma coisa só.

6.9.2 Aí aqueles néctares, assim como não são mais capazes de distinguir 'Eu sou o néctar desta árvore; eu sou o néctar daquela árvore', da mesma maneira, filho, todas essas criaturas, depois de entrar no existente, não sabem disso, que 'estamos entrando no existente'.

6.9.3 Tigre, leão, lobo, javali, verme, mariposa, pernilongo ou mosquito, seja o que for neste mundo, entra no existente."

6.9.4 "E essa coisa mais diminuta, tudo isso é feito dela; ela é o real, ela é o si: tal tu és, Śvetaketu."

"— Ensina-me mais, senhor!"

"— Assim o farei", disse o pai.

Assim termina a nona seção.

6.10 Décima seção

6.10.1 "— Os rios, filho, do leste correm para leste, os do oeste para oeste; do mar eles entram no mar; tornam-se só um mar. Aí aqueles rios, assim como não sabem que 'Eu sou este rio; eu sou aquele rio', [**6.10.2**] da mesma maneira, filho, todas essas criaturas, ao chegar ao existente, não sabem disso, que 'estamos chegando ao existente'. Tigre, leão, lobo, javali, verme, mariposa, pernilongo ou mosquito, seja o que for neste mundo, entra no existente."

6.10.3 "E essa coisa mais diminuta, tudo isso é feito dela; ela é o real, ela é o si: tal tu és, Śvetaketu."

"— Ensina-me mais, senhor!"

"— Assim o farei", disse o pai.

Assim termina a décima seção.

6.11 Décima primeira seção

6.11.1 "— A raiz duma grande árvore, se alguém a cortasse, escorria essa coisa viva; se a cortasse no meio, escorria essa coisa viva; se a cortasse no topo, escorria essa coisa viva. É penetrada desse si vivo – bebendo-o sempre e florescendo – que a árvore permanece de pé.

6.11.2 Quando a vida abandona um ramo só dela, ele seca; abandona o segundo, ele seca; abandona o terceiro, ele seca: abandona todos, ela toda seca. Da mesma maneira, filho," ele disse, "sabe que o que fica sem vida, sim, morre, mas a vida não morre."

6.11.3 "E essa coisa mais diminuta, tudo isso é feito dela; ela é o real, ela é o si: tal tu és, Śvetaketu."

"— Ensina-me mais, senhor!"

"— Assim o farei", disse o pai.

Assim termina a décima primeira seção.

6.12 Décima segunda seção

6.12.1 "— Traz o fruto da figueira."[161]

"— Aqui está, senhor."

"— Parte-o."

"— Partido, senhor."

"— Que vês aí?"

"— Estas sementes bem pequeninas, senhor."

"— Parte então uma delas."

"— Partida, senhor."

"— Que vês aí?"

"— Nada, senhor."

6.12.2 "— Essa coisa tão diminuta que tu nem vês, filho, é por ela que essa imensa figueira está assim de pé. Acredita, meu rapaz: [**6.12.3**] essa coisa mais diminuta, tudo isto é feito dela; ela é o real, ela é o si: tal tu és, Śvetaketu."

161. *Nyagrodha, Ficus indica,* figueira-da-índia.

"— Ensina-me mais, senhor!"

"— Assim o farei", disse o pai.

Assim termina a décima segunda seção.

6.13 Décima terceira seção

6.13.1 "— Essa pedra de sal, põe na água e vem aqui sentar-te comigo amanhã cedo", e ele assim o fez. Disse-lhe seu pai:

"— Se de noite tu puseste a pedra de sal na água, vai agora apanhá-la.".

6.13.2 Então, apalpando, ele não a sentiu, que dissolvera.

"— Anda, toma um gole da beirada. Como sabe?"

"— Salgada."

"— Derrama fora um pouco d'água e vem aqui sentar comigo amanhã cedo", e ele assim o fez. E o sal estava ali. Disse-lhe seu pai:

"— Tu decerto não vias o sal, mas lá estava ele.".

6.13.3 "E essa coisa mais diminuta, tudo isto é feito dela; ela é o real, ela é o si: tal tu és, Śvetaketu."

"— Ensina-me mais, senhor!"

"— Assim o farei", disse o pai.

Assim termina a décima terceira seção.

6.14 Décima quarta seção

6.14.1 "— Filho, assim como se traria aqui um homem desde Gandhāra de olhos vendados e ele seria largado num lugar desabitado; e de lá, trazido que fora de olhos vendados, largado de olhos vendados, ele vagaria para o leste, para o norte ou para o sul; [**6.14.2**] e, tirando-lhe a venda dos olhos, alguém lhe diria: '— Gandhāra fica nesta direção, vai nesta direção'; e, ele, perguntando de vila em vila, culto, inteligente que é, haveria de chegar a Gandhāra; é assim que sabe aqui neste mundo aquele que tem um mestre: '— Essa demora só dura até que eu me liberte; liberto, eu hei de chegar'."

6.14.3 "— E essa coisa mais diminuta, tudo isto é feito dela; ela é o real, ela é o si: tal tu és, Śvetaketu."

"— Ensina-me mais, senhor!"

"— Assim o farei", disse o pai.

Assim termina a décima quarta seção.

6.15 Décima quinta seção

6.15.1 "— Mais, filho: os parentes ajuntam-se em torno de um homem muito doente e lhe perguntam: '— Me reconheces? Me reconheces?'. Enquanto a fala não entra na mente, a mente no alento, o alento no calor e o calor na maior das divindades, ele os reconhece.

6.15.2 Mas quando a fala entra na mente, a mente no alento, o alento no calor e o calor na maior das divindades, já não os reconhece."

6.15.3 "E essa coisa mais diminuta, tudo isto é feito dela; ela é o real, ela é o si: tal tu és, Śvetaketu."

"— Ensina-me mais, senhor!"

"— Assim o farei," disse o pai.

Assim termina a décima quinta seção.

6.16 Décima sexta seção

6.16.1 "— Mais, filho: trazem aqui um homem de mãos atadas: '— Ele furtou, roubou; esquentai-lhe o machado!'. Se é o autor daquilo, põe-se a mentir. Ao dizer uma mentira, escondendo-se na mentira, ele apanha o machado ardente e se queima, pelo que é morto.

6.16.2 Já se não é o autor do roubo, então se põe a dizer a verdade. Ao dizer a verdade, cercado da verdade, apanha o machado ardente e não se queima, pelo que é libertado."

6.16.3 "Que ele então não se tenha queimado, [isso se deve a] essa coisa mais diminuta; tudo isto é feito dela; ela é o real, ela é o si: tal tu és, Śvetaketu."

Isso foi o que aprendeu com ele.

Assim termina a décima sexta seção.

Assim termina a sexta lição.

7 Sétima lição

7.1 Primeira seção

7.1.1 "— Ensina-me, senhor", disse Nārada, ao se aproximar de Sanatkumāra. Este respondeu-lhe:

"— Vem a mim com o que já sabes. Então te falarei mais."

Disse Nārada:

7.1.2 "— Senhor, eu estudei o *Ṛgveda*, o *Yajurveda*, o *Sāmaveda*; o quarto Veda, o de Atharvan; o quinto, as histórias e antiguidades, que são o Veda dos Vedās; os ritos ancestrais, os números, a adivinhação, a arte de achar tesouros, os diálogos e monólogos, a ciência dos deuses, a ciência de rito (*brahman*), a ciência dos espíritos, a arte de governar, a ciência dos astros e a ciência das serpentes divinas. Foi isso o que estudei.

7.1.3 E eis-me aqui, senhor, conhecedor só das fórmulas do Veda, mas desconhecedor do si. Eu ouvi de gente como o senhor que quem conhece o si cruza o sofrimento. Eu sofro, senhor. O senhor pois me faça cruzar para além do sofrimento."

Disse-lhe Sanatkumāra:

"— Tudo que estudaste é nome só.

7.1.4 É nome o *Ṛgveda*, o *Yajurveda*, o *Sāmaveda*; o quarto Veda, o de Atharvan; o quinto, as histórias e antiguidades, que são o Veda dos Vedās; os ritos ancestrais, os números, a adivinhação, a arte de achar tesouros, os diálogos e monólogos, a ciência dos deuses, a ciência de rito (*brahman*), a ciência dos espíritos, a arte de governar, a ciência dos astros e a ciência das serpentes divinas. Isso tudo é nome só. Venera então o nome!

7.1.5 Aquele que venera *brahman* como sendo nome lá se move como quer até onde o nome chega, aquele que venera *brahman* como sendo nome."

"— Há algo maior que o nome, senhor?"

"— Decerto que há algo maior que o nome."

"— Fala-me disso, senhor."

Assim termina a primeira seção.

7.2 Segunda seção

7.2.1 "— A fala é maior que o nome, pois a fala faz saber o *Ṛgveda*, o *Yajurveda*, o *Sāmaveda*; o quarto Veda, o de Atharvan; o quinto, as histórias e antiguidades, que são o Veda dos Vedās; os ritos ancestrais, os números, a adivinhação, a arte de achar tesouros, os diálogos e monólogos, a ciência dos deuses, a ciência de rito (*brahman*), a ciência dos espíritos, a arte de governar, a ciência dos astros e a ciência das serpentes divinas, bem como o céu e a terra, o vento e o espaço, a água e o calor, os deuses e os homens, os animais domésticos e as aves, a relva e as árvores, os animais selvagens até os vermes, insetos e formigas, e o certo (*dharma*) e o errado (*adharma*), a verdade e a mentida, o bem e o mal e o que agrada e desagrada ao coração. Se não houvesse a fala, não se fariam saber nem o certo nem o errado, nem o bem nem o mal, nem o que agrada nem o que desagrada ao coração. Pois que é a fala que faz saber a tudo isso, venera a fala!

7.2.2 Aquele que venera *brahman* como sendo fala lá se move como quer até onde a fala chega, aquele que venera *brahman* como sendo fala."

"— Há algo maior que a fala, senhor?"

"— Decerto que há algo maior que a fala."

"— Fala-me disso, senhor."

Assim termina a segunda seção.

7.3 Terceira seção

7.3.1 "— A mente é maior que a fala, pois assim como o punho fechado encerra duas groselhas, duas jujubas ou dois dados, a mente encerra a fala e o nome. Quando decidimos com a mente: 'Devo recitar as fórmulas do Veda', então recitamos; 'Devo realizar os ritos', então realizamos; 'Devo buscar prole e rebanhos', então buscamos; 'Devo buscar este e o outro mundo', então buscamos. Pois que o si é a mente, o mundo é a mente, *brahman* é a mente, venera então a mente!

7.3.2 Aquele que venera *brahman* como sendo mente lá se move como quer até onde a mente chega, aquele que venera *brahman* como sendo mente."

"— Há algo maior que a mente, senhor?"

"— Decerto que há algo maior que a mente."

"— Fala-me disso, senhor."

Assim termina a terceira seção.

7.4 Quarta seção

7.4.1 "— A intenção é maior que a mente, pois é quando formamos uma intenção (*saṃkalpa*) que nos decidimos; e então enunciamos a fala, e a enunciamos num nome; no nome as fórmulas do Veda são uma só coisa; nas fórmulas do Veda, os ritos.

7.4.2 Essas coisas têm na intenção seu ponto de encontro, têm a intenção por si e na intenção firme assento. Arranjos de intenção são o céu e a terra; arranjos de intenção são o vento e o espaço; arranjos de intenção são a água e o calor. Conforme a intenção deles arranja-se a chuva; conforme a intenção da chuva, arranja-se o alimento; conforme a intenção do alimento, arranjam-se os alentos; conforme a intenção dos alentos, arranjam-se as fórmulas do Veda; conforme a intenção das fórmulas do Veda, arranjam-se os ritos; conforme a intenção dos ritos, arranja-se o mundo; conforme a intenção do mundo, arranja-se o todo. Eis o que é intenção. Venera, pois, a intenção!

7.4.3 Aquele que venera *brahman* como sendo intenção obtém mundos arranjados; constantes, se é constante; de firme assento, se tem firme assento; inabaláveis, se é inabalável; lá se move como quer até onde a intenção chega aquele que venera *brahman* como sendo intenção."

"— Há algo maior que a intenção, senhor?"

"— Decerto que há algo maior que a intenção."

"— Fala-me disso, senhor."

Assim termina a quarta seção.

7.5 Quinta seção

7.5.1 "— O senso (*citta*) é maior que a intenção, pois é quando temos senso que formamos uma intenção, e então nos decidimos, e então enunciamos a fala, e a enunciamos num nome; no nome as fórmulas do Veda são uma só coisa; nas fórmulas do Veda, os ritos.

7.5.2 Essas coisas têm no senso seu ponto de encontro, têm o senso por si e no senso firme assento. É por isso que, mesmo sabendo muito, se fulano não tem senso, dizem '— Não vale nada!', seja o que for que ele saiba

'— Fosse sábio, não seria tão insensato (*acitta*)!'. Já o que sabe pouco mas é sensato (*cittavān*), a ele quererão dar ouvidos, pois tudo isto tem no senso seu ponto de encontro, têm o senso por si e no senso firme assento. Venera, pois, o senso!

7.5.3 Aquele que venera *brahman* como sendo senso obtém mundos sensatos; constantes, se é constante; de firme assento, se tem firme assento; inabaláveis, se é inabalável; lá se move como quer até onde o senso chega aquele que venera *brahman* como sendo senso."

"— Há algo maior que o senso, senhor?"

"— Decerto que há algo maior que o senso."

"— Fala-me disso, senhor."

Assim termina a quinta seção.

7.6 Sexta seção

7.6.1 "— A reflexão (*dhyāna*) é maior que o senso. Pois a terra de certa maneira reflete; a região intermédia de certa maneira reflete; o céu de certa maneira reflete; as águas de certa maneira refletem; as montanhas de certa maneira refletem; os deuses e homens de certa maneira refletem. Por isso, aqueles que aqui neste mundo alcançam grandeza entre os homens são aqueles que de certa maneira receberam seu quinhão dos proventos da reflexão (*dhyāna-apāda-aṃsa*). Venera, pois, a reflexão!

7.6.2 Aquele que venera *brahman* como sendo reflexão lá se move como quer até onde a reflexão chega, aquele que venera *brahman* como sendo reflexão."

"— Há algo maior que a reflexão, senhor?"

"— Decerto que há algo maior que a reflexão."

"— Fala-me disso, senhor."

Assim termina a sexta seção.

7.7 Sétima seção

7.7.1 "— O entendimento (*vijñāna*) é maior que o nome, pois pelo entendimento entende-se o *Ṛgveda*, o *Yajurveda*, o *Sāmaveda*; o quarto Veda, o de Atharvan; o quinto, as histórias e antiguidades, que são o Veda dos Vedās; os ritos ancestrais, os números, a adivinhação, a arte de achar tesouros, os diálogos e monólogos, a ciência dos deuses, a ciência de rito (*brahman*), a ciência dos espíritos, a arte de governar, a ciência dos astros e a ciência das serpentes divinas, bem como o céu e a terra, o vento e o espaço, a água e o calor, os deuses e os homens, os animais domésticos e as aves, a relva e as árvores, os animais selvagens até os vermes, insetos e formigas; e o certo (*dharma*) e o errado (*adharma*), a verdade e a mentira, o bem e o mal; e o que agrada e desagrada ao coração; e o alimento e a seiva, este mundo e o outro mundo só pelo entendimento que se entendem. Venera, assim, o entendimento!

7.7.2 Aquele que venera *brahman* como sendo entendimento obtém mundos com entendimento, com conhecimento; e lá se move como quer até onde o entendimento chega aquele que venera *brahman* como sendo entendimento."

"— Há algo maior que o entendimento, senhor?"

"— Decerto que há algo maior que o entendimento."

"— Fala-me disso, senhor."

Assim termina a sétima seção.

7.8 Oitava seção

7.8.1 "— A força (*bala*) é maior que o entendimento. Decerto um só que tem força faz tremer a cem que têm entendimento. Quando se torna forte, um se torna exsurgente; exsurgindo, ele se torna servente; servindo, ele se torna estudante; estudando, ele se torna vidente, e então ouvinte, e então pensante, e então inteligente, e então agente, e enfim entendedor. Pela força é que a terra persiste; pela força, a região intermédia; pela força, o céu; pela força, as montanhas; pela força, os deuses e os homens; pela força os animais domésticos e as aves, a relva e as árvores, bem como os animais selvagens até os vermes, insetos e formigas persistem. Venera, assim, a força!

7.8.2 Aquele que venera *brahman* como sendo força lá se move como quer até onde a força chega, aquele que venera *brahman* como sendo força."

"— Há algo maior que a força, senhor?"

"— Decerto que há algo maior que a força."

"— Fala-me disso, senhor."

Assim termina a oitava seção.

7.9 Nona seção

7.9.1 "— O alimento (*anna*) é maior que a força. É por isso que, se não comer por dez noites, ainda que viva, um fica que nem vê nem ouve nem pensa nem discerne nem age ou entende. De volta ao alimento, ele torna a ver, ouvir, pensar, discernir, agir e entender. Venera, assim, o alimento!

7.9.2 Aquele que venera *brahman* como sendo alimento lá se move como quer até onde o alimento chega, aquele que venera *brahman* como sendo alimento."

"— Há algo maior que o alimento, senhor?"

"— Decerto que há algo maior que o alimento."

"— Fala-me disso, senhor."

Assim termina a nona seção.

7.10 Décima seção

7.10.1 "— A água (*āpas*) é maior que o alimento. Por isso que, quando não cai chuva boa, os alentos (funções vitais) se angustiam de pensar que haverá menos alimento. Já quando cai chuva boa, os alentos se alegram de que haverá muito alimento. São nada mais que água essas formas, a terra, a região intermédia, o céu, as montanhas, os homens e os deuses, os animais domésticos e as aves, a relva e as árvores, os animais selvagens até os vermes, insetos e formigas. Nada mais que água, essas formas. Venera, assim, a água!

7.10.2 Aquele que venera *brahman* como sendo água obtém todos os seus desejos e se torna plenamente saciado; lá se move como quer até onde a água chega, aquele que venera *brahman* como sendo água."

"— Há algo maior que a água, senhor?"

"— Decerto que há algo maior que a água."

"— Fala-me disso, senhor."

Assim termina a décima seção.

7.11 Décima primeira seção

7.11.1 "— O calor (*tejas*) é maior que a água. Ele é que, segurando este vento aqui, aquece o espaço, e então dizem: 'Está muito quente, está muito calor, vai chover!'. O calor é que se mostra primeiro e então cai a água.

E então sucedem trovoadas atravessadas e coroadas por raios, e por isso dizem: 'Estão caindo raios, está trovoando, vai chover!'. O calor é que se mostra primeiro e então cai a água. Venera, assim, o calor!

7.11.2 Aquele que venera *brahman* como sendo calor (*tejas*), radioso (*tejasvin*), ele obtém mundos radiosos, cheios de brilho e livres de escuridão; lá se move como quer até onde o calor chega, aquele que venera *brahman* como sendo calor."

"— Há algo maior que o calor, senhor?"

"— Decerto que há algo maior que o calor."

"— Fala-me disso, senhor."

Assim termina a décima primeira seção.

7.12 Décima segunda seção

7.12.1 "— O espaço (*ākāśa*) é maior que o calor. No espaço estão tanto o sol quanto a lua; os raios e estrelas e o fogo. Pelo espaço se chama; pelo espaço se ouve o chamado; pelo espaço se responde ao chamado. No espaço se goza e pelo espaço se goza. No espaço se nasce e no espaço se entra ao nascer. Venera, assim, o espaço!

7.12.2 Aquele que venera *brahman* como sendo o espaço obtém mundos espaçosos, abertos, desobstruídos, dilatados; lá se move como quer até onde o espaço chega, aquele que venera *brahman* como sendo o espaço."

"— Há algo maior que o espaço, senhor?"

"— Decerto que há algo maior que o espaço."

"— Fala-me disso, senhor."

Assim termina a décima segunda seção.

7.13 Décima terceira seção

7.13.1 "— A memória (*smara*) é maior que o espaço. Por isso, mesmo que muitos se reunissem, se não são capazes de reter na memória, não poderiam ouvir nem pensar nem entender. Só quando se pudessem lembrar é que poderiam ouvir, pensar e entender. Pela memória se reconhecem os filhos, o rebanho. Venera, assim, a memória!

7.13.2 Aquele que venera *brahman* como sendo memória lá se move como quer até onde a memória chega, aquele que venera *brahman* como sendo memória."

"— Há algo maior que a memória, senhor?"

"— Decerto que há algo maior que a memória."

"— Fala-me disso, senhor."

Assim termina a décima terceira seção.

7.14 Décima quarta seção

7.14.1 "— A esperança (*āśā*) é maior que a memória. Pois só acesa de esperança é que a memória aprende as fórmulas do Veda, realiza os ritos, anela filhos e rebanhos e anela este e o outro mundo. Venera, assim, a esperança!

7.14.2 Aquele que venera *brahman* como sendo esperança, pela esperança se realizam todos os seus desejos e malogradas não serão suas preces; lá se move como quer até onde a esperança chega, aquele que venera *brahman* como sendo esperança."

"— Há algo maior que a esperança, senhor?"

"— Decerto que há algo maior que a esperança."

"— Fala-me disso, senhor."

Assim termina a décima quarta seção.

7.15 Décima quinta seção

7.15.1 "— O alento (*prāṇa*) é maior que a esperança, pois, assim como os raios se fixam no cubo da roda, tudo isto se fixa aqui no alento. O alento se move pelo alento; o alento dá alento e o dá ao alento. O pai é alento; a mãe é alento; o irmão é alento; a irmã é alento; o mestre é alento; o brâmane é alento.

7.15.2 Se alguém, ao pai ou à mãe, ao irmão ou à irmã, ao mestre ou ao brâmane, responde grosseiramente, eles lhe dizem: 'Despudorado! És um parricida! És um matricida! És um fratricida! És um sororicida! És um assassino de mestre! És um assassino de brâmane!'.

7.15.3 Já, depois que o alento os deixa, mesmo se os queimar completamente, atiçando-lhes (as cinzas), não poderão dizer-lhe: '— És um parricida! — És um matricida! — És um fratricida! — És um sororicida! — És um assassino de mestre! — És um assassino de brâmane!', [**7.15.4**] pois só o alento se torna todas essas coisas. E este aqui, que vê assim, pensa assim, entende assim, torna-se loquaz. Se lhe disserem: '— És loquaz...', responda: '— Sou, sim, loquaz', e não o negue."

Assim termina a décima quinta seção.

7.16 Décima sexta seção

7.16.1 "— É-se loquaz quando se é loquaz com verdade."

"— Sim, senhor, e eu hei de ser loquaz com verdade."

"— Então é a verdade o que deves buscar entender."

"— Sim, senhor, e eu busco entender a verdade (*satyam*)."

Assim termina a décima sexta seção.

7.17 Décima sétima seção

7.17.1 "— É quando se entende que se diz a verdade. Quem não entende não diz a verdade; só quem entende diz a verdade. Então é o entendimento o que deves buscar entender".

"— Sim, senhor, e eu busco entender o entendimento (*vijñāna*)."

Assim termina a décima sétima seção.

7.18 Décima oitava seção

7.18.1 "— É quando se pensa que se entende. Sem se pensar não se entende; só em pensando é que se entende. Então é o pensamento o que deves buscar entender."

"— Sim, senhor, e eu busco entender o pensamento (*mati*)."

Assim termina a décima oitava seção.

7.19 Décima nona seção

7.19.1 "— É quando se crê que se pensa. Sem se crer não se pensa; só em crendo é que se pensa. Então é o crer o que deves buscar entender."

"— Sim, senhor, e eu busco entender a crença (*śraddhā*)."

Assim termina a décima nona seção.

7.20 Vigésima seção

7.20.1 "— É quando se produz que se crê. Sem se produzir não se crê; só em produzindo é que se crê. Então é a produção o que deves buscar entender."

"— Sim, senhor, e eu busco entender a produção (*niṣṭhā*)."

Assim termina a vigésima seção.

7.21 Vigésima primeira seção

7.21.1 "— É quando se age que se produz. Sem se agir não se produz; só em agindo é que se produz. Então é a ação o que deves buscar entender."

"— Sim, senhor, e eu busco entender a ação (*kṛti*)."

Assim termina a vigésima primeira seção.

7.22 Vigésima segunda seção

7.22.1 "— É quando se obtém bem-estar que se age. Sem se obter bem-estar não se age; só em se obtendo bem-estar é que se age. Então é o bem-estar que deves buscar entender."

"— Sim, senhor, e eu busco entender o bem-estar (*sukha*)."

Assim termina a vigésima segunda seção.

7.23 Vigésima terceira seção

7.23.1 "— Bem-estar é plenitude. Não há bem-estar na carência. Bem-estar é decerto plenitude. Então é a plenitude o que deves buscar entender."

"— Sim, senhor, e eu busco entender a plenitude (*bhūman*)."

Assim termina a vigésima terceira seção.

7.24 Vigésima quarta seção

7.24.1 "— Quando não se vê outra coisa, não se ouve outra coisa, não se entende outra, isso é plenitude. Já quando se vê outra coisa, se ouve outra coisa, se entende outra coisa, isso é carência. O que é imortal é plenitude. Já carência é o que é mortal."

"— A plenitude, senhor, em que tem firme assento?"

"— Na grandeza de cada um, ou talvez não na grandeza.

7.24.2 Dizem que aqui na terra grandeza é o gado e os cavalos; o ouro e os elefantes, os servos e as mulheres, as terras e as casas. Mas não é o que eu digo, e não o digo," ele disse, "pois uma assenta na outra."

Assim termina a vigésima quarta seção.

7.25 Vigésima quinta seção

7.25.1 "— A plenitude decerto está embaixo e está em cima; está a oeste e está a leste; está a sul e está a norte. Ela está em tudo isto. Agora, com a substituição pela palavra 'eu': Eu decerto estou embaixo e estou em cima; estou a oeste e estou a leste; estou a sul e estou a norte. Eu estou em tudo isto."

7.25.2 "Agora, com a substituição pela palavra 'si': O si decerto está embaixo e está em cima; o si está a oeste e está a leste; o si está a sul e está a norte. O si está em tudo isto.

Este que aqui vê assim, pensa assim, entende assim, que se apraz com o si, brinca com o si, copula com o si, se deleita com o si, torna-se soberano de si. Ele ganha livre ir e vir em todos os mundos. Já aqueles que o entendem de outra forma, tornam-se súditos de outro e gente sem mundos. Em todos os mundos ganham cativo ir e vir."

Assim termina a vigésima quinta seção.

7.26 Vigésima sexta seção

7.26.1 "— Deste que aqui vê assim, pensa assim, entende assim, do seu si mana alento, do seu si mana esperança, do seu si mana memória, do seu si mana espaço, do seu si mana água, do seu si manam aparecimento e desaparecimento, do seu si mana alimento, do seu si mana força, do seu si mana entendimento, do seu si mana reflexão, do seu si mana senso, do seu si mana intenção, do seu si mana mente, do seu si mana fala, do seu si manam as fórmulas do Veda, do seu si manam os ritos, do seu si mana mesmo isso tudo."

7.26.2 Sobre isso há estes versos:

Aquele que vê bem não vê a morte,
nem vê enfermidade ou sofrimento;
a tudo vê aquele que vê bem,
a tudo ele alcança plenamente.

Tem uma, ele tem três, tem cinco formas;
tem sete, nove e onze ainda, dizem;
tem cento e dez e um,[162] tem vinte mil.

7.26.3 Na pureza do alimento reside a pureza do corpo. Com a pureza do corpo, a memória é forte. E quando se têm memória, soltam-se todos os nós. Àquele que removeu as manchas o venerável Sanatkumāra mostra a outra margem das trevas. A ele é que chamam Skanda.

Assim termina a vigésima sexta seção.

Assim termina a sétima lição.

8 Oitava lição

8.1 Primeira seção

8.1.1 "— Pois bem, esse pequeno lótus, essa morada que há na fortaleza de *brahman,* dentro dela há um pequeno espaço. O que há dentro dele é o que deves procurar, é o que deves buscar entender."

8.1.2 Se lhe disserem: "— Este pequeno lótus, essa morada que há na fortaleza de *brahman,* dentro dela há um pequeno espaço. Que é que há ali é que se deve procurar, que se deve buscar entender?", que ele responda:

8.1.3 "Tão grande é este espaço aqui de fora
quanto este dentro aqui do coração;
vão céu e terra nele açambarcados.

O fogo e o vento, o sol e a lua, o raio
e os astros – o que é dele e o que não –,
vai tudo isso nele açambarcado."

162. *I.e.,* 111.

8.1.4 Se lhe disserem: "— Nesta fortaleza de *brahman* vai abarcado tudo isto, todos os seres, todos os desejos. Quando a velhice a alcança ou quando perece, que resta dela?", [**8.1.5**] que ele responda:

"Pertence-lhe não caducar de velho,
não morre de o matarem; fortaleza
de *brahman* esta é a verdadeira,
vão nela açambarcados os anelos.".

"Esse é o si livre de males, de velhice, de morte, de dor, de fome, de sede; o si de reais desejos e reais intentos. Pois assim como aqui o povo age a mando, vivendo do território, região ou pedaço de terra que desejam; [**8.1.6**] e assim como o mundo ganho na ação perece, também o mundo lá em cima, ganho no mérito, perece. Assim, aqueles que partem sem descobrir o si nem a esses desejos reais em nenhum dos mundos ganham livre ir e vir. Já aqueles que partem tendo descoberto o si e a esses desejos reais, estes é que ganham em todos os mundos livre ir e vir."

Assim termina a primeira seção.

8.2 Segunda seção

8.2.1 "— Se um se faz desejoso do mundo dos pais, já por essa intenção dele os pais se alçam. E em posse do mundo dos pais, regozija-se."

8.2.2 "Se um se faz desejoso do mundo das mães, já por essa intenção dele as mães se alçam. E em posse do mundo das mães, regozija-se."

8.2.3 "Se um se faz desejoso do mundo dos irmãos, já por essa intenção dele os irmãos se alçam. E em posse do mundo dos irmãos, regozija-se."

8.2.4 "Se um se faz desejoso do mundo das irmãs, já por essa intenção dele as irmãs se alçam. E em posse do mundo das irmãs, regozija-se."

8.2.5 "Se um se faz desejoso do mundo dos amigos, já por essa intenção dele os amigos se alçam. E em posse do mundo dos amigos, regozija-se."

8.2.6 "Se um se faz desejoso do mundo das fragrâncias e guirlandas, já por essa intenção dele as fragrâncias e guirlandas se alçam. E em posse do mundo das fragrâncias e guirlandas, regozija-se."

8.2.7 "Se um se faz desejoso do mundo das comidas e bebidas, já por essa intenção dele as comidas e bebidas se alçam. E em posse do mundo das comidas e bebidas, regozija-se."

8.2.8 "Se um se faz desejoso do mundo do cantoria e da música, já por essa intenção dele o canto e a música se alçam. E em posse do mundo do cantoria e da música, regozija-se."

8.2.9 "Se um se faz desejoso do mundo das mulheres, já por essa intenção dele as mulheres se alçam. E em posse do mundo das mulheres, regozija-se."

8.2.10 "Qualquer território que deseje – qualquer desejo que deseje –, já por essa intenção dele aquele se alça. E em posse dele, regozija-se."

Assim termina a segunda seção.

8.3 Terceira seção

8.3.1 "— Esses desejos reais estão encobertos pelo irreal. Embora reais, sua cobertura é o irreal, pois não se pode ver aqui quem quer que dos seus daqui parta.

8.3.2 No entanto, os seus vivos e os seus mortos, e o que deseja e não obtém, tudo isso ele encontra lá quando chega, pois lá se encontram esses seus desejos reais cobertos pelo irreal. É tal como o tesouro de ouro escondido: aqueles que não conhecem o terreno, mesmo passando por cima dele repetidas vezes, não o encontrariam. Assim todas essas criaturas, que lá vão dia após dia, não encontram o mundo de *brahman*, pois se perdem pelo irreal."

8.3.3 "Ora, este si está no coração. Assim se explica esta palavra: *hṛdi* (no coração) *ayam* (ele), por isso *hṛdayam* (coração). Vai dia após dia ao mundo celeste aquele que sabe assim."

8.3.4 "Já esse que é todo quietude (*samprasāda*), que, alçando-se do corpo, chegando à luz mais excelsa, se revela em sua figura mesma, é ele o si," ele disse, "ele o imortal, o sem medo, é *brahman*."

8.3.5 O nome desse *brahman* é "real" (*sat[i]yam*). Aqui há três sílabas: *sat, ti, yam*. *Sat* é o imortal; *ti* o mortal; *yam* é o que os faz suster-se (*yacchati, yam*). Porque os faz suster-se (*yacchati*), por isso é *yam*. Vai dia após dia ao mundo celeste aquele que sabe assim.

Assim termina a terceira seção.

8.4 Quarta seção

8.4.1 Ora, o si é uma barragem, uma barreira, para separar estes mundos. O dia e a noite não cruzam essa barragem, nem a velhice nem a morte nem a dor nem a boa ou a má ação. Todos os males de lá tornam, pois é livre de males o mundo de *brahman*.

8.4.2 Por isso, ao cruzar essa barragem, quem é cego passa a não ser cego; quem está ferido, a não estar ferido; quem está doente, a não estar doente. Por isso, ao cruzar essa barragem, passa-se da noite ao dia, pois é de brilho eterno o mundo de *brahman*.

8.4.3 Só aqueles que pela vida celibatária de estudo do Veda (*brahmacarya*) encontram o mundo de *brahman* apoderam-se dele. Eles ganham em todos os mundos livre ir e vir.

Assim termina a quarta seção.

8.5 Quinta seção

8.5.1 Pois bem, o que chamam sacrifício (*yajña*) é justo o que é a vida do estudante celibatário, pois só pela vida do estudante celibatário é que se encontra quem (*yaḥ*) é sabedor (*jñātā*). E o que chamam oferenda (*iṣṭa*) é justo que é a vida do estudante celibatário, pois só depois de buscá-lo (*iṣṭvā*) vivendo a vida do estudante celibatário, é que se descobre o si.

8.5.2 Pois bem, o que chamam ingresso em longo sacrifício (*sattrāyaṇa*) é justo o que é a vida do estudante celibatário, pois só pela vida de estudante celibatário é que se encontra proteção (*trāṇa*) para o que é (*sat*), para o si. E o que chamam silêncio (*maunam*) é justo o que é a vida do estudante celibatário, pois só pela vida do estudante celibatário é que se encontra o si e se pensa (*manute*) nele.

8.5.3 Pois bem, o que chamam ingresso em jejum (*anāśakāyana*) é justo o que é a vida do estudante celibatário, pois não perece (*na naśyati*) esse si que se descobre pela vida de estudante celibatário. E o que chamam ingresso nos ermos (*araṇyāyana*) é justo o que é a vida do estudante celibatário. Ara e Ṇya são os dois mares do mundo de *brahman*, no terceiro céu longe daqui; [lá se acham também] o lago Airaṃmadīya, a figueira Somasavana, a fortaleza Aparājita e o salão dourado de *brahman*, Prabhu.

8.5.4 Só aqueles que, pela vida de estudante celibatário, encontram Ara e Ṇya, os dois mares do mundo de *brahman*, apoderam-se do mundo de *brahman*. Eles ganham em todos os mundos livre ir e vir.

Assim termina a quinta seção.

8.6 Sexta seção

8.6.1 Agora, estas veias aqui do coração constam duma partícula laranja, duma branca, duma anil, duma amarela e duma vermelha. O sol lá em cima é o mesmo laranja, o mesmo branco, o mesmo anil, o mesmo amarelo e o mesmo vermelho.

8.6.2 Ora, assim como a estrada principal, sendo comprida, passa por ambas as aldeias, por esta aqui e por aquela, os raios do sol passam por ambos os mundos, por este aqui e por aquele. Daquele sol lá em cima eles se propagam deslizando para dentro aqui das veias. E cá das veias se propagam deslizando lá para dentro do sol.

8.6.3 Quando alguém aqui em sono profundo e em plena quietude não discerne sonho, é que deslizou para dentro aqui das veias. Não o toca nenhum mal, pois ele se torna dotado de luz.

8.6.4 Já quando alguém cai aqui enfermo, sentando-se em volta dele lhe perguntam: "— Me reconheces"; "— E eu, me reconheces?". Enquanto não deixa o corpo, ele reconhece.

8.6.5 Já quando deixa o corpo, segue para cima nestes raios de sol. Ele sobe dizendo "OM!". E antes que se dê conta chega ao sol. Esta aí é a porta do mundo [de lá]: para os sábios, acesso, para os não sábios, impedimento.

8.6.6 Sobre isso há estes versos (*śloka*):

Do coração são cento e uma as suas veias,
só uma delas sobe ao topo da cabeça;
quem vai por ela acima alcança o imortal;
já se dispersam, ao subirem, as demais.[163]

Assim termina a sexta seção.

8.7 Sétima seção

8.7.1 "— Esse si livre de males, de velhice, de morte, de dor, de fome e de sede; o si de reais desejos e reais intentos, isso é o que deves procurar, o que deves buscar entender. Obtém todos os mundos, todos os desejos aquele que, descobrindo esse si, o entende", disse Prajāpati.

163. Ocorre em KaU 6.16.

8.7.2 Pois bem, ambos, deuses e demônios, tinham ouvido falar dele. Eles disseram: "— Vamos, busquemos esse si na busca do qual se obtém todos os mundos e todos os desejos. Indra foi quem entre os deuses se apresentou; Virocana, entre os demônios. Eles dois, mesmo discordando, com lenha em mãos vieram ter com Prajāpati.

8.7.3 Por trinta e dois anos viveram ali a vida de estudantes celibatários. Prajāpati então lhes disse:

"— Que quereis vós vivendo aqui?".

Eles responderam:

"— Contam que o senhor diz: '— Esse si livre de males, de velhice, de morte, de dor, de fome e de sede; o si de reais desejos e reais intentos, isso é o que deves procurar, o que deves buscar entender. Obtém todos os mundos, todos os desejos aquele que, descobrindo esse si, o entende.'. Eis o que queremos vivendo aqui."

8.7.4 Prajāpati então lhes disse:

"— Esta pessoa que se vê aqui no olho, ela é o si", assim lhes disse. "Ela é o imortal, ela é o sem medo, ela é *brahman*."

"— Essa que se divisa na água e no reflexo do espelho, quem é ela?"

"— É o mesmo esse que se divisa em todas as superfícies", ele disse.

Assim termina a sétima seção.

8.8 Oitava seção

8.8.1 "— Olhai-vos (*ātman*) numa bacia d'água e dizei-me se não vos (*ātman*) discernis. Eles então se (*ātman*) olharam na bacia d'água", e Prajāpati então lhes disse:

"— Que vedes?"

Eles responderam:

"— De fato, senhor, todo este nosso corpo (*ātman*) nós vemos, a imagem dele dos cabelos até as unhas.".

8.8.2 Prajāpati então lhes disse:

"— Agora vinde bem-ornados, bem-vestidos e arrumados e olhai na bacia d'água.".

Eles então vieram bem-ornados, bem-vestidos e arrumados e olharam na bacia d'água.

Prajāpati então lhes disse:

"— Que vedes?".

8.8.3 Ambos então lhe disseram:

"— Senhor, assim como nós dois estamos bem-ornados, bem-vestidos e arrumados, também esses dois estão bem-ornados, bem-vestidos e arrumados, senhor.".

"— Isto é o si," ele disse, "ele é o imortal, o sem medo, é *brahman*."

E eles então, com os corações apaziguados, partiram.

8.8.4 Mirando-os, Prajāpati lhe disse:

"— Sem apreender o si, sem tê-lo descoberto, lá se vão. Aqueles que tiverem essa correspondência (*upaniṣad*), se os deuses, se os demônios, serão derrotados.".

De coração apaziguado, Virocana então regressou aos demônios. E ensinou-lhes essa correspondência (*upaniṣad*):

"— É o corpo (*ātman*) que devemos estimar (*mahayya*), o corpo (*ātman*) a que devemos servir. Estimando o corpo e servindo ao corpo obtêm-se ambos os mundos, este e aquele lá em cima.".

8.8.5 Por isso, ainda hoje, de quem não dá presentes, não tem fé, não sacrifica, dizem: "— É um demônio, arre!", pois essa é a correspondência dos demônios. Eles preparam o corpo do morto com a comida de esmola, com roupas e ornamentos, pois pensam que com isso ganharão aquele mundo lá em cima.

Assim termina a oitava seção.

8.9 Nona seção

8.9.1 Indra, por seu turno, mesmo antes de chegar aos deuses, deu-se conta deste perigo: "Ora, este si, tal como fica bem-ornado quando o corpo está bem-ornado, bem-vestido quando o corpo está bem-vestido, arrumado quando o corpo está arrumado, fica também cego quando num cego, aleijado quando num aleijado e mutilado se num mutilado. Ele morre com a morte deste corpo! Eu não vejo vantagem (*bhogyam*) nisso.".

8.9.2 Com lenha em mãos ele retornou e lhe disse Prajāpati:

"— Maghavan, dado que partiste junto com Virocana com teu coração apaziguado, que desejas em regressando?".

Ele lhe respondeu:

"— Senhor, este si, tal como fica bem-ornado quando o corpo está bem-ornado, bem-vestido quando o corpo está bem-vestido, arrumado quando o corpo está arrumado, fica também cego quando num cego, aleijado, quando num aleijado e mutilado se num mutilado. Ele morre com a morte deste corpo! Eu não vejo vantagem nisso.".

E aquele lhe disse:

"— É assim mesmo este si, Maghavan. Mas vou te explicá-lo mais. Fica outros trinta e dois anos.".

E ele lá viveu por mais trinta e dois anos. E então lhe disse:

Assim termina a nona seção.

8.10 Décima seção

8.10.1 "— Esse que vagueia em deleite no sonho é o si," ele disse, "ele é o imortal, o sem medo, é *brahman*.".

E Indra então partiu de coração apaziguado. Mesmo antes de chegar aos deuses, deu-se conta deste perigo: "Este si, mesmo se este corpo fica cego, não fica cego; se fica aleijado, não fica aleijado. Ele não se corrompe com a corrupção do corpo: [**8.10.2**] não morre quando se mata o corpo; não fica aleijado quando o corpo se aleija; no entanto, parece que o matam, que o perseguem, que experimenta coisas desagradáveis, até que chora. Eu não vejo vantagem nisso.".

8.10.3 Com lenha em mãos ele retornou e lhe disse Prajāpati:

"— Maghavan, dado que partiste com teu coração apaziguado, que desejas em regressando?".

Ele lhe respondeu:

"— Senhor, este si, mesmo se este corpo fica cego, não fica cego; se fica aleijado, não fica aleijado. Ele não se corrompe com a corrupção do corpo: [**8.10.4**] não morre quando se mata o corpo; não fica aleijado quando o corpo se aleija; no entanto parece que o matam, que o perseguem, que experimenta coisas desagradáveis, até que chora. Eu não vejo vantagem nisso.".

E aquele lhe disse:

"— É assim mesmo este si, Maghavan. Mas vou te explicá-lo mais. Fica outros trinta e dois anos.".

E ele lá viveu por mais trinta e dois anos. E então lhe disse:

Assim termina a décima seção.

8.11 Décima primeira seção

8.11.1 "— Quando alguém aqui em sono profundo e em plena quietude não discerne sonho, isso é o si," ele disse, "ele é o imortal, o sem medo, é *brahman*.".

E Indra então partiu de coração apaziguado. Mesmo antes de chegar aos deuses, deu-se conta deste perigo: "Este si, ele não conhece assim precisamente a si, 'eu sou ele', nem mesmo conhece a estes seres aqui; ele se aniquilou completamente. Eu não vejo vantagem nisso.".

8.11.2 Com lenha em mãos ele retornou e lhe disse Prajāpati:

"— Maghavan, dado que partiste com teu coração apaziguado, que desejas em regressando?".

Ele lhe respondeu:

"— Senhor, este si, ele não conhece assim precisamente a si, 'eu sou ele', nem mesmo conhece a estes seres aqui; ele se aniquilou completamente. Eu não vejo vantagem nisso.".

E aquele lhe disse:

"— É assim mesmo este si, Maghavan. Mas vou te explicá-lo mais. Porém só sob a seguinte condição: fica outros cinco anos.".

E ele lá viveu por mais cinco anos. E os anos perfizeram cento e um. Por isso dizem: "— Cento e um anos viveu o Maghavan como estudante celibatário em casa de Prajāpati.".

Assim termina a décima primeira seção.

8.12 Décima segunda seção

8.12.1 "— Mortal é este corpo, Maghavan, é apanhado pela morte. Este é o assento deste si imortal e incorpóreo. Quem tem corpo é por certo apanhado pelo agradável e pelo desagradável. Para quem tem corpo não há livrar-se do agradável e do desagradável. Já quem não tem corpo, o desagradável e o desagradável não o atingem."

8.12.2 "O vento não tem corpo. A nuvem, o raio e o trovão, eles também não têm corpo. Estes, assim como, alçando-se além do espaço lá em cima, chegando à luz mais excelsa, se revelam em sua figura mesma, [**8.12.3**,] também ele, que é todo quietude, alçando-se deste corpo, chegando à luz mais excelsa, revela-se em sua figura mesma. Ele é a pessoa última. Lá ela vagueia rindo, brincando, deleitando-se com mulheres, com carruagens, com parentes, deslembrada desse acessório que é o corpo. Este alento está atrelado ao corpo, assim como o animal está atrelado ao carro."

8.12.4 "Quando a vista se fixa aqui no espaço, essa é a pessoa com vista; a vista serve para que ele veja. Quem sabe desta maneira, 'Deixa-me cheirá-lo', esse é o si; o olfato serve para que ele cheire. Quem sabe desta maneira, 'Deixa-me dizê-lo', esse é o si; a fala serve para que ele fale. Quem sabe desta maneira, 'Deixa-me ouvi-lo', esse é o si; o ouvido serve para que ele ouça. Quem sabe desta maneira, 'Deixa-me pensá-lo', esse é o si; a mente é sua vista divina. É por meio dessa vista divina que a mente se deleita ao ver esses desejos que há no mundo de *brahman*."

8.12.5 "Este é o si que os deuses veneram. Por isso eles obtiveram todos os mundos e todos os desejos. Obtém todos os mundos e todos os desejos aquele que descobre e entende este si."

Assim disse Prajāpati, assim disse Prajāpati.

Assim termina a décima segunda seção.

8.13 Décima terceira seção

8.13.1 Entro do negro no colorido. Do colorido entro no negro. Como um cavalo sacudindo a crina, como a lua libertando-se da boca de Rāhu, sacudindo-me do mal, do corpo imperfeito, eu, o si perfeito, procedo para o mundo de *brahman*.

Assim termina a décima terceira seção.

8.14 Décima quarta seção

8.14.1 O que se chama nome é o que produz nome e figura. Aquilo em que residem é *brahman*, é o imortal, é o si. Entro na assembleia, na residência de Prajāpati; sou a glória dos brâmanes, a glória dos kṣatriyās, a glória dos vaiśyās. Eu obtive a glória. Sou a glória das glórias. A encanecer e a desdentar, a desdentar e a encanecer e a babar que eu não chegue, a babar que eu não chegue.

Assim termina a décima quarta seção

8.15 Décima quinta seção

8.15.1 Isso foi o que Brahmā disse a Prajāpati, Prajāpati a Manu, Manu à sua prole.

Depois de, na casa do mestre, aprender o Veda conforme a prescrição no tempo que sobrava das tarefas para o mestre, ele então retornou à sua casa onde, praticando a recitação do Veda num lugar puro, criou filhos virtuosos (*dhārmikās*), controlando em si todos os sentidos, sem ferir a nenhum ser vivo salvo quando para gente digna (*tīrtha*).

Assim procedendo enquanto vive, um alcança o mundo de *brahman*. E não mais retorna, não mais retorna.

Assim termina a décima quinta seção.

Assim termina a oitava lição.

Assim termina a *Chāndogya Upaniṣad*.

3

Taittirīya Upaniṣad

1 Seção da ciência dos sons

1.1 Primeira recitação

1.1.1 Propício se nos mostre Mitra, Varuṇa
propício que nos seja e Aryamān;
propício seja Indra a nós Bṛhaspati,
propício das passadas largas Viṣṇu.[164]

Saudação a *brahman*! Saudação ao vento!
Tu somente és o *brahman* visível.
Proclamar-te-ei a ti somente o *brahman* visível!
Proclamar-te-ei o certo! Proclamar-te-ei o verdadeiro!
Que ele me[165] proteja! Que ele proteja o orador![166]
Proteja-me a mim e ao orador!
OM! Paz Paz Paz!

1.2 Segunda recitação

1.2.1 OM. Exporemos agora a ciência dos sons. Fonema, acento,[167] quantidade,[168] força,[169] articulação,[170] e conexão,[171] a isso se chama o estudo da ciência dos sons.

---

164. *Ṛgveda* 1.90.9. Para o mito das passadas, cf. *Śatapaṭhabrāhmaṇa* 1.2.5. Também se mencionam as passadas de Viṣṇu em KaU 3.7.

165. O ouvinte discípulo.

166. *Vaktṛ*, o falante, mestre; orador como aquele que expõe e ensina o conhecimento em questão.

167. Refere-se ao acento tonal (diferente do acento tônico), que possuem as palavras em sânscrito nesse período, a saber, agudo (*udātta*), grave (*anudātta*) e circunflexo (*svarita*).

168. *Mātrā*, duração vocálica, o comprimento de tempo de pronúncia das vogais em sânscrito, a saber, breve (*hrasva*), longo (*dīrgha*) e prolato (*pluta*).

169. Refere-se provavelmente ao acento de força, que se chama acento tônico na nomenclatura gramatical brasileira.

1.3 Terceira recitação

1.3.1 A nós dois[172] glória seja, a nós dois o esplendor de *brahman*.

Doravante exporemos a conexão secreta (*upaniṣad*) da combinação em cinco pontos: nos mundos, nas luzes, na ciência, na progênie e no corpo (*ātman*). Estas são chamadas combinações maiores.

Agora quanto aos mundos, a terra é a forma anterior, o céu, a forma posterior, a união deles é o espaço [**1.3.2**] e o que os une é o vento. Isto no que tange aos mundos.

Já quanto às luzes, o fogo é a forma anterior, o sol, a forma posterior, a união deles são as águas e o que os une é o raio. Isto no que tange às luzes.

Já quanto à ciência, o mestre é a forma anterior, [**1.3.3**] o discípulo, a forma posterior, a união deles é a ciência, a instrução é o que os une. Isto no que tange à ciência.

Já quanto à progênie, a mãe é a forma anterior, o pai a forma posterior, a união deles é a progênie e o que os une é a procriação. Isto no que tange à progênie.

1.3.4 Já quanto ao corpo, a mandíbula de baixo é a forma anterior, a mandíbula de cima a forma posterior, a união entre elas é a fala, e o que as une é a língua. Isto no que tange ao corpo.

São estas as combinações maiores. Aquele que sabe assim explicadas essas combinações maiores une-se com progênie, gado, com o esplendor de *brahman* e com o mundo celeste sem início.

1.4 Quarta recitação

1.4.1 Aquele touro variegado dentre os hinos
o qual surgiu, por sobre os hinos, do imortal,
é Indra, e com entendimento me agracie.
Ó Deus, me torne do imortal eu sustentáculo.

Que seja o meu corpo vigoroso,
a minha língua seja a mais doce,
com meus ouvidos que eu muito ouça.

---

170. Enunciação do Veda em velocidade média (*madhya*).

171. *Saṃdhi*. Os efeitos fonéticos que ocorrem no encontro entre os finais e os inícios das palavras quando articuladas sequencialmente.

172. Mestre e discípulo.

Tu és a arca de *brahman*
coberta d'entendimento,
tu o que ouvi ora guarda.

Ela que traz e estende e [**1.4.2**] faz celeremente
a si e a mim as vestes mais as vacas, sempre
o de comer e do beber, que então me traga
prosperidade, com rebanho e com manada – *svāhā!*

A mim que venham castos estudantes – *svāhā!*
A mim acorram castos estudantes – *svāhā!*
A mim afluam castos estudantes – *svāhā!*
Adestrem-se os castos estudantes – *svāhā!*
Esforcem-se os castos estudantes – *svāhā!*

1.4.3 Que seja eu a glória entre a gente – *svāhā!*
Mais rico seja eu que o afluente – *svāhā!*
Dispensador, que entre eu em ti – *svāhā!*
Dispensador, ora entra tu em mim – *svāhā!*

Ó tu que ramos mil em ti possuis,
Dispensador, depuro-me eu em ti – *svāhā!*

Como as águas por encosta escorrendo,
co'os meses que com os dias vão passando,
assim de toda parte a mim correndo
ó criador, que venham estudantes – *svāhā!*

És vizinho,
ilumina-me,
socorre-me,
– *svāhā!*

1.5 Quinta recitação

1.5.1 *Bhūr bhuvar suvar*, estes são os três bramidos. Além destes, um quarto ensinou Māhācamasya: *mahas*. Este é *brahman*: é o si, as demais divindades são os membros.

Este mundo é *bhūr*, o que medeia é *bhuvar*, aquele mundo é *suvar*.

1.5.2 O sol é *mahas*, que é pelo sol que todos os mundos se engrandecem (*mahīyante*).

O fogo é *bhūr*, o vento é *bhuvar*, o sol é *suvar* e a lua é *mahas*, que é pela lua que todas as luzes se engrandecem.

As estrofes são *bhūr*, os cantos são *bhuvar* e as fórmulas são *suvar*.

1.5.3 *Brahman* é *mahas*, que é por *brahman* que todos os Vedās se engrandecem.

O alento que sai é *bhūr*, o que entra é *bhuvar* e o que perpassa é *suvar*. O alimento é *mahas*, que é pelo alimento que todos os alentos se engrandecem.

São estes os quatro, e de quatro maneiras; quatro que são os quatro bramidos. Quem os conhece conhece *brahman*.

1.6 Sexta recitação

1.6.1 Neste espaço que há dentro do coração vive a pessoa feita de mente, o imortal feito de ouro. Isso pendendo qual odre entre os dois paladares é a fonte de Indra. Atravessando as metades do crânio no ponto onde se separam os cabelos, ele se firma no fogo ao bradar *bhūr*, no vento ao bradar *bhuvas*, [**1.6.2**] no sol ao bradar *suvar* e em *brahman* ao bradar *mahas*. Alcança soberania, torna-se senhor da mente, senhor da fala, senhor da vista, senhor do ouvido, senhor do entendimento. E então eis o que se torna: *brahman*, cujo corpo é espaço, cujo si é verdade, cujo deleite é alento, cujo gozo é a mente, pleno de paz, imortal. Venera-o assim, Prācīnayogya!

1.7 Sétima recitação

1.7.1 Terra, o que medeia, céu, quadrantes, quadrantes intermédios;
fogo, vento, sol, lua, estrelas;
plantas, árvores, espaço, si.
Isso no que tange aos seres. Agora no que tange ao corpo:
Alento que entra, que perpassa, que sai, que sobe, que liga;
vista, ouvido, mente, fala, toque;
pele, carne, tendão, osso, medula.

Tendo feito tal arranjo, disse o vidente: "Tudo isso é quíntuplo. Pelo quíntuplo somente é que se consegue o quíntuplo".

1.8 Oitava recitação

1.8.1 *Brahman* é OM. Tudo isto é OM. Ao se dizer OM, trata-se, com efeito, de um aquiescer. Assim, ao dizerem "Que se lhe faça ouvir", fazem-no ouvir. Dizem OM e então cantam os cantos. Dizem OṂ ŚOM e então recitam as loas. Diz OM o *adhvaryu* e então responde. Diz OM o *brahman* e então saúda. Diz-se OM e então se permite o sacrifício do fogo. Diz OM o brâmane quando se põe a recitar e diz então: "Que eu compreenda *brahman*", e, com efeito, ele compreende *brahman*.

1.9 Nona recitação

1.9.1 O certo, bem como a recitação privada (*svādhyāya*) e pública (*pravacana*) (do Veda). A verdade, bem como as recitações privada e pública. A austeridade, bem como as recitações privada e pública. O autodomínio, bem como as recitações privada e pública. A tranquilidade, bem como as recitações privada e pública. Os fogos, bem como as recitações privada e pública. O sacrifício do fogo, bem como as recitações privada e pública. Os hóspedes, bem como as recitações privada e pública. O humano, bem como as recitações privada e pública. A prole, bem como as recitações privada e pública. A procriação, bem como as recitações privada e pública. A progênie, bem como as recitações privada e pública.

"Só a verdade", segundo o verídico Rāthītara.

"Só a austeridade", segundo o sempre austero Pauruṣaśiṣṭi.

"Só as recitações privada e pública", segundo o ardido Maudgalya, pois é isso a austeridade, é isso a austeridade.

1.10 Décima recitação

1.10.1 Da árvore eu sou o agitador;
qual cume da montanha é meu renome;
em cima puro, o imortal no sol;
tesouro sou eu todo de esplendor;
Sou sábio, imortal, imorredouro!

Assim é a recitação do Veda de Triśaṅku.

1.11 Décima primeira recitação

1.11.1 Acabado o estudo do Veda, o mestre admoesta o discípulo residente: "— Diz a verdade. Cumpre a lei (*dharma*). Não descures da recitação privada do Veda. Depois de dar ao mestre um presente de valor, não atalhes tua linhagem.".

"Não hás de descurar da verdade. Não hás de descurar da Lei. Não hás de descurar da saúde. Não hás de descurar da riqueza. Não hás de descurar das recitações pública e privada do Veda.

1.11.2 Não hás de descurar do rito aos deuses e do rito aos ancestrais. Sê a tua mãe como a um deus. Sê a teu pai como a um deus. Sê a teu mestre como a um deus. Sê a teu hóspede como a um deus."

"Hás de realizar os ritos apenas quais sejam irrepreensíveis, não outros. Hás de honrar as boas práticas apenas quais nós praticamos, [**1.11.3**] não outras. Hás de confortar os brâmanes quais sejam melhores do que nós oferecendo-lhes assento. Hás de doar com fé; sem fé não hás de doar. Hás de doar com dignidade. Hás de doar com modéstia. Hás de doar com tremor. Hás de doar com compreensão."

"Agora, se tiveres dúvida acerca de rito ou de prática, havendo brâmanes experimentados, aplicados, lhanos, amantes da lei, que acerca disso sejam capazes de julgar, ajas tu aí tal como eles agiriam. Já quanto a práticas repreendidas, havendo brâmanes experimentados, aplicados, lhanos, amantes da lei, que acerca disso sejam capazes de julgar, ajas tu aí [também] tal como eles agiriam.

Esta é a regra de substituição. Esta é a instrução. Este é o ensinamento secreto (*upaniṣad*) do Veda. Esta é a admoestação. Assim hás de venerar. Pois assim é que hás de venerá-lo."

1.12 Décima segunda recitação

1.12.1 Propício se nos mostre Mitra, Varuṇa
propício que nos seja e Aryamān;
propício seja Indra a nós Bṛhaspati,
propício das passadas largas Viṣṇu.

Saudação a *brahman*! Saudação ao vento!
Tu somente és o *brahman* visível.
Proclamei a ti somente o *brahman* visível.
Proclamei-te o certo. Proclamei-te o verdadeiro.
Ele me protegeu! Ele protegeu o orador!
Protegeu-me a mim e ao orador!

OM! Paz Paz Paz!

2 Seção do *brahman*

2.1 OM!
Que a ambos nos ajude juntamente!
A ambos juntos que nos alimente!

Que nós ajamos juntos corajosos!
Que a ambos seja o estudo esplendoroso,
e que nós ambos não nos odiemos!

OM!

Paz Paz Paz![173]

O conhecedor de *brahman* é quem alcança o supremo. Sobre isso se disseram estes versos:

Que é verdade e conhecimento, o *brahman*
infindo, oculto quem o sabe na caverna,[174]
no mais excelso céu, desfruta dos anelos,
desfruta deles todos, com o sábio *brahman*.

É deste si que surgiu o espaço; do espaço, o vento; do vento, o fogo; do fogo, as águas, das águas, a terra; da terra, as plantas; das plantas, o alimento e do alimento, a pessoa. E esta pessoa é mesmo feita da seiva do alimento (*annarasamaya*): esta é sua cabeça; este, o lado direito; este, o lado esquerdo; este é o corpo (*ātman*); este é o traseiro, em que assenta.

Sobre isso há estes versos:

Assim termina o primeiro capítulo.

2.2 As criaturas nascem do alimento,
quaisquer que aqui na terra se demoram;
e então só sobrevivem do alimento,
e alfim então a ele elas retornam.

Pois é o melhor dos seres o alimento,
por isso Toda-erva ele é chamado;
auferem o alimento todo aqueles
como alimento que veneram *brahman*;
Pois é o melhor dos seres o alimento
por isso Toda-erva ele é chamado.

---

173. Trata-se do famoso mantra usado ainda hoje na Índia em diversas ocasiões: *saha nāv avatu / saha nau bhunaktu / saha vīryam karavāvahai / tejasvi nāv adhītam astu mā vidviṣāvahai / om / śāntiḥ śāntiḥ śāntiḥ //.*

174. *Guhā*. "Caverna" se refere, nas Upaniṣadas, à cavidade do coração. Cf. KaU 1.4, 2.20, 4.6-7; SU 3.11, 3.20; MuU 2.1.8, 2.1.10, 2.2.1, 3.1.7, 3.2.9.

Os seres nascem mesmo do alimento;
nascidos, crescem é pelo alimento;
porque é comido (*adyate*) e porque come (*atti*) os seres
por isso ele é chamado de alimento (*anna*).

Diferente desta pessoa feita da seiva do alimento é o si interior feito de alento (*prāṇamaya ātman*), que a preenche. Aquela assemelha-se a uma pessoa (*puruṣa*). Pela semelhança que tem aquela com uma pessoa, esse também se torna semelhante a uma pessoa. A cabeça dele é só alento que sai; o lado direito, o alento que perpassa; o lado esquerdo é o alento que entra; o corpo (*ātman*), o espaço, e o traseiro – em que assenta – é a terra.

Sobre isso há os seguintes versos:

2.3 Alentam-se do alento tanto os deuses
bem como os homens mais os animais;
o alento é a vida, pois, dos seres,
por isso Toda-vida ele é chamado.

Aqueles vivem toda a sua vida
os quais veneram *brahman* como alento;
a vida, pois, dos seres é o alento,
por isso ele é chamado Toda-vida.

Este aqui é o si corpóreo dele (*śārīra ātman*), o qual pertence ao anterior.

Diferente desse si feito de alento é o si interior feito de mente (*manomaya ātman*), que o preenche. Aquele assemelha-se a uma pessoa. Pela semelhança que tem aquele com uma pessoa, esse também se torna semelhante a uma pessoa. A cabeça dele são só fórmulas (*yajus*); o lado direito, versos (*ṛc*); o lado esquerdo, cantos (*sāman*); o corpo (*ātman*), a regra de substituição, e o traseiro – em que assenta – é o *Atharvāṅgirasa*.[175]

Sobre isso há os seguintes versos:

2.4 Donde tornam com a mente as palavras
sem tê-lo alcançado, este é ele;
aquele que o deleite pois de *brahman*
conhece, ele já não mais tem medo.

Este aqui é o si corpóreo dele, que pertence ao anterior.

---

175. *I.e.*, o *Atharvaveda*.

Diferente desse si feito de mente é o si interior feito de entendimento (*vijñānamaya ātman*), que o preenche. Aquele assemelha-se a uma pessoa. Pela semelhança que tem aquele com uma pessoa, esse também se torna semelhante a uma pessoa. A cabeça dele é só fé; o lado direito, verdade; o lado esquerdo é o real; o corpo (*ātman*), a prática (*yoga*), e o traseiro – em que assenta – é o *mahas*.

Sobre isso há os seguintes versos:

2.5 Entendimento é quem faz o sacrifício,
entendimento é quem realiza os ritos;
entendimento é a quem os deuses todos
veneram como o *brahman* mais exímio.

Que o *brahman* é entendimento, se o sabe
e não é descurado disso, já os males,
ele, deixando-os no corpo, em pleno gozo
dos seus desejos todos ele então se acha.

Este aqui é o si corpóreo dele, que pertence ao anterior.

Diferente desse si feito de entendimento é o si interior feito de deleite (*ānandamaya ātman*), que o preenche. Aquele assemelha-se a uma pessoa. Pela semelhança que tem aquele com uma pessoa, esse também se torna semelhante a uma pessoa. A cabeça dele é só prazer; o lado direito, gozo; o lado esquerdo é regozijo; o corpo (*ātman*), deleite, e o traseiro – em que assenta – é *brahman*.

Sobre isso há os seguintes versos:

2.6 Ele se torna ele mesmo inexistente
se como inexistente reconhece a *brahman*:
mas se conhece a *brahman* como o existente,
então que ele sim existe todos sabem.

Este aqui é o si corpóreo dele, que pertence ao anterior.

Agora disto surgem as questões:

Qualquer que o sabe quando morre,
é quem vai àquele mundo?
Ou que o não sabe, quando morre,
é quem frui daquele mundo?

Ele desejou: "Que eu seja muitos, que eu prolifere!". E ardeu em ascese. E, tendo ardido, emitiu tudo isto, tudo que há. E, tendo emitido, aí entrou. E, tendo entrado, tornou-se Sat e Tyat, o distinto e o indistinto, o assente e o não assente, o entendimento e o não entendimento, o real (*satyam*) e o irreal (*anṛtam*). Tornou-se o real, tudo o que há. Por isso chamam-no real.

Sobre isso há estes versos:

2.7 No início era isto o inexistente,
e dele então nasceu o existente;
foi ele quem por si se fez a si,
razão porque "Benfeito" o denominam.

E porque é benfeito é a seiva, pois só quando aqui se obtém a seiva é que se alcança o deleite. Quem inspiraria, quem expiraria, se a seiva não estivesse no espaço como deleite? Pois ela é que produz o deleite. Pois só quando se acha assento nesta seiva invisível, incorpórea (*anātmya*), indistinta e sem assento é que se passa além do medo. Pois quando nela se faz buraco ou fenda tem-se medo. E este é o medo do que se pensa sábio.

Sobre isso há estes versos:

2.8 De medo dele o vento sopra,
De medo dele o sol ressobe,
De medo dele o fogo corre
e corre a lua e em quinto a morte.

Agora a investigação do deleite (*ānanda*).

Tome-se um jovem, um bom jovem, que tenha estudo, culto, bem firme e bem forte. Ele tem uma terra toda cheia de riquezas. Este é o único deleite do homem.

Cem deleites[176] do homem são um único deleite dos Gandharvās humanos bem como do venerável conhecedor dos três Vedās, livre de desejos.

Cem deleites dos Gandharvās humanos são um único deleite dos Gandharvās divinos, bem como do venerável conhecedor dos três Vedās, livre de desejos.

Cem deleites dos Gandharvās divinos são um único deleite dos antepassados que há muito vivem nos seus mundos, bem como do venerável conhecedor dos três Vedās, livre de desejos.

---

176. Cf. passo semelhante em BU 4.3.33.

Cem deleites dos antepassados que há muito vivem nos seus mundos são um único deleite dos deuses de nascimento, bem como do venerável conhecedor dos três Vedās, livre de desejos.

Cem deleites dos deuses de nascimento são um único deleite dos deuses que pelo rito se fizeram deuses, bem como do venerável conhecedor dos três Vedās, livre de desejos.

Cem deleites dos deuses que pelo rito se fizeram deuses são um único deleite dos deuses – bem como do venerável conhecedor dos três Vedās, livre de desejos.

Cem deleites dos deuses são um único deleite de Indra, bem como do venerável conhecedor dos três Vedās, livre de desejos.

Cem deleites de Indra são um único deleite de Bṛhaspati, bem como do venerável conhecedor dos três Vedās, livre de desejos.

Cem deleites de Bṛhaspati são um único deleite de Prajāpati, bem como do venerável conhecedor dos três Vedās, livre de desejos.

Cem deleites de Prajāpati são um único deleite de *brahman,* bem como do venerável conhecedor dos três Vedās, livre de desejos.

Este que cá está no homem e aquele que lá está no céu são um. Aquele que o sabe, ao partir deste mundo, chega a este si feito de alimento, chega a este si feito de alento, chega a este si feito de mente, chega a este si feito de entendimento, chega a este si feito de deleite.

Sobre isso há estes versos:

2.9 Donde tornam com a mente as palavras
sem tê-lo alcançado, este é ele;
aquele que o deleite pois de *brahman*
conhece, ele já não mais tem medo.

Ele não arde por isso: "Por que não fiz a coisa certa, por que fiz o mal?". Aquele que o sabe livra-se desses dois pensamentos; com efeito de ambos se livra aquele que o sabe. Este é o ensinamento secreto (*upaniṣad*).

3 A seção de *Bhṛgu*

3.1 OM!
Que a ambos nos ajude juntamente!
A ambos juntos que nos alimente!

Que nós ajamos juntos corajosos!
Que a ambos seja o estudo esplendoroso,
e que nós ambos não nos odiemos!

OM! Paz Paz Paz!

Bhr̥gu, filho de Varuṇa, acercou-se de seu pai, Varuṇa:[177]

"— Ensina-me *brahman,* senhor.".

Eis o que lhe disse:

"— Alimento, alento, vista, ouvido, mente, fala." E mais lhe disse: "— Aquilo de onde nascem estes seres, do que vivem, aquilo em que, entrando, se dissolvem, eis o que deves buscar saber: isso é *brahman*.".

E ardeu em ascese e, tendo ardido, [**3.2**] entendeu: "*Brahman* é alimento (*anna*), pois é decerto do alimento que nascem estes seres, de alimento vivem e no alimento é que, entrando, se dissolvem.". Tendo-o entendido, acercou-se outra vez de seu pai, Varuṇa:

"— Ensina-me *brahman,* senhor.".

E eis o que lhe disse:

"— Busca entender a *brahman* pela ascese (*tapas*), que *brahman* é ascese.".

E ardeu em ascese e, tendo ardido, [**3.3**] entendeu: "*Brahman* é alento (*prāṇa*), pois é decerto do alento que nascem estes seres, de alento vivem e no alento é que, entrando, se dissolvem.". Tendo-o entendido, acercou-se uma outra vez de seu pai, Varuṇa:

"— Ensina-me *brahman,* senhor.".

E eis o que lhe disse:

"— Busca entender a *brahman* pela ascese, que *brahman* é ascese.".

E ardeu em ascese e, tendo ardido, [**3.4**] entendeu: "*Brahman* é mente (*manas*), pois é decerto da mente que nascem estes seres, da mente vivem e na mente é que, entrando, se dissolvem.". Tendo-o entendido, acercou-se outra vez de seu pai, Varuṇa:

"— Ensina-me *brahman,* senhor.".

E eis o que lhe disse:

"— Busca entender a *brahman* pela ascese, que *brahman* é ascese.".

---

177. Cf. nota 36.

E ardeu em ascese e, tendo ardido, [**3.5**] entendeu: "*Brahman* é entendimento (*vijñāna*), pois é decerto do entendimento que nascem estes seres, de entendimento vivem e no entendimento é que, entrando, se dissolvem.". Tendo-o entendido, acercou-se outra vez de seu pai, Varuṇa:

"— Ensina-me *brahman,* senhor.".

E eis o que lhe disse:

"— Busca entender a *brahman* pela ascese, que *brahman* é ascese.".

E ardeu em ascese e, tendo ardido, [**3.6**] entendeu: "*Brahman* é deleite (*ānanda*), pois é decerto do deleite que nascem estes seres, de deleite vivem e no deleite é que, entrando, se dissolvem.".

Esta é a ciência de Bhr̥gu e Varuṇa, que assenta no céu mais excelso. Aquele que a conhece tem firme assento; torna-se possessor de alimento, comedor de alimento; torna-se grande pela progênie, pelo gado, pelo brilho de *brahman,* grande pela fama.

3.7 Não se deve vilipendiar o alimento, esta é a regra. O alento é alimento, e o corpo é o comedor de alimento. No alento está assente o corpo; no corpo está assente o alento. Assim, este alimento está assente no alimento. Tem firme assento aquele que sabe que este alimento está assente no alimento; torna-se possessor de alimento, comedor de alimento; torna-se grande pela progênie, pelo gado, pelo esplendor de *brahman,* grande pela fama.

3.8 Não se deve rejeitar o alimento, esta é a regra. As águas são alimento, e o fogo é o comedor de alimento. Nas águas está assente o fogo; no fogo estão assentes as águas. Assim, este alimento está assente no alimento. Tem firme assento aquele que sabe que este alimento está assente no alimento; torna-se possessor de alimento, comedor de alimento; torna-se grande pela progênie, pelo gado, pelo esplendor de *brahman,* grande pela fama.

3.9 Deve-se preparar muito alimento, esta é a regra. A terra é alimento, e o espaço é o comedor de alimento. Na terra está assente o espaço; no espaço está assente a terra. Assim, este alimento está assente no alimento. Tem firme assento aquele que sabe que este alimento está assente no alimento; torna-se possessor de alimento, comedor de alimento; torna-se grande pela progênie, pelo gado, pelo esplendor de *brahman,* grande pela fama.

3.10 Não se deve expulsar ninguém de casa, esta é a regra. Por isso, deve-se obter muito alimento, seja como for. Diz-se: "Preparou-se-lhe alimento.". Este é o alimento que foi no início preparado. De início, prepara-se-lhe o alimento. Este é o alimento que foi no meio preparado. No meio, prepara-se-lhe o alimento. Este é o alimento que foi no fim preparado. No fim, prepara-se-lhe o alimento, àquele que o sabe assim.

Na fala, ele é repouso; no alento que sai e no que entra, é atividade e repouso; nas mãos, é ação; nos pés, é movimento; no ânus, é evacuação. São estes seus nomes humanos.

Agora os celestes: na chuva, ele é contentamento; no raio, é força; nos animais, é glória; nas estrelas, é fogo; nas partes, é procriação, imortalidade e deleite; no espaço, é tudo.

Que o venere como assento e terá firme assento; que o venere como *mahas* e tornar-se-á grande; que o venere como mente e terá muita honra; que o venere como saudação e curvar-se-ão diante dele os desejos; que o venere como *brahman* e tornar-se-á possessor de *brahman*; que o venere como o que morre em torno de *brahman* e morrerão em torno dele os rivais que o odeiam bem como os desamados inimigos.

Este que cá está no homem, que lá está no sol, é um só. Aquele que o sabe, ao partir deste mundo, passa a este si feito de alimento, e deste a este si feito de alento, e deste a este si feito de mente, e deste a este si feito de entendimento, e deste a este si feito de deleite e, atravessando estes mundos, comendo o que deseja e sob a forma que deseja, segue cantando o canto:

Hā u hā u hā u
Sou alimento sou alimento sou alimento
Como alimento como alimento como alimento
E faço versos e faço versos e faço versos
Eu sou o primogênito da verdade
nascido antes dos deuses, no umbigo do imortal
Aquele que me dá me comerá

Sou alimento
Como quem come o alimento
Conquistei a todo o mundo
Sou como a luz no firmamento

[e como eu é] quem o sabe, este é o ensinamento secreto (*upaniṣad*).

Assim termina a *Taittirīya Upaniṣad*.

4

Aitareya Upaniṣad

1 Primeira lição

1.1 Primeira seção

1.1.1 No início, isto aqui era o si, uno, e mais nada havia a piscar. Ele contemplou: "Que eu crie ora os mundos.".

1.1.2 Ele criou estes mundos, as águas celestes, as partículas de luz (*marīcayas*),[178] o mortal e as águas terrestres. Lá ficam as águas celestes, além do céu, e no céu assentam; os pontos luminosos são a região intermédia, o mortal é a terra, e o que está embaixo são as águas terrestres.

1.1.3 Ele contemplou: "Cá estão os mundos; que eu ora crie os guardiães dos mundos". Arrancando das mesmas águas ao homem, adensou-o, [**1.1.4**] chocou-o, e do homem chocado eclodiu a boca – como dum ovo –, e da boca, a fala; da fala, o fogo.

Eclodiram as narinas e, das narinas, o alento; do alento, o vento.
Eclodiram os olhos e, dos olhos, a vista; da vista, o sol.
Eclodiram os ouvidos e, dos ouvidos, a audição; da audição, os quadrantes.
Eclodiu a pele e, da pele, os pelos; dos pelos, as plantas e as árvores.
Eclodiu o coração e, do coração, a mente; da mente, a lua.
Eclodiu o umbigo e, do umbigo, o alento que sai; do alento que sai, a morte.
Eclodiu o pênis e, do pênis, o sêmen; do sêmen, a água.

Assim termina a primeira seção.

---

178. Também em ChU 2.21.1.

1.2 Segunda seção

1.2.1 Essas divindades,[179] depois de criadas, caíram cá neste grande oceano. Isso o afligiu de fome e sede. As divindades assim disseram-lhe:

"— Acha-nos uma morada na qual, firmemente assentados, possamos nos alimentar.".

1.2.2 O oceano lhes trouxe uma vaca e elas disseram:

"— Isso não nos serve.".

Trouxe-lhes um cavalo e elas disseram:

"— Isso não nos serve.".

1.2.3 Trouxe-lhes um homem e elas disseram:

"— Agora, sim, foi benfeito!". Pois um homem é decerto benfeito.

Ele lhes disse:

"— Entrai na morada!".

1.2.4 O fogo, tornado fala, entrou na boca; o vento, tornado alento, entrou nas narinas; o sol, tornado vista, entrou nos olhos; os quadrantes, tornados ouvido, entraram nos ouvidos; as plantas e as árvores, tornadas pelos, entraram na pele; a lua, tornada mente, entrou no coração; a morte, tornada alento que sai, entrou no umbigo; as águas, tornadas sêmen, entraram no pênis.

1.2.5 Disseram-lhe [ao oceano] fome e sede:

"— Encontra [uma morada também] para nós.".

Ele lhes disse:

"— Farei partilha entre vós duas e essas divindades; farei que vós duas partilheis com elas.".

Por isso, fome e sede partilham da oblação que se lhe oferece seja com qual for a divindade.

Assim termina o segundo capítulo.

---

179. Este termo aqui se refere às entidades anteriormente criadas, a saber, o fogo, o vento, o sol, os quadrantes, as plantas e as árvores, a lua, a morte e a água, que serão retomadas mais à frente.

[1.3 Terceiro capítulo]

1.3.1 Ele (o si) considerou: "Eis aqui os mundos e os guardiães dos mundos; cabe-me criar alimento para eles.".

1.3.2 Ele então chocou as águas. Delas chocadas nasceu uma massa (*mūrti*). Essa massa que nasceu é o alimento.

1.3.3 Mal fora criado, quis fugir. Ele quis apanhá-lo com a fala, mas não pôde apanhá-lo com a fala. Se o tivesse apanhado com a fala, só de enunciar o alimento já nos saciávamos.

1.3.4 Então quis apanhá-lo com o alento, mas não pôde apanhá-lo com o alento. Se o tivesse apanhado com o alento, só de expirar no alimento já nos saciávamos.

1.3.5 Então quis apanhá-lo com a vista, mas não pôde apanhá-lo com a vista. Se o tivesse apanhado com a vista, só de avistar o alimento já nos saciávamos.

1.3.6 Então quis apanhá-lo com a ouvido, mas não pôde apanhá-lo com o ouvido. Se o tivesse apanhado com o ouvido, só de escutar o alimento já nos saciávamos.

1.3.7 Então quis apanhá-lo com a pele, mas não pôde apanhá-lo com a pele. Se o tivesse apanhado com a pele, só de tocar o alimento já nos saciávamos.

1.3.8 Então quis apanhá-lo com a mente, mas não pôde apanhá-lo com a mente. Se o tivesse apanhado com a mente, só de pensar no alimento já nos saciávamos.

1.3.9 Então quis apanhá-lo com o pênis, mas não pôde apanhá-lo com o pênis. Se o tivesse apanhado com o pênis, só de ejacular o alimento já nos saciávamos.

1.3.10 Então quis apanhá-lo com o alento que entra (*apāna*), e então o devorou. Assim, o vento é quem apanha o alimento o vento (*vāyu*) é decerto quem provê do alimento (*annāyu*).

1.3.11 Então ele (o si) considerou: "Mas como pode isso ser sem mim?". E considerou: "Por qual dos dois devo entrar?". E considerou: "Se se enuncia com a fala, se se expira com o alento, se se avista com a vista, se se escuta com o ouvido, se se toca com a pele, se se pensa com a mente, se se inspira com o alento que entra, se se ejacula com o pênis, então quem sou eu?".

1.3.12 Então ele fendeu esta linha dos cabelos na cabeça e entrou por essa porta. Essa porta se chama "Fissura" (*vidṛti*), ela é a paragem dos prazeres (*nāndanāni*). Ela tem três moradas, os três sonos: esta morada, esta morada e esta morada.[180]

1.3.13 Depois de nascido, contemplou os seres: "Alguém diria que aqui é outro lugar?".[181] Mas ele viu só a essa pessoa, *brahman*, o mais vasto (*tatama*): "Eu o vi (*idam adarśam*).".

1.3.14 Por isso, o chamado Indra, seu nome é na verdade Idandra. Ainda que seja Idandra, é chamado Indra pelo obscuro da coisa, pois os deuses parece que amam o obscuro.

Assim termina a terceira seção.

Assim termina a primeira lição.

2 Segunda lição

2.1 No início surge no homem um embrião, que é o sêmen. Esse fogo que provém de todos os membros, carrega-o [o homem] em si como si. Quando o jorra na mulher, ela o gera. Esse é o primeiro nascimento do homem.

2.2 Ele [o embrião ou o si] torna-se um com a mulher tal como o próprio corpo dela. Por isso ela não o mata. Ela cuida do si do homem aqui[182] dentro.

2.3 Dela, que cuida, ele deverá cuidar. A mulher o carrega como embrião. No início, o homem cuida da criança antes e depois do nascimento. Ao cuidar da criança antes e depois do nascimento, ele cuida é de si mesmo para a continuidade desses mundos, pois assim é que esses mundos continuam. Esse é seu segundo nascimento.

---

180. Os pronomes acompanham os movimentos do mestre na exposição oral. Entende-se (cf. Olivelle: 1998: 579) que ele aponta para o topo da cabeça, o umbigo e o pés, que representam, respectivamente, os três estágios da consciência: o sono profundo – sem sonho –, o sono com sonho e a vigília. Na *Māṇḍūkya Upaniṣad*, último texto deste livro, trata-se dos mesmos estágios.

181. Texto corrompido. Tradução aproximada.

182. O orador provavelmente aponta para a região do ventre.

2.4 A esse seu si[183] são delegados os ritos puros. O seu outro si,[184] cumpridos os ritos, já avançado em anos, partirá. Ele mal que daqui parte já renasce. Esse é seu terceiro nascimento.

2.5 Isso foi o que disse o vidente-mor:

No ventre quando ainda, já sabia
dos nascimentos todos desses deuses;
cerravam-me cem férreas fortalezas;
veloz falcão voando evadi-me.[185]

Ainda no ventre o falcão Vāmadeva assim o disse.

2.6 Sabendo-o, alçou-se ele depois da dissolução do corpo e, alcançados lá naquele mundo celeste todos os desejos, tornou-se imortal.

3 Terceira lição

3.1 "Quem é este si?", assim nós veneramos.

Qual destes é o si? É aquele por meio do qual se vê, por meio do qual se ouve, por meio do qual se sentem os odores, por meio do qual se enuncia a fala, por meio do qual se reconhece o que tem e o que não tem sabor.

3.2 É o coração e a mente? O conhecimento, o entendimento, o discernimento, a inteligência, o tino, a firmeza, o pensamento, a reflexão, o impulso, a memória, a intenção, o intuito, o anelo, o desejo, a vontade? Ora, todos esses vão pelo nome de cognição.

3.3 Eis aqui Brahmā,[186] Indra, Prajāpati, e todos estes deuses e todos os cinco grandes seres – terra, vento, espaço, águas e lumes; e eis aqui estas sementes que parecem misturadas a pequenezas, e os demais seres nascidos de ovo, placenta, suor e broto, e os cavalos, bois, homens e elefantes, e tudo o que respira e se move e voa, e tudo o que não se move. Os olhos de tudo

183. Entenda-se o filho.

184. Entenda-se o próprio homem, o pai.

185. *Ṛgveda* 4.27.1.

186. Trata-se aqui do deus, palavra masculina, que se distingue da palavra neutra *brahman* (termo polissêmico, como temos visto, nas Upaniṣadas: poder sacerdotal; formulação de verdade; essência absoluta da existência). Brahmā, assim como Prajāpati, Bṛhaspati, Dhātṛ e outras divindades, faz parte do núcleo de deuses criadores do panteão indiano.

isso são o conhecimento, tudo isso está firmemente assentado no conhecimento; o mundo tem por olhos o conhecimento, o conhecimento é seu assento. *Brahman* é o conhecer.

3.4 Com este si cognoscente, ele alçou-se deste mundo e, alcançados lá naquele mundo celeste todos os desejos, tornou-se imortal.

Assim termina a *Aitareya Upaniṣad.*

5

Kauṣītaki Upaniṣad

1 Primeira lição

1.1 Citra Gāṅgyāyani, prestes a sacrificar, escolheu Āruṇi [para assisti-lo]. Este, porém, enviou seu filho Śvetaketu,[187] "— Vai, assiste-o tu no sacrifício.".

Já se sentava Śvetaketu, quando lhe perguntou Citra:

"— Filho de Gautama, há clausura no mundo onde me hás de pôr a mim? Há outra via a ela? Acaso não me hás de pôr fora do mundo?".[188]

Śvetaketu respondeu:

"— Não sei, devo perguntar a meu mestre".

Foi ter com seu pai e perguntou-lhe:

"— Citra me perguntou isso, como devo responder?".

Disse Āruṇi:

"— Eu também não sei. Na própria arena do sacrifício, depois de realizada a recitação, nós recebemos o que os outros nos dão. Vem, vamos os dois.".

Āruṇi, lenha em mãos, veio a Citra Gāṅgyāyani e disse:

"— Permite que eu me torne teu discípulo.".

Citra lhe disse:

"— Tu és digno de *brahman*, ó Gautama, que não te submeteste ao orgulho. Vem que te farei entender.".

---

187. Cf. BU 6.2, ChU 5.3-10 e *Jaiminīyabrāhmaṇa* 1.17-18 para outras versões da história de Śvetaketu.

188. A obscuridade da passagem tem desafiado interpretações e traduções. Provavelmente se refere, de maneira enviesada, ao conteúdo da fala de Citra em 1.2.

1.2 Citra disse:

"— Todos aqueles que se vão deste mundo vão só à lua. É pelos alentos deles que ela incha na primeira metade da noite. Na segunda metade, ela os faz nascer de novo. Esta é a porta do mundo celeste, a lua. A quem lhe responde ela dá passagem. Já quem não lhe responde, depois que se torna chuva, ela o chove. Como verme, inseto, peixe, ave, leão, javali, rinoceronte, tigre, homem ou outro bicho, nessas várias condições ele aqui renasce de acordo com as ações (*karmāṇi*), de acordo com o conhecimento (*vidyā*).".

A quem veio ela pergunta: "— Quem és?". Ele deve responder:

"Sazões, o sêmen vem daquela que irradia,
de quinze partes, nata, aos ancestrais ligada.
Então ao homem, o ator, vós me expedistes,
e pelo homem como ator na mãe jorrastes.

E sobrenasço, e eis-me aqui a mais gerado,
o sobremês terceiro décimo, por meio
do pai de doze partes. Sim, eu sei, compreendo.
Sazões, levai-me vós à imortalidade.

Por essa verdade, por essa ascese, a sazão eu sou, sou sazonal. Quem sou? Sou tu. Assim ela lhe dá passagem.".

1.3 Ele, ao entrar nesse caminho que leva aos deuses, chega ao mundo do fogo. E então ao mundo do vento, ao mundo de Varuṇa, ao mundo de Indra, ao mundo de Prajāpati, ao mundo de *brahman*. A este mundo pertence o lago Āra, os vigilantes[189] Muhūrtās, o rio Vijarā, a árvore Ilya, a praça Sālajya, a mansão Aparājita, os guardiães da porta Indra e Prajāpati, o saguão Vibhu, o trono Vicakṣaṇa e o leito Amitaujas.

1.4a Ele chega ao lago Āra. Atravessa-o com a mente. Os que vão a ele sem conhecê-lo afundam. Ele chega aos vigilantes Muhūrtās, que correm dele. Ele chega ao rio Vijarā. Atravessa-o só com a mente. Então sacode o benfeito e o malfeito. O benfeito, recebem-no os parentes que lhe são caros, o malfeito, os parentes não caros. É como quem corre numa carruagem, que observa as duas rodas da carruagem: assim ele observa o dia e a noite, assim observa o

---

189. *Yeṣṭihās*. Termo problemático; traduzo pela sugestão de Olivelle, "*watchmen*".

benfeito e o malfeito e a todos os pares. Ele, sem benfeito, sem malfeito, conhecendo *brahman*, alcança *brahman*.

1.4b A cara Mānasī e sua irmã gêmea Cākṣuṣī colheram flores e aqui vêm, bem como as duas Jagatī, Ambā e Ambālī, e outras Apsarasas, Ambikā etc.[190] Vem vindo o que o sabe, e *brahman* diz: "— Correi para ele com minha glória, ao rio Vijarā ele já chega e não mais envelhecerá!". Quinhentas Apsaras vão ao seu encontro, cem portando guirlandas; cem, unguentos; cem, pós aromáticos; cem, roupas; cem, frutos. Elas o ornam do ornamento de *brahman*. Ornado do ornamento de *brahman*, conhecendo *brahman*, ele alcança *brahman*.

1.5 Ele chega à árvore Ilya. A fragrância de *brahman* o penetra. Ele chega à praça Sālajya. O sabor de *brahman* o penetra. Ele chega à mansão Aparājita. O fulgor de *brahman* o penetra. Ele chega aos guardiães da porta Indra e Prajāpati, que correm dele. Ele chega ao saguão Vibhu. A glória de *brahman* o penetra.

Ele chega ao trono Vicakṣaṇa. Os pés dianteiros dele são os cantos Bṛhat e Rathantara,[191] os pés traseiros, os cantos Śyaita e Naudhasa, os dois suportes de comprido, os cantos Vairūpa e Vairāja, os dois de lado, os cantos Śākvara e Raivata. O trono é a inteligência (*prajñā*), pois pela inteligência é que se discerne (*vipaś*).

Ele chega ao leito Amitaujas. Esse é o alento. Os pés dianteiros dele são o passado e o futuro, os traseiros, prosperidade e alimento, os dois suportes de comprido são os cantos Bṛhat e Rathantara, os de cabeça são Bhadra e Yajñāyajñīya, os cordões de comprido são os versos (*ṛcas*) e os cantos (*sāmāni*), os cordões cruzados são as fórmulas (*yajūṃṣi*), a colcha são os caniços de *soma*, a segunda coberta é o canto alto (*udgītha*), prosperidade é o travesseiro.

Nele *brahman* assenta. O que assim sabe sobe nele primeiro só com o pé. A ele *brahman* diz:

"— Tu quem és?".

Ele deve responder:

---

190. *Mānasī* e *Cākṣuṣī*, *i.e.*, a "Mental" (de *manas*) e a "Visual" (de *cakṣus*, "vista"); *Jagatī*, dual de *jagat* ("*mundo*"); *Apsarasas* (s. Apsaras) são divindades femininas habitantes da esfera celestial; residem nas águas e são as mulheres dos Gandharvās. Toda a passagem é deveras obscura e não se entende bem o que aí representam essas entidades.

191. Estes e os demais nomes de cantos associados às partes do trono Vicakṣaṇa e do leito Amitaujas a seguir são os diferentes cantos usados durante a Oblação do Soma (*jyotiṣṭoma*). Cf. Olivelle, 1998: 585 (nota a KsU 1.5).

1.6 "— A sazão eu sou, sou sazonal, nascido do ventre do espaço como sêmen para a mulher, como fulgor do ano, como si de todo ser. Tu és o ser de todo ser: o que tu és, eu sou.".

Diz-lhe *brahman*:

"— E eu quem sou?".

Ele deve responder:

"— *Satyam* (o real).".

"— Que é o real?"

"— Sat é tudo menos os deuses e os alentos. Assim os deuses e os alentos são Tyam. Isso é o que é compreendido por esta palavra, *satyam*. Esta é a medida deste mundo e tu és este mundo.".

Isso ele disse a *brahman*. O mesmo foi expresso nestes versos:

1.7 Por barriga tem a fórmula,
tem o canto por cabeça,
verso, o corpo imperecível;
"ele é *brahman*", conhecido
deve assim ser o vidente,
que é feito, pois, de *brahman*.

Brahman lhe disse:

"— Como alcanças meus nomes masculinos?".

Ele deve responder:

"— Com o alento (*prāṇa*, m.)."

"— Meus nomes neutros?"

"— Com a mente (*manas*, n.)."

"— Meus nomes femininos?"

"— Com a fala (*vāc*, f.)."

"— Meus odores?"

"— Com o paladar."

"— Minhas figuras?"

"— Com a vista."

"— Meus sons?"

"— Com o ouvido."

"— Meus sabores do alimento?"

"— Com a língua."

"— Meus atos?"

"— Com as mãos."

"— Meu prazer e minha dor?"

"— Com o corpo."

"— Meu gozo, meu prazer e minha procriação?"

"— Com minhas partes."

"— Meus movimentos?"

"— Com meus pés."

"— Meus pensamentos, o que percebo, meus desejos?"

Ele deve responder: "— Com a inteligência (*prajñā*).".

Brahman lhe disse: "— Alcanças decerto meu mundo; é já teu". Qual seja a vitória de *brahman*, qual seja o sucesso, ganha essa vitória, alcança esse sucesso aquele que assim sabe, aquele que assim sabe.

Assim termina a primeira lição.

2 Segunda lição

2.1 "*Brahman* é alento", dizia Kauṣītaki. Desse alento que é *brahman* o mensageiro é a mente, o guardião é a vista, o arauto é o ouvido, a serva, a fala.

Aquele que sabe que desse alento que é *brahman* o mensageiro é a mente possuirá um mensageiro; o que sabe que o guardião é a vista possuirá guardião; o que sabe que o arauto é o ouvido possuirá arauto; o que sabe que a serva é a fala possuirá serva.

A esse alento que é *brahman*, todos esses deuses, sem que lhes peça, trazem oferendas. Igualmente todos os seres trazem oferendas a este que assim sabe, sem que lhes peça. Este é o ensinamento secreto (*upaniṣad*): "Ele não deve pedir.".

É como quem mendiga numa aldeia sem nada obter. Ele deve sentar-se e pensar: "Não hei de comer nada do que aqui me derem!". Os mesmos que antes o desprezaram hão de convidá-lo. Esta torna-se a regra para quem não pede: os mesmos que lhe dão comida são quem o convidam: "Dar-te-emos.".

2.2 "*Brahman* é alento", é o que dizia Paiṅgya. Desse alento que é *brahman*, sua vista está confinada atrás da fala; o ouvido está confinado atrás da vista; a mente está confinada atrás do ouvido; o alento está confinado atrás da mente.

A este alento que é *brahman* todos esses deuses, sem que lhes peça, trazem oferendas. Igualmente todos os seres trazem oferendas a este que assim sabe, sem que lhes peça. Este é o ensinamento secreto: "Ele não deve pedir.".

É como quem mendiga numa aldeia sem nada obter. Ele deve sentar-se e pensar: "Não hei de comer nada do que aqui me derem!". Os mesmos que antes o desprezaram hão de convidá-lo. Esta torna-se a regra para quem não pede: os mesmos que lhe dão comida são quem o convidam: "Dar-te-emos.".

2.3 Agora a obtenção de prêmio único (*ekadhana*). Quando busca obter um *ekadhana*, sob a lua cheia, a lua nova ou sob uma constelação auspiciosa na metade clara do mês, ele ajunta lenha ao fogo, em volta dele varre, espalha a grama *kuśa* e borrifa água e, dobrando o joelho direito, com uma concha oferece oblações de manteiga clarificada:

A deidade chamada Fala (*vāc*) é obtentora, que ela me obtenha isso dele, a ela – *svāhā*!
A deidade chamada Cheiro (*ghrāṇa*) é obtentora, que ela me obtenha isso dele, a ela – *svāhā*!
A deidade chamada Vista (*cakṣus*) é obtentora, que ela me obtenha isso dele, a ela – *svāhā*!
A deidade chamada Ouvido (*śrotra*) é obtentora, que ela me obtenha isso dele, a ela – *svāhā*!
A deidade chamada Mente (*manas*) é obtentora, que ela me obtenha isso dele, a ela – *svāhā*!
A deidade chamada Inteligência (*prajñā*) é obtentora, que ela me obtenha isso dele, a ela – *svāhā*!

Então, depois de inalar o cheiro da fumaça, untar os membros do corpo com o unguento de manteiga e avançar prendendo a fala, que ele enuncie o prêmio ou envie um mensageiro. Assim o obterá.

2.4 Agora a celeste obtenção do amor (*daiva smara*). Se alguém quiser tornar-se o predileto desse homem ou mulher, desses homens ou mulheres, oferece-lhes essas mesmas oblações de manteiga clarificada da mesma maneira e num daqueles dias:

Oferto-te a fala em mim – *svāhā*!
Oferto-te o cheiro em mim – *svāhā*!
Oferto-te a vista em mim – *svāhā*!
Oferto-te o ouvido em mim – *svāhā*!
Oferto-te a mente em mim – *svāhā*!
Oferto-te a inteligência (*prajñā*) em mim – *svāhā*!

Então, depois de inalar o cheiro da fumaça, untar os membros do corpo com o unguento de manteiga e avançar prendendo a fala, que busque o toque ou se ponha contra o vento, conversando. Decerto há de tornar-se o predileto; decerto vão amá-lo.

2.5 Agora o controle de Pratardana, também chamado sacrifício do fogo interior. Ora, enquanto fala, o homem não é capaz de respirar. Nesse momento, ele está oferecendo o alento na fala. Ora, enquanto respira, o homem não é capaz de falar. Nesse momento, ele está oferecendo a fala no alento.

Essas duas oblações infinitas e imortais, dormindo ou acordado, ele as oferece ininterruptamente. Já essas outras oblações são finitas, pois são feitas de ação ritual. Por isso, os sábios d'antanho não ofereciam o sacrifício do fogo.

2.6 "*Brahman* é o *uktha*", dizia Śuṣkabhr̥ṅgāra. Deve-se venerá-lo como verso (*r̥c*). A ela decerto todos os seres reverenciam (*abhyarcanti*) por alcançar proeminência. Deve-se venerá-lo como fórmula (*yajus*). A ela decerto todos os seres se unem (*yujyante*) por alcançar proeminência. Deve-se venerá-lo como canto (*sāman*). A ele decerto todos os seres se curvam (*saṃnamante*) por alcançar proeminência.

Deve-se venerá-lo como esplendor. Deve-se venerá-lo como glória. Deve-se venerá-lo como brilho. Assim como o *uktha* é a mais esplendorosa, gloriosa e brilhante das loas, da mesma maneira quem assim sabe torna-se o mais esplendoroso, glorioso e brilhante entre os seres.

Esse si do ritual, feito de ritos, compõe-no o *adhvaryu*, nele tecendo o si feito de fórmulas; no si feito de fórmulas o *hotr̥* tece o feito de versos no feito de versos, o *ugdātr̥* tece o feito de cantos. Este é o si do triplo Veda; e torna-se assim o si de Indra quem sabe assim.

2.7 Agora, Sarvajit Kauṣītaki venerava de três maneiras. Sarvajit Kauṣītaki assim venerava o sol nascente: vestia o manto ritual e, trazendo água, vertia-a três vezes no jarro d'água, dizendo: "— És tu quem colhe: colhe-me o pecado (*pāpman*)!". Com o mesmo proceder venerava o sol no meio do céu, dizendo: "— És tu quem tolhe: tolhe-me o pecado!". Com o mesmo proceder venerava o sol poente, dizendo: "— És tu quem se apossa, apossa-te do meu pecado!". E assim apossou-se o sol do pecado que praticara dia e noite.

Da mesma maneira, quem assim sabe e venera o sol com o mesmo proceder, o sol se apossa do pecado que pratica dia e noite.

2.8 Mês a mês, na noite de lua nova, deve-se venerar a lua que aparece no lado oeste com o mesmo proceder; ou deve-se atirar para ela duas lâminas de grama verde, dizendo:

Na lua está depositado, lenha pura,
meu coração, e disso eu sei, tenho ciência.
Jamais eu chore à minha prole desventura!

Pois sua progênie não partirá antes dele. Isso é para quem já tem filhos. Para quem não tem filhos:

Incha... ajuntem-se em ti...

que em ti se ajuntem os sumos e os ânimos...

A gota que os sóis incham...[192]

Ele murmura esses três versos (*ṛc*) e diz: "Não te inches com nosso alento, progênie e gado, incha-te, sim, com o alento, a progênie e o gado daquele que nos odeia e que nós odiamos.". Ele segue o braço direito, dizendo: "Sigo o proceder de Indra, sigo o proceder do sol.".

2.9 Então, na noite de lua cheia, deve-se venerar a lua que aparece no lado oeste com o mesmo proceder:

"És o rei Soma esplendoroso, és Prajāpati, de cinco bocas!
O brâmane é uma de tuas bocas; com esta boca comes os reis; com esta boca faz-me comedor do alimento;
O rei é uma de tuas bocas; com esta boca comes o povo; com esta boca faz-me comedor do alimento;
O falcão é uma de tuas bocas; com esta boca comes as aves; com esta boca faz-me comedor do alimento;

192. Índices (*pratīkāni*, s. *pratīka*) dos versos de *Taittirīyasaṃhitā* 2.3.5.3.

O fogo (*agniṣṭha*) é uma de tuas bocas; com esta boca comes o mundo; com esta boca faz-me comedor do alimento;
Há em ti uma quinta boca; com esta boca comes todos os seres; com esta boca faz-me comedor do alimento;
Não mingues com nosso alento, progênie e gado; míngua, sim, com o alento, a progênie e o gado daquele que nos odeia e que nós odiamos.".

Ele segue o braço direito, dizendo: "Sigo o proceder dos deuses, sigo o proceder do sol.".

2.10 Agora, prestes a ter relações, ele deve tocar o coração à sua mulher, dizendo:

Porquanto está teu coração depositado,
ó deleitável, no Senhor das criaturas (Prajāpati),
portanto, tu, Senhora da imortalidade,
não sofras tu à tua prole desventura!

Que a progênie decerto não morrerá antes dela.

2.11 Agora, retornando de viajem, ele deve cheirar a cabeça do filho, dizendo:

De cada membro meu tu te originas;
tu nasces do meu coração; meu si
tu és, meu filho, tu me reavivas!
que vivas cem outonos tu aqui!

E dá-lhe um nome, dizendo:

Sê rocha, sê machado,
sê o ouro inquebrantável!
És o brilho a que chamam
filho! Vivas tu cem anos!

E diz-lhe o nome e o abraça, dizendo: "Como Prajāpati abraçou sua prole para sua segurança assim eu te abraço etc.".

Agora sussurra-lhe na orelha direita:

"Concede-lhe, ó Maghavan, ó Rjīṣin,...".

E no esquerdo:

"Ó Indra, as melhores riquezas concede-lhe..."[193]

Então deve cheirar-lhe a cabeça três vezes, dizendo:

193. Índices de *Ṛgveda* 3.36.10.

Não te firas a ti mesmo, não vaciles;
os cem anos da tua vida, filho, vive!
Eu te cheiro com teu nome tua cabeça.

E assim por diante. E então deve dizer *huṃ* três vezes sobre a cabeça dele:

"Digo *huṃ* sobre ti, o *huṃ* que as vacas mugem.".

2.12 Agora o ciclo de mortes dos deuses. *Brahman* aqui brilha enquanto o fogo arde. E então morre quando não mais arde. Seu lume vai para o sol; seu alento, para o vento. *Brahman* aqui brilha enquanto se vê o sol. E então morre quando não mais se vê. Seu lume vai para a lua; seu alento, para o vento. *Brahman* aqui brilha enquanto se vê a lua. E então morre quando não mais se vê. Seu lume vai para o raio; seu alento, para o vento. *Brahman* aqui brilha quando lampeja o raio. E então morre quando não mais lampeja. Seu lume vai para os quadrantes; seu alento para o vento. Todas estas divindades, quando entram no vento e nele serpeiam, não se embotam e do próprio vento se reerguem.

2.13 *Brahman* aqui brilha enquanto fala a fala. E então morre quando não mais fala. Seu lume vai para a vista; seu alento, para o alento. *Brahman* aqui brilha enquanto se vê com a vista. E então morre quando não mais se vê. Seu lume vai para o ouvido; seu alento, para o alento. *Brahman* aqui brilha enquanto se ouve com o ouvido. E então morre quando não mais se ouve. Seu lume vai para a mente; seu alento, para o alento. *Brahman* aqui brilha enquanto se medita com a mente. E então morre quando não mais se medita. Seu lume vai para o alento; seu alento, para o alento. Todas essas divindades, quando entram no alento e nele serpeiam, não se embotam e do próprio vento se reerguem.

Então, se sobre quem assim sabe avançassem para derrubá-lo duas cadeias de montanhas, a do leste e a do norte, não o derrubariam. Ora, aqueles que o odeiam e que ele odeia morrerão ao seu redor.

2.14 Agora a aquisição de excelência. Certa feita, as divindades,[194] discutindo sobre quem era a melhor, deixaram o corpo. E ele lá jazeu feito um tronco.

Então a fala entrou nele. Falando com a fala, ainda assim jazia.

Então a vista entrou nele. Falando com a fala, vendo com a vista, ainda assim jazia.

Então o ouvido entrou nele. Falando com a fala, vendo com a vista, ouvindo com o ouvido, ainda assim jazia.

---

194. *I.e.*, as funções vitais.

Então a mente entrou nele. Falando com a fala, vendo com a vista, ouvindo com o ouvido, pensando com a mente, ainda assim jazia.

Então o alento entrou nele e só então ele se ergueu.

Todas essas divindades, reconhecendo que o alento era o melhor, depois de se juntarem a esse alento, que tem por si inteligência, deixaram o corpo. Entrando no vento, com o espaço por si, seguiram para o céu.

Então, só quem sabe assim, reconhecendo que o alento é o melhor, deixa o corpo depois de juntar-se a esse alento que tem por si inteligência. Entrando no vento, com o espaço por si, segue para o céu. Ele vai lá onde se acham essas divindades. Lá chegando, uma vez que os deuses são imortais, torna-se imortal quem sabe assim.

2.15 Agora o rito de pai para filho, também chamado transferência (*saṃpradāna*). O pai, antes de partir, chama o filho. Depois de espalhar grama fresca pela casa, acender o fogo, deixar a mão um jarro d'água com copo, vestir-se com roupas novas, o pai se deita. Então o filho se aproxima e se deita sobre ele, tocando seus vários órgãos nos dele. O pai também pode fazer a transferência ao filho com este sentado à sua frente. Então lhe transfere destarte:

"Porei em ti a minha fala", diz o pai – "A tua fala eu ponho em mim", diz o filho;

"Porei em ti o meu alento", diz o pai – "O teu alento eu ponho em mim", diz o filho;

"Porei em ti a minha vista", diz o pai – "A tua vista eu ponho em mim", diz o filho;

"Porei em ti o meu ouvido", diz o pai – "O teu ouvido eu ponho em mim", diz o filho;

"Porei em ti meu paladar de alimento", diz o pai – "Teu paladar de alimento eu ponho em mim", diz o filho;

"Porei em ti minhas ações", diz o pai – "Tuas ações eu ponho em mim", diz o filho;

"Porei em ti os meus prazeres e minhas dores", diz o pai – "Os teus prazeres e tuas dores eu ponho em mim", diz o filho;

"Porei em ti o meu gozo, o meu deleite e minha procriação", diz o pai – "Teu gozo, teu deleite e tua procriação eu ponho em mim", diz o filho;

"Porei em ti meus movimentos", diz o pai – "Teus movimentos eu ponho em mim", diz o filho;

"Porei em ti a minha mente", diz o pai – "A tua mente eu ponho em mim", diz o filho;

"Porei em ti a minha inteligência", diz o pai – "A tua inteligência eu ponho em mim", diz o filho;

Se não puder falar muito, diga muito brevemente o pai: "Porei em ti o meu alento", e o filho: "O teu alento eu ponho em mim.".

Então o filho se vira para a direita e dirige-se para leste. O pai o chama: "Que a glória, esplendor de *brahman,* e a fama te favoreçam!". O filho olha por sobre o ombro esquerdo, escondendo o rosto com a mão ou cobrindo-o com a bainha da roupa, e diz: "Alcança tu os mundos celestes e teus desejos.".

Se, no entanto, vier a recuperar-se da doença, o pai deve viver sob a autoridade do filho ou vagar como asceta. Mas se falecer, devem realizar para ele os ritos finais.

3 Terceira lição

3.1 Pratardana, filho de Devodāsa, chegara à morada predileta de Indra por guerra e virtude.[195] Indra então lhe disse:

"— Pratardana, escolhe um prêmio (*varam*).".

Pratardana então respondeu:

"— Escolhe tu para mim o que consideras mais proveitoso ao ser humano.".

Indra então lhe disse:

"— O superior (*vara*) não escolhe para o inferior (*avara*). Escolhe tu."

"— Fico então sem prêmio (*a-vara*), replicou Pratardana.".

Mas Indra não se afastou da verdade, pois Indra é a verdade.

Então lhe disse Indra:

"— Entende só a mim. É isto que considero o mais proveitoso ao ser humano, que me entenda. Eu matei o filho de Tvaṣṭṛ, de três cabeças, e os Arunmukhās; os Yatayas, eu os entreguei aos lobos; e, quebrando muitos acordos, esmaguei no céu os Prāhlādīyās, no espaço intermédio os Paulomās e na terra os

195. *I.e.*, trata-se de um guerreiro que morreu lutando.

Kālakañjās. E isso sem perder nem um fio de cabelo. Aquele que me entende não perde, por ato que seja, nem sequer um fio de cabelo, nem por roubo ou por aborto ou por matar a mãe ou o pai. Quando comete um pecado, seu rosto não perde a cor.".

3.2 Então ele ajuntou:

"— Eu sou o alento, o si feito de inteligência. Venera-me assim, como vida e imortalidade. O alento é vida, a vida é alento, pois, enquanto o alento habita este corpo, há vida. Assim, só pelo alento se alcança a imortalidade neste mundo; pela inteligência, a intenção verdadeira. Aquele que me venera assim, como vida e imortalidade, passa neste mundo toda a vida e alcança no mundo celeste imortalidade e imperecibilidade.".

[Pratardana] "— Mas uns dizem: '— Os alentos[196] se tornam um só. Pois ninguém seria capaz de fazer a si mesmo entender de uma só vez um nome com a fala, uma figura com a vista, um som com o ouvido, um pensamento com a mente. Tornando-se um só é que eles o fazem entender a todos esses um a um.'. Enquanto ela fala, todos os alentos falam junto com a fala; enquanto ela vê, todos os alentos veem junto com a vista; enquanto ela ouve, todos os alentos ouvem junto com o ouvido; enquanto ela pensa, todos os alentos pensam junto com a mente; enquanto ela alenta, todos os alentos alentam junto com o alento.".

"— Assim é," disse então Indra, "mas há entre os alentos um que têm proeminência.".

3.3 "— Vive-se sem a fala, pois vemos gente muda; vive-se sem a vista, pois vemos gente cega; vive-se sem o ouvido, pois vemos gente surda; vive-se sem a mente, pois vemos gente tola. Vive-se sem um braço, sem uma perna, pois vemos que assim é. No entanto só o alento é o si de inteligência. Quando se apodera deste corpo, ele o ergue (*utthā*), por isso deve-se venerá-lo como *uktha*. Isto é alcançar o todo no alento."

"Ora, o alento é a inteligência, a inteligência é o alento. Vê-lo, entendê-lo é isto: quando a pessoa adormecida não vê nenhum sonho; é então que eles se reúnem nesse único alento. Então nele entra a fala com todos os nomes, nele entra a vista com todas as figuras, nele entra o ouvido com todos os sons, nele entra a mente com todos os pensamentos. Quando ela desperta, assim como da chama do fogo espalham-se as centelhas em todas as direções, da mesma maneira espalham-se os alentos desde este si, cada um para sua morada, e dos alentos, os deuses; dos deuses, os mundos."

196. *I.e.*, as funções vitais.

"É este alento que é o si de entendimento; quando se apodera deste corpo, ele o ergue (*utthāpayati*), por isso deve-se venerá-lo como *uktha*. Esta é a obtenção do todo no alento."

"Ora, o alento é a inteligência, a inteligência é o alento. Confirmá-lo, entendê-lo é isto: quando a pessoa doente e à beira da morte fica muito fraca e perde a consciência (*sammohaṃ nyeti*). Então dizem: 'A consciência (*cit*) o deixou?'. Então já não vê nem ouve nem fala nem pensa. É então que eles se reúnem nesse único alento. Então nele entra a fala com todos os nomes, nele entra a vista com todas as figuras, nele entra o ouvido com todos os sons, nele entra a mente com todos os pensamentos. Quando ela (*cit*, a consciência) deixa este corpo, deixa-o levando junto todos estes."

3.4 "— A partir dela (de *cit*), a fala derrama os nomes todos: pela fala alcançam-se todos os nomes. A partir dela, o olfato derrama os cheiros todos: pelo olfato alcançam-se todos os cheiros. A partir dela, a vista derrama as figuras todas: pela vista alcançam-se todas as figuras. A partir dela, o ouvido derrama os sons todos: pelo ouvido alcançam-se todos os sons. A partir dela, a mente derrama os pensamentos todos: pela mente alcançam-se todos os pensamentos. Isto é alcançar o todo no alento. O alento é a inteligência, a inteligência é o alento, pois os dois juntos neste corpo vivem; juntos o deixam."

Agora explicaremos como, a partir dessa inteligência, todos os seres se tornam um.

3.5 "Uma parte extraída dele é a fala; o nome é a partícula de ser que a ela corresponde por fora. Uma parte extraída dele é o olfato; o cheiro é a partícula de ser que a ele corresponde por fora. Uma parte extraída dele é a vista; a figura é a partícula de ser que a ela corresponde por fora. Uma parte extraída dele é o ouvido; o som é a partícula de ser que a ele corresponde por fora. Uma parte extraída dele é a língua; o sabor do alimento é a partícula de ser que a ele corresponde por fora. Uma parte extraída dele são as mãos; a ação é a partícula de ser que a elas corresponde por fora. Uma parte extraída dele é o corpo; o prazer e a dor são a partícula de ser que a ele corresponde por fora. Uma parte extraída dele são as partes; o gozo, o deleite e a procriação são a partícula de ser que a elas corresponde por fora. Uma parte extraída dele são os pés; os movimentos são a partícula de ser que a eles corresponde por fora. Uma parte extraída dele é a inteligência; os pensamentos, os objetos do entendimento e os desejos são a partícula de ser que a ela corresponde por fora."

3.6 "Quando se monta na fala com a inteligência, alcançam-se com a fala todos os nomes. Quando se monta no olfato com a inteligência, alcançam-se com o olfato todos os cheiros. Quando se monta na vista com a inteligência, alcançam-se com a vista todas as figuras. Quando se monta no ouvido com a inteligência, alcançam-se com os ouvidos todos os sons. Quando se monta na língua com a inteligência, alcançam-se com a língua todos os sabores do alimento. Quando se monta nas mãos com a inteligência, alcançam-se com as mãos todas as ações. Quando se monta no corpo com a inteligência, alcançam-se com o corpo o prazer e a dor. Quando se monta nas partes com a inteligência, alcançam-se com as partes o gozo, o deleite e a procriação. Quando se monta nos pés com a inteligência, alcançam-se com os pés todos os movimentos. Quando se monta nos pensamentos com a inteligência, é com a mesma inteligência que se alcançam os pensamentos, os objetos do entendimento e os desejos."

3.7 "Pois, sem a inteligência, a fala não faz entender nome algum. Diz-se: 'Minha mente estava noutro lugar, eu não entendi aquele nome'. Pois, sem a inteligência, o olfato não faz entender cheiro algum. Diz-se: 'Minha mente estava noutro lugar, eu não entendi aquele cheiro.'. Pois, sem a inteligência, a vista não faz entender figura alguma. Diz-se: 'Minha mente estava noutro lugar, eu não entendi aquela figura.'. Pois, sem a inteligência, o ouvido não faz entender som algum. Diz-se: 'Minha mente estava noutro lugar, eu não entendi aquele som.'. Pois, sem a inteligência, a língua não faz entender sabor de alimento algum. Diz-se: 'Minha mente estava noutro lugar, eu não entendi o sabor daquele alimento'.. Pois, sem a inteligência, as mãos não fazem entender ação alguma. Diz-se: 'Minha mente estava noutro lugar, eu não entendi aquela ação.'. Pois, sem a inteligência, o corpo não faz entender prazer e dor alguma. Diz-se: 'Minha mente estava noutro lugar, eu não entendi aquele prazer, aquela dor.'. Pois, sem a inteligência, o órgão sexual não faz entender gozo, deleite e procriação alguma. Diz-se: 'Minha mente estava noutro lugar, eu não entendi aquele gozo nem o deleite nem a procriação.'. Pois, sem a inteligência, os pés não fazem entender movimento algum. Diz-se: 'Minha mente estava noutro lugar, eu não entendi aquele movimento.'. Pois, sem a inteligência (*prajñā*), pensamento (*dhī*) algum tem lugar e não se entende o objeto do entendimento (*prajñātavyam*)."

3.8 "Não se busque entender a fala, mas saber quem fala. Não se busque entender o olfato, mas saber quem cheira. Não se busque entender o som, mas saber quem ouve. Não se busque entender o sabor do alimento, mas saber quem entende o sabor do alimento. Não se busque entender a ação, mas saber quem faz. Não se busque entender o prazer e a dor, mas saber quem entende o prazer e a dor. Não se busque entender o gozo nem o deleite nem a procriação, mas saber quem entende o gozo, o deleite e a procriação. Não se busque entender o movimento, mas saber quem se movimenta. Não se busque entender a mente, mas saber quem pensa."

"São essas, só dez, as partículas do ser relativas à inteligência; dez são as partículas da inteligência relativas ao ser. As partículas do ser não existiriam não houvesse as partículas da inteligência, e vice-versa, as partículas da inteligência não existiriam não houvesse as partículas do ser. Pois, só destas ou só daquelas, não se produz figura alguma."

"Mas não se trata de diversidade. Assim como nos raios (das rodas) dum carro se prende o aro, no cubo se prendem os raios, da mesma maneira essas partículas do ser se prendem nas partículas da inteligência, e as partículas da inteligência se prendem no alento. Esse alento é o si de inteligência, é gozo, não envelhece, é imortal; não se faz mais pela boa ação nem menos pela má ação, pois é ele quem faz que faça a boa ação aquele a quem deseja alçar destes mundos; e é ele quem faz que faça a má ação aquele a quem deseja trazer cá para baixo. Ele é o guardião do mundo. Ele é o regente do mundo. Ele é o senhor do mundo. 'Ele é meu si', assim se deve sabê-lo, assim se deve sabê-lo."

Assim termina a terceira lição.

[4 Quarta lição]

4.1 Pois bem, o Gārgya Bālāki era um homem culto e muito requisitado: vivera em Uśīnara, em Satvan e Matsya, em Kuru e Pañcāla, em Kāśi e Videha. Ele veio ter com Ajātaśatru, rei de Kāśi, e disse:

"— Quero dizer-te uma formulação de verdade (*brahman*).".

Disse-lhe Ajātaśatru:

"— E nós te daremos mil vacas! Para ouvir semelhante fala, o povo há de acorrer aqui, bradando: 'É um Janaka, um Janaka!'.".

4.2 O grande no sol; o alimento na lua; o brilho no raio; o som no trovão; Indra Vaikuṇṭha[197] no vento; o pleno no espaço; o avassalador no fogo; o

197. Epíteto de Indra, "o afiado (?)", de *vikuṇṭha*, "afiado".

verdadeiro nas águas, isso no que tange ao divino. No que tange ao corpo (*ātman*), a semelhança no espelho; o companheiro na sombra; a vida no eco; a morte no som; Yama no sonho; Prajāpati no corpo (*śarīra*); [a essência] da fala no olho direito; [a essência] da verdade no olho esquerdo.

4.3 Disse então Bālāki:

"— Essa pessoa no sol, a ela é que venero.".

Disse-lhe Ajātaśatru:

"— Não me faças discutir sobre isso. Eu a venero tão só como o regente de todos os seres, sua cabeça. Quem a venera assim torna-se o regente de todos os seres, sua cabeça.".

4.4 Disse então Bālāki:

"— Essa pessoa na lua, a ela é que venero.".

Disse-lhe Ajātaśatru:

"— Não me faças discutir sobre isso. Eu a venero tão só como o grande rei Soma vestido de branco, o si (*ātman*) do alimento. Quem a venera assim torna-se o si do alimento.".

4.5 Disse então Bālāki:

"— Essa pessoa no raio, a ela é que venero.".

Disse-lhe Ajātaśatru:

"— Não me faças discutir sobre isso. Eu a venero tão só como o o si do raio. Quem a venera assim torna-se o si do raio.".

4.6 Disse então Bālāki:

"— Essa pessoa no trovão, a ela é que venero.".

Disse-lhe Ajātaśatru:

"— Não me faças discutir sobre isso. Eu a venero tão só como o si do som. Quem a venera assim torna-se o si do som.".

4.7 Disse então Bālāki:

"— Essa pessoa no vento, a ela é que venero.".

Disse-lhe Ajātaśatru:

"— Não me faças discutir sobre isso. Eu a venero tão só como Indra Vaikuṇṭha, a arma invencível. Quem a venera assim torna-se vitorioso, invencível, conquistador do outro.".

4.8 Disse então Bālāki:

"— Essa pessoa no espaço, a ela é que venero.".

Disse-lhe Ajātaśatru:

"— Não me faças discutir sobre isso. Eu a venero tão só como o pleno e inesgotável *brahman*. Quem a venera assim fica pleno de prole e de rebanhos, de glória e do esplendor de *brahman* e do mundo celeste, e vive por toda a vida.".

4.9 Disse então Bālāki:

"— Essa pessoa no fogo, a ela é que venero.".

Disse-lhe Ajātaśatru:

"— Não me faças discutir sobre isso. Eu a venero tão só como o avassalador. Quem a venera assim torna-se avassalador entre os diferentes.".

4.10 Disse então Bālāki:

"— Essa pessoa nas águas, a ela é que venero.".

Disse-lhe Ajātaśatru:

"— Não me faças discutir sobre isso. Eu a venero tão só como o si da verdade. Quem a venera assim torna-se o si da verdade.".

Assim no que tange ao divino. Agora no que tange ao corpo (*ātman*).

4.11 Disse então Bālāki:

"— Essa pessoa no espelho, a ela é que venero.".

Disse-lhe Ajātaśatru:

"— Não me faças discutir sobre isso. Eu a venero tão só como semelhança. Quem a venera assim, só lhe nasce semelhante em sua prole, não dessemelhante.".

4.12 Disse então Bālāki:

"— Essa pessoa na sombra, a ela é que venero.".

Disse-lhe Ajātaśatru:

"— Não me faças discutir sobre isso. Eu a venero tão só como o companheiro inseparável. Quem a venera assim acha um companheiro e se torna acompanhado.".

4.13 Disse então Bālāki:

"— Essa pessoa no eco, a ela é que venero.".

Disse-lhe Ajātaśatru:

"— Não me faças discutir sobre isso. Eu a venero tão só como vida. Quem a venera assim não perde a consciência antes do tempo.".

4.14 Disse então Bālāki:

"— Essa pessoa no som, a ela é que venero.".

Disse-lhe Ajātaśatru:

"— Não me faças discutir sobre isso. Eu a venero tão só como morte. Quem a venera assim não morre antes do tempo.".

4.15 Disse então Bālāki:

"— Essa pessoa que vaga no sonho da pessoa adormecida,[198] a ela é que venero.".

Disse-lhe Ajātaśatru:

"— Não me faças discutir sobre isso. Eu a venero tão só como o rei Yama. Quem a venera assim, todo este mundo entrega-se a sua supremacia.".

4.16 Disse então Bālāki:

"— Essa pessoa no corpo (*śarīra*), a ela é que venero.".

Disse-lhe Ajātaśatru:

"— Não me faças discutir sobre isso. Eu a venero tão só como o Senhor das criaturas (Prajāpati). Quem a venera assim propaga-se por prole e rebanhos, por glória e pelo esplendor de brahman e pelo mundo celeste, e vive por toda a vida.".

4.17 Disse então Bālāki:

"— Essa pessoa no olho direito, a ela é que venero.".

Disse-lhe Ajātaśatru:

198. Texto corrompido. Sigo a tradução proposta por Olivelle.

"— Não me faças discutir sobre isso. Eu a venero tão só como o si da fala, o si do fogo, o si da luz. Quem a venera assim torna-se o si de todos esses.".

4.18 Disse então Bālāki:

"— Essa pessoa no olho esquerdo, a ela é que venero.".

Disse-lhe Ajātaśatru:

"— Não me faças discutir sobre isso. Eu a venero tão só como o si da verdade, o si do raio, o si do brilho. Quem a venera assim torna-se o si de todos esses.".

4.19 Então Bālāki calou-se. Perguntou-lhe Ajātaśatru:

"— Isso é tudo, caro Bālāki?".

"— É tudo", respondeu-lhe Bālāki.

Disse-lhe então Ajātaśatru:

"— Em vão me fizeste discutir, dizendo-me que me dirias uma formulação de verdade (*brahman*). Ora, aquele que é o criador dessas pessoas, Bālāki, é a obra dele que se deve buscar saber.".

Bālāki então voltou com lenha em mãos e disse:

"— Venho a ti como discípulo.".

Disse-lhe Ajātaśatru:

"— É fora do natural, penso eu, que um brâmane venha a um *kṣatriya* como discípulo. Mas vem assim mesmo, que te farei entender.".

E o apanhou pela mão e saíram. Então chegaram os dois junto de um homem que dormia. Ajātaśatru assim o saudou:

"— Ó grande rei Soma de vestes brancas!".

Mas ele permaneceu deitado. Então o cutucou com uma vara, e ele então se levantou. Perguntou então Ajātaśatru:

"— Esta pessoa aqui, Bālāki, onde ela estava deitada logo agora? Logo agora ela se achava onde? De onde ela veio logo agora?".

Mas Bālāki não havia entendido. E então lhe disse Ajātaśatru:

"— Esta pessoa aqui, Bālāki, onde ela estava deitada logo agora, onde logo agora ela se achava, de onde ela veio logo agora, veja bem: cada pessoa tem essas veias chamadas *hitās*, que se estendem do coração ao pericárdio (*purītat*); elas são tão finas como um fio de cabelo partido cem vezes; elas se sustentam por meio de partículas de laranja, de branco, de preto, de amarelo e de vermelho; é nelas que a pessoa se acha quando, adormecida, não vê sonho algum.".

4.20 "Então elas se tornam uma coisa só aqui no alento: a fala entra nele com todos os nomes; a vista entra nele com todas as figuras; o ouvido entra nele com todos os sons; e a mente entra nele com todos os pensamentos. Quando a pessoa desperta, assim como da chama do fogo se espalham as centelhas em todas as direções, da mesma maneira espalham-se os alentos desde esse si, cada um para sua morada, e dos alentos, os deuses; dos deuses, os mundos.".

"Esse alento é o si de inteligência; ele penetra cada corpo (*śarīram ātmānam*), até os pelos, os cabelos e as unhas. Como a navalha guardada na caixa, como a formiga no formigueiro, este si de inteligência penetra cada corpo até os pelos, os cabelos e as unhas. A este si cada si se apega como os seus a seu chefe. Assim como o chefe aproveita os seus e assim como os seus aproveitam a seu chefe, da mesma maneira este si de inteligência aproveita cada si e cada si aproveita a este si."

"Ora, enquanto Indra não entendeu este si, os demônios o sobrepujaram. Quando então entendeu, desbaratou os demônios e os conquistou, e obteve supremacia, soberania e domínio sobre todos os deuses. E da mesma maneira, quem sabe assim afasta todos os males e obtém supremacia, soberania e domínio sobre todos os seres – quem sabe assim, quem sabe assim."

Assim termina a *Kauṣītaki Upaniṣad*.

6

Kena Upaniṣad

[1 Primeira seção]

1.1 Por quem movida, impelida, voa a mente?
Por cuja rédea o alento se adianta?
Por quem movida é a fala que falamos?
E o deus que ajunta ouvido e vista, enfim, é quem?

1.2 Ele é do ouvido o ouvido, atrás da mente a mente,
a fala atrás da fala, o alento é do alento,
do olho o olho; em se libertando, os sábios,
quando este mundo deixam, tornam-se imortais.[199]

1.3 A vista lá não chega nem a fala
não chega, lá nem mesmo chega a mente;
nós não sabemos, nós não percebemos
como é que se daria indicá-lo.

1.4 Diverso mesmo do que é conhecido,
bem como além do que é desconhecido
– assim é que dos mestres do passado
ouvimos que a nós o explicaram.[200]

1.5 Aquilo que não fala pela fala,
por quem a fala é que é falada,
somente isso, sabe tu, é *brahman*,
e não o que é por eles venerado.

1.6 Aquilo que não pensa pela mente,
por quem pensada, dizem, é a mente,

199. Verso semelhante em BU 4.4.18.

200. Refrão ocorre também em IU 10 e 13.

somente isso, sabe tu, é *brahman*,
e não o que é por eles venerado.

1.7 Aquilo que não vê pois pela vista,
por quem a vista dizem que é vista,
somente isso, sabe tu, é *brahman*,
e não o que é por eles venerado.

1.8 Aquilo que não ouve pelo ouvido,
por quem ouvido é, dizem, este ouvido,
somente isso, sabe tu, é *brahman*,
e não o que é por eles venerado.

1.9 Aquilo que não 'spira pelo alento,
por quem espira, dizem, o alento,
somente isso, sabe tu, é *brahman*,
e não o que é por eles venerado.

Assim termina a primeira seção.

[2 Segunda seção]

2.1 Se pensas: "conheço-o bem", somente pequena parte de *brahman* ora conheces, a que tu conheces, a que os deuses conhecem. Destarte tens, penso eu, que investigar a parte desconhecida.

2.2 Não penso eu que bem eu o conheço;
não sei, porém, que eu não o conheço.
De nós quem o conhece, este o sabe;
mas quem não o conhece não o sabe.

2.3 Por quem não o concebe é concebido;
quem o concebe, este o não conhece.
Não percebido por quem o percebe,
por quem o não percebe é percebido.

2.4 É concebido quando conhecido
no despertar, pois imortalidade
se alcança: força ganha-se por si,
pela ciência, imortalidade.

2.5 Terá, se cá o conheceu, realidade,
se não, a sua destruição será total.

Nos seres todos o sabendo, então os sábios,
quando este mundo deixam, tornam-se imortais.

Assim termina a segunda seção.

[3 Terceira seção]

3.1 *Brahman* conquistou a vitória para os deuses,[201] e na vitória de *brahman* os deuses se rejubilaram. Pensaram: "Nossa é essa vitória, nossa é essa grandeza.".

3.2 [*Brahman*] soube disso e se mostrou aos deuses, mas eles não o reconheceram: "Que é essa aparição (*yakṣa*)?".

3.3 Eles falaram ao Fogo:

"— Jātavedas,[202] vai ver o que é essa aparição."

"— Assim seja.".

3.4 Fogo correu até ele e *brahman* falou-lhe:

"— Quem és?".

"— Ora, sou Fogo," ele disse, "Jātavedas é meu nome".

[**3.5**] "— Qual o teu poder?"

"— Posso queimar isso tudo, tudo o que há na terra.".

[**3.6**] *Brahman* lhe deu uma folha de relva:

"— Queima-a.".

Fogo veio com todo o ímpeto, mas não pôde queimá-la. Então voltou e disse:

"— Nem pude saber o que era a aparição.".

3.7 Então falaram ao Vento:

"— Vento, vai ver o que é essa aparição."

"— Assim seja.".

---

201. Vitória sobre os demônios, cf. BU 1.3.

202. Jātavedas é um epíteto de *agni*, o fogo. O *Nirukta* de Yāska (*circa* VI/V a.C.) assim explica o termo: "Jāta-vedas por quê? [Porque] Ele conhece (*veda*) as criaturas (*jātāni*) e as criaturas o conhecem. Ou é porque se encontra (*vidyate*) em cada criatura (*jāte*); ou [porque] tem nas criaturas sua riqueza (*jāta-vittaḥ*), ou tem nelas seu conhecimento (*jāta-vidyaḥ*)". *jātavedaḥ kasmāt. jātāni veda. jātāni vainaṃ viduḥ. jāte jāte vidyata iti vā. jātavitto vā jātaghanaḥ; jātavidyo vā jātaprajānaḥ* [Nir. 7.19].

3.8 Vento correu até ele e *brahman* falou-lhe:

"— Quem és?"

"— Ora, sou Vento", ele disse, "Mātariśvan[203] é meu nome."

[**3.9**] "— Qual o teu poder?"

"— Posso varrer isso tudo, tudo o que há na terra.".

[**3.10**] *Brahman* deu-lhe uma folha de relva:

"— Varre-a.".

Vento veio com todo o ímpeto, mas não pôde varrê-la. Então voltou e disse:

"— Nem pude saber o que era a aparição.".

3.11 Então falaram a Indra:

"— Maghavan,[204] vai ver o que é essa aparição."

"— Assim seja.".

Indra correu até *brahman* e este sumiu-lhe da vista.

3.12 Ali mesmo no espaço ele deparou com mulher mui bela, Umā, filha de Himavat.[205] Disse a ela:

"— O que era essa aparição?".

Assim termina a terceira seção.

[4 Quarta seção]

4.1 Ela disse:

"— É *brahman*; na vitória de *brahman* vos rejubilastes.".

E somente então Indra soube que aquele era *brahman*.

---

203. Mātariśvan é um epíteto aplicado primeiro a *agni*, o fogo, depois a *vāyu*, o vento, como neste caso. De sentido obscuro, talvez signifique "que incha/cresce (*śvan*) na mãe (*mātari*)" (Monier-Williams, 1899: *s.v.*), o termo "mãe" referindo-se à broca que se usa para acender o fogo friccionando-a contra uma base de madeira.

204. Epíteto de Indra, "o generoso".

205. Umā é outro nome da deusa Parvatī, mulher de Śiva e filha de Himālaya/Himavat.

4.2 É por isso que estes deuses, Fogo (Agni), Vento (Vāyu) e Indra, são como que superiores aos outros deuses, pois eles o tocaram de perto, pois eles foram os primeiros que souberam que ele era *brahman*.

4.3 É por isso que Indra é como que superior aos outros deuses, pois ele o tocou de perto, pois ele foi o primeiro que soube que ele era *brahman*.

4.4 É esta a regra de substituição dele: [Eles gritam] "Ah!" quando raia o raio, "Ah!" quando os faz piscar. Isso no que tange aos deuses.

4.5 Agora no que tange ao corpo (*ātman*): quando algo como que vem à mente e por meio dela a imaginação se lembra de algo.

4.6 Ele se chama Tadvana[206] e deve ser adorado como Tadvana, quando alguém o sabe assim, todos os seres por ele anelam.

4.7 [Discípulo] — Por favor, ensina-me a correspondência (*upaniṣad*)!

[Mestre] — Foi-te ensinada a correspondência (*upaniṣad*). Nós te ensinamos a correspondência (*upaniṣad*) de *brahman*.

4.8 Dela são a fundação austeridade (*tapas*), autodomínio (*dama*) e rito (*karman*); os Vedās, todos os seus membros e a verdade são sua morada.

4.9 Aquele que a sabe assim, lança longe o mal e no mundo celeste sustém-se invencível.

Assim termina a quarta seção.

Assim termina a *Kena Upaniṣad*.

206. Expressão de sentido obscuro.

7

Kaṭha Upaniṣad

[1 Primeiro capítulo]

[Narrador]

1.1 Uśan, filho de Vājaśravas, dera todos os seus bens. Ele tinha um filho chamado Naciketas.[207]

1.2 Menino que era, quando levavam os presentes, apoderou-se dele a fé, de modo que pensou:

[Naciketas]

1.3 Beberam d'água, já pastaram todo pasto,
não dão mais leite nem têm mais vitalidade –
pois aos assim chamados mundos "Descontentes",
é para lá que vai em dando-as por presentes!

1.4 E então disse ao pai: "Papai, eu, a quem tu vais me dar?". Duas e três vezes mais lhe disse.

[Disse o pai:] "Dar-te-ei à morte!"

[Naciketas pensa:]

1.5 Eu dentre muitos vou como primeiro
ou dentre muitos sou quem vai no meio:
Yama[208] que tem hoje de fazer
que há ele comigo de fazê-lo?

---

207. Outra versão da história de Naciketas lê-se em *Taittirīyabrāhamaṇa* 3.11.8.1-6.

208. Neste texto, Yama ("o limitador") ou Mrtyu ("morte") são os nomes do deus da morte.

[Narrador]

1.6 Adiante mira! Como os precedentes
– E para trás! –, assim os que nos seguem:
mortal é como grão que amadurece,
e como grão renasce novamente.

1.7 Tal o fogo que mora em todo homem
assim alheia casa adentra em hóspede
o brâmane, e em tenção de apaziguá-lo,
destarte dizem: Água traz, Vaivasvata![209]

1.8 Demais expectativas e esperanças,
as amizades e a benevolência,
benesses, ritos, filhos e rebanhos,
eis tudo o quanto o brâmane remove
ao homem de acanhado entendimento
em cuja casa esteve e passou fome.

[Yama]

1.9 Porquanto em minha casa foste hóspede
três noites, venerando, sem comeres,
– a ti me curvo; eu, que tenha sorte! –,
portanto escolhe agora três desejos.

[Naciketas]

1.10 Cumprido o intento, que benevolente seja,
nem guarde Gautama[210] rancor e se compraza
de me saudar, por ti, ó Morte, dispensado.
De dentre os três este o primeiro meu desejo.

---

209. *Vivasvat*, "brilhante" é um epíteto de Sūrya, o deus do sol. Vaivasvata significa "filho do sol", quando se refere a Yama.

210. Uśan, Gautama e, na estrofe abaixo, Auddālaka Āruṇi, referem-se ao mesmo personagem, o pai de Naciketas. A variação de nomes decerto demonstra o caráter compósito do texto. Auddālaka Āruṇi significa filho de Uddālaka Āruṇi, personagem mencionado muitas vezes em BU e ChU, cf. em especial BU 3.7.1-23, quando é interrogado por Yājñavalkya, e ChU 6.8-16, quando instrui seu filho Śvetaketu. Para outra interpretação do verso, cf. Olivelle 1998: 601, nota 11.

[Yama]

1.11 Há de contigo comprazer-se como outrora
Auddālaka Āruṇi ao ver que te dispenso;
as noites há de sem rancor dormir contente,
vendo-te livre das mandíbulas da Morte.

[Naciketas]

1.12 Não há no mundo celestial qualquer temor,
lá nem a ti se teme nem de envelhecer;
em transcendendo a estas duas, fome e sede,
no céu deleita-se quem foi além da dor.

1.13 Ao céu o fogo[211] que conduz, estuda-o tu,
ó Morte: explica-mo a mim que tenho fé:
os celestiais de vida gozam sempiterna.
Este eu escolho por desejo meu segundo.

[Yama]

1.14 Pois eu te explico – atenta em mim, ó Naciketas,
tu que és arguto – o fogo conducente ao céu,
de infindo mundo que é conquista e fundamento:
sabe que oculto ele se encontra na caverna.

[Narrador]

1.15 Comunicou-lhe o fogo, que é do mundo o início,
e quais tijolos,[212] quantos, como são dispostos.
E Naciketas como ouvira repetiu-o,
e satisfeita lhe falou de novo Morte.

1.16 E proferiu muito aprazido o de alma grande:

Hoje eu aqui mais um desejo te concedo.
Ora, este fogo com teu nome tão somente
que seja e toma cá este disco deslumbrante.

---

211. A palavra "fogo" (*agni*) refere-se a um tipo de altar que se constrói para sobre ele acender-se o fogo ritual, cf. KaU 1.15.

212. Refere-se à montagem da plataforma em que se realizam os sacrifícios védicos, feita de tijolos cozidos para a ocasião, que são dispostos em formações diversas a depender do sacrifício.

1.17 O homem dito Três de Naciketas,[213]
depois de aos três unir-se, os ritos três[214]
cumpridos, cruza morte e nascimento;
o *brahman* pois que nasce ele sabendo
que é o deus a invocar e conhecendo-o
no disco,[215] paz alcança eternamente.

1.18 O homem dito Três de Naciketas,
que sabe desta tríade e, sabendo,
o altar de Naciketas alevanta,
da morte seus liames adiante
rechaça e, quando enfim a dor sujeita,
no mundo celestial já se deleita.

1.19 Este é teu fogo, ó Naciketas, conducente
ao céu, por teu segundo prêmio o qual pediste.
Teu haverá de proclamá-lo toda a gente.
Ó Naciketas, o terceiro ora decide.

[Naciketas]

1.20 Há quanto ao homem que está morto esta questão:
que existe dizem uns e outros dizem não.
Eis o que quero eu saber por ti instruído.
Este é o pedido, o terceiro dos pedidos.

[Yama]

1.21 Os deuses mesmo isso tem considerado,
que não é fácil entendê-lo, é doutrina
muito sutil; meu filho, pede outro pedido;
não me constranjas, disso tem-me dispensado.

[Naciketas]

1.22 Sim, mesmo os deuses já o têm considerado,
e mesmo tu disseste, ó Morte, entendê-lo,

---

213. *Triṇāciketa, i.e.*, aquele que domina o sacrifício ensinado pela Morte.

214. O sentido preciso das expressões tem embaraçado comentadores. A tradução dá conta do que se diz em sânscrito no que respeita à construção e ao sentido das palavras.

215. *Sr̥ṅkā*. Trata-se de *hapax legomenon*. Fico com a proposta de Olivelle (1998).

que não é fácil; disso como tu quem fale
não há nem como esse qualquer outro prêmio.

[Yama]

1.23 Pede que filhos, netos vivam centenários,
pede elefantes, muito gado, ouro e cavalos;
escolhe para ti torrão de terra vasto
e outonos tantos vivas quantos desejares.

1.24 E se tu julgas que isso vale teu pedido,
riqueza pede-me e uma prolongada vida.
Sê grande neste vasto mundo, Naciketas,
te faço desfrutares todos os prazeres.

1.25 Quaisquer prazeres que no mundo dos mortais
são raros, todos pois deseja o quanto queiras;
Cá estas belas moças em suas carruagens
com alaúdes, quais os homens cá não logram,
serve-te delas, que tas cedo, Naciketas,
porém que tu não me perguntes do além-morte.

[Naciketas]

1.26 Ó Morte, cada dia do mortal que passa
já que esse viço dos sentidos vai gastando,
também já toda a vida sendo mesmo escassa,
que para ti fiquem cavalos, dança e canto.

1.27 O homem não se satisfaz só com riqueza.
Perseguiremos nós riqueza, se te vimos?
O quanto permitires tanto viveremos.
Pois este mesmo há de ser o meu pedido.

1.28 Quem veio a ter com quem não morre ou envelhece,
e cá envelhece e é mortal e perspicaz,
se o belo, o gozo e o deleitoso ele sopesa,
em prolongada vida há de deleitar-se?

1.29 Ó Morte, isso em que se tanto considera,
fala-me disso, esse que é o grande passamento.
O que se abrenha no mistério é o que te peço,
não outra coisa é o que elege Naciketas.

2 Segundo capítulo

[Yama]

2.1 O que é melhor e o mais dileto são distintos,
e prende o homem cada qual com o próprio fito;
a quem aceita o que é melhor o bem lhe ocorre;
mas erra o alvo quem o mais dileto escolhe.

2.2 O que é melhor e o mais dileto vêm ao homem;
o sábio, em os ponderando, os diferença;
prefere o sábio, ao mais dileto, o que é melhor;
prefere o tolo o mais dileto ao sumo bem.

2.3 Tu teus desejos prediletos, deleitosos,
ao ponderá-los, Naciketas, rejeitaste-os;
ora este disco em que soçobram tantos homens,
tu como signo de riqueza o não tomaste.

2.4 São mui diversas, opoentes, afastadas
a insciência e o que se sabe por ciência;
penso que anelas por ciência, ó Naciketas,
tantos desejos pois te não arrebataram.

2.5 Vivendo em meio à insciência, a si mesmos
tendo por sábios, tendo a si por cultivados,
perambulando muito, os tolos vão em círculos,
tal como cegos que por cegos são guiados.[216]

2.6 O passamento[217] ao pueril não se apresenta,
ao negligente, àquele a quem riqueza ilude;
quem pensa "Não há outro mundo, o mundo é este",
vai recaindo na armadilha do meu jugo.

2.7 Do passamento são uns poucos os que ouviram,
e muitos nem o compreenderam, quando ouviram;
raro é quem fale dele, hábil, quem o entende;
quem o conhece é raro, hábil quem o aprende.

---

216. Paralelo em MuU 1.2.8.

217. Cf. KaU 1.29.

2.8 Se é um homem inferior quem o ensina,
não se compreende bem, por mais que se reflita,
mas o acesso a ele é só se outro ensina:
menor que um átomo, além do raciocínio.

2.9 Pois não se alcança tal noção com raciocínio,
mas, se outro ensina, facilmente se conhece.
Tu a compreendeste, és verdadeiramente rijo!
Só como tu quem dera inquiridor houvesse!

[Naciketas]

2.10 Sei que o que chamas de tesouro é impermanente,
pois não se tem dos inconstantes o constante.
Subi por isso eu o altar de Naciketas?
O permanente pois ganhei dos inconstantes?[218]

[Yama]

2.11 Que a fundação do mundo é saciar desejos,
que o rito infindo é a superação do medo,
que o fundamento está na loa grande e vasta,
tu viste e, rijo, Naciketas, rejeitaste.

2.12 Que mal se vê, mistério o cerca, na caverna
oculto, fundo, o antigo, com o entendimento
de contemplar por dentro, deus se o considera,
o sábio passa além do gáudio e da tristeza.

2.13 Quando ele a escuta e entende, e a apanha e apreende,
essa sutil doutrina, o mortal deleita-se,
por ter achado coisa digna de deleite.
A tal minha casa estimo aberta, ó Naciketas.

[Naciketas]

2.14 Diverso da doutrina boa ou má,
daquilo que se fez ou não aqui,

---

218. Trata-se de verso problemático, especialmente na segunda metade. A solução pela interrogação, que adotei, resolve, ao meu ver, o problema da transição do segundo para o terceiro prêmio: o altar e o rito que a Morte ensina a Naciketas de fato não poderiam ter concluído a instrução sobre a superação da morte.

diverso do que houve e haverá,
aquilo que vislumbras pois me diz.

[Yama]

2.15 A qual palavra os Vedās todos disseminam,
a qual vem toda a austeridade proclamando,
buscando a qual a vida levam de estudante,
essa palavra brevemente a ti profiro.

Pois ela é OM!

2.16 Só esta é a sílaba que é *brahman,*
só esta é a sílaba suprema.
Somente esta sílaba quem sabe,
tem para si aquilo que deseja.

2.17 É esse o melhor dos alicerces,
É esse o alicerce que é supremo.
a esse alicerce quem conhece,
no mundo então de *brahman* se deleita.

2.18 Não se origina nem expira o sapiente,
de parte alguma veio nem ninguém se torna;
não é gerado, é sempiterno, permanente
o antigo; quando o corpo morre, ele não morre.

[Fim do diálogo entre Yama e Naciketas]

2.19 Se pensa o matador poder matar
e o morto acredita que foi morto,
então não compreendem um e outro:
não pode ele ser morto nem matar.[219]

2.20 Menor que o ínfimo, maior do que o imane,
o si reside na caverna aqui do humano.
Além de anelos, da tristeza, ele a divisa,
do criador por graça, a imensidão do si.[220]

2.21 Assente, ele longe perambula;
a toda parte vai, quando jazendo.

---

219. Esta estrofe e a anterior têm paralelo em *Bhagavadgītā* 2.19-20.

220. Paralelo em SU 3.20.

A este deus que sem cessar ebule,
além de mim quem pode conhecê-lo?

2.22 Nos corpos que é ele o incorpóreo,
que é ele o estável nos instáveis,
ao vasto ubíquo si quando destarte
compreende, então o sábio mais não sofre.

2.23 O si, não pode alcançá-lo inteligência,
ensinamento nem saber sagrado vasto;
só quem o si elege pode alcançá-lo:
a ele esse si seu corpo lhe desvenda.

2.24 Aquele que não larga a má conduta,
quem não se acalma, quem se não concentra,
também o cuja mente não serena,
não pode apreendê-lo por astúcia.

2.25 A quem são ambos, brâmane e regente
arroz, a morte, o molho que por cima
se lhe salpica, verdadeiramente
quem é que sabe onde ele reside?

Assim termina o segundo capítulo.

[3 Terceiro capítulo]

3.1 Sorvendo o vero cá no mundo dos bons atos,
um cá na gruta, o outro lá na banda extrema,
os chamam Sombra e Luz[221] os quais conhecem *brahman*,
os Cincos-fogos[222] quanto os Três de Naciketas.

---

221. Segundo Olivelle (1998: 606, nota 1), Sombra (*chāyā*) e Luz (*tapas*) referem-se à pessoa na gruta, *i.e.*, a cavidade do coração, e à pessoa no céu, a banda extrema (*parama parārdha*). Essa pessoa no céu, ao meu ver, representa a condição do homem depois da morte, habitando o mundo celeste que terá obtido pela observância das práticas rituais; não a libertação plena.

222. Refere-se, em princípio, aos brâmanes, *i.e.*, aos que se associam aos três fogos do ritual védico tradicional, cf. Olivelle (1988, introdução, p.18).

3.2 Barragem[223] dos que têm sacrificado,
supremo e imperecível *brahman*,
o extremo de quem busca além do medo,
o altar de Naciketas dominemos.[224]

3.3 Entende o si tal quem o carro leva;
que o corpo é o carro tão somente;
entende que o auriga é o intelecto
e que o que são as bridas é a mente.

3.4 São, dizem, os sentidos os cavalos;
objetos dos sentidos, onde passam.
Quem é com corpo e mente e com sentidos
nomeiam fruidor os entendidos.

3.5 Aquele que não tem entendimento,
do qual a mente é sempre distraída,
são seus sentidos desobedientes,
tal como os maus cavalos lá do auriga.

3.6 Por sua vez quem tem entendimento,
do qual é sempre a mente apercebida,
são seus sentidos pois obedientes,
tal como os bons cavalos lá do auriga.

3.7 Aquele que não tem entendimento,
de mente distraída e sempre impuro,
o passo não alcança derradeiro,
e à roda chega só dos nascimentos.

3.8 Por sua vez, quem tem entendimento,
de mente apercebida e sempre puro,
o passo logo alcança derradeiro,
não torna donde mais aos nascimentos.

3.9 Em tendo o entendimento por auriga,
o homem que suas bridas põe à mente,

---

223. Cf. BU 4.4.22.

224. A identificação do altar de Naciketas com *brahman* é conceitualmente um embaraço. J. Charpentier considerou a estrofe interpolação (1928-29. in *Indian Antiquary* 58: 58:201-7, 221-29; 59; 1-5).

alcança o outro extremo do caminho,
o passo que deu Viṣṇu derradeiro.[225]

3.10 Mais altos que os sentidos, os objetos;
mais alta do que estes é a mente;
que a mente é mais alto o intelecto;
mais alto do que este, o si imenso.

3.11 Mais alto que o imenso, o imanifesto;
mais alto do que este é pessoa;
mais nada é mais alto que pessoa:
a meta é ela, o estado mais excelso.[226]

3.12 Nos seres todos acha-se escondido
o si, à vista não se manifesta.
Porém, dotados de visão sutil
o veem com aguçado intelecto.

3.13 O sábio deve a fala mais a mente
no si inteligente refreá-las;
e a este refrear no si imenso;
e a este enfim no si apaziguado.[227]

3.14 Levanta-te! Desperta! Atenta bem,
agora que alcançaste teus desejos!
Cruzar é duro o fino gume da navalha;
da via é – dizem os poetas – esse o entrave.

3.15 Sem som nem tato nem figura, imperecível,
sem gosto, eterno, sem cheiro, fim, início,

---

225. O terceiro passo de Viṣṇu, sob a forma de anão (*vāmana*), significa a reconquista dos mundos para os deuses. Neste caso, a imagem refere-se à conquista da condição chamada imortalidade, entendida como a identificação do sujeito com o núcleo essencial e eterno da existência, o *ātman*.

226. A gradação de 3.10-11 parece claramente precursora da doutrina que se verá no Sāṃkhya clássico, *e.g.*, das Sāṃkhyakārikā (V d.C?): em sentidos (*indriyāṇi*), objetos (*arthās*), mente (*manas*), intelecto (*buddhi*) e si imenso (*mahat ātman*) reconhecemos partes do tattvas, *i.e.*, os evolutos da natureza primeira (*prakṛti;* o imanifesto, *avyaktam,* de 3.11); *puruṣa,* pessoa, ocupa o primeiro posto. A relação entre ambos, pessoa e o imanifesto, não se esclarece na KU.

227. Parece referir-se ao *ātman* identificado a *puruṣa,* pessoa, a condição de consciência liberta.

quem o conhece para além do imenso, imóvel,
se vê liberto das mandíbulas da Morte.

3.16 De Naciketas essa história tão antiga
narrada pela Morte, quer a narre,
quem tem inteligência, quer ouvindo-a,
no mundo se deleitará de *brahman*.

3.17 Supremo quem fizer esse segredo
ouvido pelos brames em conclave
ou na oferenda aos mortos, piamente,
prepara-se par'imortalidade.
prepara-se par'imortalidade.

Assim termina o terceiro capítulo.

[4 Quarto capítulo]

4.1 O autoexistente[228] cinco furos perfurou;
vê-se por isso fora, si adentro, não.
Anelo na imortalidade, foi então
que, a vista inversa, ao si um sábio divisou.

4.2 Os tolos seguem os desejos exteriores;
na rede caem cá da Morte açambarcante.
Os rijos buscam, da imortalidade cônscios,
não mais constância cá nas coisas inconstantes.

4.3 Figura, gosto, cheiro, sons e toques,
e o coito, pelo que os desfrutemos,
por meio mesmo disso os entendemos.
Que é que resta então, que é que sobra?[229]

Tal é o que é isso!

4.4 O estado de vigília mais o estado
de sono, pelo que os divisemos,
se entende que é isso o si imenso
e onipresente, mais não sofre o sábio.

---

228. *Svayaṃbhū*. Refere-se ao *ātman* residente dentro do corpo físico.

229. Cf. KaU 5.4.

4.5 Daquele que de perto o conhecer
– ao fruidor do mel, o si, o vivo,
senhor do que passou e do devir –
não quererá o si mais esconder-se.

Tal é o que é isso!

4.6 Aquele que primeiro que o calor,
e primeiro que as águas já surgira,
entrando na caverna, morador
[o veem], que através do seres vira.

Tal é o que é isso!

4.7 Aquela que nascera com o alento,
Aditi, das deidades contentora,
entrando na caverna, moradora
[a veem], que surgira pelos seres.

Tal é o que é isso!

4.8 Está oculto entre as brocas Jātavedas,[230]
bem amparado, como ao feto a prenhe ampara;
e dia a dia ao fogo devem com oferendas
os homens, ao se levantarem, adorá-lo.

Tal é o que é isso!

4.9 Lá onde tem o sol sua nascente
e onde ele vai para poente,
é nele que estão depositados
os deuses todos: dele ninguém passa.

4.10 O mesmo que há cá é o que há lá;
o que há lá é tal e qual há cá.
É morte em pós de morte o que alcança
quem cá só mesmo vê dissemelhança.

4.11 Com só a mente tens que compreendê-lo:
que cá não há nenhuma diferença!
De morte para morte aquele avança
que cá só mesmo vê dissemelhança.

---

230. *I.e.*, o fogo, *agni*.

4.12 Medindo um polegar, uma pessoa
reside bem no meio cá do corpo;
senhor do que passou e do devir –
de quem o vê não mais se esconde o si.

Tal é o que é isso!

4.13 Que mede um polegar, a tal pessoa
é como sem fumaça um fogo fosse;
senhor do que passou e do amanhã –
o mesmo é hoje que o será amanhã.

Tal é o que é isso!

4.14 Como água que choveu nos árduos picos
dispersa-se ao correr montanha abaixo,
assim quem vê as leis como distintas
dispersa-se em seguir-lhes o encalço.

4.15 Assim como água pura se vertida
em água pura fica como tal,
da mesma forma torna-se o si,
ó Gautama, do sábio perspicaz.

Assim termina o quarto capítulo.

[5 Quinto capítulo]

5.1 Possui de onze portas fortaleza[231]
o não nascido, de teso pensamento;
quem fica junto dela não padece,
mas dela libertando-se, liberta-se.

Tal é o que é isso!

5.2 Na luz assente cisne, Vasu, lá no céu;
Hotṛ no altar assente, hóspede, na casa;
assente no hom', em torno, na verdade, no éter;

231. *I.e.*, o corpo: dois olhos, duas narinas, dois ouvidos, boca, ânus, meato urinário, umbigo, abertura craniana (Olivelle, 1998: 609, nota 1).

é d'água, vacas, da verdade, rochas nado:

É a grã verdade![232]

5.3 O alento *prāṇa* impele para cima,
o alento *apāna* atira para baixo;
o anão[233] no meio estabelecido
é pelos deuses todos venerado.

5.4 Quando ele, que é no corpo residente,
quando ele, que tem corpo, então se solta,
e enfim do corpo quando se desprende,
que é que resta então, que é que sobra?

Tal é o que é isso!

5.5 De *prāṇa* nem *apāna*, o mortal
não vive de nenhum desses alentos.
Mas de outra coisa vivem os mortais,
de que também os dois sãos dependentes.

5.6 Vem ora cá que eu vou explicar-te
este secreto e sempiterno *brahman*,
e dir-te-ei que é que, quando a morte
encontra, o si, ó Gautama, se torna.

5.7 Penetram uns um ventre para corpo
tornar-se de um corpóreo, mas já outros
prosseguem para coisa estacionária,
conforme suas ações, o que estudaram.

5.8 Desperta nos que dormem a pessoa
compondo trás desejo mais desejo,
é isso o brilhante, isso é *brahman*,
a isso chamam imortalidade.
Os mundos todos nisso têm assento,
e disso além não vai qualquer pessoa.

Tal é o que é isso!

---

232. *Ṛgveda* 4.40.5 com poucas variantes.

233. Cf. KaU 4.13.

5.9 Tal como o fogo, ao entrar no ser humano,
pôs a figura de figura por figura,
também de cada ser por dentro o si figura
põe de figura por figura, fora estando.

5.10 Tal como o vento, ao entrar no ser humano,
pôs a figura de figura por figura,
também de cada ser por dentro o si figura
põe de figura por figura, fora estando.

5.12 Tal como o sol, de todo mundo o olho sendo,
exteriores falhas visuais não mancham,
também de cada ser por dentro o si não mancha,
exterior que é, do mundo o sofrimento.[234]

5.13 O só regente, o si de cada ser por dentro,
que faz da sua só figura variamente,
o sábio quando o vê no corpo, lhe pertence
e não a outro o deleite eternamente.

5.14 "É isto ele", pensam, mas supremo
deleite, o que é, não se define.
Como é que poderei eu percebê-lo?
Acaso brilha, acaso irradia?

5.15 Não brilha o sol nem lá a lua ou as estrelas,
nem lá não brilham raios, fogo? quanto menos!
Reflete tudo pois o brilho que ele brilha:
com o brilho dele tudo isso é que irradia.[235]

Assim termina o quinto capítulo.

[6 Sexto capítulo]

6.1 Raízes para cima, abaixo os ramos,
é esta a perpétua figueira.
É isso o brilhante, isso é *brahman*,
a isso chamam imortalidade.

---

234. Cf. SU 6.12.

235. MuU 2.2.10 e SU 6.14.

Os mundos todos nisso têm assento,
e disso além não vai quem quer que seja.

Tal é o que é isso!

6.2 E tudo o que aqui se movimenta,
depois que emana, move-se no alento.
O medo é grande, alça-se o raio:[236]
quem disso sabe torna-se imortal.

6.3 O medo dele faz que o fogo arda;
o medo dele faz que arda o sol;
o medo dele faz a Indra e Vāyu
correrem e correr em quinto a Morte.

6.4 Se cá um foi capaz de compreendê-lo,
primeiro que o corpo caducasse,
então nos mundos lá celestiais[237]
um corpo ele já faz por merecer.

6.5 Tal como é no espelho, assim no corpo;
no mundo assim dos pais como no sonho;
como na água mal sê vê, no dos Gandharvās;
como entre sombra e luz, assim é no de *brahman*.

6.6 O fato de existirem separados,
de, separadamente originados,
se alçarem os sentidos, repousarem,
sabendo disso, mais não sofre o sábio.

6.7 Mais alta que os sentidos é a mente;
que a mente a essência é mais excelsa;
à essência sobrepaira o si imenso;
excelso mais que o imenso, o imanifesto.

6.8 Além do imanifesto, então pessoa,
a tudo permeando, mas sem marcas;
e, quando a conhece, então o homem,
liberto, alcança a imortalidade.

---

236. Traduzo pela emenda: *vajra udyate* por *vajram udyatam*.

237. Traduzo pela emenda: *svargeṣu* por *sargeṣu*.

6.9 Está sua figura além da vista;
quem quer que seja não a vê com os olhos;
com cor e tino e mente é concebida
– quem disso sabe imortal se torna.[238]

6.10 As cinco em se achando assentadas,
as cinco percepções, e mais a mente,
nem mais já vacilando a inteligência,
supremo estado a isso têm chamado.

6.11 A isso consideram que é o *yoga*,
retê-los, aos sentidos, rijamente;
então se torna do alheado o oposto,
pois *yoga* é o começo e o cessamento.

6.12 Não é pela palavra ou pela mente
que se pode alcançá-lo ou pela vista.
Exceto com dizer que "ele existe!"
então se pode como apreendê-lo?

6.13 Só mesmo é apreensível com: "existe!"
e porque d'ambos seja a realidade.
Aquele quando entende: "ele existe!"
então se lhe ilumina a realidade.

6.14 Suspensas quando todas as vontades
que cá no coração vão amparadas,
quem é mortal se torna imortal,
e neste mundo alcança ele *brahman*.

6.15 Cortados quando todos esses laços
que tem com este mundo o coração,
quem é mortal se torna imortal,
tal é do ensinamento a dimensão.

6.16 Do coração são cento e uma as suas veias,
só uma delas sobe ao topo da cabeça;
quem vai por ela acima, alcança o imortal;
já se dispersam, ao subirem, as demais.

---

238. Cf. SU 3.13 e 4.20.

6.17 De um polegar, essa pessoa, o si de dentro,
nos corações da gente sempre residente,
do corpo cada um a arranque rijo,
tal como o junco arranca da bainha.
Saiba que ela é o brilhante, o imortal!
Saiba que ela é o brilhante, o imortal!

6.18 E Naciketas, o que lhe ensinara Morte,
como aprendera – esta ciência e toda norma
do *yoga* – *brahman* alcançado, sem velhice[239]
nem morte fez-se, e quem mais souber do si.

Assim termina a *Kaṭha Upaniṣad.*

239. Traduzo pela emenda: *vijaro* por *virajo*.

8

Īśā Upaniṣad

1. Senhor há de habitar a tudo isto,
a tudo o que na terra é semovente;
do abandonado que tu te alimentes;
riquezas d'outro que tu não cobices.

2. Apenas em cumprindo aqui as obras,
que queiras tu viver os teus cem anos.
Assim, é fato, e não de outra forma,
é que a ti a obra não te mancha.

3. Dos asurās[240] os mundos são chamados,
que são por cegas trevas envolvidos;
é para lá que vai depois que parte
aqueles que do si são assassinos.[241]

4. O uno não se move e passa a mente;
os deuses não o alcançam, corre à frente;
parado ele ultrapassa os mais correndo;
quem nele põe as águas é o Vento.

5. Movendo-se ele nem se movimenta;
estando longe está ele, contudo,
limítrofe; ele dentro disso tudo
está e fora está ao mesmo tempo.

6. Aquele, por seu turno, que divisa
a todos os mais seres em si mesmo,

240. Demônios.

241. Paralelo em BU 4.4.11.

e vê-se a si mesmo nos mais seres,
o si já dele mais se não esquiva.[242]

7. O si de quem vê com sagacidade,
depois de se tornar os seres todos,
então a ilusão qual é, a dor
àquele contemplando a unidade?

8. Alcança aquele a incorpórea semente,
sem chagas, nervos, pura, nem por males rota;[243]
o sábio vate, permeante, autoexistente,
por sempiternos anos tem disposto as coisas.

9. Em cega escuridão de trevas entram
a insciência aqueles que adoram;
em trevas inda como que maiores,
os quais têm na ciência seu deleite.[244]

10. Decerto é diferente da ciência
diverso é também da insciência:
assim o dizem e assim dos sábios
ouvimos que a nós o explicaram.

11. Ciência e insciência, quem a ambas
conhece juntamente, tendo a morte
cruzado pela insciência, alcança
pela ciência a imortalidade.

12. Em cega escuridão de trevas entram
o vir a ser aqueles que adoram;
em trevas inda como que maiores,
os quais no não nascer têm seu deleite.

13. Do vir a ser é mesmo diferente,
do não nascer também é diferente,
assim o dizem e assim dos sábios
ouvimos que a nós o explicaram.

242. Cf. BU 4.4.23 e KaU 4.5.

243. Cf. BU 1.3.1-18.

244. Cf. BU 4.4.10.

14. Vir a ser e ruína, quem a ambos
conhece juntamente, tendo a morte
cruzado já pela ruína, alcança
com o vir a ser a imortalidade.

15. Por fina folha d'ouro feita apenas,
a face está coberta da verdade.
Descobre-a tu, ó Pūṣan, que a veja,
àquele que por lei tem a verdade.

16. Ó Pūṣan, só vidente, Yama, Sol!
Ó tu que de Prajāpati és progênie!
Teus raios distribui e a luz reúne!
Tua forma mais graciosa, eu a vejo;
esse homem que aí está eu sou.

17. O vento, que é alento, é imortal,
já este corpo acaba só em cinzas.
OM!
Tu lembres-te do feito, ó juízo!
Tu lembres-te do feito, ó juízo!

18. Ó Fogo, deus que sabes todas as veredas,
a nós conduz por boa via às riquezas;
de nós afasta o pecado que extravia,
que ofertaremos nós louvor em demasia.[245]

Assim termina a *Īśā Upaniṣad.*

---

245. De 15 a 18 se acham em BU 5.15.

9

Śvetāśvatara Upaniṣad[246]

[1 Primeiro capítulo]

Dizem os que debatem sobre *brahman*:

1.1 Que é que causa *brahman*? Nós nascemos desde quê? De que vivemos? E onde temos nosso assento? Quem faz que vivamos nossa condição no prazer e no seu oposto, ó conhecedores de *brahman*?

1.2 O tempo, a natureza própria, o destino, o acaso, os elementos, o ventre e pessoa, eis o que se poderia aventar – ou mesmo a combinação de todos estes –, mas isso não [pode ser], porque o si existe, e mesmo o si não é senhor, porque sofre dor e prazer.

1.3 Os que seguiram a prática da meditação (*dhyāna-yoga*) aperceberam, oculto por suas próprias qualidades, o poder intrínseco de Deus (*deva*) que, uno, regula essas causas todas, desde o tempo ao si.

1.4 [Roda] que tem um só aro, é trifacetada, tem dezesseis pontas, cinquenta raios, vinte contrarraios, seis de oito e uma corda com todas as formas; que tem três vias e duas causas que a enganam do uno;

1.5 [rio] cujas águas são os cinco sentidos; cujo ventre, cinco ferozes crocodilos; cujas ondas são os cinco alentos; cuja foz primeva são as cinco percepções; e que possui cinco redemoinhos; cujas ágeis correntezas são os cinco tipos de dor; que se divide em cinquenta e tem cinco segmentos, eis o que estudamos.[247]

---

246. Diferente de minha prática nos demais textos em verso, optei, assim como Olivelle, por traduzir esta *Upaniṣad* em prosa. A razão dessa escolha é que a SU é texto que contém inúmeros hibridismos de terminologia, o que torna a solução versificada deveras penosa.

247. Para interpretação pormenorizada de 1.4-5, cf. Olivelle 1998: 615-16 e o artigo de E. H. Jonhston, "Some Sāṃkhya-yoga Conceptions in the Śvetāśvatara Upaniṣad" (*Journal of The Royal Asiatic Society*, 1930).

1.6 Nela que aviva tudo, reside em tudo, nesta vasta roda de *brahman*, um cisne vaga; e, quando entende que é diferente do incitador, deleitado com isso, vai à imortalidade.

1.7 Mas este supremo *brahman* foi louvado assim: nele há uma tríade, o si, o alicerce e o imperecível.[248] Os que conhecem *brahman*, ao compreenderem a diferença entre eles, absortos, atentos no *brahman*, libertam-se do ventre.

1.8 A tudo isto, o perecível e o imperecível, o manifesto e o imanifesto, quem mantém unido é o Senhor (Īśa). Não sendo Senhor, o si, uma vez que é fruidor, ali é cativo.

Ao conhecer Deus, liberta-se de todos os laços.

1.9 Há dois que não nascem, o que sabe e o que não sabe, Senhor e não Senhor; só há uma não nascida, unida ao fruidor e àquilo que se frui; e o si sem fim, que tem todas as figuras, não age; quando se acha essa tríade, tem-se *brahman*.

1.10 A matéria primordial (*pradhāna*) é perecível; Hara[249] é imperecível, imortal. O Deus uno governa o perecível e o si. Meditando nele, unindo-se a ele, enfim, tornando-se-lhe a realidade, toda ilusão se finda.

1.11 Conhecido Deus, todo vínculo então se desfaz. Findas as ânsias findas, nascimento e morte acabam. Extinto o corpo, quem medita nele tem uma terceira coisa: a total soberania; tem, no absoluto, seus desejos saciados.

1.12 Isso é algo que se pode conhecer, pois é eterno e reside no indivíduo. E nada há a conhecer além dele. Quem frui, quando divisa o que se frui e quem incita, então está dito tudo: é isto o triplo *brahman*.

1.13 Assim como a figura do fogo no seu ventre não se vê, mas sua marca não se perde, pois se pode apanhá-lo de novo do seu ventre por meio de lenha, ambos[250] podem ser apreendidos no corpo por meio do OM.

---

248. Traduzo pela emenda de Rau (1964, 44), *svaḥ pratiṣṭhā akṣaram*, cf. Olivelle: 1998, 616.

249. Termo de sentido obscuro. A sintaxe indica que se refere ao *ātman* (o si), mencionado na frase seguinte. Mais tarde *hara* será epíteto de Śiva.

250. "O que se frui e quem incita" do verso anterior, *i.e.*, *prakṛti* e Deus.

1.14 Fazendo do corpo tábua e do OM a broca que fricciona,[251] se se perdura na fricção do meditar, pode-se ver Deus, tal como [se pode ver] o que se oculta.

1.15-16 Tal como o óleo nas sementes, a manteiga na coalhada, a água num leito seco [de rio] e o fogo na madeira, o si se apreende em si, se é procurado com verdade e penitência: o si, que reside qual a manteiga no leite, a tudo permeia.

Este é o *brahman*, que radica na penitência e na ciência do si; é dentre as correspondências o mais alto, dentre as correspondências o mais alto.

[2 Segundo capítulo]

2.1 Pondo primeiro arreios à mente, Savitṛ, depois de estender os pensamentos, depois de conhecer o fogo como luz, trouxe-o para cá desde a terra.

2.2 Com a mente nos arreios, nós [ofertamos], sob o impulso do deus, de Savitṛ, para ir ao céu, para obter pujança. (...)[252]

2.3 Tendo posto arreio aos Deuses, enquanto se dirigem ao céu com a mente e ao firmamento com o pensamento, que Savitṛ os incite a criar grande luz.

2.4 Põem arreio à mente e aos pensamentos os vates inspirados pelo grande vate.

O único que conhece as regras dispôs as oferendas. Decerto grande é o louvor de Savitṛ.

2.5 Com saudações arreio vosso *brahman* antigo. Os versos se espalham no caminho como sóis. Todos lá escutam os filhos do imortal, os quais acenderam às celestes moradas.

2.6 Lá onde se esfrega o fogo, lá onde se agrega o vento, lá onde sobeja o Soma, é lá que se gera a mente.

2.7 Por Savitṛ, e por sua incitação, que se deleite o homem com o *brahman* antigo. Tu faças disso a ti um ventre, pois o que cumpriste não foi pouco.[253]

---

251. Trata-se da imagem do acendimento do fogo: gira-se uma broca de maneira sobre uma tábua ou base de madeira por meio de um cordão. O fogo é o que se oculta na madeira, *i.e.*, o corpo, e que se dá a ver por meio da fricção, *i.e.*, a prática da meditação.

252. Verso incompleto.

253. Sintagma elíptico e extremamente obscuro: *na hi te pūrtam akṣipat*.

2.8 Tendo o corpo reto e ereto nas três partes[254] e depositando no coração os sentidos junto com a mente, o sábio há de cruzar com a balsa de *brahman* as correntezas todas que trazem os perigos.

2.9 Contendo aqui os alentos e tendo os movimentos nos arreios, deve-se expirar por uma só narina. O sábio deve reger a mente com diligência, como se ela fosse um veículo atrelado a maus cavalos.[255]

2.10 Deve-se praticar em lugar plano e limpo, sem cascalho, areia e fogo, com fonte silenciosa d'água etc., ameno à mente e não ofenso à vista, num refúgio ou numa gruta não exposta aos ventos.

2.11 Névoa, fumaça, sol, vento e fogo, vaga-lumes, raios, cristais e lua, estas são as figuras que precedem, na prática (*yoga*), a produção da manifestação em *brahman*.

2.12 Quando a terra, a água, a fogo, o vento e o céu se alçam juntos, quando [o corpo] feito desses cinco passa a operar com os atributos da prática (*yoga*), quem obteve esse corpo com o fogo da prática (*yoga*) não mais tem doença nem velhice nem dor.

2.13 Leveza, saúde, desprendimento, pele lustrosa, voz composta, odor agradável, pouca urina e poucas fezes, dizem que esse é o primeiro progresso da prática (*yoga*).

2.14 Assim como um espelho que estava sujo de barro brilha luminoso quando polido, da mesma maneira, o ser corpóreo, quando vê a natureza do si, torna-se, quando atinge sua meta, livre de tristeza.

2.15 Quando pela natureza do si, que é semelhante a uma fonte de luz, o praticante (*yukta*) vir a natureza de *brahman*, tendo então conhecido o Deus não nascido, firme, livre de todos os objetos, ele se libertará de todos os laços.

2.16 Esse deus está mesmo em toda parte, nasceu primeiro e se acha dentro do ventre.

Ele nasceu e nascerá, está diante de toda a gente olhando para todos os lados.

2.17 O Deus que há no fogo, que há na água, que está dentro de toda criatura, que há nas plantas e nas árvores, a esse Deus faço minha adoração.

---

254. Cabeça, pescoço e peito, cf. *Bhagavadgītā* 6.13.

255. Cf. KaU 3.3-6.

[3 Terceiro capítulo]

3.1 Aquele que tem nas mãos a rede, o único que governa com seus poderes soberanos, que governa os mundos com seus poderes soberanos, o único presente na originação e no nascimento, aqueles que o conhecem tornam-se imortais.

3.2 Pois Rudra é um só: ele não obedece a um segundo que governe esses mundos com poderes soberanos. Lá está ele diante de toda a gente, no fim dos tempos, o protetor, que antes atraíra para si todos os seres.

3.3 Olhos em toda parte e rosto em toda parte, braços em toda parte e pés em toda parte, com os dois braços, com as asas ele forja, criando o céu e a terra, o Deus uno.

3.4 Fonte e origem dos Deuses, regente de tudo, Rudra, o grão-vidente, que criou no início Hiraṇyagarbha.[256] Que ele nos dote de lúcida inteligência (*buddhi*).

3.5 Ó Rudra, aquela tua figura benigna (*śivā tanū*) e não terrível, de não perversa aparência, com essa figura mais benigna olha por nós, ó habitante das montanhas!

3.6 Aquela flecha, ó habitante das montanhas, que portas em tua mão para tiro, fá-la benigna; ó protetor das montanhas, não firas pessoa ou animal.

3.7 Aquele que é mais alto que isso, mais alto que *brahman*, o ingente oculto em todos os seres conforme o corpo, o uno que açambarca tudo, tendo-o reconhecido como o Senhor, eles se tornam imortais.

3.8 Eu conheço essa imane pessoa que tem a cor do sol e está além da escuridão; tendo conhecido a ele apenas, vai-se além da morte: não há outro caminho a tomar.

3.9 Além do qual há nada nem aquém, menor do que o qual há nada nem maior; como uma árvore enraizada no céu o uno paira; dessa pessoa tudo está pleno.

3.10 O que é mais alto do que isso é sem figura, livre de doença. Aqueles que o conhecem tornam-se imortais; já os demais só ganham sofrimento.

---

256. "Ovo de ouro", nome do deus criador/demiurgo Brahmā quando criado por Svayaṃbhū (o "Autoexistente"). Aqui Rudra é quem aparece no lugar de fonte última de toda a criação.

3.11 Cara, cabeça e pescoço de tudo, residente na caverna de todos os seres, aquele que a tudo permeia, ele é o Venerando. Por isso o Benigno (*śiva*) está em tudo.

3.12 Pessoa (*puruṣa*) é de fato o grande Senhor, ela é o motor de real (*sattva*).

É o Imutável quem governa a luz, esta imaculada aquisição.

3.13 Essa Pessoa de um polegar, o si de dentro, que reside sempre nos corações da gente, é concebida com o coração, o tino e a mente – os que sabem disso tornam-se imortais.[257]

3.14 Pessoa tem mil cabeças, mil olhos, mil pés. Tendo coberto a terra de todos os lados, sobra por dez dedos.[258]

3.15 Pessoa com efeito é tudo isso que foi e que será; e quando excede pelo alimento, tem o governo mesmo da imortalidade.

3.16 Ela, que tem mãos e pés para todos os lados, olhos, cabeça e caras para todos os lados, ouvidos para todos os lados, tendo coberto tudo no mundo, permanece.[259]

3.17 Tem a aparência dos atributos de todos os sentidos, mas é desprovida de sentidos;[260] é o Senhor que governa tudo, é de tudo o grande refúgio.

3.18 Na cidade de nove portas,[261] o corpóreo voeja para fora como cisne; isso é o governante de todo o mundo, do que não se move e do que se move.

3.19 Sem mãos nem pés, é veloz e apanhador; vê sem olho, ouve sem ouvido; conhece o que é para conhecer e dele não há conhecedor; chamam-no a melhor e maior Pessoa.

3.20 Menor que o ínfimo, maior do que o imane, o si reside aqui na caverna do ser humano. Ele divisa, além de anelos, da tristeza, a imensidão do si por graça do criador.[262]

3.21 Eu conheço esse que não envelhece, antigo, como sendo o si de tudo, que está em todos, porque é onipresente; os conhecedores de *brahman* dizem dele que é a cessação de nascimento, afirmam-no sempre.

---

257. Cf. KaU 4.12, 6.9 e 6.17.

258. *Ṛgveda* 10.90.1-2.

259. Ocorre em *Bhagavadgītā* 13.13.

260. Ocorre em *Bhagavadgītā* 13.14.

261. Cf. KaU 5.1.

262. KaU 2.20.

[4 Quarto capítulo]

4.1 Aquele que, sozinho, sem cor, de muitas maneiras empregando seus poderes, cria inúmeras cores, esse Deus, tendo estabelecido seu objetivo, desaparece no fim e se ajunta no início ao mundo. Que ele nos dote de lúcida inteligência.

4.2 O fogo é apenas isso, o sol é apenas isso, o vento é isso e a lua é isso; o brilhante é isso, *brahman* é isso, as águas são isso, Prajāpati é isso.

4.3 Tu és mulher, tu és homem, tu és menino, tu és também menina; tu, velho, oscilas com a bengala; tu, ao nasceres, tens tua face voltada para todos os lados.

4.4 És o pássaro azul, o verde de olhos vermelhos, o ventre de raios,[263] as estações, os mares; por tua onipresença tu vives uno, sem início, de quem nasceram todos os seres.

4.5 Uma cabra vermelha, branca e preta, que cria muitas crias variegadas, um bode[264] ora a cobre deleitando-se, um outro a abandona, deleitada.

4.6 Dois pássaros amigos, companheiros, fazem o seu ninho no mesmo tronco; só um deles é quem come o doce figo, e o outro, sem comer, espreita tão somente.[265]

4.7 Imersa na mesma árvore, uma pessoa sofre iludida por aquela, o não Senhor; mas assim que vê em gozo a outra, que é o Senhor – vê sua majestade –, a dor de imediato vai-se dele.[266]

4.8 A sílaba do verso (*ṛc*) no mais alto céu, na qual os deuses todos assentam, aquele que não a conhece que fará com o verso? Aqueles que de fato a conhecem aqui estão sentados.

4.9 Os metros, os sacrifícios, os ritos, os votos, o passado, o futuro e o que dizem os Vedās, disso o Ilusionista cria este mundo, e nele o outro permanece preso pela ilusão.

---

263. *I.e.*, a nuvem de chuva.

264. Trata-se de um jogo de palavras. Em sânscrito, as palavras "bode" e "cabra" – *aja* e *ajā* –, podem ser lidas como *a-ja* e *a-jā*, *i.e.*, tomando o *a* inicial por prefixo negativo, e *ja* pela forma nominal da raiz verbal *jan* ("nascer"). Então teremos "não nascido" e "não nascida", termos que aqui se referem aos dois princípios eternos da existência, *puruṣa* (m.) e *prakṛti* (f.). A imagem recende a uma forma antiga de doutrina *sāṃkhya*, na qual a alma (*puruṣa*) está presa enquanto se imagina parte da natureza primeira (*prakṛti*); quando percebe sua independência, então liberta-se. O bode/não nascido que se deleita da cabra/não nascida é a alma ainda presa ao corpo; o que a abandona é a alma enfim liberta.

265. MuU 3.1.1.

266. MuU 3.1.2.

4.10 A ilusão, por sua vez, deve-se conhecer como natureza primeira (*prakṛti*); Maheśvara[267] como o Ilusionista. Pelos seres que são partes dele todo este mundo está permeado.

4.11 Aquele que sozinho governa o ventre, no qual isso tudo se une e se dissipa, quando se reconhece esse regente que realiza desejos como o Deus a adorar, obtém-se esta paz sempiterna.[268]

4.12 Aquele que, fonte e origem dos deuses, senhor de tudo, Rudra, grão-vidente, viu Hiraṇyagarbha nascendo, que ele nos dote de lúcida inteligência.

4.13 Aquele que é senhor dos deuses, no qual os mundos estão apoiados, que é senhor deste que tem dois pés e quatro pés, a que deus devemos ofertar oferendas?

4.14 Mais sutil que o sutil, no meio da confusão; criador de tudo, multiforme; o uno que engloba o todo; quem o conhece como o Benigno (*śiva*) obtém paz para sempre.

4.15 Só ele no tempo certo é o protetor do mundo, senhor de tudo, oculto em todos os seres; no qual estão atrelados os grãos-videntes e as divindades; a ele apenas tendo conhecido, cortam-se os laços da morte.

4.16 Como a espuma sobre a manteiga clarificada, quem conhece o deveras sutil como o Benigno oculto em todos os seres, quem conhece como Deus a esse uno que engloba tudo liberta-se de todos os laços.

4.17 Esse Deus, que tudo faz, o imenso si, que sempre reside no coração dos homens, é concebido com o coração, com o tino e com a mente; aqueles que sabem disso tornam-se imortais.[269]

4.18 Quando havia escuridão, então não havia dia nem noite, nem ser nem não ser, apenas o Benigno tão somente. Ele era o imperecível, "de Savitṛ, o seu excelso brilho"[270] e dele foi criada a sabedoria antiga.

4.19 Ele não é apanhado em cima, de través ou no meio; não há semelhança para aquele cujo nome é Glória Magna (*mahadyaśas*).

---

267. "O grande Senhor", provavelmente referindo-se a Rudra.

268. KaU 1.17.

269. Cf. KaU 6.9.

270. *Tat savitur vareṇyam.* Início da estrofe Sāvitrī, cf. nota 87 e BU 6.3.6.

4.20 A figura dele não está ao alcance da vista, com o olho ninguém o vê; aqueles que o sabem assim com o coração – a ele que está no coração – e com a mente tornam-se imortais.[271]

4.21 Ele é o não nascido! Assim alguém espantado refugia-se em Rudra: "Protege-me com ela sempre, com a tua face favorável!".

4.22 "Não nos fira na família e descendência! Não nos fira na vida! Não nos fira no gado! Não nos fira nos cavalos! Não nos mate em ira, ó Rudra, nossos varões! Trazendo oferendas para teu assento te invocamos."

[5 Quinto capítulo]

5.1 Duas coisas jazem na imperecível e infinita fortaleza de *brahman*,[272] ciência e insciência; lá se acham ocultas; insciência é o perecível; ciência, o imortal; já aquele que tem poder sobre ciência e insciência, este é um outro;

5.2 O único que governa ventre após ventre,[273] todas as formas e todos os ventres; que no início carregou a esse Kapila[274] nascido do grão-vidente e que o verá nascer.

5.3 Estendendo neste campo (*i.e.*, neste mundo) cada uma dessas redes de várias maneiras, esse Deus então as recolhe. Ao criar de novo, o Senhor atira-as da mesma maneira. Exerce a supremacia de tudo, o magnânimo.

5.4 Assim como brilha o boi iluminando todos os quadrantes, acima, abaixo e de través, assim esse Deus venerando, desejável, só ele governa as naturezas próprias e os ventres.

5.5 Aquele que, sendo o ventre de tudo, amadurece sua natureza própria, aquele que pode transformar todos os capazes de amadurecer e aquele que pode distribuir todas as qualidades, a todo este mundo só ele governa.

5.6 Isso está oculto nas *Upaniṣadas* secretas do Veda, isso os brâmanes conhecem, o ventre de *brahman*. Aqueles deuses do passado e os videntes-mores que o conheceram tornaram-se, como ele, decerto imortais.

---

271. Cf. KaU 6.9.

272. Cf. BU 2.5.18.

273. Cf. SU 1.7.

274. Kapila é tradicionalmente considerado o fundador da escola filosófica Sāṃkhya.

5.7 Aquele que, em conexão com as qualidades, é o produtor das ações e dos frutos também é o fruidor disso que foi produzido; ele, com todas as formas, três qualidades, três vias, soberano dos alentos, caminha com suas ações.

5.8 Ele é do tamanho de um polegar, de figura semelhante ao sol; é dotado de imaginação e senso de si; mas também um outro se vê, do tamanho da ponta de uma sovela, com a qualidade do intelecto e com a qualidade do si.

5.9 A centésima parte da ponta de um pelo quando dividida ainda em cem, pois sabe que uma dessas partes é esse vivente, e ele partilha da imortalidade.

5.10 Não é mulher nem homem nem nenhum dos dois; guarda-o qualquer que seja o corpo que apanhe.

5.11 O nascimento e o desenvolvimento do corpo (*ātman*) se dão pelas oblações da intenção, do toque e da visão, por comida, bebida e chuva; já o ser corpóreo assume sucessivamente, em cada situação, as figuras correspondentes às ações.

5.12 E o ser corpóreo, por suas qualidades, assume muitas figuras, crassas e sutis.

Também se observa outra causa da união delas, em virtude das qualidades da ação e das qualidades do corpo (*ātman*).

5.13 Que é sem começo nem fim, no meio do caos; que é o criador de tudo, aquele que possui todas as figuras; o Deus que a tudo abarca tão somente, quem o conhece, liberta-se de todos os laços.

5.14 Aquele que se deve apreender com o coração, o chamado Anīḍa,[275] que cria a existência e a inexistência, aqueles que o conheceram como Deus abandonaram o corpo.

[6 Sexto capítulo]

6.1 É a natureza, dizem uns poetas; é o tempo, dizem outros, iludidos; Mas ele é esta majestade do Deus no mundo, por meio da qual gira a roda de *brahman*.

6.2 Por quem tudo isto é sempre abarcado, o conhecedor, autor do tempo, sem atributos, onisciente; ordenada por ele a obra se desdobra, a ser concebida como terra, água, fogo, vento, céu.

275. *I.e.*, sem ninho.

6.3 Acabada sua obra, tendo cessado de novo, depois de se ter unido com realidade após realidade, com uma, duas, três, oito, e com o tempo e com as qualidades sutis do corpo (*ātman*);

6.4 e tendo então começado as ações dotadas de qualidades, ele, que pode distribuir todos os existentes – na ausência deles ocorre a destruição das ações realizadas –, quando as ações são destruídas, ele persiste, diferente das realidades.

6.5 Ele é visto como o começo, como a causa e base da união, além dos três tempos, sem partes; ele, de quem essa expansão se desdobra, está além e é diferente das formas da árvore.

6.6 Tendo antes venerado o Deus de todas as formas, a ser adorado como residente da mente; tendo-o conhecido como portador do *dharma*, removedor do mal, senhor da fortuna, residente no si,[276] a casa imortal de tudo;

6.7 então nós havemos de descobrir que esse grande senhor maior que os senhores, essa grande divindade maior que as divindades, esse grande mestre maior que os mestres deve ser adorado como senhor do mundo.

6.8 Ele não possui ação nem instrumento; a ele não se acha um igual nem um superior; ouve-se do poder supremo dele, variegado, inerente e cuja ação é conhecimento e força.

6.9 Ele não tem nenhum mestre no mundo nem senhor nem mesmo uma marca. Ele é a causa, o soberano do soberano dos órgãos dos sentidos; e não tem nenhum genitor nem soberano.

6.10 Já aquele Deus uno que, como a aranha com os fios, por sua própria natureza cobriu a si mesmo com o que emana da natureza primeira, que ele nos dê dissolução em *brahman*.

6.11 O Deus uno oculto em todos os seres, que a tudo permeia, o si dentro de todos os seres, testemunha das ações, residente em todos os seres, o espectador, o arranjador, solitário e sem qualidades;

6.12 o uno controlador dos muitos que não agem, que em muitas faz uma única semente, aqueles sábios que o veem dentro de si têm sempiterna alegria, outros não.[277]

---

276. *I.e.*, em cada um de nós.

277. Cf. KaU 5.12.

6.13 Eterno entre os eternos e consciente entre conscientes, uno entre muitos, que distribui os desejos, quem conhece como Deus a essa causa – a ser obtida por teoria e prática (*sāṃkhya-yoga-adhigamyam*) – liberta-se de todos os laços.

6.14 Lá não brilha o sol nem a lua ou as estrelas, nem brilham os raios; o fogo? Quanto menos! Tudo reflete o brilho que ele brilha: com o brilho dele é que tudo isto irrradia.[278]

6.15 É o cisne só no meio desse universo; é esse fogo residente nas águas. Tenho conhecido a ele tão somente, vai-se além da morte; outro caminho a seguir não há.[279]

6.16 Ele é o criador de tudo, conhecedor de tudo, o ventre do si, o conhecedor, o criador de tempo, portador de qualidades, onisciente, o mestre da matéria primeira e o conhecedor do campo, o senhor das qualidades, responsável pelo *saṃsāra*, pela libertação e pela prisão da existência.

6.17 Ele é conhecedor feito de si mesmo, imortal, contido no Senhor, onipresente, protetor deste universo, que tem a soberania deste mundo; não há outra causa para a sua soberania.

6.18 Aquele que antes cria o brâmane e lhe transmite os Vedās, a esse Deus, luz do intelecto de cada um, desejoso de me libertar, eu busco como abrigo, [**6.19**] a ele, que é sem partes, sem ação, apaziguado, irrefutável, imaculado, barragem última da imortalidade, como um fogo de chamas extintas.

6.20 Quando os homens enrolarem o espaço como uma pele, então tendo reconhecido o Deus, haverá o fim do sofrimento.

6.21 Pelo poder da penitência e pela graça de Deus, Śvetāśvatara conheceu *brahman*. Então, ele o ensinou àqueles que foram além do seu estágio de vida como meio supremo de purificação, bem apreciado na sociedade dos grãos-videntes.

6.22 O mais alto segredo antanho promulgado no Vedānta não deve ser entregue a quem não se apaziguou nem a quem não é filho nem discípulo.

6.23 Aquele que tem a mais alta devoção a Deus, e, tal como a Deus, assim ao mestre, só para esse magnânimo esses conteúdos ensinados resplendem, só para ele resplendem.

Assim termina a *Svetāśvatara Upaniṣad*.

---

278. KaU 5.15, MuU 2.2.10.

279. Este meio verso repete SU 3.8.

10

Muṇḍaka Upaniṣad

1 Primeiro *muṇḍaka*

1.1 Primeira parte

1.1.1 Para primeiro entre os deuses Brahemá[280]
nasceu, autor de tudo, guardião do mundo;
ciência – toda outra ciência onde se funda –
de *brahman*, passa-a a Atharvan, primogênito.

1.1.2 Essa ciência que a Atharvan Brahemá
diria, Atharvan passa a Aṅgir, e este passa
a Bhāradvāja Satyavāha e este passa
a Aṅgirās, a mais excelsa e a somenos.

1.1.3 Śaunaka, rico pai de família, perguntou a Aṅgiras, venerando-o de acordo: "— Venerável, conhecendo o quê, tudo isto se torna conhecido?".

1.1.4 Respondeu-lhe: "— Há duas ciências a conhecer – é o que diz quem conhece *brahman* –, a superior e a inferior.".

1.1.5 A inferior é o *Ṛgveda*, o *Yajurveda*, o *Sāmaveda* e o *Atharvaveda*, a fonética, a ritualística, a gramática, a etimologia, a métrica e a astronomia.[281] Já a superior é aquela por meio da qual se obtém esse imperecível.

1.1.6 O que se ver não pode ou apreender, sem tom
e sem visão ou audição, sem pés nem mãos;

280. Forma portuguesa da palavra Brahmā que aparece em documentos antigos. Utilizei-a aqui para dar o ritmo correto ao metro.

281. As ciências chamadas *vedāngāni*, membro dos Veda, *i.e.*, ciências ancilares do Veda.

eterno, tudo permeando, em tudo sendo,
mui diminuto, é o imutável que contemplam
[dos seres todos como fonte] os firmes sábios.

1.1.7 Tal como a aranha solta a teia e recolhe,
como na terra as plantas, tal como do homem
que é vivo os pelos brotam, brota o cabelo,
do imperecível isso tudo assim rebenta.

[Objeção dos ritualistas, até 1.2.6:]

1.1.8 Pela ascese cresce *brahman,*
o alimento nasce disso,
do alimento, o alento, a mente
mais os mundos e nos ritos
nasce a imortalidade.

1.1.9 Quem tudo sabe – desse onisciente
é mesmo a ascese seu conhecimento –
dele esse *brahman,* nome e forma nascem
e nasce ademais o alimento.

1.2 Segunda parte

1.2.1 Eis a verdade:

Os ritos que nos versos viram os poetas
de vária forma estão dispersos pela Tríade;
vós que quereis verdade praticai-os sempre:
esta é a via de quem faz no mundo ritos.

1.2.2 Quando a chama tremula, em se acendendo
o fogo portador de oferendas,
entre as duas liquefeitas aspersões,
então pois que se façam oblações.

1.2.3 Aquele que oblação oferta ao fogo
sem rito à lua cheia, à lua nova,
sem rito do princípio das sazões,
sem oblação ao Soma nem ao hóspede,
ou não a faz ou fá-la sem a Todos
os Deuses a oferta ou desconforme

à prescrição, os mundos lhe consome
esta oblação, desde este até o sétimo.

1.2.4 A Negra, a Atroz e a Aguda,
a Rubra e a que se diz Soturna;
Faúlha mais aquela, a Deusa Múltipla,
são tais as tremulantes sete línguas.

1.2.5 Ele que vai por entre elas, reluzentes,
as oblações no tempo certo a recebê-las,
como solares raios, tais elas o portam
à só morada, onde o senhor dos deuses mora.

1.2.6 "Vai! Anda!", dizem as brilhantes oblações
e vão portando o ofertante pelos raios
do sol, dizendo bom falar e louvações:
"eis vosso bom, o mundo de atos bons, de *brahman*".

[Réplica]

1.2.7 São passageiras na verdade essas formas
do sacrifício, as dezoito, são infirmes,
nas quais estão os ritos ditos inferiores;
como melhor os tolos que a tal estimam
de novo tornam à velhice e à morte.

1.2.8 Vivendo em meio à insciência, a si mesmos
tendo por sábios, tendo a si por cultivados,
muito ferindo-se, os tolos vão em círculos,
tal como cegos que por cegos são guiados.

1.2.9 Vivendo variegadamente na insciência
tolos pensamos: o meu fim, eu atingi-o;
falta aos do rito, por paixão, entendimento,
pois caem junto com seus mundos esvaídos.

1.2.10 Considerando sacrifícios e benesses
a melhor coisa – outra melhor pois desconhecem –,
os parvos gozam, trás da abóbada celeste,
das boas ações e a este mundo vil regressam.

1.2.11 Já quais com fé e penitência a mata habitam,
e praticando a mendicância, os quedos sábios,

do sol cruzando pela porta chegam limpos
onde é a pessoa imortal, o si imutável.

1.2.12 Ao ver que os mundos são do rito obra, o brâmane
avesso torne-se: "O não feito pelo feito
não é possível!". A sabê-lo, tome lenha
e venha a mestre destro em Veda, dado a *brahman*.

1.2.13 A quem de mente queda e calmo se achegara
corretamente, o sábio a ciência expôs de *brahman*
e com verdade, pela qual tem compreendida
a tal pessoa verdadeira, imperecível.

2 Segundo *muṇḍaka*

2.1 Primeira parte

2.1.1 Eis a verdade:

Como de um fogo bem aceso as centelhas
de mil maneiras irradiam e semelhas,
do imperecível sim as coisas mais diversas,
amigo, nascem e a ele enfim regressam.

2.1.2 A pessoa é divina e incorpórea,
está dentro, está fora, é não nascida;
sem alento, sem mente, e luminosa,
mais além do mais distante imperecível.

2.1.3 Dela nascem alento, mente e todos
os órgãos, o céu, o vento e o fogo,
as águas, [mais o espaço] e aquela
de tudo sustentáculo, a terra.

2.1.4 O fogo é a cabeça,
os olhos, sol e lua,
quadrantes, as orelhas
e os Vedās que articula
sua fala são; o alento
é o vento, o coração,
o mundo e, junte os pés,
o si em cada um.

2.1.5 Dela provém a quem o sol é lenha, o fogo;
da lua vem a chuva, as plantas que há na terra;
e o homem verte o sêmen dele na mulher:
é muita cria que se cria de pessoa.

2.1.6 Os versos, fórmulas, canções e sacramentos
vêm dela, os sacrifícios todos, ritos, bênçãos;
vem dela o ano, o ofertante e vêm os mundos
a lua onde brilha, o sol onde reluze.

2.17 E dela os deuses variamente são criados,
os divos, homens, animais e mais os pássaros;
soprar, sorver, arroz, cevada e a penitência,
a fé, a verdade, a castidade e o regimento.

2.1.8 Os sete alentos inda dela se originam
as sete chamas, sete lenhas e oferendas;
os sete mundos onde vivem os alentos
numa caverna sete a sete escondidos.

2.1.9 Os mares dela e dela todas as montanhas
e mais os rios de todo tipo dela emanam;
e as plantas todas dela vêm e mais a seiva
com a qual habita os seres todos, si de dentro.

2.1.10 Pessoa é tudo isso: é rito, é penitência;
é *brahman*, ela é coisa imortalíssima;
quem sabe isso escondido da caverna[282] aí bem dentro
desata o nó da insciência aqui no mundo, meu amigo.

2.2 Segunda parte

2.2.1 Numa caverna ele se oculta, mesmo à vista,
o grande sítio dito Antigo; nele o mundo
está locado: o que se move, o que respira
e o que pisca, o que sabeis que é real
e o que não é e o que se quer além da vista,
aquilo mesmo que a gente mais deseja.

---

282. Cf. nota 174.

2.2.2 O que reluze, que é menor do que o exíguo,
residem onde os mundos e seus residentes,
isso é o *brahman*, isso é o imperecível,
o alento, a fala e a mente; isso é a verdade,
isso é a imortalidade; meu amigo,
é no que deves acertar, pois anda, acerta-o.

2.2.3 Do arco toma upaniṣádico, arma fina;
como afiada flecha ajuntes reverência;
retesa o arco com o pensamento nele,
na natureza dele, e acerta o imperecível.

2.2.4 O arco é o OM, o si a flecha,
e *brahman*, assim dizem, é o alvo.
Deve acertá-lo pois o mui alerta,
e há, qual flecha, de tornar-se o alvo.

2.2.5 Em quem o céu, a terra, o espaço ao meio e a mente
entretecidos vão mais todos os alentos,
sabei, é o si, o uno; abandonai os nomes,
os outros: da imortalidade esta é a ponte.

2.2.6 Lá onde as veias se reúnem quais os raios
na roda, ele aí se move e vai nascendo
diversamente; "OM", meditai o si destarte;
a vós que à outra margem ides, para além
da escuridade, que vos valha boa sorte.

2.2.7a Conhecedor de tudo, aquele onisciente,
a quem pertence aqui na terra grã grandeza,
lá na de *brahman*, na celeste fortaleza,
ele é o si, do céu já feito residente.

2.2.7b De mente é feito, corpo e alento rege;
depois que o coração preenche, sede
tem no alimento; os sábios, percebendo-o,
divisam ora aquilo que aparece
como o imortal em forma de deleite.

2.2.8 O nó do coração já se desata,
já todas incertezas se desfazem,

dissipam-se as obras, no momento
em que ele é visto, ínfimo e supremo.

2.2.9 Naquela urna a qual é áurea feita e súpera,
brahman se acha, imaculado, indivisível;
ele que é a luzidia luz das luzes;
isso é que sabem os que são do si sabidos.

2.2.10 Não brilha o sol nem lá a lua ou as estrelas,
nem lá não brilham raios; fogo? Quanto menos!
Reflete tudo pois o brilho que ele brilha:
com o brilho dele tudo isso é que irradia.

2.2.11 Somente *brahman*, imortal, a leste e oeste,
somente *brahman* para o norte e para o sul,
somente *brahman* se espalhando sobe e desce,
só esse *brahman* é todo este vasto mundo.

3 Terceiro *muṇḍaka*

3.1 Primeira parte

3.1.1 Dois pássaros amigos, companheiros
no mesmo tronco fazem o seu ninho;
um deles é quem come o doce figo,
e o outro, sem comer, somente espreita.

3.1.2 Na mesma árvore imersa uma pessoa
sofre iludida por aquela, o não Senhor;
mas quando vê a outra, que é o Senhor, em gozo
– sua majestade vê –, já dela foi-se a dor.

3.1.3 Quando ele, vendo, vê a áurea pessoa
o criador, Senhor, que é o ventre, vê, de *brahman*,
então o sábio o bem e o mal já abandona
e alcança límpido a suprema identidade.

3.1.4 O que se vê nos seres todos é o alento;
ciente disso sê e, por isso, mais diserto;
quem se deleita com o si, quem se diverte,
ora, ele é *brahman*, não obstante seja agente;
ele é o melhor dos que de *brahman* são expertos.

3.1.5 O si se alcance com verdade, penitência,
saber correto mais perpétua castidade;
dentro do corpo é de luz feito, reluzente,
o qual os ascetas veem, extintos seus pecados.

3.1.6 É o real – não o irreal – que se conquista.
Pelo real a via aos deuses, qual palmilham
os grãos-videntes, satisfeitos seus anelos,
aonde fica do real tesouro excelso.

3.1.7 Graúdo, divo, é de forma inconcebível,
e mais miúdo do que o ínfimo parece;
e mais distante está do que o longínquo e perto,
oculto dentro da caverna dos que veem.

3.1.8 Nem pela vista ou pela fala o apreendem,
nem pelos outros deuses, rito ou penitência;
a cujo ser purificou a luz da ciência,
ele o vê, em meditando, indivisível.

3.1.9 Com o pensamento é que se deve conhecê-lo,
onde o alento penetrou de cinco formas;
com os alentos se entretece o pensamento
todo, no qual purificado o si se mostra.

3.1.10 Todos os mundos pela mente imaginados
mais os desejos todos que se mais desejam,
quem tem já puro o ser conquista todos eles;
por isso o si quem sabe venerado seja
por esse que deseja a si prosperidade.

3.2 Segunda parte

3.2.1 Conhece ela a casa súpera de *brahman*,
lá onde tudo o que reside brilha cândido;
os sábios pelos quais pessoa é venerada
superam sem desejo cá o que é cândido.

3.2.2 Em pensamento quem deseja seus desejos
já nasce cá e lá conforme seus desejos;

perfeito o si, a seus desejos quem sacia,
já cá no mundo seus desejos se dissipam.

3.2.3 O si, não pode alcançá-lo inteligência,
ensinamento nem saber sagrado vasto;
só quem o si elege pode alcançá-lo:
a ele esse si seu corpo lhe desvenda.[283]

3.2.4 Ora esse si, não pode o fraco alcançá-lo,
o negligente, o penitente ou o indistinto;
porém na casa cá de *brahman* deste sábio
por estes meios esforçado adentra o si.

3.2.5 Quando o conquistam, de saber enfastiados,
os grãos-videntes sem paixões se acham, plácidos
e em si perfeitos; conquistado o que é em tudo,
de si o controle assume o sábio, adentra tudo.

3.2.6 As metas fixas na ciência do Vedānta,[284]
têm os acetas, pela práxis da renúncia,
purificado o ser; nos mundos lá de *brahman*,
libertos tornam-se imortais, à hora última.

3.2.7 As partes quinze retornaram a seus assentos,
bem como a cada divindade os divinos;
obras e o si, que é de conhecimento é feito,
se unem todos ao supremo imperecível.

3.2.8 Tal qual os rios vão correndo e se despejam
no oceano, nome e forma abandonando,
de nome e forma livre, assim o sábio alcança
a divinal pessoa além do mais além.

3.2.9 Aquele que conhece esse supremo *brahman* torna-se o próprio *brahman*. Não pertence a sua linhagem quem não conhece *brahman*. Ele cruza o sofrimento, cruza o mal; liberto dos nós da caverna, ele se torna imortal.

---

283. Repete KaU 2.23.

284. Aqui provavelmente se refere ao corpo de conhecimento formado pelas *Upaniṣadas*. As diversas escolas filosóficas de mesmo nome só serão estabelecidas bem mais tarde, depois da segunda metade do primeiro milênio d.C.

3.2.10 Isso é o que se diz nestes versos:

Os que praticam rituais e são versados
no Veda e dados são a *brahman* e oferecem
para si mesmos, crentes no único vidente,
a eles seja ensinada tão somente
essa ciência pois de *brahman*, se à regra
os quais o voto da cabeça têm guardado.

3.2.11 Esta é a verdade que o grão-vidente Aṅgiras proclamou antanho. Quem não fez o voto da cabeça não a aprende. Saudação aos mais excelsos grãos-videntes, saudação aos mais excelsos grãos-videntes.

Assim termina a *Muṇḍaka Upaniṣad*.

••11••

Praśna Upaniṣad

1.1 Sukeśa Bhāradvāja, Śaibya Satyakāma, Sauryāyaṇī Gārgya, Kausalya Āśvalāyana, Bhārgava Vaidarbhi e Kabandhī Kātyāyana, são estes homens entregues a *brahman*, absortos em *brahman*, em busca do supremo *brahman*. Lenha em mãos, assentaram-se diante do venerável Pippalāda: "Há de falar-nos disso tudo.".

1.2 Falou-lhes o grão-vidente:

"— Passai aqui um ano mais de ascese, castidade e fé. Então perguntai quais questões quiserdes. Se soubermos, decerto a tudo vos responderemos.".

1.3 Então Kabandhī Kātyāyana aproximou-se e perguntou:

"— Venerável, donde pois são geradas essas criaturas?".

1.4 Aquele respondeu-lhe:

"— É Prajāpati quem teve o desejo de criá-las. Ele ardeu em ascese e, tendo ardido, gerou o par matéria e alento: 'Esses me farão criaturas de muitas maneiras'.".

1.5 O alento é mesmo o sol; já a lua e só matéria. Tudo isso, o que tem forma ou é sem forma, é matéria. Portanto matéria é tão somente forma.

1.6 O sol ao nascer, quando entra no quadrante leste, reúne com isso nos seus raios os alentos do leste. Quando ilumina o quadrante sul, o oeste e o norte, quando ilumina o nadir e o zênite, quando ilumina tudo, reúne com isso todos os alentos em seus raios.

1.7 Eis aqui o fogo que é de todos a acender como alento multiforme e fogo! Isso foi dito neste verso:

1.8 Ó múltiplo, dourado Jātavedas,
suprema via e luz e uno e ardente;

mil raios dá, em formas cem movente,
alento aos seres, tal o sol ascende.

1.9 Prajapāti é o ano. Tem dois cursos, sul e norte. Ora, aqueles que assim veneram, 'Sacrifícios e benesses são a ação', ganham tão somente o mundo lunar. São os que retornam. Por isso os grãos-videntes que desejam progênie dirigem-se para o sul. A via dos pais é mesmo a matéria.

1.10 Já quem segue para o norte, buscando o si com ascese, castidade, fé e conhecimento, esses ganham o sol. Ele é a morada dos alentos, imortal, destemido; ele é a suprema via. De lá não mais retornam, é a última parada. Diz o verso:

1.11 O pai de cinco pés e partes dez
o chamam, na do céu outra metade
que habita; e outros dizem deste lado
que brilha e voa no que rodas sete
possui e nessas rodas tem seis raios.

1.12 Prajāpati é o mês. A matéria é sua porção negra, o alento, a branca. Por isso os grãos-videntes aqui sacrificam uns na branca, outros na negra.

1.13 Prajāpati é o dia e a noite. A matéria é o seu dia, o alento, sua noite. Desperdiçam aqui o alento esses que fazem sexo ao dia. Já fazer sexo à noite é tal como a castidade.

1.14 Prajāpati é o alimento. Dele provém o sêmen. Dele gera as criaturas.

1.15 Pois então, aqueles que cumprem esse voto de Prajāpati geram um par de filhos:

Pertence este mundo cá de *brahman*
a quem pratica ascese e castidade,
de quem o firme assento é a verdade;

1.16 O mundo lá de *brahman* todo cândido
pertence a quem não trata com artimanha
nem trata com mentira nem com engano.

Assim termina a primeira questão.

2.1 Então Bhārgava Vaidarbhi perguntou-lhe:

"— Venerável, quantos são os deuses que sustentam uma criatura? Qual se mostra tal? E deles qual o melhor?".

2.2 Respondeu-lhe:

"— O espaço é esse deus, e o vento, o fogo, as águas, a terra, a fala, a mente, a vista e o ouvido o são. Depois de manifestar-se, dizem: 'Nós seguramos este caniço e o sustemos.'".

2.3 Disse o alento, o melhor dentre eles: "Não vos deixar cair em ilusão. Sou eu que, partindo-me de cinco maneiras, seguro o caniço e o sustenho.". E não lhe deram fé.

2.4 Por orgulho, alento se põe a partir. Ao que partia, todos os demais também já se põem a partir; e ao que assentava, todos os demais também já assentam. Tal como as abelhas que, quando se põe a partir a rainha que faz o mel, partem também todas, e quando ela assenta, assentam também todas, assim é a fala, a mente, a vista e o ouvido. Alegres eles honram o alento:

2.5 Ele queima como fogo, é como o sol,
como chuva generosa, como o vento;
como terra, como a divinal matéria,
ele que é e que não é, que é imortal.

2.6 Os raios tal no cubo duma roda,
se fixa assim no alento o que existe,
os cantos mais os hinos e as fórmulas,
o *kṣatra* mais o brâmane e o rito.

2.7 Prajāpati no ventre tu caminhas;
tu és o que de novo te originas;
tributo as criaturas, ó Alento,
te trazem; tu habitas com os alentos.

2.8 Aos deuses, quem melhor as oferendas
oferta; aos pais, a oblação primeira;
aos videntes e Athárvaṇas e Aṅgírasas
tu és, pois, a verdade em que caminham.

2.9 Em brilho, ó Alento, tu és Indra;
em sendo guardião, então és Rudra;

o espaço intermédio tu caminhas:
o sol tu és, tu és senhor das luzes!

2.10 Alento, quando tu envias chuva,
então cá estas tuas criaturas
se alçam todas plenas de deleite:
"Sobejo nos será o alimento!".

2.11 És Vrātya, és o vidente solitário,
devorador de tudo, o soberano;
do que comer, Alento, nós te damos:
tu és, ó Mātariśvan, nosso pai.

2.12 Aquela forma tua que há na fala,
a que há no ouvido e aquela que há na vista,
e a esparsa pela mente, faz propícias
a todas elas; que daqui não partas!

2.13 Por força do alento é tudo isto,
e o que ademais no céu terceiro existe;
a mãe tal como aos filhos, tu protege-nos;
saber e bom-sucesso cá concede-nos.

Assim termina a segunda questão.

3.1 Então Kausalya Āśvalāyana perguntou-lhe:

"— Venerável, donde nasce esse alento? Como entra neste corpo? Ou como, em se dividindo, ele assenta? Por que se vai? Como o chamam afora, e como corpo adentro?".

3.2 Respondeu-lhe:

"— Perguntas questões em demasia! Mas porque és devoto a *brahman*", respondo.

3.3 Esse alento nasce do si.

Assim como no homem anda presa
sua sombra, no alento anda a mente;
adentra o corpo pela via que ela cava.

3.4 Assim como o soberano designa governadores, dizendo: "Governa tu essas aldeias tu aquelas", da mesma maneira esse alento aloca um a um os demais sopros.

3.5 No ânus e nas partes assenta o alento que entra (*apāna*); na vista e no ouvido, entrando pelo nariz e pela boca, assenta o próprio alento (*prāṇa*). Já no meio assenta o alento que liga (*samāna*), pois ele torna igual todo alimento oferecido. Dele surgem essas sete chamas.

3.6 Ora, o si reside no coração. Nele há esta centena de veias. Cada uma delas se faz em mais cem, e em cada ramo, em mais setenta e duas mil. Por elas corre o alento que perpassa (*vyāna*).

3.7 O alento que sobe (*udāna*), pelo benfeito, leva ao mundo bom, pelo malfeito, ao mundo mal, e por ambos ao mundo dos homens.

3.8 O alento externo ascende como sol, pois este sustém o alento que reside na vista. Ele é a divindade na terra, sustendo o alento que entra (*apāna*) do homem. O espaço ao meio é o alento que liga (*samāna*). O alento que perpassa (*vyāna*) é o vento.

3.9 O alento que sobe (*udāna*) é o fogo. Por isso, quem tem extinto seu fogo retorna ao alento com os sentidos que se formaram na mente [**3.10**] e com o que pensou. O alento unido ao fogo e junto com o si leva a qualquer mundo imaginado.

3.11 Quem sabe assim o alento, não morre sua progênie e ele se torna imortal. Falam disso estes versos:

3.12 A Origem, a entrada e o lugar
e o separar-se em cinco do alento
e do que tange ao corpo, quem o sabe,
da imortalidade goza – sabe,
da imortalidade goza.

Assim termina a terceira questão.

4.1 Então perguntou-lhe Sauryāyaṇī Gārgya:

"— Venerável, nessa pessoa que é que dorme? Que é que nela desperta? Qual o deus que vê sonhos? Para quem há felicidade? E em que estão todos assentados?".

4.2 Respondeu-lhe:

"— Gārgya, assim como, quando o sol se põe, todos os raios se reúnem naquela bola de fogo e, cada vez que o sol ascende, raiam novamente, da mesma maneira tudo isto no deus supremo se reúne, a mente. Por isso se diz que esta pessoa não ouve nem vê, não cheira, não sente gosto nem toque, não fala, não agarra, não goza nem defeca, mas dorme.".

4.3 Os fogos do alento são o que desperta nessa fortaleza. O fogo do dono da casa (*gārhapatya*) é este o alento que entra (*apāna*); o alento que perpassa (*vyāna*) é o fogo do sul (*anvāhārya*); uma vez que sai (*prāṇīyate*) do fogo do dono da casa, por causa de sair (*prāṇayana*), o fogo da oferenda (*āhavaṇīya*) é o alento (*prāṇa*).

4.4 *Samāna* (alento que liga) [é assim chamado] porque traz junto (*samam*) estas duas oferendas, a expiração e a inspiração. O patrono do sacrifício é por certo a mente. O alento que sobe (*udāna*) é o fruto desejado. Ele faz que o patrono do sacrifício dia a dia vá a *brahman*.

4.5 Então, esse deus experimenta no sono grandeza. Vê depois o que vira, ouve depois o que ouvira. E ele experimenta de novo e outra vez o que noutros lugares e regiões experimentara. O visto e o não visto, o ouvido e o não ouvido, o que existe e inexiste, tudo ele vê, sendo tudo, ele vê.

4.6 Quando é dominado pelo calor, esse deus não vê aqui os sonhos. Então, nesse corpo aparece essa felicidade.

4.7 Meu caro, assim como assentam as aves na árvore em que moram, da mesma maneira isso tudo assenta no supremo si:

4.8 A terra e o elemento da terra, as águas e o elemento das águas, o calor e o elemento do calor, o vento e o elemento do vento, o espaço e o elemento do espaço, a vista e o que é de ver, o ouvido e o que é de ouvir, o olfato e o que é de cheirar, o paladar e o que é de provar, a pele e o que é de tocar, a fala e o que é de dizer, as mãos e o que é de apanhar, as partes e o que é de gozar, o ânus e o que é de excretar, os pés e o que é de caminhar, a mente e o que é de pensar, o intelecto e o que é de entender, o senso de eu e o que é de sentir pelo eu, a razão e o que é de arrazoar, a luz e o que é de iluminar e o alento e o que é de suster.

4.9 Pois este é quem vê, ouve, cheira, prova, pensa, entende, faz-a pessoa feita de conhecimento. Ela assenta no si supremo imperecível, [**4.10**] alcança o supremo imperecível. Quem reconhece este imperecível, sem sombra ou corpo ou cor, mas puro – quem seja, meu amigo –, conhecedor de tudo, tudo ele se torna. Sobre isso há estes versos:

4.11 Lá onde assentam com os deuses os alentos
e os seres todos mais o si de inteligência,

quem o conhece como esse imperecível,
ó meu amigo, tudo sabe, tudo adentra.

Assim termina a quarta questão.

5.1 Então perguntou-lhe Śaubya Satyakāma:

"— Venerável, aquele que entre os homens meditar nela, na sílaba OM, até que parta, que mundo ganha com isso?".

5.2 Respondeu-lhe:

"— A sílaba OM, Satyakāma, é este mundo e o outro. O sábio, portanto, apoiando-se nela, segue para um desses dois.".

5.3 Aquele que medita em apenas um dos momentos (*i.e.*, *a*), instruído apenas disso, logo volta à terra, os versos do *Ṛgveda* guiando-o ao mundo dos homens. Lá, tendo praticado ascese, castidade e fé, ele experimenta grandeza.

5.4 Já se entra na mente com dois momentos (*i.e.*, *a* e *u*), é alçado pelas fórmulas do *Yajurveda* ao espaço intermédio, o mundo de Soma. No mundo de Soma, depois de experimentar soberania (*vibhūti*), ele retorna.

5.5 Mas quem meditar nela, na pessoa suprema, com esta sílaba com seus três momentos,[285] terá chegado à luz, ao sol. Tal como a cobra que rasteja no ventre é abandonada pela pele, da mesma maneira este é abandonado pelo mal e alçado pelos cantos do *Sāmaveda* ao mundo de *brahman*. Ele, para além de toda massa de vida, vê aquele que habita a fortaleza (*puriśaya*), pessoa (*puruṣa*). Sobre isso há estes dois versos:

5.6 São imortais os três momentos quando juntos,
quando apegados uns aos outros, não disjuntos;
se nas ações de dentro e fora e nas do meio
vão bem unidos, quem o sabe mais não treme.

5.7 Co'o verso, a este mundo; já co'a fórmula,
alcança a região que fica ao meio;
co'o canto, ao que os poetas nos reportam.
Co'o OM por sua morada, alcança-o o sábio
aquele mundo, o mundo apaziguado,
que é sem velhez, sem morte, medo, que é supremo.

Assim termina a quinta questão.

---

285. *I.e.*, *a*, *u* e *m* > OM.

6.1 Então perguntou-lhe Sukeśa Bhāradvāja:

"— Venerável, Hiraṇyanabhas, príncipe de Kosala, veio a mim e perguntou-me: 'Bhāradvāja, conheces a pessoa de dezesseis partes?'. Disse eu a esse príncipe: 'Não a conheço; se a conhecesse, como tal não diria! Seca pois desde a raiz quem diz mentiras. Por isso não sou capaz de dizer mentiras.'. E ele montou seu carro e partiu em silêncio. Então pergunto-te a ti: quem é essa pessoa?"

6.2 Respondeu-lhe:

"— Aqui mesmo, meu caro, dentro no corpo, está essa pessoa em quem essas dezesseis partes se originam.".

6.3 Ela pensou: "Quem é que, quando parte, eu partirei e que, quando fica, eu ficarei.".

6.4 Ela criou o alento. Do alento, criou fé, céu, vento, luz, águas, terra, sentidos, mente, alimento, do alimento vigor, ascese, mantras, ato, mundos e, nos mundos, nome.

6.5 Assim como esses rios que correm buscando o mar, chegando ao mar, imergem nele, perdem nome e forma e passam a chamar-se mar; da mesma maneira essas dezesseis partes desse observador que buscam pessoa, chegando a pessoa, imergem nela, perdem nome e forma e passam a chamar-se pessoa. Ele se torna sem partes e imortal. Sobre isso há estes versos:

6.6 Os raios tal no cubo duma roda –
em que tomam as partes firme assento,
pessoa, a quem se deve, conhecei-a,
a fim de que vos não aflija a morte.

6.7 Disse-lhes [Pippalāda]:

"— Tanto é o que sei desse supremo *brahman*, nada mais.".

Louvando-o, disseram:

"— Tu és nosso pai, que nos fizeste atravessar o rio de nossa ignorância.".

Saudação aos supremos videntes, saudação aos supremos videntes.

Assim termina a sexta questão.

Assim termina a *Praśna Upaniṣad*.

12

Māṇḍūkya Upaniṣad

1. OM, tudo isto é esta sílaba. Outra explicação para ela é que o passado, o presente e o futuro, tudo é tão somente OM. E qualquer outra coisa além dos três tempos também é meramente OM.

2. Pois este *brahman* é tudo. *Brahman* é este si; ele é o si de quatro quartos.

3. O primeiro quarto é Vaiśvānara (o Que é de Todos), o do estado de vigília, que entende o exterior, tem sete membros, dezenove faces e desfruta do crasso.

4. O segundo quarto é Taijasa (o Luminoso), o do estado de sonho, que entende o interior, tem sete membros, dezenove faces e desfruta do sutil.

5. O terceiro quarto é Prājña (o Inteligente), o do sono profundo (sono profundo é onde o adormecido não deseja nenhum desejo, não vê nenhum sonho), que se tornou uno, tão somente massa de entendimento, pois consiste de felicidade, desfruta de felicidade, sua boca é o pensamento.

6. Ele é o senhor de tudo; ele é o conhecedor de tudo; ele é quem governa por dentro; ele é a fonte de tudo, pois é a origem e dissolução dos seres.

7. O quarto quarto consideram que não entende o exterior nem entende o interior nem ambos, que não é tão somente massa de entendimento, que não é inteligente nem não inteligente, mas que é invisível, incomunicável, inapreensível, indefinível, impensável, indescritível, algo cuja essência é a percepção apenas de si mesmo, a cessação do mundo manifesto, apaziguado, auspicioso e não dual. Ele é o si, é ele que se deve discernir.

8. Dentre as sílabas, a sílaba OM é esse si. Entre os momentos da sílaba OM, os momentos são os quartos e os quartos são os momentos, a saber, *a*, *u* e *m*.

9. O primeiro momento, *a*, é Vaiśvānara, que fica no estado de vigília, assim chamado por causa da obtenção (*āpti*) ou por ser o primeiro (*ādimat*). De fato, quem o sabe obtém todos os desejos e se torna o primeiro.

10. O segundo momento, *u*, é Taijasa, que fica no estado de sonho, assim chamado por causa da elevação (*utkarṣa*) ou por ser ambos (*ubhayam*). De fato, quem sabe disso eleva o fluxo do conhecimento e se torna comum – não nascerá na sua linhagem quem não conheça *brahman*.

11. O terceiro momento, *m*, é Prājña, que fica no estado de sono profundo, assim chamado por causa da construção (*miti*) ou da destruição (*apīti*). De fato, quem sabe disso constrói isso tudo e se torna a sua destruição.

12. O quarto é desprovido de momentos, incomunicável, a cessação do mundo manifesto, auspicioso e não dual. Assim o OM é o si apenas. Quem o sabe entra em si por si.

Assim termina a *Māṇḍūkya Upaniṣad*.

Este livro foi impresso pela BMF Gráfica e Editora
em fontes AA_NAGARI_SHREE_L1, Adobe Devanagari e Arno Pro
sobre papel Pólen Bold 70 g/m²
para a Mantra no inverno de 2021.